Andrea Barrett
*Schiffsfieber*

# Andrea Barrett

# *Schiffsfieber*

## Erzählungen

Aus dem Englischen
von Karen Nölle-Fischer

Claassen

*Die Originalausgabe erschien 1996 unter dem Titel*
Ship Fever and other Stories *bei W. W. Norton & Company*
*New York, USA*

Der Claassen Verlag ist ein Unternehmen der
Econ Ullstein List Verlag GmbH & Co. KG

ISBN 3-546-00229-6

*Für Wendy Weil*

# Inhalt

# Habichtskraut

Dreißig Jahre lang, bis zu seiner Pensionierung, stellte mein Mann sich jedes Jahr im Herbst vor sein Genetikseminar für Fortgeschrittene und teilte Kopien von Mendels berühmtem Aufsatz über die Kreuzung von Gartenerbsen aus. Die Abhandlung sei von mustergültiger Klarheit, erklärte Richard seinen Studenten. Der Inbegriff dessen, wonach die Wissenschaft strebe.

Richard schritt vor der Tafel auf und ab und sprach frei und ungezwungen. Er war wie der Evolutionsforscher Robert Chambers mit einem sechsten Finger geboren und war sich seiner linken Hand mit der Operationsnarbe aus Kindertagen, als man ihm den überzähligen Finger entfernt hatte, immer noch unangenehm bewusst. Deshalb benutzte er, obwohl er mit ausladenden Gesten sprach, stets nur die rechte Hand und ließ die linke in der Hosentasche. Von der Rückseite des Raumes, wo ich jedes Jahr im Herbst saß, um mir diese Vorlesung anzuhören, konnte ich die Studenten beobachten.

Nachdem Richard die Abhandlung ausgeteilt hatte, erzählte er zunächst Gregor Mendels Lebensgeschichte in der konventionellen Form. Mendel, berichtete er, sei in einem Dörfchen im äußersten Nordwesten von Mähren aufgewachsen, das damals noch zum Habsburgischen

Reich gehörte und später zur Tschechoslowakei. Mit einundzwanzig Jahren, als armer, bildungshungriger Mann, trat er in der Hauptstadt Brünn, dem heutigen Brno, in ein Augustinerkloster ein. Er absolvierte ein naturwissenschaftliches Studium und unterrichtete nach dem Examen an einer Oberschule der Stadt. 1856, im Alter von vierunddreißig Jahren, nahm er seine Versuche über Pflanzenhybriden auf, indem er Gartenerbsen künstlich befruchtete. Als Labor diente ihm ein kleines Beet an der Klostermauer.

Im Laufe der folgenden acht Jahre führte Mendel Hunderte von Experimenten mit Tausenden von Pflanzen durch und verfolgte die Muster, nach denen ihre Merkmale durch die Generationen weitergereicht wurden. Hochwüchsige und kleine Pflanzen mit weißen und lila Blüten; runzlige oder glatte Samen; Schoten, die sich um die Erbsen wölbten oder diese eng umhüllten. Er machte detaillierte Aufzeichnungen zu allen Kreuzungen und verwendete diese als Grundlage für die Abhandlung, welche die Studenten nun in Händen hielten. An einem klaren, kalten Abend des Jahres 1865 verlas er den ersten Teil dieser Abhandlung vor dem Kollegium des Naturforschenden Vereines zu Brünn, in dem er ebenfalls Mitglied war. Ungefähr vierzig Männer saßen im Publikum, einige wenige professionelle Wissenschaftler und zahlreiche engagierte Amateure. Mendel las eine Stunde lang, er beschrieb seine Experimente und die konstanten Muster der in seinen Hybriden auftretenden Merkmale. Einen Monat später, bei dem darauf folgenden Treffen des Kollegiums, stellte er die Theorie vor, die er zur Erklärung seiner Entdeckungen formuliert hatte.

Dort, in jenem kleinen überfüllten Raum, wurde die wissenschaftliche Genetik geboren, sagte mein Mann. Mendel habe nichts von Chromosomen oder Genen oder der DNS gewusst, aber er habe die Prinzipien entdeckt, mit deren Hilfe die Suche nach diesen Dingen möglich wurde.

»Hat man ihm applaudiert?«, pflegte Richard an diesem Punkt zu fragen. »Hat er jubelnde Zustimmung geerntet oder auch nur leisen Protest?« Eine rhetorische Frage; die Studenten wussten, dass er keine Antwort wollte.

»Nein, weder noch. Das Protokoll der Veranstaltung zeigt, dass keine Fragen gestellt wurden und es zu keiner Diskussion kam. Nicht ein einziger unter den Anwesenden erkannte die Bedeutung dessen, was Mendel vorgestellt hatte. Als die Abhandlung ein Jahr darauf gedruckt wurde, fand sie keinerlei Echo.«

Die Studenten senkten ihre Blicke auf die ausgehändigten Aufsätze, und Richard kam rasch zum Ende seiner Erzählung, indem er schilderte, wie Mendel ins Kloster zurückkehrte und sich mit anderen Dingen beschäftigte. Er unterrichtete weiter und machte weitere Versuchsreihen; er züchtete Wein und Obstbäume und alle möglichen Blumen, und er hielt Bienen. Schließlich wurde er zum Prior seines Klosters gewählt, so dass er bis zu seinem Tod gänzlich von den Verwaltungsaufgaben in Anspruch genommen wurde. Erst 1900 wurde seine Abhandlung wieder entdeckt, und eine neue Generation von Wissenschaftlern erkannte endlich die Bedeutung seiner Arbeit.

Wenn Richard an diesen Punkt seines Vortrags kam, suchte er stets lächelnd meinen Blick hinten im Raum. Er wusste, dass ich wusste, was die Studenten am Ende des Semesters erwarteten. Nachdem sie die Abhandlung gelesen und die Laborstunden überstanden hatten, in denen sie an in Reagenzgläsern gezüchteten Fruchtfliegen die Gesetze der Mendelschen Erblehre nachvollzogen, würde Richard ihnen die andere Geschichte von Mendel erzählen. Die Geschichte, die er durch mich kannte und die davon handelt, wie Mendel von einem herablassenden Wissenschaftlerkollegen und den Hybridformen des Habichtskrauts in die Irre geleitet wurde. Die Geschichte, in der seine Wissenschaft nicht nur ohne Anerkennung bleibt, sondern obendrein durch Einsamkeit und Sehnsucht verfälscht wird.

Ich hatte einen Grund, der Vorlesung jeden Herbst beizuwohnen, einen Grund, der sich nicht ausschließlich aus Pflichtbewusstsein und Eheweiblichkeit erklärt: Richard ist nicht derjenige, durch den Mendel in mein Leben getreten ist.

Als ich ein Kind war, zu Anfang der Weltwirtschaftskrise, arbeitete mein Großvater Anton Vaculik in einer Gärtnerei in Niskayuna nicht weit von Schenectady, wo Richard und ich bis heute wohnen. Es war nicht die einzige Arbeit, die mein Großvater gehabt hatte, aber es war die Stelle, die ihm von allen am meisten behagte. Er hatte Mähren 1891 verlassen und war mit seiner schwangeren Frau nach Bremen gereist. Von dort war er mit dem Schiff nach New York gefahren und mit einem weiteren Schiff nach Albany. Er hatte vorgehabt, bis in eine der großen tschechischen Ansiedlungen in Minnesota oder Wisconsin weiterzureisen, doch als meine Mutter sechs Wochen zu früh geboren wurde, ließ er sich stattdessen mit seiner Familie hier nieder. In der Gegend lebten ebenfalls einige tschechische Einwanderer, und einer von ihnen stellte meinen Großvater in seiner kleinen Fabrik zur Herstellung von Perlmuttknöpfen für Damenblusen ein.

Später, als er besser Englisch konnte, fand er die Stelle, in der er sich so wohl fühlte. Dort blieb er dreißig Jahre; er war so geschickt im Züchten von Pflanzen und Veredeln von Bäumen, dass die Besitzer der Gärtnerei ihn noch eine ganze Weile als Teilzeitkraft weiter beschäftigten, nachdem er schon längst das Pensionsalter überschritten hatte. Er hieß bei allen in der Gärtnerei nur Tony, wie es für amerikanische Ohren vertraut war. Bei mir hieß er Tati, als Abkürzung von tatínek, dem tschechischen Wort für Papa, mit dem meine Mutter ihn rief. Ich wurde nach ihm Antonia getauft.

Wir mussten nie hungern, als ich klein war; es ging uns besser als vielen anderen, aber unser tägliches Leben war überall von Sparsamkeit bestimmt. Meine Mutter nahm Näharbeiten an, änderte Jacken und flickte Hosen; beim Bügeln hob sie die Aufschläge bis zuletzt auf, wenn das Eisen schon abkühlte, nachdem es ausgestöpselt war. Meinem Vater hatte man im Elektrizitätswerk den Lohn gekürzt, und meine älteren Brüder versuchten zum Unterhalt beizutragen, indem sie sich allerlei kleine Arbeiten suchten. Ich war das einzige Familienmitglied, das nichts zu tun hatte, deshalb überließ mich meine Mutter an den Wochenenden und im Sommer manchmal Tati. Ich liebte es, für ihn arbeiten zu dürfen.

In der Gärtnerei standen ganze Felder voller Obstbäume, Pfirsich- und Apfel- und Birnbäume, und lange niedrige Gewächshäuser voller Sämlinge. Ich heftete mich an Tatis Fersen und half ihm beim Umpflanzen oder bei der Arbeit mit seinem scharfen sichelförmigen Messer und dem Baumwachs. Ich setzte mich neben ihn auf einen hohen Holzhocker und hielt seine Pinzette oder das Glas mit vergälltem Spiritus, wenn er Blumen die Staubgefäße abnahm. Er erzählte, während er arbeitete, und so erfuhr ich von seiner ersten Zeit in Amerika.

Nur wenn sein neuer Chef auf der Bildfläche erschien, verstummte Tati regelmäßig, und sein Lächeln verflog. Der ehemalige Obergärtner Sheldon Hardy war unser Freund gewesen: er war ungefähr so alt wie Tati und hatte jahrelang Seite an Seite mit ihm gearbeitet, Stecklinge gesetzt und Obstbäume veredelt. Doch 1931, in dem Jahr, als ich zehn war, erlitt Mr. Hardy einen Herzinfarkt und zog zu seiner Tochter nach Ithaca. Kurz darauf wurde

Otto Leiniger eingestellt und raubte uns fortan täglich einen Teil der Freude an unserer Arbeit.

Leiniger muss Ende fünfzig gewesen sein. Er beeilte sich sogleich, Tati zu erklären, dass er ein Magisterdiplom von einer Universität im Westen besitze. Und sein weißer Kittel sowie die Bücher in seinem Büro zeigten deutlich, dass er sich für einen Gelehrten hielt. Dort saß er hinter einem großen Eichenschreibtisch und verfasste mit einem eleganten Füllfederhalter, der einmal bessere Zeiten gesehen hatte, Listen mit Aufgaben für Tati. Leiniger war vorher der Direktor einer Baumschule gewesen. Diese Listen heftete er mit Reißzwecken an die Treibhaustische, wo sie sich in der feuchten Luft aufrollten wie Hobelspäne, und wenn wir in die Arbeit vertieft waren, kam er ins Treibhaus geschlendert und lungerte in unserer Nähe herum. Er beschwerte sich nicht über meine Anwesenheit, aber er behandelte Tati wie einen einfachen Arbeiter. Eines Tages erwischte er mich allein in einem Treibhaus voll kleiner Begonien, die wir aus Stecklingen gezogen hatten.

Tati hatte eine Brause auf eine Gießkanne gesetzt, die klein genug war, dass ich gut mit ihr umgehen konnte, und ich bewässerte gerade die Pflänzchen. Es war sehr warm unter dem Glasdach. Ich trug Shorts und ein altes weißes Hemd von Tati ohne etwas anderes darunter als meine feuchte Haut; ich war gerade zehn. Wie an beiden Seitenwänden stand auch in der Mitte des Treibhauses auf ganzer Länge ein Pflanztisch. Auf der einen Seite dieses Tisches stand ich auf einer umgedrehten Kiste, weit vorgebeugt, um auch an die Pflanzen auf der anderen Seite zu kommen. Als ich aufblickte, stand Leiniger mir gegenüber. Sein Gesicht war rund und feist, mit dunklen Säcken unter den Augen.

»Du bist ein liebes Kind«, sagte er. »Schön hilfst du deinem Großpapa.« Tati war im Gewächshaus nebenan, um sich frisch ausgepflanzte Fuchsien anzusehen.

»Ich bin gern hier«, sagte ich zu Leiniger. Die Pflänzchen unter meinen Händen waren Rexbegonien, die nicht
der Blüten wegen, sondern um der prächtigen gekräusel-
ten Blätter willen gezogen wurden. Ich hatte Tati dabei
geholfen, die Mutterblätter im feuchten Sand festzu-
stecken und später die an den Rippen wurzelnden jungen
Triebe umzupflanzen.

Leiniger deutete auf die Begonienreihe vor ihm, die
gesamte Tischbreite von mir entfernt. »Die sehen ein bisschen trocken aus«, sagte er. »Die hier.«

Ich wollte nicht um den Tisch herumgehen und mich
neben ihn stellen. »Du kannst von da aus drankommen«,
sagte er. »Beug dich nur ein bisschen weiter vor.«

Ich stellte mich auf Zehenspitzen und lehnte mich mit
weit vorgestreckter Gießkanne quer über den Tisch, um
die am weitesten entfernten Pflanzen zu gießen. Leiniger
schwitzte. »So ist es recht«, sagte er mit belegter Stimme. »Beug dich zu mir herüber.«

Tatis altes weißes Hemd stand am Hals ab und fiel lose
nach vorn, als ich mich bückte. Ich reckte den Arm und
goss die Begonien. Als ich mich aufrichtete, sah ich, dass
Leiniger im Gesicht hochrot war und sich gegen den hölzernen Tisch presste.

»Hier«, sagte er mit einer zittrigen Geste in Richtung
einer anderen Gruppe von Pflanzen zu seiner Rechten.
»Die hier, die sind auch ganz trocken.«

Ich hatte Angst vor ihm, aber ich wollte auch meine
Arbeit gut machen und Tati keinen Ärger bereiten, indem
ich irgendwie nachlässig war. Ich beugte mich mit der
Gießkanne vor. Diesmal griff Leiniger mit seinen dicken
Fingern nach meinem Unterarm. »Nicht die«, sagte er
und lenkte meine Hand näher zur Tischkante hin, gegen
die er sich noch immer presste. »Die hier, die sind ganz
trocken.«

In dem Moment, als die Gießkanne seinen Kittel berührte, kam Tati herein. Ich kann mir rückblickend vorstellen, wie die Szene auf ihn gewirkt haben muss. Ich über den schmalen Tisch gebeugt, auf äußersten Zehenspitzen, das weiße Hemd unter mir wie ein Laken über den Begonien; Leiniger mit rotem Gesicht, schweißüberströmt, sich an der hölzernen Tischkante reibend. Während seine Hand, seine schuldige Hand, mich näher zog. Ich ließ die Gießkanne fallen, als Tati meinen Namen rief.

Wer weiß, was Leiniger im Schilde führte? Für Tati muss es ausgesehen haben, als wollte er mich über die Begonien an sich ziehen. Aber Leiniger war nur ein einsamer alter Mann, und mir kommt es, heute gesehen, vor, als suchte er nur den Blick in den Hemdausschnitt und das bisschen Kontakt mit der Haut an der Innenseite meines Arms. Wäre Tati nicht in diesem Moment in das Treibhaus gekommen, wäre womöglich gar nichts weiter passiert.

Doch Tati las das Schlimmstmögliche in die Situation. Er sah die feiste Hand an meinem Arm und den Blick, der auf meiner kindlichen Brust ruhte. Er hatte ein kleines Gartenmesser in der Hand. Als er meinen Namen rief und ich die Gießkanne fallen ließ, verstärkte Leiniger seinen Griff an meinem Arm. Ich versuchte mich loszureißen, und Tati rannte auf ihn zu und stieß ihm sein Messer in den Handrücken.

»*Německy!*« rief er. »*Prase!*«

Leiniger ließ einen Schrei los und stolperte rückwärts über den Betonblock, auf den ich mich immer stellte, um die hängenden Pflanzen zu gießen. Der Block traf ihn gerade unterhalb der Kniekehlen, so dass er langsam und schwer zu Boden ging, die eine Hand auf der Wunde an der anderen, einen ungläubigen Ausdruck im Gesicht. Tati streckte bereits die Arme aus, um ihn aufzufangen, als Leiniger mit dem Kopf gegen ein Heizungsrohr knallte.

Natürlich ist das nicht die Geschichte, die ich Richard erzählte. Als wir uns kennen lernten, unmittelbar nach dem Krieg, arbeitete ich in demselben Elektrizitätswerk, das einst meinen Vater beschäftigt hatte, und Richard stand kurz vor dem Abschluss seiner Doktorarbeit. Nach dem Tod meines Vaters hatte ich mein Studium am Junior College abgebrochen; Richard hatte sein Doktorandenprogramm vorübergehend unterbrochen, um sich der Navy anzuschließen, für die er drei Jahre lang tropische Pilze erforschte. Wir waren beide von dem Gefühl besessen, verlorene Zeit wettmachen zu müssen. Während der kurzen Zeit, in der wir umeinander warben, erzählte ich Richard nur die Dinge, mit denen ich seine Liebe zu gewinnen hoffte.

Als wir zum zweiten Mal miteinander ausgingen, erzählte ich ihm bei Kaffee und italienischem Gebäck, dass mein Großvater mir als Kind ein wenig darüber beigebracht hatte, wie man Pflanzen züchtete, und dass ich mich sehr für Genetik interessierte. »Tati lebte eine Zeit lang mit bei uns, als ich klein war«, sagte ich. »Er ist oft mit mir durch die Wiesen um Niskayuna gelaufen und hat mir von Gregor Mendel erzählt. Ich kann immer noch Stempel und Staubgefäße unterscheiden.«

»Mendel ist mein Held«, sagte Richard. »Er war für mich schon immer das Ideal eines Wissenschaftlers. Ich bin noch nicht vielen Frauen begegnet, die seine Arbeit kennen.«

»Ich weiß eine ganze Menge über ihn«, entgegnete ich. »Von Tati – du würdest staunen.« Ich sagte nicht, dass Tati und ich uns über Mendel unterhielten, weil wir es nicht ertrugen, von dem zu reden, was wir beide verloren hatten.

Tati schlief in den Monaten vor der Gerichtsverhandlung in meinem Zimmer; er wurde unter der Bedingung auf Kaution freigelassen, dass er nicht in seinem kleinen

Haus in Rensselaer wohnte, sondern bei uns. Ich schlief auf dem Sofa im Wohnzimmer, und Leiniger lag bewusstlos in Schenectady in der Klinik. Tati und ich hielten uns still im Hintergrund. Keiner schien mit uns reden zu wollen. Meine Brüder blieben soviel als möglich von zu Hause fern, und mein Vater machte Überstunden. Meine Mutter war da, aber sie war von dem Vorgefallenen so verstört, dass sie es kaum über sich brachte, ein Wort an mich oder Tati zu richten. Das Äußerste, wozu sie sich durchringen konnte, war, mich ein paar Tage nach Tatis Eintreffen beiseite zu nehmen und zu sagen: »Das mit Leiniger ist nicht deine Schuld. Das, was zwischen den beiden Männern ist, ist eine Geschichte aus der alten Heimat.«

Ich musste mich zu ihr auf die Veranda setzen, wo sie Pilze umdrehte, die sie im Wald gesammelt und auf Drahtnetzen zum Trocknen ausgebreitet hatte. Rot, gelb, lila, ledrig braun. Einige Stücke waren trockener als andere. Während sie sprach, ging sie von Netz zu Netz und drehte die federleichten Schnipsel um.

»Welche Heimat?«, fragte ich. »Wovon sprichst du?«

»Tati ist Tscheche«, sagte meine Mutter. »Wie ich. Mr. Leiniger ist aus einer deutschen Familie, aus einem Teil von Mähren, in dem nur Deutsche wohnen. Tati und Mr. Leiniger können sich aus Gründen nicht leiden, die auf alte Zeiten in den tschechischen Provinzen zurückgehen.«

»Dann bin ich auch tschechisch?«, sagte ich. »Dies ist passiert, weil ich tschechisch bin?«

»Du bist amerikanisch«, sagte meine Mutter. »Zuerst amerikanisch. Aber Tati hasst die Deutschen. Er und Leiniger hätten einen Grund gefunden, sich zu streiten, auch wenn du gar nicht da gewesen wärst.« Sie erzählte mir ein wenig von der Geschichte Mährens, damit ich verstand, wie lange sich die Tschechen und die Deutschen schon Feind waren. Und sie berichtete, wie begeistert Tati im Ersten Weltkrieg war, als die tschechischen und slowakischen Einwanderer in ihren Reihen Geld sammelten, um der Gründung eines unabhängigen tschechoslowakischen Staates auf die Beine zu helfen. Als sie ein Kind war, hatten sich Tati und ihre Mutter über Tatis Spenden gezankt und über die Versammlungen, an denen er teilnahm.

Doch mir erschien das alles nicht wichtig. Im Treibhaus hatte ein Polizist Tati gefragt, was vorgefallen war, und Tati hatte zur Antwort gegeben: »Ich habe ihm das Messer in die Hand gerammt. Aber alles weitere war ein Unfall – er ist über den Block da gestolpert und gestürzt.«

»Warum?«, hatte der Polizist gefragt »Warum haben Sie das getan?«

»Meine Enkeltochter«, hatte Tati gesagt. »Er hat … sie angefasst.«

Der Polizist hatte mein Kinn in die Hand genommen und mich streng angesehen. »Stimmt das?«, hatte er gefragt. Und ich nickte stumm, mit dem Gefühl, zugleich zutiefst schuldig und sehr wichtig zu sein. Und jetzt machte mir meine Mutter weis, dass ich unwichtig war.

»Muss *ich* die Deutschen hassen?«, fragte ich.

Ein paar Jahre später, als Tati tot war und ich auf die High-School ging und Hitler die Tschechoslowakei zerschlagen hatte, wurde meine Mutter lauthals deutschfeindlich. Doch damals sagte sie lediglich: »Nein. Mr. Leiniger hätte dich nicht belästigen dürfen, aber er ist nur ein einzelner Mann. Es ist nicht richtig, jeden zu hassen, der einen deutschen Nachnamen hat.«

»Macht Tati das?«

»Manchmal.«

Ich berichtete meiner Mutter, mit welchen Worten Tati Leiniger angeschrieen hatte, und ahmte die fremden Laute so gut ich konnte nach. Meine Mutter wurde rot. »*Německy* heißt deutsch«, sagte sie widerstrebend. »*Prase* heißt Schwein. Du darfst nie jemandem erzählen, dass du deinen Großvater so was hast sagen hören.«

Von diesem Gespräch sagte ich Tati nichts. Den ganzen Herbst hindurch, vor allem aber nach Leinigers Tod, erwartete mich Tati täglich nach der Schule auf der Veranda, den knorrigen Spazierstock in der Hand und die Mütze auf dem Kopf. Meine Mutter ließ ihn nicht allein aus dem Haus gehen, aber sie fand selten Zeit, ihn zu begleiten; meine Brüder hatten keine Lust. Und so wartete Tati jeden Nachmittag auf mich wie ein rastloser Hund.

Wenn wir durch die Wiesen und Wälder hinter unserem Haus liefen, redeten wir nicht über das, was im Treibhaus vorgefallen war. Tati nannte mir die Namen der Farne und Moose und Blumen, an denen wir vorbeikamen. Er zeigte mir die verschiedenen Habichtskrautarten – Kanadisches Habichtskraut, Geflecktes Habichtskraut, Waldhabichtskraut. Gemeines Habichtskraut, das sich auf brachliegenden Feldern ausbreitete. Langstielige Pflanzen mit einer Blätterrosette über dem Boden und kleinen Blütenständen, die an Löwenzahn erinnern. Nachdem Tati sie mir einmal gezeigt hatte, sah ich sie überall.

»Hieracium«, sagte Tati. »Das ist ihr richtiger Name. Er ist abgeleitet vom griechischen Wort für Habicht. Der Saft aus den Stängeln bewirkt angeblich, dass man sehr scharf sehen kann.« Es sei ein Unkraut, erklärte er. Es wachse überall, wo der Boden zu karg sei, als dass andere Pflanzen dort gediehen. Sie seien verwandt mit Astern, Margeriten und Dahlien – lauter Blumen, die ich aus der Gärtnerei kannte –, aber auch mit Disteln und Kletten. Ich solle mir ihr Aussehen einprägen, sagte er. Sie seien wichtig. Er habe mit eigenen Augen zugesehen, wie das Habichtskraut Gregor Mendels Leben ruinierte.

Bis heute will mir das unmöglich scheinen: Wie kann ich jemanden gekannt haben, der alt genug war, Mendel zu kennen? Und doch war es so: Tati wuchs am Stadtrand von Brno auf, der Stadt, in der Mendel den größten Teil seines Lebens verbrachte. 1866, als sie sich zum ersten Mal begegneten, herrschte Cholera in Brno, und preußische Soldaten zogen durch die Stadt, nach dem Ende eines kurzen, verheerenden Krieges. Damals war Tati zehn, und solche Dinge interessierten ihn nicht. Er kletterte eines Nachmittags übermütig auf die weiße Mauer des Augustinerklosters St. Thomas. Oben angekommen erblickte er einen untersetzten, kurzbeinigen Mann, der durch eine Brille zu ihm aufsah.

»Er sah dem Onkel meiner Mutter ähnlich«, sagte Tati. »Entfernt ähnlich.«

Mendel streckte ihm eine Hand entgegen und half Tati, von der Mauer zu springen. Um ihn herum standen Obstbäume und wilde Weinstöcke; in der Ferne sah er einen Uhrturm und ein lang gestrecktes, niedriges Gebäude. Dort wo Tati gelandet war, wuchsen Erbsen. Nicht Abertausende von Erbsen wie am Höhepunkt von Mendels Experimenten, aber immer noch Hunderte von Pflanzen, die an Reisern und gespannten Fäden emporrankten.

Es sei ein verwunschener Ort gewesen, sagte Tati. Mendel zeigte ihm den zahmen Fuchs, den er tagsüber an die Leine legte, aber nachts frei laufen ließ, die Igel und die Hamster und die Mäuse, die er hielt, die Bienenkörbe und die Käfige voller Vögel. Die beiden, der Junge und der Mann mittleren Alters, wurden Freunde. Mendel weihte Tati in die meisten seiner gärtnerischen Geheimnisse ein und verschaffte ihm später ein Stipendium für die Schule, an der er Lehrer war. Doch Tati meinte, das erste Jahr ihrer Freundschaft, vor den Experimenten mit dem Habichtskraut, sei das schönste gewesen. Seite an Seite hätten Mendel und er Erbsenblüten geöffnet und mit einem Kamelhaarpinsel Pollen übertragen.

Am letzten Tag des Jahres 1856 schrieb Mendel seinen ersten Brief an Carl Nägeli in München, einen hochangesehenen, einflussreichen Botaniker, der sich mit Kreuzungsverfahren beschäftigte. In der Hoffnung, Nägeli könnte ihm dabei behilflich sein, seiner Theorie die verdiente Anerkennung zu verschaffen, legte er dem Brief eine Kopie seiner Abhandlung über die Erbsen bei. Außerdem berichtete er in dem Brief jedoch, dass er mit einigen Versuchen an Habichtskraut begonnen habe, von denen er hoffe, dass sie seine Untersuchungsergebnisse mit den Erbsen bestätigen würden.

Nägeli war für seine Untersuchungen des Habichtskrauts bekannt, und Tati glaubte, Mendel habe es nur erwähnt, um Nägelis Interesse an seiner Arbeit zu gewinnen. Nägelis Antwort ließ Monate auf sich warten, und als er schließlich schrieb, erwähnte er die Erbsen nur ganz nebenbei. Doch mit dem Habichtskraut experimentierte er selbst, und er schlug Mendel vor, sich diesem doch ebenfalls zuzuwenden. Der verzweifelt nach Anerkennung lechzende Mendel hörte auf, über Erbsen zu schreiben, und widmete sich stattdessen fortan dem Habichtskraut.

»Oh, dieser Nägeli!«, sagte Tati. »Monat für Monat, Jahr für Jahr, sah ich mit an, wie Mendel seine langen geduldigen Briefe verfasste und entweder gar keine Antwort oder eine säumige Antwort bekam, oder eine Antwort, die überhaupt nicht auf die angesprochenen Themen einging. Jedes Mal wenn Nägeli schrieb, ging es ausschließlich um das Habichtskraut. Als ich später erfuhr, warum Mendels Experimente mit dem Kraut nicht gelungen waren, hätte ich heulen können.«

Die Experimente, die bei den Erbsen solch schlüssige Ergebnisse erzielt hatten, führten beim Habichtskraut, das außerordentlich schwer zu kreuzen war, ins reine Chaos. Ein Experiment nach dem anderen schlug fehl; Jahre der Arbeit waren vergebens. Das unerklärliche Verhalten des Habichtskrauts zerstörte Mendels Glauben daran, dass die Vererbungsgesetze, wie er sie an den Erbsen erarbeitet hatte, universelle Gültigkeit besitzen könnten. 1873 gab Mendel vollends auf. Das Habichtskraut und Nägeli hatten ihn überzeugt, dass seine Arbeit sinnlos war.

Es sei Pech gewesen, meinte Tati. Pech, dass er auf die Idee verfallen sei, Nägeli um Unterstützung anzugehen, und dass er sich von diesem auf das Habichtskraut habe lenken lassen. Mendels Versuchsmethode sei einwandfrei gewesen und seine Erbschaftsgesetze seien vollkommen richtig formuliert. Er habe nicht wissen können – noch Jahre habe es niemand gewusst –, dass Habichtskraut sich nicht auf berechenbare Weise kreuzen lasse, weil es häufig unbefruchtete Samen bildete. »Parthenogenese«, sagte Tati – ein langes, sperriges Wort, das ich kaum über die Zunge brachte. Es klingt mir immer noch wie eine Krankheit. »Die Pflanzen, die aus den auf diese Weise gebildeten Samen sprießen, sind exakte Abbilder der Mutterpflanze, genau wie die Begonien, die wir aus Blattablegern ziehen.«

Mendel wandte sich von der Wissenschaft ab und verbrachte seine letzten Jahre nach seiner Wahl zum Prior damit, sich mit der Regierung um die Steuerlast zu streiten, die seinem Kloster auferlegt war. Er überwarf sich mit seinen Klosterbrüdern; er wurde bitter und einsam. Einige der Mönche glaubten, er sei wahnsinnig geworden. In seinen Gemächern rauchte er schwere Zigarren und starrte an die Decke, an die er Szenen mit Heiligen und Obstbäumen, Bienenkörben und wissenschaftlichem Gerät gemalt hatte. Wenn Tati ihn besuchte, kam er im Gespräch vom Hundertsten ins Tausendste.

1884 im Januar starb Mendel am Epiphaniasabend, noch immer im Unklaren über den Wert seiner wissenschaftlichen Arbeit. Im selben Jahr, lange nachdem ihr Briefwechsel eingeschlafen war, veröffentlichte Nägeli ein dickes Buch, in dem er sein gesamtes Lebenswerk zusammenfasste. Obwohl ein großer Teil seiner Ansichten und Beobachtungen sich wie eine Wiedergabe von Mendels

Arbeit mit den Erbsen las, würdigte Nägeli weder Mendels Namen noch seine Abhandlung einer Erwähnung.

Dies war die Geschichte, die ich Richard erzählte. Auf diese Weise aus dem Zusammenhang gerissen und des Anlasses beraubt, aus dem sie erzählt wurde, geriet sie zu einer Geschichte über die Anfänge von Richards wissenschaftlicher Disziplin. Ich wusste, dass Richard gutes Geld gegeben hätte, um sie zu hören, aber ich schenkte sie ihm einfach.

»Und dein Großvater hat das alles miterlebt?«, fragte er. Zu diesem Zeitpunkt kannten wir uns schon besser; wir saßen an einem Flussufer, tranken Manhattans, die Richard gemixt hatte, und taten uns an dem kalten würzigen Rinderbraten gütlich, dem marinierten Gemüse und der Zitronentorte, die ich in einem Korb mitgebracht hatte. Richard wusste meine Kochkunst außerordentlich zu schätzen. Auch mich mochte er, für meinen Geschmack allerdings noch nicht genug; ich konnte es nicht erwarten, dass er um meine Hand anhielt, aber er hatte noch immer nichts gesagt. »Dein Großvater hat die Briefe gesehen«, sagte er. »Er hat miterlebt, wie Mendel Daten für Nägeli zusammenstellte. Das ist erstaunlich. Das ist sehr bemerkenswert. Unglaublich, was du alles weißt.«

Ich deutete an, dass dies noch nicht alles war. Was hatte ich ihm noch zu bieten? Mittlerweile scheint mir, ich hatte fast alles: Jugend und Gesundheit und ein liebevolles Wesen; den Wunsch, eine Familie zu gründen. Doch damals war ich über Gebühr von Richards Bildung beeindruckt.

»Mehr?«, fragte er.

»Ich habe noch einige Papiere«, sagte ich. »Von Tati.«

Natürlich durfte ich nicht in den Gerichtssaal, dafür war ich zu klein. Nachdem Leiniger gestorben war, wurde der Termin für die Verhandlung vorverlegt. Ich bekam nicht zu sehen, wie Tati neben dem Anwalt saß, den mein Vater für ihn genommen hatte; ich habe weder einen Richter noch eine Jury gesehen und nie erfahren, ob meine Aussage für Tati vielleicht eine Hilfe gewesen wäre. Ich erfuhr damals vor Urzeiten nicht einmal, ob das Gericht die Zeugenaussage eines Kindes akzeptiert hätte, denn Tati starb am Abend vor dem ersten Verhandlungstag.

Er starb an einem Schlaganfall, sagte meine Mutter. Sie hörte ein lautes unverständliches Rufen, und als sie in das Zimmer lief, das einst meines gewesen war, fand sie Tati vornübergekippt auf dem Bett, mit hängendem Kopf und dunkelrotem, geschwollenem Gesicht. Von da an, nach Tatis Beerdigung, ging ich nach der Schule nicht mehr durch Wald und Felder spazieren. Ich machte meine Hausaufgaben am Küchentisch und half anschließend meiner Mutter im Haus. Und am Wochenende ging ich nicht mehr in die Gärtnerei.

Da nie eine Gerichtsverhandlung stattgefunden hatte, erfuhr niemand im Ort von der Rolle, die ich bei Leinigers Tod gespielt hatte. Alle glaubten, es habe einen Streit zwischen zwei alten Männern gegeben, und dann einen Unfall. Niemand suchte die Schuld bei mir oder meiner Familie. Ich konnte weiter zur Schule gehen, ohne dass die Leute mit dem Finger auf mich zeigten oder über mich redeten. Ich verdrängte alle Gedanken an Tati, die Gärtnerei und Leiniger, Mendel und Nägeli und das Verhalten des Habichtskrauts. Als der Krieg kam, verschloss ich die Ohren vor dem Geschimpfe meiner Mutter. Nach dem Tod meines Vaters zog sie zu einem meiner verheirateten Brüder, und ich zog allein in eine kleine Wohnung. Ich liebte meine Arbeit in der Fabrik; ich fühlte mich sehr unabhängig.

Erst als der Krieg vorbei war und ich Richard kennen lernte, kramte ich die Geschichte mit dem Habichtskraut wieder hervor. Richards Familie lebte schon seit Generationen in den USA und schien keine Vorgeschichte zu haben; das war einer der Aspekte, die mich anzogen. Nach dem Picknick am Fluss war ich freilich ebenfalls ganz sicher, dass meine Anziehungskraft für ihn sich zum Teil aus der Tatsache erklärte, dass ich eine so enge Verbindung zu anderen Orten und Zeiten hatte. Ich gab Richard die vergilbten Blätter zu lesen, die Tati mir in einem Umschlag hinterlassen hatte.

*Dies ist der Entwurf eines von Mendels Briefen an Nägeli* hatte Tati auf einen Zettel geschrieben, den er an das Manuskript geheftet hatte. *Er hat ihn mir einmal gezeigt, als er traurig war. Später schenkte er ihn mir. Jetzt sollst du ihn haben.*

Richards Stimme zitterte, als er die Worte vorlas. Er blätterte Mendels Brief langsam durch und las mir hier und da eine Zeile laut vor. Es war ein früher Brief, vielleicht gar der erste. Er handelte ausschließlich von Erbsen.

Richard sagte: »Ich kann nicht glauben, dass ich dies in Händen halte.«

»Ich könnte ihn dir schenken«, sagte ich. Der Gedanke erschien mir absolut folgerichtig. Mendel hatte den Brief Tati gegeben, dem einzigen Freund seiner letzten Jahre; dann hatte Tati ihn an mich weitergereicht, als er mich nicht mehr selbst beschützen konnte. Jetzt schien es mir passend, ihn an den Mann weiterzugeben, den ich heiraten wollte.

»Mir?«, fragte Richard. »Du willst ihn mir schenken?«

»Er sollte jemandem gehören, der ihn zu schätzen weiß.«

Richard hütete Tatis Brief wie einen Schatz. Wir heirateten, wir zogen nach Schenectady, Richard bekam eine gute Stelle am College dort, und unsere beiden Töchter wurden geboren. Während beider Schwangerschaften befürchtete Richard, dass unsere Kinder seine Hexadaktylie geerbt haben könnten, doch Annie und Joan kamen beide mit der vorschriftsmäßigen Zahl von Fingern und Zehen auf die Welt. Ich blieb mit ihnen zu Hause, zunächst in der Wohnung in der Union Street und später nach Richards Beförderung in dem hübschen alten Haus auf dem Collegegelände, in dem wir zur Miete wohnten. Richard schrieb Aufsätze und saß in Gremien; ich gab einmal im Monat ein Dinner für die Kollegen seines Fachbereichs; einmal in der Woche ein Kaffeestündchen für besonders bevorzugte Studenten, im Sommer Picknicks für die Jahrestreffen der Ehemaligen. Ich bewies ein gutes Händchen für derlei Veranstaltungen: Sie waren eine Aufgabe, wenn auch eine unbezahlte, und es wurde von mir erwartet, daß ich sie erfüllte.

Unsere Töchter wurden erwachsen und zogen fort. Und dann, mit beinahe fünfzig, nachdem Richard Professor auf Lebenszeit geworden war, eine Reihe Preise bekommen hatte und fast unerträglich selbstzufrieden geworden war, kam eine Zeit von knapp einem Jahr, in der die Welt für mich grau und öde wurde.

Ich kann mir immer noch nicht erklären, was damals mit mir geschah. Mein Arzt meinte, es seien die Hormone, der Beginn meiner Wechseljahre. Meine Töchter, die gerade begonnen hatten, die Frauenbewegung zu entdecken, meinten, ich erstickte am jahrelangen Hausfrauendasein und bräuchte einen Beruf. Annie, unsere Älteste, druckste ein Weilchen herum und fragte mich dann schließlich, ob ihr Vater und ich noch immer im gleichen Bett schliefen; ich bestätigte dies, ohne jedoch den Mut zu finden, ihr zu sagen, dass wir darin wirklich nur noch schliefen. Richard meinte, ich bräuchte Bewegung und empfahl tägliche Spaziergänge im botanischen Garten des College, in dem viele exotische Bäume aus allen Winkeln der Erde wuchsen.

Er war mit sich selbst beschäftigt, aber nicht völlig abgekapselt; es fiel ihm nicht leicht, mich leiden zu sehen. Vermutlich wollte er auch einfach die Frau wiederhaben, die seinen Haushalt jahrelang so hervorragend in Schuss gehalten hatte. Doch ich brachte überhaupt nichts mehr zuwege. Ich war nur ständig von dem Bewusstsein gequält, dass ich mich alt fühlte und dass alles seinen Reiz verloren hatte. Tagelang lehnte ich mit einem Plaid über den Beinen auf dem Fenstersitz in unserem Schlafzimmer und sah zu, wie die Studenten auf dem Platz vor der Bibliothek zusammenströmten, durcheinander liefen und wieder auseinander strömten.

Das war 1970, als die Studenten sich über Nacht von netten Jungen in ungehobelte Männer mit Bärten und langen Haaren zu verwandeln schienen. Jede Woche bescherte neue Proteste und Sprechchöre, Aufmärsche und Demonstrationen, Bettlaken, die wie Banner aus den Wohnheimfenstern hingen. Die jungen Burschen, die früher im blauen Sakko und mit gebügelten Hosen zu uns zum Tee erschienen waren, trugen Westen mit langen Fransen und löcherige Jeans. Und als ich im Herbst Richards Genetikvorlesung besuchte, um mir den ersten seiner beiden Mendelvorträge anzuhören, sah ich, dass die Studenten aus dem Fenster guckten, während er sprach, oder mit den Stühlen kippelten und die Füße auf den Tisch legten: offen gelangweilt, aufsässig. Ein von glatten blonden Haarmassen umhülltes Mädchen – es saßen Mädchen in der Vorlesung, das College nahm neuerdings weibliche Studenten auf – unterbrach Richard mitten im Satz und sagte: »Aber welche *Relevanz* soll das haben? Wissenschaft in der Hand der Technokraten ist immer destruktiv.«

Richard würdigte sie keiner Antwort, sondern brachte seinen Vortrag möglichst schnell zu Ende und verließ den Raum, ohne mich anzusehen. Auf seine zweite Mendelvorlesung verzichtete er in dem Semester ganz. Die Studenten hatten größtenteils die Teilnahme an den Labors verweigert, da es keinen Grund gebe, harmlose Fruchtfliegen sterben zu lassen, nur um eine Theorie zu bestätigen, die von aller Welt bereits als zutreffend anerkannt war. Richard meinte, sie hätten es nicht verdient, vom Habichtskraut zu erfahren. Sie seien so schmutzig, so destruktiv, dass er Angst um Mendels kostbaren Brief habe.

Ich war erleichtert, sagte dies aber nicht; ich verspürte keinen Drang, meinen Platz am Fenster zu verlassen, und keinen Wunsch, die Geschichte abermals von Richard erzählt zu hören. Meiner Ansicht nach erzählte er sie nicht gut. Er brachte die Daten durcheinander, verkürzte die Zeiten, identifizierte sich zu sehr mit Mendel und zeichnete Nägeli zu schwarz als Bösen. Mir war mittlerweile klar geworden, dass er sich gern für einen zweiten Mendel hielt, für genauso verkannt und unverstanden. Mir dagegen kam er mehr wie ein zweiter Nägeli vor. Ich hatte erlebt, wie er sich jüngeren Wissenschaftlern, die sich zu etablieren suchten, gegenüber wenig großzügig verhalten hatte. Ich hatte mit angesehen, wie er jedes Jahr nicht etwa den intelligentesten oder originellsten Studenten zu seinem Begünstigten machte, sondern den gefälligsten, der ihm am meisten schmeichelte.

In jenem Jahr schienen alle Studenten zu mutieren, daher gab es keinen bevorzugten, keinen servilen, gut gekleideten Jungen, der sonntags bei uns zu Abend aß oder mittwochs nach dem Seminar zur Cocktailstunde bei uns erschien. Wenn ich auf meinem Fenstersitz lehnte und vor mich hin Umschläge beschriftete, die ich mit Nachdrucken von Richards Aufsätzen füllte, merkte ich kaum, dass das Haus leerer war als sonst. Doch nachts, wenn ich nicht schlafen konnte, erhob ich mich von Richards Seite und bettete mich auf das Sofa im Wohnzimmer, wo ich stundenlang zwischen Traum und Panik schwebte. Dann hörte ich Tatis Stimme, wie sie mir von Mendel erzählte. Ich hörte den am Habichtskraut verzweifelnden Mendel, wie er dem kleinen aufmerksamen Jungen, der im Garten neben einem Fuchs saß, einen Briefentwurf nach dem anderen vorlas. *Sehr geehrter Herr Professor, Exzellenz, ich bitte ergebenst, Ihnen die folgenden Versuchsergebnisse unterbreiten zu dürfen ...* Wie unterwürfig Mendel in seinen Anreden gewesen war und doch wie sicher in seiner Wissenschaft. Wie gut er zu Tati gewesen war.

In manchen Nächten verwirrte sich mein Geist. Mendel und Nägeli, Mendel und Tati; Tati und Leiniger, Tati und ich. Männerpaare, die einander hassten, und Freundespaare, die Papiere weiterreichten. Ein Junge, den ich beim Beschneiden von Sträuchern im Collegegarten beobachtete, wurde zu dem Kind Tati, das über eine weiße Mauer kletterte. Einmal, als ich einnickte, träumte ich von Leinigers Frau. Ich hatte sie nur einmal gesehen; sie war zu Tatis Beerdigung gekommen. Sie stand in einem braunen Kleid mit einem Streumuster aus kleinen weißen Blättern hinten in der Kirche, und als meine Familie nach dem Gottesdienst ging, wandte sie das Gesicht ab.


Im Juni dieses Jahres kam gleich nach den Entlassungsfeierlichkeiten Sebastian Dunitz aus seinem Frankfurter Labor zu uns ans College. Richard und er hatten korrespondiert und gemeinsame Forschungsinteressen entdeckt; Richard hatte dafür gesorgt, dass Sebastian für ein Jahr an seinem Lehrstuhl zu Gast sein konnte. Den Sommer über sollte er mit Richard gemeinsam an einem Forschungsprojekt arbeiten und ihm danach im Winter- und im Sommersemester als sein Assistent in den Laborkursen einen Teil der Lehre abnehmen. Er wohnte bei uns, in Annies ehemaligem Zimmer, aber er machte wenig Mühe. Er erledigte seine Wäsche und kochte seine Mahlzeiten selbst, außer wenn wir ihn einluden, mit uns zu essen.

Richard mochte Sebastian sofort. Er war jung, intelligent und hervorragend ausgebildet; obwohl er sich mehr für Speziation und evolutionäre Beziehungen interessierte als für die von Richard gelehrte klassische mendelsche Genetik, zeigte er Richard gegenüber stets Respekt. Binnen eines Monats nach seiner Ankunft berichtete mir Richard bereits, dass sein Schützling mit ein wenig Glück wohl auf eine Dauerstelle hoffen könne. Binnen eines Monats nach seiner Ankunft hatte ich mich von meinem Fenstersitz erhoben, kleidete mich wieder farbenfroh, hatte das Haus vom Keller bis zum Dachboden geputzt und arbeitete im Garten. Es war schön, Gesellschaft zu haben.

Am vierten Juli lud Richard Sebastian zu einem abendlichen Picknick mit uns ein. Während die Mädchen heranwuchsen, hatten wir jedes Jahr an diesem Tag ein Picknick gemacht; wir hatten die Tradition eigentlich aufgegeben, doch Richard meinte, wir könnten Sebastian damit eine Freude bereiten. Ich briet morgens vor der ärgsten Hitze ein Hähnchen; ich legte Tomaten in eine Vinaigrette und hackte frisches Basilikum, ich machte Kartoffelsalat und buk einen Schokoladenkuchen. In der Abenddämmerung nahmen Richard und ich eine Decke, unseren Picknickkorb und unseren ausländischen Gast und wanderten auf eine Hügelkuppe über dem Collegegelände. In der Ferne hörten wir die Blaskapelle, die vor dem Feuerwerk spielte.

»Wunderschön ist es hier«, sagte Sebastian. »Wundervolles Essen, ein wunderschöner Abend. Sie sind beide sehr nett zu mir.«

Richard hatte ein Windlicht auf unsere Decke gestellt, und in dem dämmerigen Schein schimmerte Sebastians Haarschopf wie ein Helm. Wir sprachen alle drei tüchtig dem lieblichen Weißwein zu, den Sebastian beigesteuert hatte. Richard lehnte sich nach hinten auf die Ellbogen, räusperte sich und hob zu sprechen an. Was er sagte, überraschte mich.

»Wussten Sie«, sagte er zu Sebastian, »dass ich einen echten Entwurf eines Briefes besitze, den Gregor Mendel an den Botaniker Nägeli schrieb? Meine liebe Antonia hat ihn mir geschenkt.«

Sebastian blickte von mir zu Richard und wieder zu mir. »Wie kommen Sie an so etwas?«, fragte er. »Wo …?«

Richard setzte zum Erzählen an, aber ich konnte es nicht ertragen, die Geschichte noch einmal in seiner verfälschten Version zu hören. »Mein Großvater hat ihn mir geschenkt«, unterbrach ich. »Er hat Mendel gekannt, als er ein kleiner Junge war.« Und ohne Richard Gelegenheit zu geben, das Wort wieder zu ergreifen, ohne mich im Geringsten um die Verletzung und Verwirrung zu scheren, die ihm, wie ich wusste, im Gesicht stehen musste, erzählte ich Sebastian die ganze Geschichte über die Hybridformen des Habichtskrauts. Ich erzählte alles nach und nach, in Gänze, ohne Auslassungen. In der tiefer werdenden Dunkelheit unterstrich ich meine Worte mit Gesten und tat mein Möglichstes, um Sebastian die Mauer und den Uhrturm und die Gärten und Bienenkörbe, Mendels Gesicht und Tatis bloße Füße anschaulich zu machen. Und als ich fertig war, als meine Worte in der Luft hingen und Sebastian anerkennend murmelte, tat ich etwas, was ich noch nie zuvor getan hatte, weil Richard nicht darauf gekommen war, die Frage zu stellen, die Sebastian nun stellte.

»Wieso hat Ihr Großvater Ihnen das erzählt?«, fragte er. »Es ist doch eher eine ungewöhnliche Geschichte für ein kleines Mädchen.«

»Damit wir ein Thema hatten, über das wir reden konnten«, sagte ich. »Wir haben in dem Herbst, als ich zehn war, viel Zeit zusammen verbracht. Er hatte einen Mann umgebracht – ohne Absicht, aber der Mann war trotzdem tot. Er wohnte bei uns, während wir auf die Verhandlung warteten.«

Über uns öffneten sich die ersten Feuerwerksraketen zu roten und goldenen und grünen Blütenschauern. »Antonia«, begann Richard, fing sich jedoch sogleich wieder. Er wollte nicht vor Sebastian zugeben, dass dies etwas war, was die Frau, mit der er seit fünfundzwanzig Jahren verheiratet war, ihm noch nie erzählt hatte. Im Licht der weißen Sternenfontäne über uns sah ich, wie er mich anstarrte, doch er sagte nur: »Eine erstaunliche Geschichte, nicht wahr? Früher habe ich sie jedes Jahr meinen Genetikstudenten erzählt, aber letzten Herbst verlief alles so chaotisch, dass ich sie weggelassen habe. Es war klar, dass sie sie nicht zu würdigen wissen würden.«

»Es wird vieles anders«, sagte Sebastian. »Die Welt verändert sich.« Er fragte mich nicht danach, wie es sich zugetragen hatte, dass mein Großvater jemanden umgebracht hatte.

Das Feuerwerk steigerte sich, bis alle Raketen auf einmal in die Luft zu gehen schienen; dann gab es einen letzten Knall, und alles wurde still und dunkel. Mir war bewusst, dass ich unhöflich gewesen war. Ich hatte Richard um eine seiner liebsten Freuden gebracht, nur weil ich die Geschichte einmal gut erzählt hören wollte.

Wir sammelten unsere Decke und den Korb ein und gingen still nach Hause. Das Haus war finster und leer. Im Wohnzimmer schaltete ich eine einzige Lampe ein und begab mich gleich in die Küche, um Kaffee zu kochen. Als ich mit dem Tablett hereinkam, unterhielten sich die Männer leise über ihre Arbeit. »Ich glaube, was wir hier haben, ist ein so genannter Rassenkreis«, sagte Sebastian, wobei er sich zu mir umdrehte, um mich in die Gesprächsrunde aufzunehmen. In seiner kurzen Zeit bei uns hatte er mir immer das Kompliment gemacht, davon auszuge-

hen, dass ich mich mit seiner und Richards Arbeit auskannte. »Damit bezeichnen wir in Deutschland das Phänomen, dass eine Spezies, die über ein großes Gebiet verbreitet ist, in eine Kette von Unterarten zerfällt, welche
sich jeweils leicht von ihren Nachbararten unterscheiden.
Die benachbarten Unterarten können sich untereinander
kreuzen. Doch die Unterarten an den beiden Enden der
Kette können sich so stark unterscheiden, dass sie es nicht
können. In der Population, die Richard und ich derzeit
untersuchen ...«

»Ich bin sehr müde«, sagte Richard unvermittelt.
»Wenn Sie mich entschuldigen, werde ich schlafen
gehen.«

»Keinen Kaffee mehr?«, fragte ich.

Er sah einen Fleck eben hinter meiner Schulter an, wie
immer, wenn er ärgerlich war. »Nein. Kommst du auch?«

»Bald«, sagte ich.

Sebastian stand auf und setzte sich in dem gedämpft
erleuchteten Zimmer direkt in den Sessel neben meinem.
»Geht es Richard nicht gut?«, fragte er. »Ist irgendetwas
nicht in Ordnung?«

»Ihm fehlt nichts. Er ist nur müde. Er hat einen harten Tag hinter sich.«

»Das war eine hübsche Geschichte, die Sie da erzählt
haben. Als ich Student war, erwähnten unsere Professoren Nägeli nie, es sei denn, um ihn als Lamarckisten abzu-
tun. Sie sprangen immer von Mendels Abhandlung über
die Erbsen direkt zu ihrer späteren Wiederentdeckung.
Nägelis Schüler Correns und Hugo de Vries – kennen Sie
die Geschichte von de Vries und den Nachtkerzen?«

Ich schüttelte den Kopf. Wir saßen am dunklen Ende
des Wohnzimmers in der Nähe der Treppe und weit von
den Fenstern entfernt. Gelegentlich hörte man noch eine
verspätete Feuerwerksrakete.

»Nein? Die wird Ihnen gefallen.«

Doch bevor er mir seine Anekdote erzählen konnte, beugte ich mich zu ihm hinüber und legte ihm eine Hand auf den Unterarm. Seine Haut war weich wie eine Blume. »Erzählen Sie mir keine Geschichten aus der Wissenschaft mehr«, sagte ich. »Erzählen Sie mir von sich.«

Es entstand eine Pause. Dann entzog mir Sebastian unvermittelt seinen Arm und stand auf. »Bitte«, sagte er. »Sie sind eine attraktive Frau, immer noch. Und ich fühle mich geschmeichelt. Aber es ist unmöglich, irgendetwas zwischen uns.« Sein gewöhnlich kaum merklicher Akzent wurde bei diesen Worten deutlicher.

Ich war dankbar, dass die Dunkelheit mein Erröten verbarg. »Sie verstehen mich falsch«, sagte ich. »Ich wollte nicht ...«

»Es muss Ihnen nicht peinlich sein«, sagte er. »Ich habe gesehen, wie Sie mich anschauen, wenn Sie glauben, dass ich es nicht merke. Ich fühle mich geschmeichelt.«

Mir kam ein Wort von früher in den Sinn, ein Wort, das ich vergessen zu haben glaubte. »*Prase*«, murmelte ich.

»Wie bitte?«, sagte er. Dann hörte ich ein Geräusch auf der Treppe hinter mir, und eine Hand legte sich schwer auf meine Schulter. Ich ergriff sie und spürte den Knoten, wo Richards überzähliger Finger einst gewesen war.

»Antonia«, sagte Richard. Seine Stimme war ganz sanft. »Es ist so spät – willst du nicht mit ins Bett kommen?« Zu Sebastian sagte er kein Wort; oben in unserem stillen Zimmer machte er mir weder Vorwürfe für irgendetwas, noch drängte er mich dazu, ihm die rätselhafte Ergänzung der Geschichte über meinen Großvater zu erklären. Ich weiß nicht, was er später zu Sebastian sagte oder was er mit dem Dekan arrangierte. Aber zwei Tage später zog Sebastian in ein freies Zimmer im Studentenheim, und noch vor dem Ende des Sommers war er fort.

*Nêmecky, prase*; geheime Wörter. Ich habe Tatis Sprache sonst fast ganz vergessen – er und Leiniger sind beide mittlerweile über sechzig Jahre tot. Sebastian Dunitz lehrt wieder in Frankfurt, wo er außerordentlich berühmt geworden ist. Heute studieren die Studenten Moleküle, lassen Modelle über ihre Computerbildschirme wirbeln und fügen die Gene eines Lebewesens in die Genketten eines anderen. Die Wissenschaft von der Genetik hat sich von Grund auf verändert, und Richard ist von allen vergessen. Manchmal frage ich mich, wo wir unser Leben verlegt haben.

Natürlich unterrichtet Richard nicht mehr. Das College hat ihn mit fünfundsechzig in den Ruhestand versetzt, seinen Protesten zum Trotz. Heute kramen sie ihn nur noch zu Einweihungen, Abschlussfeiern und Fachbereichsfesten hervor, zusammen mit den anderen emeritierten Professoren, die in der Bibliothek und den Gängen herumgeistern. Ohne seine Vorlesungen hat er kein Publikum für seine geliebten Geschichten. Zum Ersatz greift er sich nachts auf Partys, wenn sie ihrem traurigen, trüben Ende entgegengehen und er schon zu viel getrunken hat, Leute, die ihm zuhören. Junge Assistenten, die zu sehr um ihre Stellen besorgt sind, um Unhöflichkeit zu riskieren, wenden Richard ihre Ohren zu wie Blumen. Er bannt sie mit einer knotigen Hand auf einem Ärmel oder einem Knie fest, solange er redet.

Als ich ihm schließlich eines Tages erzählte, was am Ende mit Tati geschehen war, erzählte ich ihm eigentlich gar nichts. Zwei alte Männer hätten sich gestritten, sagte ich. Ein Einwanderer und ein Sohn eines Einwanderers, über irgendwelche Pflanzen. Doch Richard beschloss, dass Tati und Leiniger eine Neuauflage von Mendel und Nägeli waren; Tati habe sich doch sicher mit Mendel identifiziert und Leiniger als einen zweiten Nägeli wahrgenommen? Obwohl er noch immer nichts von meiner Rolle bei dem Unfall weiß, hat es ihm die Analogie, die er zwischen den beiden Männern sieht, ermöglicht, seine Geschichte einfühlender zu erzählen, ausgewogener. Wenn er spricht, schaut er quer durch den Raum und lächelt mir zu. Ich nicke und erwidere sein Lächeln, und denke dabei an Annie, deren erster Sohn mit sechs Zehen an jedem Fuß geboren wurde.

Sebastian schickte mir in dem Sommer, nachdem er von uns fortgegangen war, einen Brief, in dem er die Geschichte zu Ende erzählte, die er damals am vierten Juli begonnen hatte. Der junge niederländische Botaniker Hugo de Vries, schrieb er, verbrachte seine Sommer damit, über Land zu gehen und neue Spezies zu suchen. Eines Tages entdeckte er in der Nähe von Hilversum einen verlassenen Kartoffelacker, der eigentümlich in der Sonne leuchtete. Unweit davon in einem Park hatte man ein Beet mit Nachtkerzen bepflanzt; deren Samen hatten sich auf dem Acker verteilt, wo die Pflanzen nun einen mannshohen Dschungel bildeten. Von 1886 bis 1888 machte de Vries mit diesen Pflanzen Tausende von Kreuzungsversuchen und Aufzeichnungen über die Beständigkeit von Mutationen. Während seiner Suche nach einer Möglichkeit, seine Ergebnisse zu erklären, stieß er auf Mendels Abhandlung und stellte fest, dass Mendel seine Theorien allesamt vorweggenommen hatte. Gartenerbsen und Nachtkerzen, Nachtkerzen und Gartenerbsen, beide vererbten ihre Eigenarten munter von einer Generation zur nächsten.

Diesen Brief habe ich immer noch, wie Richard immer noch den Mendelbrief hütet. Manchmal frage ich mich, was Tati von dieser Fortsetzung seiner Geschichte gehalten hätte. Nicht von der Geschichte über Hugo de Vries, die er wahrscheinlich gekannt hat, sondern von der Art, wie sie in einem blauen Luftpostumschlag zu mir kam, von einem Wissenschaftler, der sich freundlich zeigen wollte. Ich denke an Tati, wenn ich mir Sebastian vorstelle, wie er seine Antwort an mich verfasst.

Denn es war gewissermaßen eine Antwort; in den Monaten nach seiner Abfahrt schickte ich ihm mehrere Briefe. An der Oberfläche handelten sie von Mendel und Tati, indem sie alles berichteten, was ich noch über ihre Freundschaft weiß. Doch ich bin sicher, dass Sebastian zwischen den Zeilen las. 1906, schrieb Sebastian mir, als Mendels Arbeit endlich Anerkennung gefunden hatte, wurde in dem Augustinerkloster ein Museum eingerichtet. Sebastian besuchte es, als er auf einem Familienurlaub durch Brno kam.

»Von Ihrem Tati konnte ich keine Spur entdecken«, schrieb er. »Aber die Mauer steht noch, und man kann sehen, wo sich der Garten befand. Es ist ein wunderschöner Flecken. Vielleicht sollten Sie ihn sich eines Tages anschauen.«

# Der englische Schüler

Am Stadtrand von Uppsala, an einem Spät-
nachmittag im Dezember 1777, befahl eine dick
vermummte Gestalt in einem kleinen Schlitten
dem Kutscher weiterzufahren.

»Nach Hammarby«, sagte er. »Bitte.«

Die Worte waren abgehackt, fast nicht zu verstehen.
Der Kutscher bekam es mit der Angst. Zu Hause warteten seine Frau, zwei Töchter und eine Schwiegermutter,
für die er allesamt zu sorgen hatte; seine Herrschaft hatte ihm strikt verboten, den Schlitten über die Stadtgren-
ze hinauszulenken, und er fürchtete um seine Stellung.
Aber der alte Herr lag im Sterben, und diese nachmit-
täglichen Ausfahrten waren sein einziges verbleibendes
Vergnügen. Er war schwach und deprimiert, und dies war
der erste bescheidene Wunsch, den er seit Monaten aus-
gesprochen hatte.

Wie konnte man ihm diesen Wunsch verwehren? Der
Kutscher murrte leise und lenkte den Schlitten dann klag-
los die paar Meilen über die Ebene.

Es war sehr kalt. Die Luft war schneidend und trocken.
Die Felder glitzerten in der tief stehenden Sonne. Unter
dem Schlitten war der Schnee so glatt, dass die Kufen zu
schweben schienen. In Schaffelle gewickelt sah Carl von
Linné zu, wie die Landschaft vorübersauste, und dachte

an Lappland, das er als junger Mann erforscht hatte. Knospende Espen und Erlen und Birken, Gänse mit ihren winzigen gelben Küken. Viehbremsen, die begierig darauf, ihre Eier zu legen, aufgeregten Rentierherden nachjagten. In Jokkmokk, nordwestlich des Bottnischen Meerbusens, hatte der Pastor ihn davon zu überzeugen versucht, dass die Wolken, die über die Berge fegten, Bäume und Tiere mit davontrügen. Er hatte gelernt, Schneehühner in Fallen zu fangen, Wölfe mit Pfeil und Bogen zu schießen, Nähfaden aus Rentiersehnen zu machen und Frostbeulen mit Hilfe des Fetts zu heilen, das aus gebratenem Rentierkäse austrat. Nachts unter dem Nordstern hatte ihm die Schönheit der Natur schier den Atem geraubt. Damals war er fünfundzwanzig gewesen und voller Ungestüm. Jetzt war er siebzig.

Sein ehemals berühmtes Gedächtnis war fast ganz verloren, von mehreren aufeinander folgenden Schlaganfällen zerstört – er vergaß ständig, wo er war und was er gerade machte; er vergaß Tier- und Pflanzennamen; er vergaß Gesichter, Orte, Daten. Manchmal vergaß er seinen eigenen Namen. Sein Verstand, der einst eine Weite gehabt hatte, in der die ganze Welt Platz zu haben schien, war jetzt von einem großen See bedeckt, der sich mit jedem Tag mehr ausbreitete und den er vorsichtig umschlich. Wenn er nach Fakten griff, schossen sie wie Elritzen durch das Wasser und waren nur mit List und Tücke zu erwischen. Sein Jugendfreund Pehr Artedi hatte Ordnung in das Studium der Fische gebracht, die Elritzen eingeschlossen. Artedi war in Amsterdam nach einer Nacht mit reichlich Bier und angeregten Gesprächen in eine Gracht gefallen und am nächsten Morgen ertrunken aufgefunden worden.

Der Schlitten flog durch die verschneite Landschaft. Seine Beine waren gelähmt, ein Arm, die Blase und eine Gesichtshälfte ebenfalls; er konnte sich nicht mehr allein anziehen oder waschen und nicht alleine essen. Wenn er zu Hause ohne Hilfe aus seinem Sessel aufzustehen versuchte, fiel er zu Boden und blieb hilflos liegen, bis seine Frau Sara Lisa ihm wieder hoch half. Sara Lisa war mit anderen Dingen im Haus beschäftigt, so dass er manchmal eine ganze Weile auf dem Fußboden lag.

Doch Sara Lisa war in ihrem Haus in Uppsala, und er war ihrer ledig. Die Pferde, die ihn zogen, hätten Rentiere sein können; der Kutscher ein in Felle und Häute gekleideter Lappe. Vor ihm lag Hammarby, der Landsitz, den er vor vielen Jahren auf dem Höhepunkt seines Ruhms als Refugium gekauft hatte. Die Tür zur Küche war breit und der Schlitten schmal. Linnaeus bedeutete dem Kutscher, er solle den Schlitten hineinschieben.

Der Kutscher hieß Pehr, ein häufiger Name. Der erste war Artedi gewesen, und nach ihm waren die vielen anderen Schüler gekommen, die ebenfalls Pehr hießen: Pehr Loefling, Pehr Forsskål, Pehr Osbeck, Pehr Kalm. Die Hälfte von ihnen war tot. Dieser Pehr, der Kutscher Pehr, hob Linnaeus aus dem Schlitten und trug ihn vorsichtig ins Haus. Die Küche war sauber und fast leer; ein schlichter Tisch, ein paar hölzerne Stühle.

Pehr setzte Linnaeus an eine Wand gelehnt auf den Fußboden. Dann ging er wieder nach draußen, machte die Pferde los und schob den Schlitten zur Tür hinein und vor den steinernen Kamin. Er war äußerst beunruhigt und fürchtete, einen Fehler gemacht zu haben. Das Gesicht seines Herrn war bleich und erschöpft, und als er immer wieder von dem Schlitten auf die Tür gezeigt hatte, war seine Hand zur Kralle verkrampft gewesen.

»Feuer?«, sagte Linnaeus oder glaubte jedenfalls, es zu sagen. In bestimmten Momenten, wenn sich der See ein Stückchen zurückzog und einen breiteren Pfad am Ufer frei ließ, fiel ihm auf, dass die Laute, die aus seinem Mund drangen, wenig Ähnlichkeit mit den Wörtern besaßen, die er hervorzubringen beabsichtigte. Oft brachte er nur eine Silbe auf einmal heraus. Doch er sagte etwas und machte eine Handbewegung zum Kamin hin, und Pehr besaß einen guten Verstand. Pehr hob Linnaeus wieder in den Schlitten, stopfte ihm die Schaffelle um die Beine und den Leib und machte Feuer. Bald begannen die Flammen das Zimmer zu erwärmen. Draußen wurde der Himmel dunkel; im Zimmer war es, abgesehen vom Schein der brennenden Scheite, finster. Pehr ging nach draußen, um die Pferde zu versorgen, und Linnaeus starrte in die Flammen und spürte mit Behagen sein geliebtes Zuhause um sich.

Er hatte das Haus um- und mehrere Flügel angebaut. Oben auf dem Hügel hatte er ein kleines Museum für sein Herbarium, seine Insektensammlung, seine Steine und seine zoologischen Exemplare errichtet. In seinem Arbeitszimmer und seinem Schlafzimmer waren die Wände von oben bis unten mit botanischen Stichen und Drucken ausgeklebt, und draußen unter den Ulmen hinter dem sibirischen Garten sangen die gläsernen Glocken, die er aufgehängt hatte, im Wind. Als junger Mann hatte er Schneehühnerrufe gehört, die klangen wie Gelächter. Das Feuer wärmte ihm Gesicht und Hände, und als Pehr von den Pferden zurückkehrte, zeigte er auf seinen Tabak und die Pfeife.

Pehr stopfte die Pfeife, zündete sie an und steckte sie seinem Herrn in den Mund. »Wir sollten bald zurück«, sagte er. »Ihre Familie wird sich sorgen.« Das Wort Sorge war freundlich gewählt, das war Pehr bewusst; die Frau seines Herrn würde toben vor Wut, möglicherweise auf ihn. Sie hatten sich schon jetzt um eine Stunde verspätet, und die Sonne war verschwunden.

Linnaeus schmauchte seine Pfeife und sagte nichts. Er war sehr mit sich zufrieden. Das Feuer war warm, die Pfeife zog gut, niemand außer Pehr wusste, wo er war, und

Pehr besaß die seltene Gabe der Verschwiegenheit. Über den großen See in seinem Kopf sah er Pompey, den allerbesten seiner Hunde, und er bellte das Wasser an. Pompey war im Sommer jeden Sonntag mit ihm von hier in die Kirche gelaufen und hatte sich neben ihn in die Bank gesetzt. Dort waren sie eine Stunde geblieben, reichlich Zeit für eine Predigt; wenn der Pastor länger sprach, erhoben sie sich trotzdem und gingen. Der kluge, lustige Pompey hatte, wenn nicht die Bedeutung, so doch das Muster ihres Kirchenbesuchs begriffen. Wenn Linnaeus krank war, brach Pompey zur richtigen Zeit zum Gottesdienst auf, hüpfte in die richtige Bank, blieb eine Stunde an seinem Platz und trabte dann wieder hinaus. Die Nachbarn hatten sich auf seine Mätzchen schon gefreut. Jetzt war er tot.

»Gnädiger Herr?«, sagte der Kutscher.

Er hieß Pehr, erinnerte sich Linnaeus. Wie Osbeck und Forsskål, Loefling und Kalm. Es hatte auch andere gegeben: seine Studenten an der Universität in Uppsala und seine Privatschüler in Hammarby. Deutsche und Dänen, Russen und Schweizer, Finnen und ein paar Norweger; einen Franzosen, mit dem es nicht gut gegangen war, und einen Amerikaner, mit dem er sich gut verstanden hatte; einen Engländer, der immer noch da war. Und dann gab es noch jene, die er kaum gekannt hatte, die zu Hunderten zu den großen botanischen Exkursionen erschienen, die er in der Umgebung der Stadt organisiert hatte. In weites Leinen gekleidet, die Arme voller Netze und Gläser, waren sie als langer Zug hinter ihm hergelaufen, hatten Pflanzen und Insekten gesammelt und sich an den Rastplätzen um ihn geschart, um seinen Vorträgen über die von ihnen gefundenen Schätze zu lauschen. Sie waren jung, und als er selbst jung war, hatte er sie häufig zwölf bis dreizehn Stunden durch die Lande geführt. Manchmal waren sie bei ihrer Rückkehr in den Botanischen Garten mit Pauken und Trompeten empfangen worden. Vor dem Tor hatte die Kapelle ihr Spiel eingestellt und gejubelt: *Vivat scientia! Vivat Linnaeus!* In letzter Zeit gab es Männer, die seine Arbeiten angriffen.

Der Kutscher war besorgt, das sah Linnaeus ihm an, er hockte rechts neben dem Schlitten und klopfte mit einem Stück Kleinholz auf den Boden. »Sie werden nach Ihnen suchen«, sagte er.

Da hatte er natürlich Recht; seine Familie war ständig hinter ihm her. Immer suchten, brauchten, wollten sie etwas. Er hatte geschrieben und gelehrt, Vorlesungen und Tutorien abgehalten, Reisen gemacht und sich geplagt und getan; und immer klagte Sara Lisa, es sei nicht genug Geld da, sie bräuchten mehr, sie mache sich Sorgen um Carl junior und die Mädchen. Carl junior sei faul, er brauche mehr Unterricht. Die Mädchen bräuchten Kleider, die Mädchen bräuchten Schuhe. Die Mädchen bräuchten Ohrringe für einen Ball, auf dem sie vielleicht passenden Ehemännern begegnen könnten.

Die drei ältesten ähnelten ihrer Mutter in Aussehen und Verhalten: grobknochig, derb, praktisch veranlagt. Sophia dagegen schien einer völlig anderen Gattung anzugehören. Er dachte an ihre schmale, gerade Nase, ihre wunderschönen Augen. Als sie klein war, hatte er sie oft in seine Vorlesungen mitgenommen, wo sie sich zwischen seine Knie stellte und lauschte. Mittlerweile war sie verlobt. Auf seiner Lapplandreise, als die ganze Welt noch darauf wartete, Namen zu bekommen, hatte er geglaubt, dass er und alle seine Lieben ewig leben würden.

Mittlerweile hatte er fast alles mit Namen versehen, und alle Welt kannte seinen Namen. Wie klar und einfach doch das System seiner Nomenklatur war! Zwei Namen, wie bei Menschennamen: ein gemeinsamer Name für alle Spezies einer Gattung; ein spezifischer Name, der die Eigenarten herausstrich. Er mochte Namen, die deutlich eine Eigenart der Gattung beschrieben: Potamogeton, flussnahe; Drosera, einem Tautropfen gleich. Auch Namen, die Botaniker ehrten, gefielen ihm gut. In England hatte der König einen großen Garten mit dem Namen Kew anlegen lassen, in dem alle Pflanzen auf hölzernen Schildchen die von ihm gefundenen systematischen Namen trugen. Der König von Frankreich hatte es im Trianon genauso machen lassen. In Spanien, Russland und Südamerika trugen Pflanzen die von ihm erdachten Namen, und sein Rock war mit einer Schleife geschmückt, an der das Ritterkreuz des Nordsternordens hing. Aber sein Affe Grinn, den ihm die Königin zum Geschenk gemacht hatte, war tot; wie auch Sjup der Waschbär und der Papagei, der bei den Mahlzeiten auf seiner Schulter gesessen hatte, und das Wiesel mit der Glocke um den Hals, das in den Felsen Ratten gejagt hatte.

Von draußen kam ein Geräusch. Pehr sprang auf, und eine Frau und ein Mann traten durch die Tür. Pehr entschuldigte sich ein ums andere Mal hochrot und aufgeregt. Die Frau legte eine Hand auf seinen Arm und sagte: »Es ist nicht deine Schuld.« Dann sagte sie: »Papa?«

Eine meiner Töchter, dachte Linnaeus. Sie war hübsch, sie lächelte; sie war fast sicher Sophia. Der Mann an ihrer Seite wirkte vertraut, und die Art, wie er Sophias Ellbogen hielt, brachte Linnaeus auf den Gedanken, ob er vielleicht ihr Ehemann war. Hatte sie geheiratet? Er erinnerte sich nicht an eine Hochzeit. Ihr Verlobter? Ihr Verlobter also. Oder doch nicht: Der Mann bückte sich tief und senkte sein Gesicht zu Linnaeus hinunter, wie ein Mond, der vom Himmel fiel.

»Gnädiger Herr?«, sagte er. »Gnädiger Herr?«

Ihn befiel einer jener Zustände, in denen sich ihm die Worte verweigerten. Er blickte in das offene, gut geschnittene Antlitz des jungen Mannes und wusste, dass er jemand war, den er kannte. Der Mann sagte: »Ich bin's, Rotheram, gnädiger Herr.«

Rotheram. Rotheram. Ein Klang, als wehte der Wind in Lappland über die Hügel. Rotheram, einer seiner Schüler, keineswegs ein Verlobter. Menschen hatten zwei Namen, wie Pflanzen, anhand deren man sich ihrer erinnern konnte. Die Natur war ein Kryptogramm und die wissenschaftliche Methode ein Schlüssel dazu; die Natur war ein Labyrinth, und diese Methode war der Faden der Ariadne. Oder die Welt war ein von Gott geschriebenes Alphabet, und er, Carl von Linné, war dazu aufgerufen, es zu entziffern. Einer seiner Schüler war zu ihm gekommen, einer jener Schüler, die er in alle Winkel der Erde ausgesandt und zum Scherz seine Apostel genannt hatte. Dieser richtete sich jetzt ein Stück vor ihm auf und bemühte sich rücksichtsvoll, ihm das Feuer nicht zu verstellen. Wie hieß er noch? Er war jung, vital, kräftig gebaut. War er Loefling? Oder Tärnström, Hasselquist, Falck?

Die Frau runzelte die Stirn. »Papa«, sagte sie. »Dürfen wir dich aufrichten? Wir haben dich überall gesucht.«

Sophia. Der Mann beugte sich abermals zu ihm herunter, steckte die Hände unter Linnaeus' Achseln und richtete ihn sanft zum Sitzen auf. Er war Hasselquist oder Tärnström, Loefling oder Forsskål oder Falck. Oder er war keiner von ihnen, denn sie waren alle tot.

Linnaeus' Geist verließ seinen Körper, erhob sich und folgte den Pfaden seiner Apostel. Er war wieder jung. So jung, wie sie gewesen waren: fünfundzwanzig, dreißig, fünfunddreißig, seine besten Arbeitsjahre. Er war Christopher Tärnström, der verheiratete Pastor, der ein so leidenschaftlicher Botaniker war. Er reiste mit dem Schiff nach Ostindien, um einen Teestrauch und einige lebendige Goldfische zu finden, die er der Königin darbringen wollte, und schickte aus Cadíz Briefe an seinen Lehrer. In einer Inselgruppe vor Kambodscha war er einem Tropenfieber erlegen. Seine Frau hatte vor dem Himmel

Anklage gegen Linnaeus erhoben, weil er ihren Mann in den Tod gelockt hatte.

Aber er war nicht Linnaeus. Er war der bescheidene, arme Fredrik Hasselquist, der in Smyrna gelandet war und Palästina und Syrien und Zypern und Rhodos nach Pflanzen und Tieren durchforstet und dabei ein Journal verfasst hatte, das so präzise war, dass es Linnaeus fast das Herz gebrochen hatte, als er es herausgab. Zweimal hatte er diese Aufgabe erfüllt, einmal für Hasselquist, einmal für Artedi. Nach Artedis Ertrinken hatte er dessen Buch über die Fische herausgegeben. Hasselquist war mit dreißig in einem Dorf unweit von Smyrna gestorben.

Natürlich hatte es auch welche gegeben, die ihre Rückkehr erlebten: Pehr Osbeck, der mit einer immensen Sammlung neuer Pflanzen aus China zurückgekehrt war und mit einem Teegeschirr aus Porzellan, das zur Dekoration mit der nach Linnaeus selbst benannten Blume bemalt war; Marten Kahler, der nur mit dem zurückgekehrt war, was er auf dem Leib trug. Kahlers Gesundheit war durch die Havarie in der Nordsee, durch das Fieber nach dem Überfall in Marseille, durch seine bodenlose, quälende Armut ruiniert worden. Die Truhe mit seinen Sammlungen war lange bevor sie nach Schweden gelangte von Piraten gekapert worden. Nach ihm gab es noch Rolander, Daniel Rolander – war das der Mann, der jetzt hier vor ihm stand?

Aber er hatte Ro..., Ro... gesagt. *Rotheram, das war's, sein englischer Schüler.* Nomenklatur ist eine Mnemotechnik. In der Hitze Surinams war Rolanders Körper geschrumpft und sein Gehirn geschmolzen. Er hatte nichts mit nach Hause gebracht als einen einzigen Kübel mit einem indischen Feigenbaum, der von Schildläusen befallen war, welche Linnaeus' Gärtner versehentlich fortgespült hatte. Verlorene Insekten und eine Hand voll grauer Samen, von denen Rolander behauptet hatte, es seien Perlen. Als Linnaeus ihn sanft auf seinen Irrtum hingewiesen hatte, war Rolander beleidigt nach Dänemark abgereist, wo er angeblich von der Wohlfahrt lebte. Alle anderen waren tot. Loefling, Forsskål und Falck.

Sophia sagte: »Papa, wir haben dich überall gesucht – warum bist du nicht nach Hause gekommen?«

Der Kutscher Pehr sagte: »Es tut mir Leid, er hat so gebettelt.«

Der Schüler – *Loefling?* – sagte: »Wie lange weint er schon so vor sich hin?«

Doch Pehr weinte gar nicht, mit Pehr war alles in Ordnung. Jemand lachte, und es war weder Pehr noch Sophia. Linnaeus musste daran denken, wie Loefling sein Diktat aufgenommen hatte, als er mit seinen gichtbrüchigen Händen nicht mehr schreiben konnte. Loefling war einundzwanzig, fast noch ein Kind; er war Hauslehrer bei Carl junior gewesen, seinem faulen Sohn. In Spanien hatte Loefling sich einen Namen gemacht und Linnaeus Briefe und Pflanzen geschickt; dann war er mit einer spanischen Expedition nach Südamerika aufgebrochen. Nach Venezuela. Noch ein Land, in dem Linnaeus nie gewesen war. Aber gesehen hatte er es, durch Loeflings Briefe und seine Tier- und Pflanzensammlungen. So bunt gefiederte Vögel, dass sie wie mit Edelsteinen besetzt schienen, und Flüsse, die sich schaumig und braun durch mannshohe Farne wälzten. Der Brief aus Spanien mit der Nachricht von Loeflings Fiebertod traf nur wenige Monate nach dem Tod des kleinen Johannes ein.

So saß er da auf seinem Schlitten in der Küche, von Toten umgeben. »Lachst du, Papa?«, fragte Sophia. »Freust du dich?«

Seine Apostel waren in die Welt hinausgezogen wie Fortsätze seiner eigenen Organe, als zusätzliche Augen und Hände und Füße, schauend, sammelnd, benennend. Jemand streichelte seine Hände. Nach einigen Aufenthalten in Marseille, auf Malta und in Konstantinopel erreichte Pehr Forsskål eines Jahres im Oktober Alexandria und verkleidete sich als Bauer, um sich vor räuberischen Beduinen zu verbergen. In Kairo zog er in seiner Verkleidung durch die Straßen und brachte eine ausgezeichnete Sammlung neuer Pflanzen zusammen; anschließend reiste er über Suez und Dschidda nach Arabien, wo er an der Pest erkrankte und starb. Monate darauf kam ein Brief mit einem Stängel und einer Blüte von einem Baum, den Linnaeus schon immer einmal hatte sehen wollen: von dem immergrünen Baum, aus dem der Mekkabalsam gewonnen wurde. Er roch würzig und süß, aber Forsskål, der ebenfalls ein Lehrer Carl juniors gewesen war, war nicht mehr. Und Falck, der Forsskål eigentlich auf seiner arabischen Reise hatte begleiten wollen, war ebenfalls tot – er war stattdessen nach St. Petersburg gefahren und von dort durch Turkestan und die Mongolei gereist. Einsam und verloren und traurig hatte er sich in Kasan eine Kugel in den Kopf gejagt.

Draußen war das Wetter umgeschlagen, und es regnete jetzt. Der Schüler: Falck oder Forsskål, Osbeck oder Rolander – *Rotheram, der vor einigen Jahren krank geworden und von Sophia gesund gepflegt worden war und der in seinem Haus aus und ein ging wie ein Angehöriger der Familie* – sagte: »Ich reiße Sie nur ungern von hier fort, gnädiger Herr; ich weiß, dass Sie gern hier sind. Aber der Regen wird den Weg aufweichen. Wenn wir nicht bald losfahren, wird die Rückfahrt sehr schwierig.«

Rolander? Über Rolander gab es eine Geschichte, die er in einer Vorlesung über Arzneimittel verwendet hatte und später in einem Aufsatz. Woher hatte er sie gehabt? Aus einem Brief vielleicht. Oder vielleicht hatte Rolander sie ihm selbst erzählt, bevor sein Verstand gänzlich umnachtet war. Auf dem Schiff nach Surinam war er an der Ruhr erkrankt. Durch und durch ein Wissenschaftler,

hatte er ganz im Sinne seines Lehrers seinen Stuhl unter-
sucht und darin Tausende von Milben entdeckt. Daraufhin hatte er seine Lupe an den hölzernen Becher gehalten, aus dem er nachts getrunken hatte, und unten in der
Nähe des Bodens einen dicken weißen Streifen Mehlmil-
ben gefunden.

Kahler hatte sich an den Mast seines Bootes gefesselt,
wo er zwei Tage und zwei Nächte ohne Essen war.

Hasselquist war in einem Dorf namens Bagda umgekommen.

Pehr Kalm hatte die Großen Seen überquert und war
nach Kanada hineingewandert.

In Dänemark hatte jemand Rolanders graue Samen
gestohlen, fast als wären sie wirklich Perlen gewesen.

Gattungsnamen, so hatte er diese Schüler gelehrt, müssen klar und beständig und ausdrucksstark sein. Sie sollten niemals vage oder verwirrend sein; sie sollten auch
niemals primitiv, barbarisch, zu lang oder schwer auszusprechen sein. Sie sollten sprechende, bildhafte oder historische Assoziationen zum Charakter der Gattung bieten.
Ein anderer Botaniker hatte die thymianblättrige
Glockenblume nach ihm benannt: Linnaea borealis. Einst
hatte er sie im Juni in Lappland blühen sehen. Seine Apostel waren in dieser Reihenfolge umgekommen: Tärnström, Hasselquist, Loefling, Forsskål, Falck und schließlich Kahler, der zu Hause gestorben war. Sein zweiter
Sohn, Johannes, war mit zwei Jahren gestorben, zwischen
Hasselquist und Loefling; doch das war gleichzeitig das
Jahr, in dem Sophia geboren wurde. Als Sophia einmal
ein Tablett mit Geschirr heruntergefallen war, hatte er
heimlich Ersatz beschafft, um sie vor dem Zorn ihrer Mutter zu schützen.

Seine Apostel waren davongeflogen wie Schwalben,
aber sie waren nicht wiedergekehrt. Schwalben überwinterten in den Seen, so hatte er jedenfalls immer geglaubt.

Im Herbst, hatte er geschrieben, sammeln sie sich in großen Scharen auf den Wiesen und tauchen dann hinein, um bis zum Frühjahr unter dem Eis zu bleiben. Ein englischer Freund – Collinson, der sich in seiner Sprache Peter nannte, aber in Wirklichkeit Pehr hieß, und der ebenfalls tot war – hatte sich darüber mit ihm gestritten und ihn gebeten, doch einmal ein paar Schwalben unter Wasser zu halten, um zu sehen, ob sie dort leben könnten. War es so abwegig zu glauben, dass sie vielleicht unter dem Wasser schliefen, über das sie im Sommer dahinschossen? War es nicht abwegiger zu glauben, dass sie Tausende von Meilen in die Ferne flogen? Er kannte einen anderen Naturforscher, der dachte, dass Schwalben auf dem Mond überwinterten. Aber es hatte immer Leute gegeben, die jedes seiner Worte bekrittelten, wie seine Frau.

Er hatte sich gegen alle durchgesetzt. Die Königin hatte ihn in den Adelsstand erhoben: Seitdem war aus Linnaeus Carl von Linné geworden. Doch die Schüler, die er als seine Augen und Ohren ausgesandt hatte, waren tot. Während seiner Jahre in Uppsala hatte er über den carolinischen Erdleguan und den sibirischen Buchweizen und über Bärentrauben, über Lemminge und Ameisen und einen phosphoreszierenden chinesischen Grashüpfer Vorlesungen gehalten und Abhandlungen verfasst. Fossilien, Kristalle, die Ursachen der Lepra und des Wechselfiebers – all die Dinge, von denen er durch die Reisen seiner Schüler erfahren hatte. Über seine Schlafzimmertür hatte er seinen Wahlspruch geschrieben: »Führe ein untadeliges Leben; Gott ist allgegenwärtig.«

Links neben dem Feuer war eine Gruppe von Männern erschienen. Er erkannte Loefling, Forsskål, Falck, Tärnström und Hasselquist. Und noch einen weiteren, den er ganz vergessen hatte: Carl Thunberg, sein Landsmann aus Småland.

Dann war Thunberg also zurückgekehrt? Als er zuletzt von Thunberg gehört hatte, hatte er noch gelebt. Von Paris war Thunberg nach Holland weitergereist. Von Holland an das Kap der Guten Hoffnung und von dort nach Java und schließlich nach Japan. In Japan hatte man ihn auf der winzigen Insel Deshima festgehalten, isoliert wie alle Ausländer. Sein Verlangen, die japanische Flora kennen zu lernen, war so groß, dass er täglich das Futter durchsuchte, welches die Knechte den Schweinen und Rindern brachten. Und die japanischen Knechte anflehte, ihm Pflanzen aus ihren Gärten mitzubringen.

Von all seinen Schülern war Thunberg derjenige gewesen, der ihm am treuesten Briefe und Pflanzen geschickt hatte. Er hatte die Methoden seines Lehrers gewissenhaft verbreitet. »Ich habe einige japanische Ärzte kennen gelernt«, schrieb er. »Ich habe sie in die Botanik eingeführt und in die linnésche Taxonomie. Sie übernehmen Ihre Methode gern und singen Ihr Lob.« Er war es auch gewesen, erinnerte sich Linnaeus, der in Japan die Behandlung der Syphilis durch Quecksilber eingeführt hatte. Er war mit Kisten voller Pflanzenproben aus Japan wieder abgefahren, um nach Ceylon zu reisen. Doch hier stand er nun: Elegant gekleidet und mit markantem Gesicht lehnte er am Kaminsims und tauschte mit seinen Vorgängern Geschichten aus.

»Die Menschen sind klein und dunkelhäutig und misstrauisch gegen uns«, sagte er gerade. »Sie empfinden uns als derb und ungehobelt. Aber ihre Gärten sind großartig, und sie haben Methoden, Bäume im Wuchs zu beschränken, die ich noch nie gesehen hatte.«

»In Palästina«, erwiderte Hasselquist, »ist der Boden so trocken, dass selbst die kleinsten Pflanzen ihre Wurzeln viele Zoll tief in die Erde senken, um unterirdisches Wasser zu finden.«

»Die Tropen kann man nicht beschreiben«, sagte Loefling. »Die unglaubliche Fruchtbarkeit, die Art, wie die Vegetation vom Boden bis zum Himmel geschichtet ist, die Epiphyten, die in großen Gruppen in den höchsten Ästen wachsen wie Spitzenbesatz ...«

»Alexandria«, sagte Forsskål. »Dort ist alles so alt, so geschichtsträchtig.«

»Meine Gesundheit ist hin«, sagte Falck; und Kahler sagte: »Ich bin fast den ganzen Weg von Rom nach Schweden zu Fuß gelaufen.«

*In Lappland,* sagte Linnaeus stumm, *wurden ich und mein armes Pferd von einer grauen Kriebelmücke mit gestreiften Flügeln und schwarzen Beinen gepestert.* Seine Apostel schienen ihn nicht zu hören. *Es war ein sehr klarer, ruhiger Tag,* sagte er. *Über den Sümpfen flogen Bekassinen.*

»Wir fahren jetzt heim, Papa«, sagte die große, schlanke Frau. »Wir bringen dich ins Bett. Nicht wahr, das ist gut.«

Ihr Antlitz leuchtete wie ein Stern. Wie war ihr Name? Neben ihr hielten seine Apostel Blätter und Zweige und Blütenfragmente empor, allesamt neu und von ihnen nach der Vorschrift ihres Lehrers mit Namen versehen. Sie tauschten die Proben untereinander aus. Ein Blatt eines neuen Sukkulenten gegen den Blütenzweig einer nie gesehenen Orchidee. Zwei Wedel eines winzigen Farns gegen einen Zweig von einem Zwergimmergrün. Sie waren so aufgeregt, dass ihre Stimmen lauter wurden; es klang, als spielten sie Karten um Pflanzen statt Gold. Doch die Frau und der andere Schüler schienen sie nicht zu bemerken. Die Frau und der andere Schüler waren mit ganzer Aufmerksamkeit dabei, dem Kutscher Pehr zu helfen, den Schlitten nach draußen zu schieben.

Die Frau öffnete die Flügeltür und hielt sie auf. Pehr und der Schüler schoben und zerrten. Die Luft war nicht mehr frisch und berauschend wie am Nachmittag, ein leichter Regen verwandelte den Schnee in Matsch. Linnaeus sagte nichts, aber er schaute über die Schulter zurück. Die Männer am Kamin traten ungehalten zurück, als Pehr das Feuer löschte. Thunberg sah Linnaeus an und zog eine Augenbraue hoch. Linnaeus nickte.

Seine verlorenen Schüler hielten die Pflanzen in den Händen, die er nach ihnen benannt hatte: Artedia, ein Doldenblütler, Osbeckia, hoch gewachsen und schön; Loeflingia, eine kleine Pflanze aus Spanien; Thunbergia, mit ihrem schwarzen Auge inmitten gelber Blütenblätter, und die tropische Ternstromia. Es gab mehr, er konnte sich nicht an alle erinnern. Er hatte in seinem Leben Tausenden von Pflanzen einen Namen gegeben.

Draußen trennten sich die Frau und der Schüler. *Sophia? Sophia, meine Lieblingstochter.* Sophia stieg in den geliehenen Schlitten, mit dem sie gekommen war, und packte sich warm ein; der Schüler zwängte sich in Pehrs Schlitten neben Linnaeus. In der dunklen, feuchten Nachtluft bildeten sie einen kaum sichtbaren Zug: Pehrs Schlitten an der Spitze, dahinter Sophias und hinter ihr, dem listigen Zeichen folgend, das Linnaeus ihnen gegeben hatte, der letzte Schlitten mit seinen Aposteln. Pehr wickelte sich fest in seinen Mantel und gab das Zeichen zur Abfahrt. Es war spät, und er war müde. Zu ihrer Linken hatten der Regen und der schmelzende Schnee den tief liegenden Acker in einen See verwandelt. Linnaeus sah zu seinem Schüler auf – *Rotheram? Natürlich war er es: der englische Schüler, sein letzter Schüler, derjenige, der ihn überleben würde* – und versuchte zu sprechen: »Durch den Tod der vielen, die ich auf Reisen geschickt habe, ist mein Haar ergraut, und was habe ich gewonnen? Ein paar getrocknete Pflanzen und dazu unbändige Angst, Unruhe und Sorgen«, sagte er.

Rotheram antwortete: »Legen Sie Ihren Kopf auf meinen Arm. Wir sind gleich zu Hause.«

# In der Gezeitenzone

Als Jonathan und Ruby sich vor fünfzehn Jahren kennen lernten, war er Dozent mit dem Fach Botanik an einem kleinen College in der Nähe von Albany, und sie lehrte an einem College in den Berkshires die Zoologie der Wirbellosen. Sie hatten sich beide zusammen mit einem Ornithologen, einem Ichthyologen und einem Meeresforscher verpflichtet, drei Wochen ihrer Sommersemesterferien auf einer meeresbiologischen Forschungsstation vor der Küste von New Hampshire zu verbringen. Sie hatten Ehegatten, Kinder, Hypotheken, Rechnungen zu bezahlen; sie ließen sich, wie sie einander später erzählten, auf die Stellen ein, weil sie zu gut bezahlt waren, als dass man sie hätte ablehnen können. Nach zwei Dritteln der Zeit waren sie sich einig, dass die Bezahlung nicht reichte.

Wie es zu dieser Einigung kam, ist eine Geschichte, die sie sich gegenseitig immer wieder und ihren engsten Freunden jeweils getrennt erzählt haben. Ruby lebt in dem Glauben, dass ihr Gespräch darüber am zweiten Freitag des Kurses stattfand, im Anschluss an Frank Kenarys Diavortrag über abyssische Fische und vor Carol Daglieshs Vortrag über das Balzverhalten der Heringsmöwen. Jonathan beharrt darauf, es habe früher stattgefunden – am Mittwoch vielleicht, als sie sich noch vom Schleppnetzfischen mit Gunnar Erickson erholten. Die Tage, bevor sie aufeinander aufmerksam wurden, sind in ihrer Erinnerung verschwommen, aber sie sind sich einig, dass sie ihr erstes richtiges Gespräch an dem Nachmittag hatten, als die Gezeitenzone erkundet wurde.

Das Niedrigwasser war auf dem tiefsten Punkt. Die Studenten standen gruppenweise auf dem felsigen, schroffen Band zwischen dem Wasser und den Felssimsen herum, spähten in Gezeitentümpel und listeten die Tier- und Pflanzenarten auf, die sie im Wasser fanden. Gunnar war im Geräteraum und reparierte eine Stichprobenkralle. Frank baute in dem winzigen Labor Präparate auf; Carol war mit dem Versorgungsboot zum Festland gefahren, um dort nach Möglichkeit eine Kamera ersetzt zu bekommen, die einem Studenten ins Wasser gefallen war. Deshalb waren Jonathan und Ruby eine Zeit lang zu zweit allein.

Sie erinnern sich beide an den Granitsims, auf dem sie saßen, und das heisere Gezänk der nistenden Möwen. Sie wissen beide noch, dass Ruby sich wie rasend an den Waden kratzte und dass Jonathan sagte: »Lass das, du. Sonst blutet es gleich.«

Ihre Waden waren braun gebrannt und schlank, erinnert sich Jonathan. Über und über vernarbt und zerkratzt.

Ich verschränkte die Finger, erinnert sich Ruby. Dann wurde ich rot. Ich hatte ein Gefühl wie Sonnenbrand im Hals.

Ruby sagte: »Ich weiß, mir ist das schon ganz peinlich. Aber das Salz auf dem Ausschlag vom Giftsumach – mein Gott, was gäbe ich für eine Badewanne! Mir hat vorher niemand gesagt, dass es hier kein *Wasser* geben würde …«

Jonathan wies auf das Meer rundum, und sie lachten los. Aus Hysterie, versichern sie einander immer wieder. Zu diesem Zeitpunkt, zwölf Tage nach Kursbeginn, waren sie schon so müde und so schmutzig, so überarbeitet und so fertig von der Anstrengung, den Studenten vorzumachen, dass sie die Strapazen lässig ertrügen, dass sie beide gar nicht merkten, dass sie sich auch einsam fühlten. Ihr gemeinsames Lachen war wunderbar erleichternd.

»Kein Wasser?«, sagte Jonathan. »Ich war seit unserer Ankunft noch nicht eine Minute trocken. Meine Hosen sind klamm, meine Turnschuhe sind klamm, meine Haare werden nie richtig trocken …«

Er hatte tolles Haar, erinnert sich Ruby. Dick, ein bisschen zu lang. Teils blond, teils braun.

»Stimmt«, sagte sie. »Aber du weißt schon, was ich meine. Ich wusste nicht, dass sie unser Trinkwasser mit dem Boot ranschaffen müssen.«

»Oder dass sie von uns erwarten, dass wir uns im Meer waschen«, sagte Jonathan. Ihre Unterarme waren mit Salz überpudert, erinnert er sich. Die feinen Härchen glitzerten in der Sonne.

»Und die Betten«, sagte Ruby. »Hängt deins auch in der Mitte durch wie eine Hängematte?«

»Wie ein Katapult«, sagte Jonathan.

Sie blieben eine halbe Stunde auf dem Felssims sitzen und verglichen ihren wässernden Ausschlag vom Giftsumach und die Schnitte von den Entenmuscheln an ihren Händen und Füßen. Nichts heilte hier draußen, stellten sie fest. Alles entzündete sich. Als einer der Studenten rief: »Seht mal, was ich gefunden habe!«, stand Jonathan auf und reichte Ruby eine Hand. Sie nahm sie ungezwungen und ließ sich hochziehen, und dann gingen sie zusammen zum Wasser hinunter. Jonathans Hand war breit mit stumpfen Fingern und Nägeln, die er so weit abgekaut hatte, dass die Haut drumherum wund war. Komisch, erinnert sich Ruby gedacht zu haben. Diese abgenagten Stümpfe an einem so gut aussehenden Mann.

Sie sind sich immer einig gewesen, dass der schlimmste Moment für sie beide jener Augenblick war, als sie am letzten Tag des Kurses vom Boot auf den Anleger traten und ihre Familien auf dem Parkplatz warten sahen. Jonathans Frau hatte ihre vierjährige Tochter auf den Schultern. Ihre beiden älteren Kinder lehnten sich gefährlich weit über die Schutzreling und kreischten laut, als sie ihn sahen. Jessie war während Jonathans Abwesenheit neun geworden, und er muss jedes Mal, wenn er sich an ihr eifriges Gesicht erinnert, an den Seestern denken, den er ihr mit schlechtem Gewissen als einziges Geschenk mitgebracht hatte.

Rubys Mann hatte sein Auto nur wenige Meter von Jonathans Familie abgestellt. Ihre Söhne trugen Baseballmützen, und Ruby weiß noch genau, wie das gelbe Futter der Schirme einen hellen Schein auf ihre Gesichter warf. Einen Augenblick sah sie die Kinder, die in der Nähe ihrer Söhne herumquietschten, als gesichts- und bedeutungslos; Jonathan erzählte ihr später, dass ihre Kinder für ihn ähnlich verschwommen gewesen waren. Dann sagte Jonathan: »Da steht meine Familie«, und Ruby sagte: »Und da ist meine, gleich neben deiner«, und sie sahen beide plötzlich alle Gesichter scharf.

Nichts, was danach kam – weder die Tage vor Gericht, noch die Tage ihrer Umzüge, noch der Verlust ihrer Arbeitsstellen und ihrer Heime –, erschien ihnen wieder so grausig wie jener Moment, als sie zuerst ihre Familien erblickten, wie sie ahnungslos und voll Vorfreude dort standen. Hinterlistig, heimtückisch gingen Jonathan und Ruby auseinander und liefen den Leuten, die sie abholten, entgegen. Sie stellten einander nicht ihren Ehepartnern vor. Sie sahen einander nicht an – obwohl sie, wie sie später zugaben, verstohlen die jeweils andere Familie betrachteten. Sie glaubten, sie wären unsichtbar und niemand sähe ihnen an, was zwischen ihnen gewesen war. Sie glaubten, ihre Familien würden sich nicht daran erinnern, wie sie von Bord gegangen und noch einen kleinen Augenblick zusammen stehen geblieben waren.

Auf dem Schiff hatten sie stumm und kläglich zwischen den aufgehäuften Netzen und Geräten gehockt und so getan, als hätten sie sich damit abgefunden, nach Hause zu fahren. Sie hatten beide (jedenfalls behaupteten sie dies später) die hysterischen Telefonate und die panischen heimlichen Treffen vorausgesehen. Sie hatten beide nicht vorausgesehen, wie sehr sie der Anblick der jeweils anderen Familie schmerzen würde. »Schatz«, sagte Rubys Mann, erinnert sich Jonathan. »Wie bist du dünn geworden.« Ruby erinnert sich, wie sie ihrem Mann über die Schulter guckte und zusah, wie Jessie ihren Kopf wie ein Hund an Jonathans Hand rieb.

In den ersten zwölf Tagen auf der Insel waren Jonathan und Ruby so beschäftigt, dass sie einander kaum wahrnahmen. An den Tagen darauf, nach ihrem Gespräch auf dem Granitsims, setzten sie sich in den Vorträgen des Lehrkörpers und den Studentenreferaten nebeneinander. Diese wurden in der Bücherei gehalten, einem baufälligen Gebäude, das man vom Schlafhaus und der Mensa über eine Fläche mit wilden Rosen und Giftsumach erreichte.

Dort hatte Jonathan über Algen gesprochen und als Beispiele Fucus und Hildenbrandtia hochgehalten. Ruby hatte über die Gezeitenzone gesprochen, jene Zone zwischen der Hochwasser- und der Niedrigwassermarke, in der Organismen darum kämpften, sich dem täglichen Rhythmus von Unter- und Überwasserleben anzupassen. Sie hatten mit bunter Kreide an die Tafel gemalt, während sich die Studenten müde, schwitzend und mit juckender Haut an Armen und Beinen kratzten und Aufmerksamkeit vortäuschten.

Keiner von beiden, gestanden sie einander viel später, hatte dem Vortrag des anderen mit voller Aufmerksamkeit gelauscht. »Es war *vorher*«, sagt Ruby bisweilen bedauernd. »Ich wusste nicht, dass ich mir eines Tages wünschen würde, zugehört zu haben.« Woraufhin Jonathan dann lacht und gesteht, dass er die Muscheln und die Schädel an den Wänden studiert hat, während Ruby ihre Zeichnungen an der Tafel machte.

In der Bücherei war es entsetzlich heiß, meinen sie einvernehmlich, und die Stühle waren bemerkenswert unbequem; der einzige gute Platz war das Sofa vor dem Kamin. Diesen Platz eroberten sie am Abend nach ihrem ersten Gespräch, als das Abendessen zu einem Spaziergang führte und der Spaziergang sie ein paar Minuten vor den allabendlich angesetzten Vorträgen in die Bücherei führte.

Erika Moorhead, erinnert sich Ruby. Über die Dehnfestigkeit der Muschelseide.

Walter Schank, erinnert sich Jonathan. Irgendwas über Hydrozoen.

Sie erinnern sich beide, sich an diesem Abend zum ersten Mal seit ihrer Ankunft wohl gefühlt zu haben. Und während der nächsten paar Tage – nach Rubys Zählung drei, nach Jonathans vier – erschien jeweils einer von ihnen zu früh zu den Vorträgen und reservierte dem anderen einen Platz auf dem Sofa.

Sie kicherten über Frank Kenarys Dias, die er zu einer schrägen Modenschau arrangiert hatte: abyssische Fische, jeweils geschmückt mit unterschiedlichen lumineszierenden Flecken auf der Haut. Als Gunnar sich zwei Stunden lang über Subduktionszonen und den Kreislauf des Kalziumkarbonats verbreitete, unterhielten sie einander damit, dass sie Männchen malten. Sie wissen beide mittlerweile nicht mehr, ob Gunnars endloser Vortrag vor oder nach Carol Daglieshs selbstgedrehtem Film über die Heringsmöwen dran war und welcher von den Studenten das Präpariermikroskop umgekippt und die Ruderfußkrebse in den vorzeitigen Tod geschickt hatte. Aber beide haben jene Tage und Nächte als eine Zeit fast reinen Glücks in Erinnerung. Sie bewegten sich in dem seltsamen unbestimmten Raum, in dem sie mehr waren als Freunde, aber noch kein Liebespaar, in dem sie noch zu leugnen vermochten, auf welches Schicksal sie zugingen.

Ruby rief als Erste an, eine Woche nachdem sie von der Insel zurückgekehrt waren. Sonntag Abend um elf Uhr sagte sie ihrem Mann, sie habe etwas im Büro vergessen, das sie zur Vorbereitung für das Seminar am nächsten Tag brauche. Sie fuhr ins College, schloss die Tür auf, nahm den Hörer von der Gabel und rief Jonathan zu Hause an. Eines von seinen Kindern – sie glaubt, Jessie – ging dran. Ruby weiß noch, wie sie trotz ihrer Gemütserregung schockiert war, dass ein Kind so spät noch auf war.

Sie musste einen entsetzlichen Moment lang warten, während Jessie ihren Vater holte; und noch einmal, als Jonathan, nachdem er Rubys Stimme gehört hatte, sagte: »Einen Augenblick bitte, ich bin gleich wieder da«, und Jessie wieder ins Bett brachte. Ruby wartete voll Sorge, dass er wütend sein würde, weil sie ihn zu Hause angerufen hatte. Doch als Jonathan endlich wieder an den Apparat kam, sagte er: »Ruby. Du hast meinen Brief bekommen.«

»Welchen Brief?«, fragte sie. Er hat mir geschrieben, dass er mich nicht wieder sehen will, hatte sie gedacht.

»Meinen Brief«, sagte er. »Ich hab dir geschrieben, dass ich dich sehen muss. Ich halte es so nicht aus.«

Ruby ließ die Luft raus, von der sie nicht gewusst hatte, dass sie sie angehalten hatte.

»Du hast ihn nicht gekriegt?«, fragte er. »Du hast von dir aus angerufen?« Ich bin es nicht allein, hatte er gedacht. Sie spürte es genauso.

»Ich musste deine Stimme hören«, sagte sie.

Ruby telefonierte und Jonathan schrieb Briefe. Und so kam es, als Jonathans jüngste Tochter Cora sich verliebte und sich Ruby anvertraute und sie dann fragte: »War es bei euch auch so? Wer hat angefangen, du oder Dad?«, dass Ruby nur sagen konnte: »Es ging bei beiden gleichzeitig los.«

Manchmal wenn Ruby und Jonathan sich umdrehen, wenn sie auf der Terrasse sitzen und über die Hügel um Palmyra schauen, sehen sie, wie ihre Kinder sie durch das Küchenfenster beobachten. Bevor die Kinder weggingen, um zu studieren, quoll das Haus an den Wochenenden und in den Ferien über und wirkte zwischendurch leer; Jonathans Frau hatte das Sorgerecht für Jessie und Gordon und Cora bekommen, und Rubys Mann hatte nach seiner Wiederheirat ihre Söhne Mickey und Ryan zu sich genommen. Jetzt, da die Kinder alt genug sind, zu kommen und zu gehen, wie sie wollen, ist das Haus fast immer still.

Jessie ist vierundzwanzig und Gordon zweiundzwanzig; Mickey ist einundzwanzig, und Cora und Ryan sind beide neunzehn. Wenn sie bei Jonathan und Ruby zu Besuch sind, reden sie mehr, als für sie alle gut ist, über die Vergangenheit. In ihren Gesprächen scheinen sie ihr Leben in drei Abschnitte aufzuteilen: die Jahre, als die in ihren Augen richtigen Familien noch heil waren; die Jahre, gleich nachdem sich Jonathan und Ruby kennen gelernt hatten, als ihre Eltern kamen und gingen, sich stritten und versöhnten, sich trennten und scheiden ließen; und die Jahre seit Jonathans und Rubys Heirat, die ihnen eine neu zusammengewürfelte Familie aufzwang. Welchen Abschnitt sie zu erkunden beschließen, hängt davon ab, wer gerade zu Besuch ist und wer sich gerade mit wem verträgt.

»Aber wir waren glücklich«, sagt Mickey dann wohl zu Ruby, wenn er mit Ryan zusammen da ist und Jonathans Kinder nicht da sind. »Wir waren glücklich, es ging uns prima.«

»Du und Mama, ihr habt euch doch nie gestritten«, sagt Cora dann wohl zu Jonathan, wenn Rubys Söhne nicht in der Gegend sind. »Ihr hättet euch bestimmt wieder vertragen, wenn ihr es versucht hättet.«

Wenn sie alle versammelt sind, meiden sie meist die ersten beiden Abschnitte und reden über ihre ersten angestrengten gemeinsamen Wochenenden und Ferien. Sie haben gelernt, einander zu dulden, trotz ihres unfreiwilligen Kennenlernens; Cora und Ryan, deren Geburtstage weniger als ein Vierteljahr auseinander liegen, sind einander besonders nahe. Ruby und Jonathan sind sich bewusst, dass die Anziehung zwischen ihren Jüngsten zu einem beträchtlichen Teil auf Spekulationen darüber gründet, was damals auf der Insel passierte.

Auf ihre Kinder wirken sie alt, das wissen sie. Sie werden beide bald fünfzig. Jonathan hat mittlerweile Speck angesetzt und hat kaum noch Haare; Rubys zierliche Figur wirkt sehnig und hager. Sie wissen, dass ihre Kinder sich nicht vorstellen können, daß sie einmal jung und stark waren, von Leidenschaft verzehrt. Die Kinder können sich nicht vorstellen, können es nicht aushalten, sich vorzustellen, was auf der Insel geschah, und trotzdem drängt es sie ständig nachzubohren.

»Hattest du noch andere Freundinnen?«, fragt Cora Jonathan. »Warst du mit Mama so unglücklich?«

»Kanntest du ihn schon vorher?«, fragt Ryan Ruby. »Bist du hingefahren, um mit ihm zusammen zu sein?«

«Wir haben uns da kennen gelernt«, sagen Jonathan und Ruby. »Wir hatten uns bis dahin nie gesehen. Wir haben uns da ineinander verliebt.« Das ist alles, was sie sagen, sie geben niemals Einzelheiten preis, sie beantworten die einfachen Fragen mit Ja und Nein und weichen den schwierigen aus. Sie machen sich Sorgen, dass selbst das Wenige, was sie verraten, schon zu viel sein könnte.

Jonathan und Ruby erzählen sich die Geschichten von ihrem Gespräch am Gezeitentümpel, von ihren Spaziergängen und Mahlzeiten, vom durchgesessenen Sofa, von dem Moment auf dem Parkplatz und von Rubys erstem Anruf. Sie erzählen sich die Geschichten zum Trost, wenn ihre Kinder sie kritisieren oder wenn sie, allein in ihrem Haus, still beieinander sitzen und darum kämpfen, ihre Enttäuschungen zu verbergen.

Mit einigen haben sie natürlich gerechnet. Mickey und Gordon hatten beide Schwierigkeiten in der Schule, und Jessie hat sich ihrer Mutter viel zu eng angeschlossen; weder Jonathan noch Ruby haben wieder Stellen gefunden, die so gut waren wie die verlorenen, und ihr neues Haus in Palmyra ist irgendwie nie ganz zu ihrem Zuhause geworden. Trotzdem könnten sie alles, was sie verloren haben, um zusammen zu sein, ertragen, wenn ihre Gefühle dieselben geblieben wären wie damals auf der Insel.

Sie sind vernünftige, durch und durch rücksichtsvolle Menschen; sie erinnern sich gegenseitig daran, dass sie damals jung waren und jetzt weit über vierzig sind und dass es nur natürlich ist, wenn ihre stürmische Anziehung mit der Zeit schwächer wird. Sie verdrängen beide gern alle Gedanken daran, wie sehr die Erregung ihrer ersten gemeinsamen Zeit womöglich von den Hindernissen genährt wurde, die sie zu überwinden hatten. An manchen Tagen, wenn Ruby beim Einbiegen in die Auffahrt im Geist noch bei ihrem letzten Seminar weilt und Jonathan im Garten sieht, kann sie kaum glauben, dass die untersetzte Gestalt, die dort so akribisch die Büsche beschneidet, der Mann ist, für den sie solche Kämpfe durchgestanden hat. Jonathan, der oft sehr früh aufwacht, betrachtet manchmal Rubys schlafendes Gesicht und denkt daran, wie viel anmutiger seine Exfrau altert.

Sie machen einander nie Vorwürfe. Wenn das Haus sich

mit Spannung auflädt und die Stille sie zu ersticken droht, sagt einer von beiden: »Weißt du noch. .?« und spult einen der Mythen ab, auf die sie ihr Leben gegründet haben. Eine Geschichte allerdings erzählen sie sich nie, weil sie es nicht ertragen, über das zu reden, was ihnen verloren gegangen ist. Es ist die Geschichte über den Abend, der für ihr gemeinsames Leben den Ausschlag gab.

Jonathans Hand auf Rubys Rücken, Rubys Hand auf Jonathans Schenkel, ein aufgeknöpftes Hemd, ein geöffneter Gürtel. Sie erwähnen weder diesen Moment noch den darauf folgenden, weil sie dann darüber sprechen müssten, wer wen verführte, und jede Lösung dieser Frage würde bedeuten, dass einer die Schuld bekäme. Mit schlechtem Gewissen können sie umgehen; sie leben seit fünfzehn Jahren mit ihrem schlechten Gewissen. Aber Schuld? Weder Jonathan noch Ruby können es aushalten, den genauen Moment festzumachen, an dem einer von ihnen alles, was seitdem geschehen ist, ins Rollen brachte. Das Äußerste, zu dem sich einer von ihnen bisher verstiegen hat, ist die Frage: »Wie hätten wir das wissen sollen?«

Doch an die Nacht in der Bücherei denken beide, wenn sie stumm nebeneinander sitzen und dem Wind lauschen. Es muss Sommer sein, damit sie daran denken; die Kinder müssen bei den anderen Elternteilen sein, und es muss auf die Zedernschindeln über ihren Köpfen regnen. Auf dem Kaminsims über dem Bett muss eine Kerze brennen, und draußen vor ihrem Fenster müssen die Ahornzweige hin und her peitschen. Dann denken sie an die Geschichte, die sie so gut kennen und nie laut aussprechen.

Drei Nächte bevor sie die Insel verließen, gab es einen furchtbaren Sturm, das hintere Ende eines Wirbelsturms, der weiter draußen auf dem Meer vorüberzog. Vor den Fenstern der Bücherei ächzten und schaukelten die

Zedern im Wind. Die Studenten waren ins Bett gewankt, nachdem der Gast aus Woods Hole seinen Vortrag über die Erforschung des Cayman-Grabens mit dem Tiefsee-tauchgerät *Alvin* beendet und Frank, Gunnar und Carol sich in ihr Regenzeug gehüllt, den Gast schützend zwischen sich genommen hatten und ebenfalls gegangen waren. Ruby saß an dem einen Ende des langen Tisches und füllte Fläschchen mit Fixiermittel für den Ausflug am nächsten Morgen ab, während Jonathan auf dem Sofa lag und Notizen machte. Das Boot würde gleich nach Tages-anbruch losfahren, und sie wussten, dass sie eigentlich ins Bett gehen sollten.

Draußen wurde der Wind so stark, dass die Zweige gegen die Wände klatschten. Die Fenster klapperten. Jonathan erschauerte und sagte: »Meinst du, wir könn-ten in dem alten Kamin ein Feuer zum Brennen bringen?«

»Bestimmt«, sagte Ruby, so dass beide einen Vorwand hatten, sich so eng nebeneinander auf die gesprungenen Fliesen zu kauern, dass sich ihre Ellbogen berührten, während sie den Abzug öffneten, Papier zerknüllten und Kleinholz gitterförmig aufstapelten. Die Scheite, die Jonathan neben den Hummerkörben fand, waren trocken und fingen rasch Feuer.

Wer von ihnen fand die grüne Kerze in der Schublade unter dem Mikroskop? Wer zündete die Kerze an und löschte das Licht? Und wer fand den Krug mit dem Rest des Weines, den Frank zu Ehren des Gastes mitgebracht hatte? Sie saßen Seite an Seite, stocherten in den bren-nenden Scheiten herum und taten so, als täten sie nicht, was sie taten. Der Wind wehte zum Fenster herein, das sie einen Spalt geöffnet hatten, so dass das braune Rollo sich abwechselnd hob und wieder gegen den Rahmen fiel. Anfangs war das Geräusch tröstend; später wirkte es störend.

Jonathan, dessen Fingernägel bis auf den letzten Rest

abgekaut waren, bewunderte den langen Nagel an Rubys rechtem kleinen Finger und schwärmte halb im Ernst davon, wie gern er einmal so einen Nagel abnagen würde. Als Ruby ihm die Hand an den Mund hielt, nahm er den Nagel zwischen die Zähne und nagte die weiße, vom vielen Meerwasser weiche Spitze ab. Ruby ließ die andere Hand unter sein Hemd gleiten und strich ihm aufwärts über den Rücken. Jonathan fuhr mit dem Mund ihren Arm hinauf und den Nacken hinunter.

Sie fingen vor dem Feuer an und arbeiteten sich über den Fußboden fort, zerbrachen ein Glas, verschoben den Tisch. Ruby rieb sich auf dem Läufer den Rücken wund und Jonathan schürfte sich die Knie auf, und zweimal hielten sie inne und lachten über ihre wilden Exzesse. Sie bewegten sich von Ost nach West über den Fußboden und später wieder von West nach Ost, und dazwischen, während der Zeit, als sie ihre Kleider auf einen Haufen legten und aus den Sofapolstern ein Nest vor dem Feuer bauten, unterhielten sie sich.

Es war kein Gespräch wie die anderen, die sie seit dem ersten Mal auf den Felsen während ihrer Spaziergänge und während der Mahlzeiten geführt hatten, in denen es darum gegangen war, wer sie waren und woher und wie sie hierher geraten waren. Dies war das Gespräch, aus dem sie instinktiv die täglichen Freuden ihres Lebens auf dem Festland ausklammerten und sich auf die schweren Zeiten konzentrierten, die dunklen Zeiten, bis sie Versionen von sich konstruiert hatten, die das, was sie soeben getan hatten, begreiflich machten.

Noch Monate danach, wenn sie irgendwo heimlich in gestohlenen Zimmern lagen, während sich ihre Haushalte, ihre Stellen, ihre Leben auflösten und die Scheidungen geplant wurden, pflegte Jonathan Ruby zu erzählen, dass er ihren Fingernagel verschluckt hatte. Der Nagel habe sich in seinem Magen aufgelöst, sagte er. Er sei in seine Zotten gewandert und von dort in sein Blut und in seine Knochen, Muskeln und Nerven, wo die Moleküle, die einst ein Teil von ihr gewesen seien, zu einem Teil von ihm geworden seien. Ruby, die stets deutlicher als Jonathan zu spüren schien, dass sie das jeweilige Zimmer in einer Stunde oder einem Tag wieder verlassen mussten, stritt sich darüber mit ihm.

»Nägel sind aus Keratin«, belehrte sie ihn. »Wie Hufe und Haare. Wie Wolle. Wolle können wir nicht verdauen.«

»Motten schon«, entgegnete Jonathan dann. »Motten fressen Pullover.«

»Motten haben ein besonderes Enzym in ihrem Speichel«, beharrte Ruby. Das wusste sie genau. Sie war so von Jonathans Geschichte berührt gewesen, dass sie die Einzelheiten in der Bibliothek nachgelesen und festgestellt hatte, dass er sich täuschte.

Doch Jonathan war es egal, was die Biochemiker sagten. Er drückte sie fest an seine Brust und sagte: »Ich habe ein Enzym für dich.«

In jener Nacht schliefen sie, nachdem das Feuer ausgegangen war, für ein paar Stunden ein. Ruby wachte als Erste auf und betrachtete eine Zeit lang den schlafenden Jonathan. Er schlief wie ein Kind mit angezogenen Beinen, die Hände zwischen die Schenkel geklemmt. Ruby richtete den umgekippten Stuhl wieder auf und fegte die Glasscherben auf ein Blatt Papier. Dann weckte sie Jonathan, und sie schlichen auf Zehenspitzen in die Zimmer, wo sie hingehörten.

# Seltener Vogel

Stellen Sie sich einen Abend im April des Jahres 1762 vor. Ein stattliches Landhaus in den sanft gewellten Hügeln von Kent ein paar Meilen außerhalb der Stadt London; die Sonne ist gerade über Blausternen und frischem Buchengrün untergegangen. In dem Haus sitzen mehrere Männer und eine einzige Frau: Christopher Billopp, seine Schwester Sarah Anne und Christophers Gäste aus London. Als gebildete, wohlerzogene Menschen pflegen sie ein gewisses Gesprächsniveau. Im Augenblick diskutieren sie über die Behauptung des schwedischen Naturforschers Linnaeus, dass die Schwalben sich im Winter unter Wasser zurückziehen, jenen alten von Aristoteles stammenden Glauben, den Linnaeus noch immer verficht.

»Er ist damit bei weitem nicht allein«, sagt Mr. Miller. Hinter ihm reflektiert ein großer Spiegel zwei Porträts: Christopher und Sarah Anne, gemalt vor ein paar Jahren als Geschenk für ihren Vater. »Selbst Klein, Linnaeus' Rivale, vertritt dieselbe Ansicht. Er schreibt, die Mutter eines Freundes habe einen Fischer beobachtet, wie er in der Gegend von Pillau ein Häuflein Schwalben aus einem See holte. Als er die Schwalben ans Feuer legte, seien sie wieder zum Leben erwacht und umhergeflogen.«

Mr. Pennant nickt. »Erinnert ihr euch an die Berichte

von Dr. Colas? Er hat im Norden mit Fischern gesprochen, die behaupteten, wenn sie im Winter das Eis aufbrächen, fingen sie in ihren Netzen mit den Fischen auch komatöse Schwalben. Und ihr müsst euch doch auch daran erinnern, wie Taletini von Cremona beteuert, ein Jesuit habe ihm erzählt, dass sich die Schwalben in Polen und Mähren, wenn der Herbst kommt, in Brunnen und Zisternen stürzen.«

Darüber lacht Mr. Collinson, allerdings mit wohlwollender Miene. Er sieht seinen alten Freund Mr. Ellis über den Tisch hinweg an. »Gerüchte«, sagt er. »Nichts als Gerüchte aus zweiter Hand.« Er hat einen Fleck auf der Weste. Soße vielleicht. Oder Sahne. »Nicht ein einziger direkter Beweis. Mütter, Fischer, reisende Jesuiten – das sind Märchen, meine Freunde. Keine Wissenschaft.«

Am Fuß des Tisches nickt Sarah Anne, ohne etwas zu sagen. Pennant, Ellis, Collinson, Miller: Sie sind alle hoch angesehene Männer. Aber so alt, unendlich alt. Sarah Anne macht sich Sorgen, dass auch sie und Christopher dabei sind, vor der Zeit alt zu werden. Gesetzt und langweilig und allzu bequem wie diese ehrwürdigen Herren, die sie schon seit ihren Kindertagen kennen.

Ihr Vater, ein Bierbrauer von Beruf, aber ein Naturforscher aus Berufung, hatte Christopher und Sarah Anne nach dem Tod ihrer Mutter gemeinsam unterrichtet, als wären sie Brüder. Zu dritt durchstreiften sie die Ländereien von Burdem Place und lernten die Namen der Pflanzen und Vögel. Damals lebte Collinson noch in Peckham nur wenige Meilen entfernt und brachte ihnen oft zu Pferd seltene Pflanzen und Samen mit, die ihm Naturforscher aus anderen Ländern geschickt hatten. Peter Kalm, Linnaeus' berühmter Schüler, besuchte die Billopps; und einmal, vor Sarah Annes Geburt, hatte sich Linnaeus selbst ein paar Tage bei ihnen aufgehalten.

All diese Dinge sind Teil von Sarah Annes und Christophers gemeinsamer Vergangenheit. Auch nach Christophers Rückkehr aus Cambridge und nach dem Tod ihres Vaters tauschten sie weiter munter Bücher aus und führten wissenschaftliche Gespräche. Doch seit kurzem ist alles anders geworden. Sarah Anne hat die Intelligenz ihres Vaters geerbt, während Christopher alles Übrige geerbt hat, die Freunde seines Vaters eingeschlossen. Sarah Anne übernimmt die Rolle der Gastgeberin für diese Männer, auf Christophers Geheiß. Einerseits freut sie sich über ihre Gesellschaft, denn sie bilden ihre einzige geistige Gemeinschaft. Andererseits verachtet sie sie für ihre Hexenschüsse und ihr schütter werdendes Haar, für ihre Gier beim Anblick guten Essens, für ihre ständig wiederholten Geschichten über die wissenschaftlichen Triumphe ihrer Jugend und vor allem dafür, dass sie sich weigern, sie ernst zu nehmen. Seit Jahren hat keiner von ihnen mehr etwas Neues hervorgebracht.

Es gibt noch einen Grund, weshalb sie an diesem Abend schweigt. In letzter Zeit, seit Christopher Miss Juliet Colden den Hof macht, hat er ständig etwas an Sarah Annes Auftreten auszusetzen. Sie kleidet sich nicht so elegant wie Juliet und hat nicht so vollendete Manieren. Sie presche vor, wo sie sich zurückhalten sollte, hat er gesagt, und zeige sich streitsüchtig, wo sie liebenswürdig sein sollte. Er hat sie sich bereits mehrmals vorgeknöpft: »Du solltest deine Gelehrsamkeit bescheiden zur Schau tragen«, predigt er.

Das tut sie für ihr Empfinden auch. Sie bemüht sich sorgsam, niemals vor anderen zu zeigen, bei welchen Themen sie sich besser auskennt als Christopher. Sie mahnt sich stets, dass ihre Gelehrsamkeit aus nichts besteht als Bücherwissen; dass sie nicht wie die Christophers durch abendliche Diskussionen nach dem Essen und leidenschaftliche Streitgespräche mit größeren Geistern in Kaffeehäusern gereift ist.

Und so sitzt sie hier: gelehrt, aber keine richtige Gelehrte; nicht schön und nicht mehr jung: Vergangenen Monat
ist sie neunundzwanzig geworden. Alt, alt, alt. Wie ihre
Gäste. Sie weiß, dass Christopher sich bereits Sorgen
macht, dass sie ihm ein Leben lang zur Last fallen wird.
Und sie befürchtet, dass er diese Sorge womöglich schon
seinen Freunden gegenüber geäußert hat.

Sie mögen ihn, und sie mögen Burdem Place. Sie schätzen die Bibliothek, das Herbarium, die seltenen Bäume
und Sträucher im Garten, die Sammlungen in den Natu-
ralienkabinetten. Sie mögen auch Sarah Anne, das weiß
sie. Vorhin haben sie das Essen gelobt, ihr Kleid, die Blumen auf dem Tisch und ihre Augen im Kerzenschein.
Doch was nützt ihr solche Bewunderung? Collinson, der
sie am längsten kennt, war der einzige, der einen Moment
lang versuchte, so mit ihr umzugehen, wie sie alle mit ihr
umgegangen waren, als sie ein kleines Mädchen war: Er
forderte sie auf, Plinius zu zitieren, und lobte anschließend ihre Kenntnisse. Doch sie hatte gesehen, wie
die anderen während ihres Vortrags unruhig auf ihren
Stühlen hin und her rutschten.

Gegen ihren Willen lauscht sie dem Gespräch der Männer weiter. Sie lauscht ihnen, auch wenn sie kaum noch
still sitzen kann und viel lieber draußen an der kühlen
feuchten Luft wäre oder überhaupt ganz woanders, weil
das Thema, über das sie diskutieren, sie fasziniert.

»Ich habe letztes Jahr einen Brief von Solander bekommen«, sagt Ellis, »das Novembertreffen der Royal Society
betreffend. Dort hat ein Geistlicher, ein gewisser Forster,
gemeldet, er habe im Herbst große Schwalbenschwärme
recht hoch fliegen sehen, die sich anschließend im Schilf
und auf den Weiden niedergelassen hätten, um sich bald
darauf in einen seiner Teiche zu stürzen.«

»Wieder so eine Geschichte aus zweiter Hand«, sagt
Collinson.

Doch Pennant entgegnet, dass es doch sein könne; entweder so oder sie schliefen den Winter hindurch in ihren Nistlöchern vom Sommer. »Locke sagt, in der großen Kette der Wesen gibt es keine Lücken und Löcher«, erinnert er sie. »Sondern eine kontinuierliche Folge, in der jedes Glied sich nur gering von dem nächsten unterscheidet. Es gibt Fische mit Flügeln und Vögel, die im Wasser leben, deren Blut so kalt ist wie das der Fische. Warum sollte die Schwalbe nicht eines der Tiere sein, die den Vögeln wie den Fischen so nahe stehen, dass sie einen Platz zwischen beiden einnehmen? Ähnlich den Meerjungfrauen und Wassermännern, vielleicht.«

Niemand wendet etwas dagegen ein, dass Wasseranthropoiden mit ins Bild gebracht werden. Alle paar Jahre tauchen Berichte über sie auf: Singhalesische Fischer schwören, sie hätten welche in ihren Netzen gefangen, ein Schiffskapitän erspäht zwei vor der Küste von Massachusetts. Erst vor vier Jahren wurde in Paris ein lebendiges Weibchen der Gattung zur Schau gestellt.

Collinson sagt: »Unser Freund Mr. Archard hat mir geschrieben, dass er gesehen hat, wie sie in den Felsen am Rhein Winterschlaf machen. Aber ich habe meine Zweifel an der ganzen Geschichte.«

»Aha«, sagt Pennant. »Und was glaubst du stattdessen?«

»Ich glaube, die Schwalben ziehen fort«, sagt Collinson.

Während die Diener die Teller wechseln, saubere Gläser hinstellen und neue Flaschen Wein entkorken, gibt Collinson eine Geschichte aus der jüngst erschienenen *Geschichte des Senegal* von Mr. Adanson zum Besten. Vor der Küste jenes Landes, berichte Adanson, habe er im Herbst gesehen, wie sich auf den Decks und in der Takelage vorüberfahrender Schiffe Schwalben sammelten wie Bienen. Außerdem gebe es andere Berichte, nach denen im Herbst und Frühjahr in Andalusien und über der Straße von Gibraltar Schwalben gesichtet wurden. »Sie müssen also«, sagt Collinson, »Zugvögel sein.«

Das glaubt Sarah Anne ebenfalls. Sie öffnet den Mund und schlägt den Herren ein einfaches Experiment vor. »Schwalben müssen im Winter atmen«, sagt sie zwischen der Suppe und dem Kalbsbraten. »Die Atmung und die Blutzirkulation müssen zu einem gewissen Grade erhalten bleiben. Wie ist das möglich, wenn die Vögel so lange unter Wasser bleiben? Könnte man die Frage nicht ein für alle Mal klären, indem man zu der Zeit, wenn die Schwalben im Herbst verschwinden, ein paar von ihnen einfängt und eine Zeit lang in einen Wassertank unter Wasser sperrt? Wenn sie lebendig wieder herauskommen, ist Linnaeus' Theorie bewiesen. Wenn nicht …?«

»Eine praktikable Idee«, sagt Collinson. »Wie würden Sie die Vögel fangen?«

»Abends«, sagt sie ungeduldig. Ach, er ist so alt; er hat schon wieder Soße auf seine Weste getropft. Wie kommt es, dass er sich nicht mehr vorstellen kann, seine Bücherwelt zu verlassen und die Außenwelt einzubeziehen? Ein paar Vögel fangen kann doch jeder. »Mit Netzen, wenn sie sich im Schilf niederlassen.«

Collinson sagt: »Wenn sie überlebten, könnten wir eine sezieren, um nach den inneren Organen zu forschen, die ihnen den Aufenthalt im Wasser ermöglichen.«

Er scheint auf eine Antwort von Sarah Anne zu warten, doch Christopher funkelt sie wütend an. Sie weiß, was er denkt. In seiner neuen, unnötig früh erworbenen gesetzten Spießigkeit, die er wie einen geliehenen Mantel trägt, fällt er ein strenges Urteil über sie. Es war vorwitzig von ihr, sich in das Gespräch einzumischen, nicht damenhaft, eine Ansicht zu vertreten, die einigen ihrer Gäste widerspricht, unfein, die Idee zu äußern, sie könne einer Vogelschar mit einem Netz nachstellen.

Was ist nur in ihn gefahren? Der Puls, den sie im Ohr hört, das ständige Rauschen und Raunen ihres Blutes, zeigt ihr an, wie die Zeit vergeht. Minute um Minute saust an ihr vorbei, ohne dass sie ihr auch nur das geringste Leben entringen kann; Stunden zerfließen unwiederbringlich, während sie sich den Anstandsregeln ihres Bruders beugt.

Endlich oben, allein. Entlassen, solange die Männer unten in der Bibliothek Christophers ausgezeichneten Wein trinken und sich des Topfs in der Anrichte bedienen, um ihr Geschäft zu verrichten. Ihres Bruders Freunde wissen ihre Gastfreundschaft zu danken, ihren gut geführten Haushalt zu würdigen; doch am meisten wissen sie es ihr zu danken und zu würdigen, wenn sie verschwindet.

Ihr Zimmer ist dunkel, die Nacht ist kühl, die Brise weht zu ihrem Fenster herein. Sie sitzt in ihrem Zimmer mit der hohen Decke an dem zierlichen Schreibtisch im Erker mit den drei nach Westen, über den Garten ausgerichteten Fenstern. Wäre es nicht dunkel, könnte sie das Gelände bis hinunter zum See und seinem niedrigen, mit Binsen und Weiden bestandenen Uferstreifen überblicken.

Ihr Schreibtisch ist sehr klein, gedacht für ein paar Briefe und eine Blumenvase: für richtige Arbeit nicht zu gebrauchen. Die Bücher, die sie sich aus der Bibliothek geholt hat, liegen ringsherum auf dem Boden verstreut. Wunderschöne Bücher, teure Bücher. Sie gehören ihrem Bruder. Aber ihr Bruder benutzt sie nicht so wie sie. Sie hat sie gründlich durchforstet und ist gerade dabei, einen Brief an Linnaeus in Uppsala zu verfassen, das Thema beim Abendessen betreffend. Christopher braucht niemals zu erfahren, was sie allein in diesem Zimmer schreibt.

Vor einigen Jahren, nach Peter Kalms Besuch, hatten Sarah Annes Vater und Linnaeus eine Zeit lang korres-

pondiert; deswegen bringt sie zunächst ihre Bewunderung für die großen Leistungen des Arztes zum Ausdruck
und erwähnt dann seinen Besuch. Ein wenig Schmeiche-
lei, ein Berührungspunkt. Sie beschreibt das Wetter, das
in letzter Zeit ungewöhnlich war; sie berichtet von Col-
linsons neuesten botanischen Erwerbungen. Danach erst
leitet sie zu den Schwalben über:

*In den letzten Septembertagen beobachtete ich, wie sich
Schwalben im Schilf am Themseufer sammelten. Das
Schilf wird jedes Jahr geschnitten, und gleichwohl hat
noch nie jemand Schwalben entdeckt, die an seinen Wurzeln schliefen, und kein Fischer hat in den Wintermo-
naten je im Wasser schlafende Schwalben gefunden.
Wenn all die großen Schwärme, die man im Herbst sieht,
ins Wasser tauchten, wie wäre es da möglich, dass niemand sie sieht? Wie wäre es möglich, dass im Winter nie
welche gefunden werden? Doch vielleicht ist es in Schweden anders.*

*Sie sind so berühmt und so hoch angesehen. Könnten
Sie den Fischern in Ihrem Land nicht eine Belohnung
für jede Schwalbe anbieten, die sie unter dem Eis finden
und Ihnen oder Ihren Studenten bringen? Könnten Sie
sie nicht bitten, die Seen und Flüsse im Frühjahr zu beobachten und Ihnen jede Schwalbe zu melden, die dabei
gesehen wird, wie sie aus dem Wasser kommt? Auf diese
Weise könnten Sie das Problem erhellen.*

Sie hält inne und stiert in die Kerze, während sie noch
einmal über das nachdenkt, was sie im letzten Herbst
beobachtet hat. Nach dem ersten schweren Frost waren
die Schwalben verschwunden, wie die Grasmücken und
die Fliegenschnäpper und die anderen Insekten fressen-
den Vögel, die kein Futter und keinen Unterschlupf mehr
fanden. Es scheint doch nur allzu einleuchtend, dass sie

davongeflogen waren, dahin wo es noch Nahrung gab, oder nicht?

Sie unterschreibt den Brief mit »S. A. Billopp«, nicht in der Absicht, den berühmten Gelehrten zu täuschen, sondern schlicht, um zu verhindern, dass er ihre Bitte gleich verwirft. Dann liest sie ihn noch einmal durch, versiegelt ihn und bläst ihre Kerze aus. Es ist noch keine zehn, doch bald werden die Männer, die seit Stunden dem Wein zusprechen, sie zum gemeinsamen Nachtmahl erwarten. Sie wird nicht hinuntergehen, sie wird ihnen mitteilen lassen, dass sie unpässlich sei.

Sie stützt die Ellbogen auf die Fensterbank und beugt sich in die Nacht hinaus, träumt von Andalusien und dem Senegal und stellt sich vor, dass sie zwei Mal im Jahr in die Ferne ziehen könnte wie die Schwalben. Málaga, Tanger, Marrakesch, Dakar. Zugvögel fliegen von England nach Südfrankreich und von dort über die Iberische Halbinsel, wo ihnen die Aufwinde am Felsen von Gibraltar einen guten Start über die Straße von Marokko geben. Von dort machen sie sich auf zum langen Flug an der afrikanischen Küste entlang.

Eine Fledermaus fliegt vorüber, auf dem Weg zum Fluss. Sie hat Fledermäuse schon im Flug trinken sehen, wie Schwalben, die den Schnabel an der Wasseroberfläche eintauchen. Schwalben fressen auch im Flug, indem sie Insekten aus der Luft schnappen. Wenn sie tief fliegen, gibt es mit Sicherheit bald Regen: das ist ein Glaube, der auf Vergil zurückgeht, aber von dem weiß sie, dass er richtig ist. Wenn die Luft feucht und schwer ist, fliegen die Insekten tief über dem Boden, und sie hat beobachtet, dass die Schwalben ihnen einfach folgen.

In der Dunkelheit entledigt sie sich nacheinander ihres Kleides, ihres Korsetts, ihrer Hausschuhe und Strümpfe und ihrer komplizierten Unterwäsche, bis sie gänzlich nackt ist. Sie legt sich neben ihrem Schreibtisch auf den

Fußboden, unter das offene Fenster. In ihr Notizbuch hat sie folgende Zeilen von Olaus Magnus, Erzbischof von Uppsala eingetragen, der sie 1555 verfasst hatte:

*Im Norden ziehen Fischer häufig Schwalben in großen Trauben aus den Gewässern, Schnabel an Schnabel, Flügel an Flügel und Fuß an Fuß, wie sich diese zu Herbstbeginn vor dem Eintauchen im Schilf gesammelt haben. Wenn junge, unerfahrene Fischer Schwalbentrauben finden, bringen sie die Vögel, indem sie sie am Feuer auftauen, so weit, dass sie tatsächlich wieder mit den Flügeln schlagen, wobei ihre Wiederbelebung, da sie ihnen vorzeitig aufgezwungen wurde, nur von sehr kurzer Dauer ist. Die alten, weiseren Fischer jedoch werfen sie wieder ins Wasser.*

Eine hübsche Geschichte, doch mit Sicherheit falsch. Die kühle, feuchte Luft spült über sie hinweg wie Wasser. Sie verschränkt die Arme über dem Leib und stellt sich vor, sie läge auf dem Grund eines Sees, die Flügel um sich geschlagen wie eine Art Kokon. Es ist kalt, es ist dunkel, sie atmet kaum. Wie würde sie atmen? Um sie herum liegen Tausende von reglosen Vögeln. Die Tage werden länger, auf irgendein Signal hin schießt sie mit den andern aus ihrer Schar an die Oberfläche, hebt das Haupt und atmet tief ein. Ihre Flügel entfalten sich, und sie segelt durch die Lüfte, wie durch ein Wunder trocken und lebendig.

Kann es so sein?

Acht Monate später stehen Sarah Anne und Christopher mit Miss Juliet Colden und ihrem Bruder John auf der London Bridge. Alle vier sind in dicke Umhänge gehüllt und frösteln trotzdem. Sie sind hergekommen, um auf den Fluss zu schauen, der in diesem einzigartig kalten

Januar von großen Eisschollen bedeckt ist. Eine merk-
würdige Art und Weise, findet Sarah Anne, die Bekannt-
gabe von Christophers und Juliets Verlobung zu bege-
hen. Sie wünscht, sie könnte Juliet besser leiden. Schon
jetzt sind sie gezwungen, viel Zeit miteinander zu verbringen; bald werden sie gemeinsam in einem Haus leben.

Freilich nicht wirklich gemeinsam. Nach der Hochzeit
wird Juliet die Schlüsselgewalt haben; wird Juliet die Diener einteilen. Juliet wird für die Mahlzeiten verantwortlich sein, für die Blumen, die Livreen der Diener, die
abendlichen Gäste. Und Sarah Anne wird das fünfte Rad
am Wagen sein, die überzählige Frau.

Die Eisbrocken knirschen, wenn sie aufeinander oder
gegen die Brücke prallen. Die hohen Backsteinhäuser, die
sich in Sarah Annes Kindheit auf der Brücke drängten, sind
abgerissen, so dass sie sich nicht mehr bedenklich über das
Wasser neigen, doch der Blick ist der gleiche geblieben:
flussab der Tower und ein Mastenwald; flussauf die West-
minster Abbey und Somerset House. Das Treibeis gefähr-
det die Schiffe, die zu Tausenden im Pool darauf harren,
entladen zu werden. Darüber unterhalten sich John und
Christopher. Ein männlicher Gesprächsstoff: Werden
Schiffe untergehen, und mit ihnen Vermögen? Juliet dagegen plappert munter vor sich hin, und Sarah Anne sucht
schweigend den Himmel nach Vögeln ab.

Wendehalse, Dorngrasmücken, Nachtigallen, Ku-
ckucke, Fitis, Ziegenmelker – kein einziger dieser Vögel
ist zu sehen, sie sind allesamt für die Dauer des Winters
verschwunden. Auch die Schwalben sind weg. Kürzlich
bei einem Essen erwähnte ein Bekannter von Christopher,
er habe an einem außergewöhnlich warmen Dezember-
tag eine kleine Schar Schwalben unter einem Fenstersims
am Merton College kauern sehen. Was machten sie dort?
Sie hat bis in den späten Oktober hinein große Scharen
in den Korbweidenpflanzungen am Ufer beobachtet –

79

außerordentlich spät für kleine Vögel, die noch über den Äquator fliegen wollten. Anfang Mai hat sie einen Schwarm in der größten Weide von Burdem Place gesehen, deren Zweige über dem See hängen. Und unter dieser Brücke schießen die Schwalben im Sommer scharenweise am Themseufer umher. Es ist offensichtlich, dass sie mit dem Wasser verbunden sind, aber daraus folgt keineswegs zwingend, dass sie auch im Wasser leben. Ist es möglich, dass sie noch da sind, entweder unter Wasser oder irgendwie in den Uferböschungen vergraben?

Wenn sie allein wäre und nicht in diesen lästigen Kleidern steckte, wenn es für sie eine Möglichkeit gäbe, sich über eine dieser Treppen ans Flussufer hinunterzuschleichen, ohne Aufsehen zu erregen, dann wüsste sie, was sie täte. Sie nähme sich ein Uferstück vor, wo die Nistlöcher am dichtesten liegen, und untersuchte dort systematisch Loch für Loch, indem sie hineinbohrte, bis sie das alte Nest fände. Diese kennt sie von den Löchern am Flussufer daheim: ein Boden aus Stroh, darüber feineres, mit Daunen gepolstertes Gras. Kleine weiße Eier im Frühsommer. Sie glaubt, dass sie, könnte sie jetzt nachschauen, nur vertrocknete Grasknäuel fände.

Der Wind bläst ihr die Kapuze ins Gesicht. Sobald sie nach Hause kommt, denkt sie, wird sie Linnaeus wieder einen Brief schreiben und ihm vorschlagen, in Schweden Nistlöcher zu untersuchen. Vier Mal hat sie ihm im Laufe des vergangenen Sommers und Herbstes geschrieben; nicht ein einziges Mal hat er geantwortet.

Christopher und John diskutieren mittlerweile über Politik, und sie würde gerne mitreden. Doch sie muss sich mit Juliet unterhalten, deren zartes Näschen schon ganz rot ist. Juliets Hände sind in einem riesigen Pelzmuff verborgen; ihr Gesicht ist in der Kapuze vergraben. Ihre guten Umgangsformen verbieten es ihr, über die Kälte zu klagen.

»Du musst natürlich Brautjungfer sein«, sagt Juliet und beschreibt dann die Musik, die sie sich wünscht, das Festmahl im Anschluss an die Trauung. »Ein großer Tisch«, schwärmt sie, »auf dem Rasen vor der Bibliothek, wenn die Rosen blühen – wie heißt die große Kletterpflanze, die dort an der Veranda emporwächst?«

»Jelängerjelieber«, sagt Sarah Anne düster. »Er hat einen herrlichen Duft.«

Sie kann die Hochzeit nur allzu deutlich vor sich sehen. Die anderen Jungfern werden Juliets Schwestern sein, die alle drei so zierlich und hübsch sind wie Juliet. Ihre Kleider werden rosa oder gelb oder rosa gelb kombiniert sein, mit Schleifchen am Mieder und zu vielen Volants. Das Hochzeitspaar wird nach Venedig und Paris und Rom fahren, und wenn sie wiederkommen, werden sie Sarah Annes großes sonniges Zimmer übernehmen, und sie wird in ein kleineres Zimmer im Nordflügel umsiedeln. Als Juliet Sarah Annes Zimmer zum ersten Mal sah, blitzten in ihren Augen Gier und Wohlgefallen auf. Wenige Tage später sagte Christopher zu Sarah Anne: »Dein Zimmer …« Sie bot es an, ohne dass er erst bitten musste.

»Christopher und ich dachten, du würdest vielleicht gern die Frisierkommode von deiner Mutter haben«, sagt Juliet. »Für den schönen Erker in deinem neuen Zimmer.«

Doch just in dem Moment, als Sarah Anne glaubt, es nicht eine Minute mehr aushalten zu können, begegnen sie zufällig einem der vielen betagten Freunde ihres verstorbenen Vaters, in Begleitung einer Frau. Mr. Hill, Mrs. Pearce. Sarah Anne hat Mr. Hill, der lebhafter ist als seine Altersgenossen, schon immer gemocht, aber er wird ihr entführt. Die Gruppe spaltet sich wie von selbst in zwei, als sie sich auf den Rückweg zum Strand begeben. Mr. Hill gesellt sich zu Christopher und John, und Mrs. Pearce gesellt sich zu Sarah Anne und Juliet. Doch Mrs. Pearce wendet sich, ohne auf Juliets Bemerkungen über das Wetter einzugehen, Sarah Anne zu und sagt: »Sie waren, als Mr. Hill mich auf Sie aufmerksam machte, vollkommen in die Betrachtung des Ufers vertieft. Wonach haben Sie denn dort Ausschau gehalten?«

Ihr Gesicht ist schlank und intelligent; ihre Augen sind voll Neugier. »Nach Vögeln«, sagt Sarah Anne impulsiv. »Ich habe die Schwalbennester angesehen. Manche Leute sind der Ansicht, die Schwalben überwinterten entweder unter Wasser oder in ihren Nistlöchern vom Sommer.«

Sie erzählt ihr von den Zeichen, durch die Beobachter sich täuschen lassen, von den falschen Geschichten und ihrer Verbreitung. In Burdem Place, berichtet sie, habe sie gehört, wie ein Freund ihres Bruders behauptete, er habe als Junge zwei oder drei Schwalben im Schutt eines abgerissenen Kirchturms gefunden. Die Vögel seien betäubt gewesen, scheinbar tot, seien am Feuer aber wieder erwacht. Leider seien sie anschließend versehentlich gebraten worden.

»Gebraten?«, fragt Mrs. Pearce mit einem Lächeln.

»Knusprig wie die Hähnchen«, sagt Sarah Anne. »So dass sie natürlich nicht mehr als Beweismittel taugten. Aber für mein Gefühl ist es wahrscheinlicher, dass sie in Höhlen oder Nistlöchern überwintern als unter Wasser.«

»Manche Leute nehmen den Schwalbenflug als Omen«, sagt Mrs. Pearce. »Es gibt sogar eine Stelle bei Shakespeare – vielleicht erinnern Sie sich? –, ›Schwalben nisteten in den ägypt'schen Segeln. Unsre Auguren verstummen, wolln nichts wissen, sind verstört und scheun zu reden, was sie sahn.‹ Poetisch. Aber gewiss nicht dazu gedacht, dass man es wörtlich nimmt.«

Sarah Anne macht große Augen. Mrs. Pearce hat auf den ersten Blick nichts Anstößiges. Sie ist einfach und unmodisch, aber schicklich gekleidet; sie trägt das Haar, wenn nicht zur Hochfrisur, so doch halbwegs elegant aufgesteckt. »Ich glaube, man sollte eigene Experimente machen«, sagt Sarah Anne. »Wir sollten unsere Aussagen auf Beweise gründen.«

»Ja, mir ist es immer lieber, meine Hypothesen selbst zu prüfen«, sagt Mrs. Pearce leise.

Juliet schmollt, doch Sarah Anne beachtet sie nicht. Sie zitiert Montaigne, und Mrs. Pearce entgegnet ihr mit einer Passage aus Fontenelles *Entretiens sur la pluralité des mondes*. »Kennen Sie Mrs. Behns Übersetzung?«, fragt Sarah Anne und ist in diesem Moment wie nie zuvor davon überzeugt, dass es eine Mehrheit der Welten gibt.

»Selbstverständlich«, sagt Mrs. Pearce. »Sie ist ausgezeichnet, aber ich bevorzuge das Original.«

Sarah Anne erzählt von den Muscheln, die sie und Christopher aus der Sammlung von Sir Hans Sloane geerbt haben, Mrs. Pearce erzählt von ihrer Moose- und Pilzesammlung, und als Sarah Anne im Anschluss daran wieder auf die Schwalben zu sprechen kommt und sagt, dass Linnaeus seinen Glauben an ihren wässrigen Winterschlaf von Aristoteles übernommen habe, sagt Mrs. Pearce: »Als ich jünger war, habe ich mehrere Bücher der *Historia animalium* übersetzt.«

Sarah Anne kommen vor Aufregung und Freude fast die Tränen. Wie gebildet diese Frau ist. »Wer hat Ihnen Ihre Bildung vermittelt?«, fragt sie.

»Mein Vater«, sagt Mrs. Pearce. »Er war ein äußerst kultivierter, intelligenter Mann, welcher der Ansicht war, dass Mädchen genauso viel lernen sollten wie ihre Brüder. Und woher haben Sie die Ihre?«

»Teils von meinem Vater, teils von meinem Bruder, bevor … Teils aus heimlicher Lektüre.«

»Ah, *Heimlichkeit*, sagt Mrs. Pearce mit einem kleinen Lächeln. »Selbstverständlich.«

In ihrer Aufregung haben sie einen so schnellen Schritt angeschlagen, dass Juliet zurückgeblieben ist. Sie hören die Männer nach ihnen rufen und bleiben stehen. Rasch, weil sie weiß, dass ihr wenig Zeit bleibt, stellt Sarah Anne die noch offene, wichtige Frage. »Und Ihr Mann?«, sagt sie. »Teilt er Ihre Interessen?«

»Er ist tot«, sagt Mrs. Pearce seelenruhig. »Ich bin Witwe.«

Sie lebt in London, erfährt Sarah Anne, allein mit drei Dienstboten. Ihre beiden Töchter sind verheiratet und aus dem Haus. »Ich würde mich sehr freuen, wenn Sie uns besuchen kämen«, sagt Sarah Anne. »Wir leben nur ein paar Meilen vor der Stadt, doch weit genug außerhalb, dass man dort alle Freuden des Landlebens genießt. Im Garten wachsen einige interessante Pflanzen aus Nordamerika, und wir haben eine recht ansehnliche Bibliothek ...«

Mrs. Pearce legt ihre behandschuhte Hand auf Sarah Annes Arm. »Mit dem allergrößten Vergnügen«, sagt sie. »Und Sie müssen mich in der Stadt besuchen. Man findet nicht alle Tage eine Freundin.«

Die anderen holen sie ein, sie wirken verfroren und verschnupft. »Miss Colden«, sagt Mrs. Pearce.

»Mrs. Pearce. Ich hoffe, Sie hatten ein angenehmes Gespräch zu zweit.«

»Danke, ja, sehr angenehm«, sagt Mrs. Pearce.

Sie sieht Sarah Anne über Juliets Kopf hinweg an. »Bis bald.« Dann hakt sie sich bei Mr. Hill unter und geht davon.

»Seltsame Frau«, sagt John. »Ein ziemlicher Blaustrumpf, was?«

»Schlecht gekleidet«, sagt Juliet mit großer Befriedigung. An dem scharfen Blick, mit dem sie Sarah Anne bedenkt, erkennt diese, dass sie den flüchtigen Augenblick belebender Konversation wird teuer bezahlen müssen. Aber ihr schwirrt der Kopf vor Freude über ihre neue Freundin, vor Plänen für all das, was sie zusammen unternehmen können, und vor Formulierungen für den Brief, den sie, sobald sie nach Hause kommt, an Linnaeus schreiben wird. Sie stellt sich vor, wie sie Mrs. Pearce den Brief vorliest. Mrs. Pearce die Antwort zeigt, die sie gewiss bekommen wird.

»Wir sollten ihm von dem alten Arzneitrank erzählen«, sagt Mrs. Pearce, und Sarah Anne fragt: »Von welchem?«
    »Gegen die Melancholie. Kennen Sie ihn nicht?«
    »Ich glaube nicht.«
    »Es ist ein Trank, der zu einem Teil aus Schwalbenblut hergestellt wird. Sommervogel, Symbol der Leichtigkeit – der Trank soll traurige Stimmungen aufhellen und den Füßen Flügel verleihen.«
    »Das klingt glaubhafter als das, was er vorbringt«, sagt Sarah Anne, und Mrs. Pearce pflichtet ihr bei.
    Es war jetzt September – nicht der September nach ihrer ersten Begegnung, sondern ein Jahr später: 1764. Die beiden Frauen sitzen in einem unbenutzten Stall von Burdem Place und warten geduldig, umgeben von ihren Geräten. Soeben graut der Morgen. Sie haben Robert, den Gärtnerssohn, mit einem Netz und genauen Vorschriften ins Schilf geschickt, wo die Vögel schlafen. Während sie warten, unterhalten sie sich über den Brief, den Sarah Anne vergangene Woche von Carl Linnaeus erhalten hat, in dem er ihre Theorien freundlich, aber unmissverständlich (und auf Latein, was Sarah Anne jedoch zu lesen versteht) verworfen und seiner festen Überzeugung Ausdruck verliehen hat, dass die Schwalben unter Wasser überwintern. Der Brief hat Sarah Anne verstimmt, aber sie hätte von sich aus nichts unternommen, als vor Wut zu schäumen, wäre Mrs. Pearce nicht zu Besuch gewesen. Es war Mrs. Pearce – Catherine – gewesen, die sagte: »Nun. Dann werden wir die Experimente eben selbst ausführen müssen.«

Sie haben die untere Hälfte eines Fasses auf den Stallboden gestellt, und Robert hat es mit Wasser gefüllt. Auf dem Grund liegt ein paar Zoll dick Flusssand; auf der Oberfläche, einen Zoll vom Rand, schwimmt ein Brett. Ein stabiles, kleinmaschiges Netz liegt bereit. Im Stall ist es noch ziemlich finster; durch die offene Tür können sie draußen im Frühnebel die Bäume gerade eben erkennen. Weiter oben am Hügel schläft das Haus. Wenige Minuten nach vier Uhr ist Sarah Anne in ihrem neuen Zimmer aufgestanden und hat einmal an die Tür des Zimmers am Ende des Flurs geklopft, in dem Catherine wohnt, wenn sie zu Besuch ist. Catherine machte sogleich die Tür auf, sie war bereits vollständig angezogen.

In letzter Zeit fällt es ihnen leichter, über die Schwalben zu sprechen als über die Vorgänge in Burdem Place. Juliet ist schwanger und missgelaunt, und auch Christopher hat sich verändert. Sarah Anne weiß, dass sie damit hätte rechnen müssen, aber es erschreckt sie trotzdem. Mittlerweile sind statt der alten Naturforscher meist Juliets oberflächliche Freunde zu Gast. Die Gäste sind jung, nicht alt; zum Teil jünger als Sarah Anne. Wochenlang stolzieren sie aufgedonnert durch den Park und machen Gesellschaftsspiele, während sich Sarah Anne, die in ihrer Gesellschaft unglücklich ist, abseits hält.

Wer ist sie also? Sie will nicht wie Christopher so werden wie die Elterngeneration; doch sie hat inzwischen erfahren, dass sie ihre Altersgenossen ebenso wenig leiden kann. Sie passt zu nichts und niemandem. Zu niemandem außer Catherine. Sie und Catherine haben in einem Flügel weitab von den modischen Gästen ihre eigene Gemeinschaft gegründet, die nur aus ihnen beiden besteht. Aber sie hat Grund zu der Befürchtung, dass ihr nach der Geburt von Juliets Kind selbst dies genommen werden wird.

Christopher hofft auf reichen Kindersegen, ein ganzes Heer von Kindern. Dieses Kind und die nachfolgenden

Söhne und Töchter werden eine Amme und eine Erzieherin brauchen, sagt Juliet. Und ein Kinderzimmer und ein Unterrichtszimmer. Sarah Anne hat beobachtet, wie Christopher auf dem Flur vor ihrem Zimmer auf und ab schritt und fast unverhohlen Pläne für den Umbau schmiedete. Er begrüßt Catherines häufige, ausgedehnte Besuche – allerdings nur, wie Sarah Anne weiß, weil sie dann beschäftigt ist und er sich wegen ihrer zunehmenden Isolation keine Vorwürfe zu machen braucht. In dem Augenblick, da er meint, der Platz würde knapp, wird er Sarah Anne nahe legen, Catherines Besuche einzuschränken. Und es ist durchaus möglich, dass er Sarah Anne bitten wird, die Lehrerin seiner Kinder zu werden.

Doch darüber sprechen Sarah Anne und Catherine nicht. Sie schauen noch einmal in den Brief von Linnaeus, der an Mr. S. A. Billopp adressiert war, doch den Christopher zum Glück nicht zu Gesicht bekommen hat. Sie arrangieren ihr Gerät auf der Bank neben sich und zittern vor Kälte und Erregung. Sie warten. Wo ist Robert?

Es war Catherine, die zuerst an den schmächtigen Zwölfjährigen herangetreten war, nachdem Sarah Anne ihr erzählt hatte, dass sie einmal mit angehört hatte, wie er darüber redete, dass sie in Irland Vögel mit Netzen gefangen hatten, um sie zu essen. Catherine sagte ihm, dass sie zwei bis drei Schwalben brauchten und dass sie ihn dafür gut bezahlen würden; Robert schien zu glauben, dass sie sie essen wollten. Gleichwohl hatte er sie um 4.30 Uhr in aller Heimlichkeit hier getroffen. Nun steht er wieder in der Tür, mit nackten Füßen und bis zur Taille nass. Er hat das Netz über eine Schulter gehängt, und in den Händen trägt er einen Sack, der sich von selbst bewegt.

»Robert!«, sagt Catherine. »Du hast es geschafft?«

Robert nickt. Er hat das obere Ende des Sacks fest um die Hände gewickelt, und als Catherine danach greift, sagt er: »Halten Sie gut fest. Die woll'n fliegen.«

»Das hast du gut gemacht«, sagt Catherine. »Warte, ich will dir dein Geld geben. Sarah Anne, nimm du doch den Sack.«

Sarah Anne greift unter Roberts Händen mit beiden Händen so um den Sack, dass sie den Stoff zusammendreht. »Ich habe ihn«, sagt sie. Robert lässt den Sack los. Sofort spürt sie, dass darin Leben herrscht. Irgendetwas bewegt sich, springt und tanzt. Zappelt. Ein beängstigendes Gefühl.

»Danke schön, Robert«, sagt Catherine. Sie geleitet ihn sanft zur Tür hinaus. »Du hast uns sehr geholfen. Wenn du unser Geheimnis für dich behältst, werden wir dich das nächste Mal wieder um deine Hilfe bitten.«

Als sie endlich wieder zu Sarah Anne kommt und ihr den Sack abnimmt, ist Sarah Anne schon fast hysterisch.

»Befriedigen kann nur, was das Herz erschüttert«, sagt Catherine. »Nur was Erstaunen macht, ist wahr.« Wieder einmal ist Sarah Anne von dem außerordentlichen Gedächtnis ihrer Freundin entzückt. Wenn Catherine aufgeregt ist, sprüht sie von Zitaten aus allem, was sie in ihrem Leben gelesen hat, dass es spritzt wie Wasser von einem Butterklumpen, der fast fertig gerührt ist.

»Gut«, sagt Catherine. »Nimm jetzt das Netz in beide Hände und zieh es über das Fass – so ist es gut. Jetzt machst du es an allen Seiten fest, nur an diesem kleinen Stück hier nicht. Ich werde den Sack an das offene Stück im Netz halten, und wenn ich ›jetzt‹ sage, öffne ich den Sack, und du ziehst den letzten Zipfel über dem Fass fest. Bist du so weit?«

»Ich bin so weit«, sagt Sarah Anne. Ihr Herz schlägt, als hätte sie einen Vogel in der Brust.

»*Jetzt*«, sagt Catherine.

Dann geht alles ganz schnell – Hände, Sackleinen, Netz und Flügel, Bindfadenschlaufen und hinderliche Rockmengen schwirren durcheinander. Zwei Schwalben ent-

kommen. Sie fliegen so dicht an Sarah Annes Gesicht vorbei, dass sie ihre Federspitzen spürt und aufschreit. Doch
gleich darauf sieht sie, dass sie zumindest einen Teilerfolg
erzielt haben. Im Fass kauern zwei Vögel auf dem Brett
und drücken sich ängstlich ans Netz. Stahlblau, leder-
brauner Bauch, hektischer Atem.

»Sie sind so unglücklich«, sagt Sarah Anne.

»Wir müssen sie allein lassen«, sagt Catherine. »Wenn
der berühmte Doktor Carl von Linné Recht hat, werden
sie sich in unserer Abwesenheit ins Wasser legen und einschlafen, entweder oben auf dem Flusssand oder vielleicht
indem sie sich ein Stückchen eingraben.«

»Und wenn er Unrecht hat?«

»Dann werden wir es ihm mitteilen.«

Der Tag vergeht quälend langsam, zerschnitten von
Juliets strengem Stundenplan: Frühstück mit der Familie,
Mittagessen, Tee und Abendbrot, jedes eine ausgedehnte Mahlzeit mit genauem Reglement. Nach dem Frühstück verlangt Juliet, dass Sarah Anne und Catherine ihr
im Ankleidezimmer Gesellschaft leisten, obwohl Sarah
Anne weiß, dass Juliet sie beide nicht leiden kann. Nach
dem Tee erwartet Christopher von den Frauen, dass sie
sich mit ihm in die Bibliothek setzen, wo man sich unter-
hält und Zeitung liest. Nicht eine Minute haben Sarah
Anne und Catherine für sich, und bis zum Abendessen
sind sie schier verrückt vor Erwartung und Erschöpfung.

Am nächsten Morgen, als sie vor dem Frühstück wieder hinausschleichen, ist das Brett über dem Wasser leer.
Sarah Anne macht das Netz los, entfernt das Brett und
späht hinein. Die Schwalben liegen auf dem Sand. Doch
sie ruhen nicht friedlich in einem Kokon aus Flügeln, sondern liegen unglücklich verdreht da. Sie weiß, noch bevor
sie nach ihnen greift, dass sie tot sind. Catherine weiß es
auch; sie steht mit ihrem Taschenmesser bereit. Sie sind

89

übereingekommen, falls die Schwalben sterben, einen der Vögel zu sezieren und die Struktur ihres Blut- und Atemkreislaufs zu untersuchen. Sie werden sich jedes Organ ansehen, das eine Überwinterung unter Wasser möglich erscheinen lässt; jedes Organ, das beweisen könnte, dass sie Unrecht haben.

Sie arbeiten flink. Es fließt nicht viel Blut. Catherine schaut in die geöffnete Brusthöhle und sagt: »Es ist sehr schwierig, ohne die richtigen Instrumente zu arbeiten. Doch dessen ungeachtet ist hier nichts Außergewöhnliches vorhanden. Es gibt keinen Zweifel, dass Linnaeus sich irrt.«

Ein Herz mit vier Kammern in seinem Perikardium; kleine, rosige unaufgegliederte Lungen. Von den Lungen erstrecken sich die mysteriösen Luftsäcke in die Bauchhöhle, den Hals, die Knochen. Nirgends deutet etwas auf ein kiemenartiges Organ, das es dem Vogel erlauben würde, unter Wasser zu atmen. Sarah Anne wird schwach, doch sie ist zugleich vollkommen fasziniert. Sie haben ein Experiment gemacht; sie haben eine Hypothese widerlegt. Sie sagt: »Wir schreiben noch heute an Linnaeus.«

»Ich bin dagegen«, sagt Catherine. »Ich finde, es wird Zeit, dass wir andere Pläne machen.«

Was für Pläne? Natürlich bekam Christopher mit, dass Mrs. Pearce Anfang Oktober nach London zurückkehrte; und er bekam ebenfalls mit, dass Sarah Anne wenige Wochen darauf aus Burdem Place abreiste, um, wie sie sagte, ihrer Freundin einen längeren Besuch abzustatten. Den ganzen November hindurch hörte Christopher nichts von seiner Schwester, aber er hatte eigene Sorgen und dachte sich nichts bei ihrer Abwesenheit. Als er im Dezember geschäftlich in London war, fuhr er bei Mrs. Pearce vor und stellte fest, dass ihre Diener entlassen waren und das Haus leer stand. Erst da ging ihm auf, dass seine Schwester und ihre Freundin schlicht verschwunden waren.

Jedermann hatte seine eigene Theorie über ihr Verschwinden: Collinson, Ellis, alle anderen. Einige vermuteten ein Gewaltverbrechen, obwohl es keinerlei Indizien dafür gab. Christopher allerdings malte sich während der düsteren Nächte des Jahres 1765, während Juliet mit dem Kindbettfieber kämpfte, und in den noch düstereren Nächten nach ihrem Tod, während sein winziger Sohn dahinsiechte, die folgende Geschichte aus. Er stellte sich vor, wie sich Sarah Anne und Mrs. Pearce − wer war diese Mrs. Pearce überhaupt? Woher stammte sie? Aus was für einer Familie? − in dem Londoner Haus vor Tagesanbruch erhoben hatten und flink durch die Schatten huschten, während sie Hauben, Taschen, Handschuhe zusammensuchten. Nur eine Tasche pro Person, da sie leicht reisen wollen. Und dann schleichen sie durch die frühmorgendlichen Straßen zur Themse hinunter. Zum Anleger am Tower vielleicht; aber es konnte auch jeder andere Ableger, jede Treppe sein, am Fluss herrscht überall Betrieb. Die Schiffe liegen dicht an dicht vorm Ufer, die Segel eingeholt und die Flaggen schlapp; zwischen ihnen und der Treppe kommt hier ein Frachtsegler, dort ein Kutter vorüber. Einige der Schiffe werden nach Indien fahren und einige nach Madagaskar. Einige werden zu den Westindischen Inseln aufbrechen und andere nach Afrika. Wieder andere steuern die Häfen der nordamerikanischen Provinzen an: Quebec oder Boston, New York oder Baltimore.

Christopher glaubt, dass seine Schwester und ihre Begleiterin auf einem Schiff nach Amerika an Bord gegangen sind. Er hat einmal gehört, wie die beiden begeistert von Mark Catesbys *Naturgeschichte* schwärmten und sich mit gedämpften Stimmen über das Land unterhielten, wo Eichhörnchen fliegen konnten und Frösche pfiffen und Vögel, nicht größer als ein Fingernagel, in Wäldern umherschwirrten, die so dicht waren, dass kein Sonnenstrahl bis auf den Boden drang. Catesby, hatte Sarah Anne

gesagt, glaubte, dass es einen Sinn hatte, wenn Vögel fort-
zogen: sie flogen dorthin, wo es Nahrung gab.

In seinem einsamen Haus auf und ab gehend, elend
und gebrochen, stellt sich Christopher vor, wie das Schiff
langsam die Themse hinunter nach Dover und in den
Ärmelkanal hinauskriecht. Der Wind kommt von vorne,
und die Tide ist gegen sie; die Reise nach Dover dauert
drei Tage. Doch dann dreht sich der Wind, und das Glück
stellt sich ein. Sie fliegen an Portsmouth und Plymouth
und Land's End vorüber auf die offene See hinaus. Die
Segel bauschen sich vor den Masten; die Frauen lehnen
lachend an der Reling. Diese Vision hatte er im Kopf, als
er einige Jahre darauf Burdem Place und die Brauerei verkaufte und sich nach Delaware einschiffte.

Er fand Sarah Anne nicht wieder. Doch die Überfahrt
und die Neue Welt taten ihm gut; er heiratete eine boden-
ständige junge Quäkerin und gründete abermals eine
Familie. Zu den Dingen, die er in sein neues Leben mit-
brachte, gehörten zwei Porträts – kleine sepiabraune Ova-
le, offensichtlich Kopien größerer Gemälde –, die viele
Jahre später in Baltimore wieder auftauchten. Und wenn
die ausgeblichenen Notizen, die hinten in Christophers
Porträt versteckt sind, der Wahrheit entsprechen, leistete
er einige bescheidene Beiträge zur Naturgeschichte der
Mittleren Atlantikstaaten.

Das Porträt von Sarah Anne trägt nur ihr Geburtsda-
tum. Ihre Briefe wurden um die Mitte der fünfziger Jahre des neunzehnten Jahrhunderts entdeckt, auf dem
Dachboden eines entfernten Verwandten des Ehemannes
der jüngsten Tochter Carl von Linnés, Sophia. Der englische Historiker, der sie fand, war dabei, eine Sammlung
mit den Briefen von und an Carl von Linné herauszuge-
ben. Er schloss aus der Handschrift und einigen anderen
Hinweisen, dass es sich bei S. A. Billopp um eine Frau
handelte, und sorgte damit für einen kleineren Aufruhr

unter den Kollegen. Später gelang es ihm, seine Vermutung zu verifizieren, als er Sarah Annes Tagebuch in der Linnaean Society fand, inmitten der in Burdem Place zurückgebliebenen Sammlungen. Der letzte Eintrag in Sarah Annes Tagebuch war der folgende, verfasst wahrscheinlich bald nachdem sie und Mrs. Pearce ihre Experimente mit den Schwalben vollzogen hatten:

*Collinson hat mir eines seiner Bücher geborgt* – Ein Versuch zur wahrscheinlichen Lösung der Frage, woher die Störche etc. kommen; oder wo diese Vögel wahrscheinlich Aufenthalt machen etc. *(London 1703) – wo er zu meiner Erbauung diese Passage angestrichen hat.*

*»Unsere Zugvögel ziehen sich auf den Mond zurück. Sie brauchen gegen zwei Monate, um dort hinauf zu gelangen, und sobald sie jenseits der tieferen Regionen der Luft in den dünnen Äther hinausgelangt sind, haben sie keinen Bedarf mehr nach Nahrung, da dieser kaum so auf der Seele lasten dürfte wie unsere Luft hienieden. Selbst auf unserer Erde können Bären den ganzen Winter von ihrem Fett zehren; und so mag es gleichfalls sein, dass diese Vögel, die sehr fleischig und blutvoll sind, ihre Vorräte für die Reise im Körper angesammelt haben; andererseits mag es ebenfalls sein, dass sie durch die aus der gegenseitigen Anziehung zwischen Mond und Erde entstehende Bewegung in eine Art Somnolenz verfallen.«*
    *Er meinte es gut, das weiß ich wohl. Ich kann die Situation hier nicht länger ertragen. Catherine und ich wollen uns in der Stadt treffen, um über das von ihr vorgeschlagene Experiment zu beraten.*

# Höhenkoller

Das Haus war bemerkenswert leicht zu verkaufen. Zaga weihte weder ihre Stiefkinder in ihre Pläne ein, noch konsultierte sie Joels Anwalt oder seinen Steuerberater. Ein paar Monate nach Joels Beerdigung verkaufte sie das Haus für eine weit geringere Summe als die, zu der ihr der Makler geraten hatte. Sobald der Übergabetermin feststand, verkaufte sie außerdem den größten Teil der Möbel. Sie hatte jedes Stück, mit Ausnahme der Familienerbstücke, selbst ausgewählt; sie hatte sämtliche Zimmer eingerichtet und die Küche entworfen, in der sie die Mahlzeiten bereitet hatte, die Joels Freunden den Atem verschlagen, sie aber nie so weit gebracht hatten, sie wirklich zu mögen. Joel hatte das Haus für sie gebaut, und sie wusste, er war davon ausgegangen, dass sie darin wohnen bleiben würde. Doch ohne ihn schienen ihr die stillen Räume unerträglich.

Nachts wanden sich ihre Träume durch Schneestürme und Gebirge, die sie nicht erkannte. Tagsüber entrümpelte sie das Haus alleine. Ihre Stiefkinder waren in der Nähe – Alicia wohnte draußen in Meadowbrook und Rob in der Innenstadt von Philadelphia –, aber sie hatten seit dem Tod ihres Vaters kaum mit ihr gesprochen, und sie wusste, dass sie ihr, selbst wenn sie von dem Verkauf erfahren hätten, von sich aus keine Hilfe angeboten hätten.

Die großen Möbel wurden mit Lastwagen abgeholt, die Gemälde, die Joel dem Kunstmuseum vermacht hatte, wurden von Museumshandwerkern verpackt, Zaga putzte Zimmer für Zimmer, wickelte alles ein und verpackte es. An dem Mittwochabend vor ihrem vierundvierzigsten Geburtstag nahm sie sich Joels begehbaren Schrank vor. Ganz hinten, noch hinter den Mänteln, fand sie einen Karton mit Erinnerungen an ihre Chilereise von 1971.

Einen Vigogne-Schal, weich und leicht, aus Santiago; zwei gestrickte Skimützen, die Rob und Alicia getragen hatten; eine Broschüre, auf der das gelbe Hotel winzig vor den Bergen stand. Schnappschüsse, die sie gemacht hatte, obwohl sie sich kaum noch daran erinnerte, von Joel und den Kindern, die in fröhlich bunten Skianzügen an den Hängen posierten. Außerdem ein Bild von ihr in der Lobby des Hotels, das sie noch nie gesehen hatte, auf dem sie sehr jung und unglücklich aussah.

»Für Ihr Baby«, hatte Dr. Sepulveda gesagt, an dem verschneiten Tag, als er sie fotografiert hatte. Es war ein halbes Leben her, und trotzdem wußte sie es noch. »Eines Tages können Sie es Ihrem Kind zeigen und ihm – oder ihr, vielleicht bekommen Sie eine kleine Tochter? – erzählen, dass es sogar hier schon dabei war.«

Der Umschlag mit dem Bild war in einer steilen europäischen Handschrift, die nur Dr. Sepulvedas sein konnte, an Zaga adressiert. Sie hatte es nie zu sehen bekommen; Joel musste den Brief abgefangen und es gleich versteckt haben, um sie zu schonen. Wenn dem Foto ein Brief beigelegen hatte, dann war er mittlerweile verloren.

An ihrem ersten Tag in den Anden hätte Zaga angesichts des klaren blauen Himmels schier vor Glück platzen können. Die Gipfel rund um das Hotel Portillo waren blitzblank und weiß. Unten vor ihrem Zimmer leuchtete der gefrorene See wie ein Auge, und in der Ferne erhob sich der Gipfel des Monte Aconcagua wie ein Mond. Die Hänge waren mit Skiläufern in Rosa und Grün und Blau gesprenkelt, und obwohl sie nicht Ski laufen konnte und Höhenangst hatte und nie sportlich gewesen war, gab ihr die dünne Luft zunächst einmal das Gefühl, sie wäre zu allem fähig.

Die Kopfschmerzen, der steife Hals, die brennenden Wangen und die eisigen Finger kamen erst am zweiten Tag. Als sie aus dem Bett aufzustehen versuchte, musste sie sich übergeben, und vormittags, als die Kinder zu ihr ins Zimmer kamen, fühlte sie sich sterbenselend.

Sie standen in der Tür, Rob und Alicia: Joels Kinder, nicht ihre, rotbackig und aufsässig, schon fertig zum Skifahren angezogen. Joel hatte ihnen verboten, alleine nach draußen zu gehen, ehe er die Zeit gefunden hatte, ihnen alles zu zeigen. Er war zweiundvierzig und kam bei jeder schnelleren Bewegung aus der Puste. Seine Kinder atmeten mühelos und sahen Zaga mit Interesse, aber ohne Mitgefühl an.

»Zaga ist krank«, sagte Joel, und Alicia fragte: »Ach, echt?«, und trat näher ans Bett. Sie war erst vierzehn und schon gut zehn Zentimeter größer und dreißig Pfund schwerer als Zaga. Sie hatte lange ausgebleichte Strähnen im Haar, von den vielen Stunden, die sie am Swimmingpool verbracht hatte, und eine so knackige Figur, dass sich Zaga neben ihr wie ein Besenstiel fühlte.

»Du kannst nicht Ski fahren kommen?«, fragte Rob Joel. Er war zwölf, so groß wie Alicia und so stark, dass Joel es aufgegeben hatte, mit ihm zu rangeln.

»Eure Stiefmutter ist krank«, wiederholte Joel. »Wir bleiben alle hier, bis wir wissen, wie wir sie wieder gesund kriegen.«

Rob und Alicia wechselten einen Blick. »Dann gehen wir bloß nach unten«, sagte Alicia. »Frühstücken. Okay?«

Zaga beugte sich über die Bettkante und übergab sich

erneut, so dass Joel abgelenkt war. Die Kinder entfernten sich aus dem Eingang, aber nicht, wie Zaga später erfuhr, außer Hörweite. Weshalb Alicia, als Joel Zaga den Kopf über den Papierkorb hielt und fragte: »Glaubst du, es kommt von der Schwangerschaft?«, anscheinend jede Silbe mithörte.

Zaga lag den ganzen Tag im Bett, ihr war schwindelig und schlecht, und sie bekam nur dumpf mit, wann Joel kam und ging und was für eine Szene Rob und Alicia ihm machten, als er sie fand. Sie waren ohne Joel auf die Hänge hinausgestürmt und erst Stunden später unbußfertig zurückgekehrt. Als Joel sie schließlich in der Lobby entdeckte, hatten sie gesagt, sie fänden die Vorstellung, dass Zaga ein Baby bekam, schrecklich.

»Das ist doch der Abschuss«, hatte Alicia gesagt. Der stets praktisch denkende Rob hatte anscheinend nur gefragt: »Wo soll es denn schlafen?«

Joel ahmte Alicias angewidertes Quietschen und Robs nervöses Murmeln nach, als er Zaga die Szene beschrieb. »Das wird sich schon ändern«, sagte er. »Es ist ganz natürlich, dass sie so empfinden – jetzt wo sie den Beweis haben, dass wir zusammen schlafen.«

Zaga hatte Mühe, sein Lächeln zu erwidern, und als der Hotelarzt endlich kam, war sie sehr schwach.

»Dr. Sepulveda«, sagte er. Sein Gesicht war hager und braun gebrannt, und sein Haar fiel in einer glatten schwarzen Welle nach hinten. Er beugte sich über sie und legte ihr eine Hand auf die Stirn. »Es geht Ihnen nicht gut?«

Sein kurzes weißes Jackett war zu einer Seite geknöpft und frisch gestärkt. »Können Sie mir Ihre Symptome nennen?« Ein Englisch mit leichtem Akzent, vollkommen fehlerfrei. Da Zaga nicht sprechen konnte, berichtete Joel ihm von ihrem Schwindelgefühl, dem Übergeben, den stechenden Kopfschmerzen, die sich hinten im Nacken und in den Augen konzentrierten.

»Aha«, sagte Dr. Sepulveda. Er prüfte ihren Puls und ihre Temperatur, schaute ihr in den Hals und hörte ihren Brustkorb ab. Joel erzählte ihm, dass sie im dritten Monat schwanger war, und Dr. Sepulveda nickte und strich ihr mit den Fingern sanft über den Bauch.

»Sie haben *soroche*«, sagte er zu ihr. Dann blickte er zu Joel auf und wiederholte das Wort. »*Soroche*. Die Höhenkrankheit. Das ist alles.«

»Das ist alles?«, fragte Joel. »Keinen Virus? Es ist nichts mit dem Baby?«

»Das Baby hat damit nichts zu tun. Sie hat alle klassischen Symptome.«

Er gab ihr zwei Spritzen und verabschiedete sich wieder. Eine Stunde später hörte das Erbrechen auf; am nächsten Morgen kehrte er noch einmal wieder, um ihr noch zwei Spritzen zu geben, und bis zum Abend war sie fast wiederhergestellt. Noch einen Tag darauf zog sie sich an, nachdem Joel mit Alicia und Rob losgegangen war. Dann begann sie auf das Ende ihres Aufenthalts in Portillo zu warten.

Zaga wusste, dass sie nicht so viel bekommen hatte, wie das Haus wert war, dennoch nahm ihr bei der Übergabe der Betrag, der nach Abzug der Maklergebühren übrig blieb, den Atem. Sie zog in eine möblierte Wohnung, während sie überlegte, was sie tun wollte. Neunzehn Jahre lang hatte Joel sich um seine Gesundheit gesorgt, ohne je richtig krank gewesen zu sein, und sie hatte keine Pläne für ein Leben ohne ihn gemacht.

Er wolle sich vorzeitig pensionieren lassen, hatte er ihr in einem stillen Moment während der Feier zu seinem sechzigsten Geburtstag anvertraut. Dann könnten sie wieder reisen. Keinen Familienurlaub machen wie seit Jahren, nach Florida, Mexico, Maine ..., sondern eine richtige Reise, nur zu zweit. Er sagte nicht »Wir könnten wieder nach Portillo fahren«, aber sie wusste, dass es das war, was er im Sinn hatte. Sie hatte darüber nachgedacht: noch einmal Portillo, so wie es gedacht gewesen war. Sechs Tage später war eine schwache Stelle in seiner Aortawand aufgegangen wie ein Fenster.

Hinterher, als sie Morgen für Morgen neben den unberührten Decken aufwachte, war ihr seine Abwesenheit unerträglich erschienen. Abends hatte sie die Ohren gespitzt, um seinen Wagen zu hören, wenn er in die halbrunde Einfahrt fuhr, und manchmal hatte sie in den leeren Zimmern laut seinen Namen gerufen. Doch ihr erster Umzug linderte ihre Trauer in unerwartetem Maße, und nach dem zweiten wurde ihr noch leichter. Unweit des Kunstmuseums in der Innenstadt fand sie ein wunderhübsches altes Gebäude, das gerade in Eigentumswohnungen aufgeteilt worden war. Sie kaufte eine Dreizimmerwohnung im vierten Stock mit Blick auf den Schuykill River: hohe Decken, wunderschöner Stuck, blanke Eichendielen. Die Wohnung war so viel preiswerter als das Haus in Merion, dass sie das Gefühl hatte, vernünftig und sparsam zu handeln.

Morgenkaffee in der sonnigen Küche; ungehetzte Zeitungslektüre und anschließend duschen und einkaufen oder ein Spaziergang. Keine Mahlzeiten zu kochen, keine Gartenarbeit, kein Gästezimmer herzurichten. Keine Gäste. Neunzehn Jahre lang hatte sie Joels Freunde und Geschäftspartner bewirtet und aufgenommen; sie war für ihre Partys berühmt, und Joel war auf ihren Erfolg stolz gewesen. Zu ihren innigsten Momenten hatten jene gehört, wenn sie auf dem Sofa saßen und Speisepläne und Gästelisten durchgingen oder noch einmal die Höhepunkte eines gerade vergangenen Festes Revue passieren ließen, und sie hatte ihn nie merken lassen, dass sie wusste, dass seine Freunde sie immer noch zu ihrem Nachteil mit seiner ersten Frau verglichen.

Jetzt verbrachte sie ihre Tage allein in ihrer neuen Wohnung und verspürte kein Bedürfnis, irgendwen anzurufen. Sie ging zu Fuß zum Rittenhouse Square. Sie durchstreifte die Antiquitätengeschäfte in der Spruce und der Lombard Street und brachte anschließend Stunden damit zu, Schnickschnack und Kissen von hier nach dort zu räumen. Stille, Müßiggang, Alleinsein. Wo war Joels Platz in alledem? Manchmal ging sie ins nahe gelegene Kunstmuseum und sah sich die Plastiken an oder schlenderte durch den Saal, in dem die Sammlung mit den Gemälden von Joels Großvater hing.

Dahin hatte Joel sie mitgenommen, als sie sich zum vierten oder fünften Mal trafen, ohne jedoch ein Wort über seine Familie zu verraten. Er hatte sie die Bilder bewundern und die blank polierte Plakette am Eingang zu dem Raum lesen lassen. »Ein Verwandter?«, hatte sie gefragt, als sie den gleichen Nachnamen sah, und dabei gedacht: natürlich nicht, oder höchstens ein entfernter Ahne; sie hatte es lachend gefragt, zum Scherz. »Mein Großvater«, hatte er geantwortet, und erst in dem Moment hatte sie wirklich ihre Vermessenheit erkannt. Ihre Großmütter hätten seiner Familie die Wäsche gewaschen haben können, dachte sie und fragte sich voll Grauen, was Joel von ihrem Vater halten würde, der sich nach der Arbeit im Keller auszog und in einer verdreckten Dusche schichtweise Staub und Mörtel abwusch, ehe er die blank geputzten, ärmlichen oberen Etagen betrat.

Doch Joel hatte ihr bereits gesagt, dass er sie liebte. Sie sei sanft, sagte er. Und so flexibel – sie war genauso glücklich, wenn sie in einem alten Schlafanzug von ihm herumlag, Muffins aß und Zeitung las, wie wenn er sie in elegante Nachtklubs ausführte. Sie sang beim Kochen. Beim Anblick der üppigen, aufwändigen Mahlzeiten, die sie mit Hilfe der Rezepte ihrer Großmutter auf den Tisch zauberte, wurden ihm die Augen feucht vor Freude.

In einer Bar nicht weit vom Rittenhouse Square umgarnte er sie mit Erinnerungen an seinen ersten Aufenthalt in Portillo. Er erzählte ihr, wie er in dem Sommer nach seinem Examen auf einem Frachter nach Chile angeheuert hatte. Von der Küste war er nach Santiago gefahren; von dort hinauf in die Anden und in das Hotel zu einigen alten Bekannten. Damals in jenen längst vergangenen Zeiten waren sie dort bloß eine kleine Hand voll Skiläufer gewesen. Sie erinnerte sich, dass sie während seiner Erzählung im Kopf nachgerechnet und festgestellt hatte, dass sie in jenem Jahr gerade fünf gewesen war.

Endlose weiße Schneeflächen, hatte er gesagt und sie in der rauchigen Luft mit den Händen angedeutet. Waghalsige Abfahrten; über die Felsen dahingleitende Kondore. Und obwohl er über vierzig und von der hektischen Verzweiflung frisch Geschiedener erfüllt war, ließen seine Geschichten ihn jung erscheinen. Er sei auch jung, betonte er. Er hatte gleich nach seiner Reise nach Portillo geheiratet und in rascher Folge zwei Kinder in die Welt gesetzt. Seine Frau hatte ihn verlassen, um sich selbst zu entdecken.

»Sie will malen«, hatte er in bitterem Ton bei einem Mahl erklärt, das Zaga für ihn bereitet hatte: Kalbsbraten mit Fenchel und Knoblauch? Schweinefleisch mit Backpflaumen geschmort? »Aquarellmalerei«, hatte er gesagt. »Deshalb behält sie das Haus in Meadowbrook, für das ich weiterhin die Hypothek abbezahle, und die Kinder wohnen bei ihr, und ich sitze hier fest.«

»Hier« war eine luftige Dreizimmerwohnung mit einer riesengroßen Küche, die viel schöner war als alles, was Zaga sich hätte leisten können. Sie sei vollkommen anders als seine erste Frau, sagte Joel, und sie nahm es als ein Kompliment. Sie war von seiner Charakterstärke, seiner Bodenständigkeit angezogen, von dem strahlenden Erfolg, mit dem er die materielle Seite seines Lebens bewältigte. Dass er weder kochen noch putzen konnte und dass er sie offenbar so sehr brauchte, rührte sie. Nach dem ersten Besuch bei ihren Eltern griff er über das Sofa, nahm eine ihrer Haarsträhnen zwischen seine Finger und fragte: »Hast du die von einer deiner schönen litauischen Großmütter?«

Sie wertete das als Zeichen, dass er ihre Herkunft akzeptierte, und sie mit. Er kaufte ihr neue Kleider und stellte sie in den Galerien, wo er Bilder kaufte, vor, als wäre er stolz auf sie. Zwei Jahre später, als das riesige Haus in Merion fast fertig war, hatte sie seinen Vorschlag, eine verspätete Hochzeitsreise nach Portillo zu machen, begeistert aufgenommen. Joel war von den Anden geformt worden, dachte sie; vielleicht konnte die Bergluft sie in ein Wesen aus seiner Welt verwandeln.

Dann kamen Rob und Alicia, die von Joels Exfrau überraschend verlassen worden waren, in ihr Leben gesegelt wie ein Dreimaster aus einem fremden Land. Durch ihre Ankunft gewann die Reise einen anderen Sinn, doch die Fahrt an sich schien noch wichtiger als zuvor. Als Zaga feststellte, dass sie schwanger war, waren die Pläne so weit gediehen, dass eine Änderung sie nur allesamt enttäuscht hätte.

Diese frühen Zeiten erstanden eines Nachmittags bei einem Lachs- und Spargelimbiss im Museumscafé vor ihr. Ihr ging auf, dass sie Joels Bilder nirgends gesehen hatte. Sie kehrte noch einmal in den Saal zurück, wo die Sammlung seines Großvaters hing, weil sie glaubte, die von Joel vermachten Bilder könnten darunter gemischt worden sein. Dann ging sie aufmerksamer von Raum zu Raum. Nichts. Am nächsten Tag rief sie im Museum an und verabredete einen Termin mit der für die Neuerwerbungen verantwortlichen Frau. Ihr Büro war in so sanften Blau- und Grautönen gehalten, dass Zaga das Gefühl hatte, in eine Wolke gesetzt worden zu sein.

Es gebe da noch einige kleinere finanzielle Probleme, murmelte die Frau. Sie schlug die langen, schlanken Beine übereinander und betrachtete ihre teuren Schuhe. Natürlich sei das Museum unendlich dankbar für die Schenkung. Doch die wenigsten Menschen außerhalb der Kunstwelt hätten einen Begriff davon, was für Ausgaben mit einer solchen Schenkung verbunden seien: Katalogisieren, Reinigung, neue Rahmen, die Beleuchtung ... Ihre Stimme verklang, und ihr Blick wanderte fort, so dass Zaga sich aufgefordert fühlte, den leeren Raum zu füllen.

»Sie müssen doch Stiftungsgelder haben?«, sagte Zaga. Sie hatte eine Menge von Joel und noch mehr von seinen Freunden gelernt.

»Selbstverständlich«, sagte die Frau. Ihre Stimme war auf der Kippe zwischen dem Schnurren, mit dem sie Joel bedacht hätte, und dem Biss, mit dem sie Zaga bedacht hätte, wäre Zaga nicht mit Joel verheiratet gewesen. »Aber wir machen schwere Zeiten durch, und unser Budget wird ständig zusammengestrichen ...«

»Würde eine Spende helfen?«, fragte Zaga. Sie verspürte dabei ein prickelndes Gefühl. Joel war immer derjenige gewesen, der die großen Beträge gespendet hatte; das war selbstverständlich, schließlich war es sein Geld. Doch jetzt lebte Joel nicht mehr, und das Geld gehörte ihr.

Als die Frau lächelte, waren ihre Zähne strahlend weiß und gerade. »Kaffee?«, fragte sie. Zaga nickte, und die Frau rief nach ihrer Assistentin.

Drei Tage vor ihrer geplanten Abreise aus den Anden wurden sie durch einen Schneesturm von der Außenwelt abgeschnitten. Es kam keinerlei Verkehr durch, und sie konnten nichts tun als warten. Joel und die Kinder liefen weiter Ski, mit Schutzbrillen und extradicker Kleidung, begeistert von der Verlängerung ihrer Ferien. Zaga saß zunehmend verzweifelt an einem Tisch in der Lobby des Hotel Portillo. Dr. Sepulveda, der ebenfalls im Schneesturm festsaß und nicht nach Santiago zurückkonnte, wo er wohnte, setzte sich von Zeit zu Zeit zu ihr. Als er zum ersten Mal an ihren Tisch kam, redete er eine Zeit lang über das Wetter, verstummte dann und musterte ihr Gesicht.

»Sie müssen slawischer Abstammung sein«, sagte er. »Mit den Backenknochen und dem Namen.« Er zündete sich eine Zigarette an und ließ seinen Blick von ihrem Gesicht zu den Bergen schweifen. »Lassen Sie mich raten«, sagte er. »Slowenische Königsfamilie. Ukrainische Großgrundbesitzer. Weißrussischer Adel, vor den Bolschewiken geflohen.«

»Litauische Kohl- und Kartoffelbauern«, gestand sie. Wollte er sich über sie lustig machen? Sie hatte Gesichter wie seines auf den Porträts spanischer Adliger daheim im Museum gesehen. »Meine Eltern sind in Philadelphia geboren, aber nur mit knapper Not. Ich habe einen Bruder, der Maurer ist wie mein Vater, und einen, der Polizist ist. Der Erfolgreichste ist Timothy – er ist Optiker. Meine Schwester arbeitet halbtags in einer Bäckerei, und ich war Sekretärin in einer Kunstgalerie, als ich Joel kennen lernte.«

»Wirklich?«, sagte der Arzt. »Von allen heutigen Sprachen ist die litauische diejenige, die am meisten Verwandtschaft mit dem Sanskrit aufweist.«

»Das muss ich Ihnen unbesehen glauben«, sagte sie. »Ich kann kaum noch ein Wort.«

»Aber Ihre Großeltern ...«

»Die haben nie fließend Englisch gelernt.«

Draußen vor den Fenstern fiel und fiel und fiel der Schnee. Der Nachmittag hatte eben erst begonnen, und sie hatte noch viele Stunden totzuschlagen, bevor Joel und die Kinder von den Pisten zurückkehrten. Ihr blieb nichts anderes zu tun, als sich zu unterhalten, deshalb antwortete sie, als Dr. Sepulveda sie fragte: »Und Ihr Mann?«, ausführlicher, als sie es sonst vielleicht getan hätte.

»Joels Großvater war Chemiker«, sagte sie. »Er entdeckte ein Medikament gegen Geschwüre und gründete eine pharmazeutische Fabrik, um es selbst herzustellen. Die Familie besitzt bis heute den größten Teil der Aktien.« Als sie den Firmennamen nannte, zog Dr. Sepulveda anerkennend eine Augenbraue hoch.

»Ihr Mann ist der Geschäftsführer?«

»Nein, das ist ein Vetter von ihm. Aber Joel sitzt natürlich im Verwaltungsrat, und er arbeitet in der Firma, wie alle Vettern. Joel ist der stellvertretende Direktor für Öffentlichkeitsarbeit.«

»Was heißt das?«

»Er ist der Mann der guten Werke«, sagte Zaga. Sie hätte alles für eine Flasche Wein gegeben, grün und schlank zwischen ihnen auf dem Tisch, aber der Arzt zu Hause hatte ihr Alkohol verboten. »Er ist für alles Außergeschäftliche verantwortlich«, sagte sie.»Die Sportveranstaltungen, bei denen die Firma als Sponsor auftritt, die Stipendien und Preise und das betriebliche Kunstprogramm. Joel kauft zeitgenössische Kunst für die Büros, und er sammelt auch privat.«

»Sehr progressiv«, murmelte der Doktor. »Er muss ein feines Auge haben.«

»Und Sie?«, fragte Zaga. »Sind Sie verheiratet?«

Er bestellte sich noch einen Kaffee und ließ, ohne sie zu fragen, ihre Tasse abräumen und durch ein Glas frischen Saft ersetzen. »Sie sollten nicht so viel Koffein zu sich nehmen«, sagte er. »Nicht in Ihrem Zustand.« Dann wandte er sich wieder dem Fenster zu, wo sich die bunten Gestalten der Skiläufer scharf von dem Schnee abhoben. »Charles Darwin ist hier vorbeigekommen«, sagte er – es war das erste Mal, dass er den Namen erwähnte, der erste Hinweis auf die Geschichten, die kommen sollten. »Vor hundertfünfzig Jahren, als diese Berge noch nichts als Wildnis waren. Er wanderte hier in der Nähe über den Pass in den Kordilleren, am Aconcagua vorbei nach Mendoza. Wussten Sie das? Wenn es nicht so schneien würde, könnten Sie die Spitze des Aconcagua von Ihrem Stuhl sehen.«

*Aconcagua*, diese Aneinanderreihung weicher, offenmundiger Vokale hätte sich nicht stärker von der Sprache ihrer Großeltern, wie sie sie im Ohr hatte, unterscheiden können. Sie ließ das Wort auf der Zunge zergehen, und erst als Dr. Sepulveda »Zaga?« sagte, fiel ihr die Klangähnlichkeit mit ihrem eigenen Namen auf.

Die Frau im Museum war sehr überzeugend, und nach einem Streit mit ihrem Broker und einem langen Anruf von ihrem Anwalt schrieb Zaga einen stattlichen Scheck aus. Es war ein wunderbares Gefühl, die Zahlenfolge mit Tinte auf das glatte grüne Papier zu malen. Und sie war sicher, dass Joel mit ihr zufrieden gewesen wäre – er hätte dem Museum selbst die Mittel zu Erhaltung der Gemälde hinterlassen, wenn er nicht so übertrieben gewissenhaft für ihr Auskommen gesorgt hätte. Doch sie hatte alles, was sie brauchte. Als ihre Schwester Marianna sie besuchte, um sich die Wohnung anzusehen, erzählte ihr Zaga unbekümmert von der Spende.

»*Wie* viel?«, fragte Marianna. »Du hast fremden Menschen so viel Geld geschenkt?«

Zaga erläuterte ihr die Situation, erzählte von dem Geld, das noch vom Hausverkauf übrig war, und wieso das Museum es brauchte. »Mir geht es gut«, sagte sie ihrer Schwester. »Joel hat bestens für mich gesorgt.«

Doch Zagas finanzielle Sicherheit kümmerte Marianna wenig. »Du hättest auch mal an uns denken können«, sagte sie aufgebracht, mit gerötetem Gesicht, und dann brach der ganze Unmut aus ihr heraus, der sich seit Zagas Heirat in ihr angesammelt hatte. Zaga, behauptete sie, sei nicht großzügig genug gewesen.

»Sieh dir nur deine Klamotten an«, sagte sie. Zaga

konnte keinen rechten Unterschied zwischen ihrer Bluse und ihrem Jackett und Mariannas hübschem Pullover erkennen. »Und deine Autos.«

»Ich habe nur eins behalten«, wandte Zaga ein. »Außerdem weißt du doch, dass ich Dad das Oldsmobile geschenkt habe.«

»Ach, hör auf«, sagte Marianna. »Und wenn schon.« Und als Zaga sie daran erinnerte, dass sie und Joel die Krankenhauskosten für die letzte schwere Krankheit ihres Vaters und die Unkosten für die Haushälterin getragen hatten, die bei ihrer Mutter im Haus gelebt hatte, so dass sie bis zuletzt zu Hause leben konnte, verzog Marianna nur das Gesicht. »Was hat dich das gekostet?«, fragte sie. »Was musstest du dafür aufgeben? Nichts.«

»Ich musste Joel jedes Mal darum bitten – glaubst du, das ist mir leicht gefallen?«

Marianna wedelte mit der Hand vor ihrem Gesicht herum, als wollte sie eine Mücke verjagen. »Joel war ein Waschlappen«, sagte sie ungeduldig. »Verzeihung, dass ich es so deutlich sage. Wir wussten alle, dass er dir nie einen Wunsch abschlug. Aber jetzt liegen die Dinge anders. Meine Kinder sind in wenigen Jahren so weit, dass sie aufs College wollen, und Teddy und ich haben keinen Schimmer, wie wir die Studiengebühren zusammenkratzen sollen – was meinst du, wie uns da zumute ist, wenn wir sehen, dass du solche Beträge an ein Museum spendest?«

»Ich hatte keine Ahnung, dass ihr das so sehen würdet«, sagte Zaga, die nicht zugeben wollte, wie impulsiv ihre Spende gewesen war. »Das Museum war Joel sehr wichtig.«

»Was wichtig ist, ist die Familie«, sagte Marianna. »Wenn du jemals zu Hause vorbeigucken würdest, wärst du vielleicht besser im Bilde.«

»Ich hab euch so oft besucht, wie ich konnte«, entgegnete Zaga. Aber sie wusste, dass dies nicht ganz der Wahrheit entsprach. Binnen weniger Jahre nach ihrer Heirat mit Joel waren ihr die Reihenhäuser und die engen Straßen des Wohnquartiers im Nordosten von Philadelphia, in dem ihre Familie lebte, zuwider geworden. Den ersten Weihnachtstag hatten sie immer mit Joels Familie zusammen verbracht, aber am Heiligabend waren sie stets zu ihren Eltern gefahren, wo ihre gesammelte Verwandtschaft zusammen feierte. Mit jedem Jahr war es ihr unangenehmer geworden, vom Roosevelt Boulevard abzubiegen und durch die Straßen zu fahren, in denen sie aufgewachsen war. Rentiere mit Schlitten auf den schäbigen Dächern, Büsche mit bunten Lichterketten und überall Kinder. Der Kontrast zu Merion, wo ihre Nachbarn kleine Kränze an die Haustüren hängten und Christbäume in Panoramafenstern zwischen halb geschlossenen Vorhängen einrahmten, drehte ihr den Magen um. Joel hatte nie etwas zu dem geschmacklosen Zierrat gesagt und ihre Familie stets zuvorkommend behandelt, aber sie hatte immer vermutet, dass er seinen Widerwillen nur aus Freundlichkeit verbarg. Rob und Alicia hatten manchmal laut gelacht.

Beschämt versprach Zaga ihrer Schwester, das nächste Mal, wenn sie Geld zu verschenken hatte, an ihre Familie zu denken.

Zaga hätte nicht gesagt, dass sie Dr. Sepulveda gut kannte: Während ihrer gemeinsamen Nachmittage in der Hotellobby weihte er sie lediglich in die äußeren Gegebenheiten seines Lebens ein. Er war verwitwet und hatte drei erwachsene Söhne. Er hatte eine Wohnung in Santiago und bewohnte für die Dauer der Skisaison eine Suite im Hotel Portillo, die ihm als Gegenleistung für seine Dienste als Hotelarzt kostenlos zur Verfügung stand. Er konnte nicht Ski laufen, aber er liebte die Berge, und er sagte, ihm gefiele es, mit den Gästen aus aller Welt zu tun zu haben.

Er stellte Zaga keine weiteren Fragen über ihr Leben,

und er redete selten von sich, aber er war ein angenehmer Gesprächspartner, der viele interessante Geschichten kannte. 1835, erzählte er, hatte sein Ururgroßvater Darwin das damalige Santiago gezeigt und ihm geholfen, seine Wanderung über den Portillopass auszurüsten. »Sie waren Freunde«, sagte er. »Diese Geschichten wurden in meiner Familie weitergereicht. Ich besitze noch Erstausgaben der Tagebücher, die Darwin herausgegeben hat.« Die letzte Geschichte von Darwin, die er ihr an dem Tag erzählte, bevor der Schneesturm endlich zu Ende ging, war die erstaunlichste.

»Ich werde diese Geschichte einfach nicht los«, sagte er. Während er sprach, holte er eine kleine schwarze Kamera aus seiner Ledertasche. An Bord der *Beagle*, sagte er, dem Schiff, auf dem Darwin und seine Gefährten Südamerika umrundeten, »... auf diesem Schiff waren auch drei Feuerländer, Eingeborene aus Tierra del Fuego, die seit Jahren von zu Hause fort waren.«

FitzRoy, der Kommandant der *Beagle*, war früher schon einmal in Feuerland gewesen; bei seinem Besuch hatten ihm einige Einheimische ein Rettungsboot gestohlen. Zur Vergeltung hatte FitzRoy zwei Männer und ein junges Mädchen als Geiseln genommen. Später nahm er auch noch einen kleinen Jungen mit, den er seiner Familie für einen Perlenknopf abkaufte. Die Feuerländer wirkten auf dem Schiff zufrieden, und FitzRoy brachte alle vier mit zurück nach England.

Dr. Sepulveda hielt die Kamera in seiner Linken, während er schilderte, wie einer der Männer an Pocken starb, während der andere, dem FitzRoy den Namen York Minster gegeben hatte, überlebte. Das Mädchen, das den Namen Fuegia Basket bekommen hatte, gedieh ebenso wie der Junge, den man nach dem Preis, den man für ihn bezahlt hatte, Jemmy Button genannt hatte. »Sie lernten ein ganz passables Englisch«, sagte der Doktor. »Sie trugen englische Kleidung und waren in London eine Zeit lang die Sensation schlechthin. Die Königin gab ihnen eine Audienz und schenkte Fuegia Basket einen Ring.«

Doch die Feuerländer waren nicht glücklich, sagte der Doktor, und FitzRoy bekam Zweifel, ob es richtig gewesen war, sie ihrer Heimat zu entreißen. Deshalb nahm er, als er zu seiner zweiten Reise aufbrach – der Reise mit Darwin –, die Feuerländer wieder mit, und dazu einen Missionar und einen riesigen von der Missionsgesellschaft gestifteten Vorrat an Lebensmitteln und Zivilisationsgütern. Er hegte die Hoffnung, dass Jemmy und Fuegia und York ihrem Stamm beibringen würden, Engländer freundlich aufzunehmen, damit schiffbrüchige Matrosen oder durchreisende Fremde keine Angst um ihr Leben zu haben brauchten.

»Darwin war damals noch ein ganz junger Mann«, sagte der Doktor. »So alt wie Sie, vielleicht noch ein bisschen jünger, drei- oder vierundzwanzig. Er gab sich sehr interessiert mit den Feuerländern ab und war besonders von Jemmy Button angetan, den er als sanftmütig und amüsant beschreibt. Er rechnete mit einem begeisterten Wiedersehen, als sie schließlich bei Jemmys Stamm ankamen, doch der Stamm erwies sich als feindselig und abweisend. Jemmy hatte nicht nur seine Muttersprache verlernt, sondern sich im Ganzen so verändert, dass seine Familie ihn kaum wieder erkannte.

»FitzRoys Mannschaft lud die Geschenke der Missionsgesellschaft aus und zeigte Jemmys Stammesbrüdern, wie man mit Schaufel und Hacke umging«, sagte Dr. Sepulveda. »Dann packten sie ihre Sachen und wanderten los, um die Flora zu erforschen. Sie ließen Jemmy mit dem Missionar und York und Fuegia zurück. Als sie ein paar Wochen später wiederkehrten, waren die Geschenke kaputt und auf den ganzen Stamm verteilt. York und Fuegia waren in guter Verfassung, aber Jemmy war todunglücklich, und der Missionar, der um sein Leben fürchtete, gab seine Pläne auf und schiffte sich wieder auf der *Beagle* ein, als sie in See stach.«

Die Geschichte machte Zaga nervös, wie auch die Kamera, die dunkel in Dr. Sepulvedas Hand blinkte. In seinem Tagebuch, erzählte Dr. Sepulveda, hatte Darwin vermerkt, dass er den Verdacht hatte, Jemmy wäre liebend gern mit dem Missionar wieder an Bord gekommen. Er sei zivilisiert worden, schrieb er; er hätte vielleicht gern seine neuen Gepflogenheiten gewahrt.

Als die *Beagle* ein Jahr später in die gleiche Gegend zurückkehrte, kam ihr ein Kanu zur Begrüßung entgegen. Ein langhaariger Mann, der nur mit einem Fetzen Seehundfell bekleidet war, wusch sich die Farbe vom Gesicht, während eine Frau paddelte. Niemand erkannte den Mann, bis er FitzRoy und Darwin einen Gruß zurief. Erst da sahen sie, dass dieser abgerissene Fremde der nämliche Jemmy war, den sie vor Monaten wohlgenährt, sauber und bekleidet zurückgelassen hatten.

Er hatte sein Englisch noch nicht verlernt, und er berichtete FitzRoy und Darwin, dass er nunmehr sehr glücklich sei. Er habe reichlich zu essen, er habe eine Frau gefunden, er möge seine Familie. Und obwohl York und Fuegia mit den wenigen Habseligkeiten, die ihm der Stamm noch gelassen hatte, auf und davon waren, behauptete er, zufrieden zu sein.

Jemmy schenkte FitzRoy ein Otterfell und Darwin ein Paar Speerspitzen. Dann stieg er wieder in sein Kanu und paddelte davon. Als er das Ufer erreichte, zündete er ein großes Feuer an. Das letzte Zeichen, das Darwin von ihm sah, war die lange, traurige Rauchfahne vor dem Horizont.

Dr. Sepulveda hielt inne und trank einen Schluck Kaffee. In den Anden, erklärte er, hatte Darwin über Jemmy Buttons Geschichte nachgedacht, und er ebenfalls. Dabei hob er, schneller, als Zaga ein Lächeln zuwege bringen konnte, die Kamera vors Gesicht und drückte auf den Auslöser. »Für Ihr Baby«, sagte er. Er deutete vage auf ihre Mitte und sprach ein paar Worte auf Spanisch, vielleicht zu ihrem Kind. Dann fuhr er fort: »Überlegen Sie selbst. Jemmy Button: gefangen, verschleppt, umerzogen; anschließend wieder zurückgebracht, von seiner Familie misshandelt, schließlich wieder angenommen. War er glücklich? Oder tat er nur so, um sich vor den Weißen keine Blöße zu geben? Das hat Darwin nie erfahren.«

Zaga stellte sich vor, wie sie durch seine Linse aussehen mochte, inmitten der reichen Skiläufer aus Spanien und Frankreich, Kalifornien und Brasilien. Klein, schmächtig, unbedeutend. Ungehobelt und ungebildet. »Sind Sie glücklich?«, fragte sie den Doktor. Er entgegnete: »Und Sie?«

Trotz ihres Versprechens an Marianna verschenkte Zaga weiterhin große Geldbeträge. Es war ein Fieber, das sie erfasste. Es war ein Brennen in den Fingerspitzen, das nur aufhörte, wenn sie Schecks ausschrieb. Sie spendete den Pfadfinderinnen, den Pfadfindern, den Shriners, den Kiwaniern. Ihr Geld kam ihr vor wie eine tote Haut, und je mehr sie davon abstreifte, desto wohler wurde ihr. »Termin beim Anwalt machen«, schrieb sie auf die Liste der Dinge, die sie erledigen wollte. »Ausbildungsfinanzierung für die Kinder.« Doch unterdessen gab sie Geld an politische Kandidaten, Stiftungen für medizinische Forschungen, schlanke junge Mädchen, die zur Rettung der Wale aufriefen. Ihre Liste lag noch am Telefon, als Rob anrief. Es war das erste Mal seit ihrem Umzug, dass sie von ihm oder Alicia hörte.

»Wie geht es dir?«, fragte er. »Wie gefällt es dir in der neuen Wohnung?« Als hätten ihre Bemühungen, ihm eine Mutter zu sein, gefruchtet, als wären sie einander tatsächlich nahe. Er erzählte ihr von seiner Arbeit und dann von einem Freund, der sie unbedingt kennen lernen wolle, sein Name sei Nicholas Bennett; Joel habe ihn gekannt und große Stücke auf ihn gehalten. Nicholas wolle etwas mit Zaga besprechen. Ob sie bereit wäre, ihn zu sehen? Sie sagte zu.

Eine Woche darauf traf sie sich mit Nicholas im Museumscafé zum Lunch. Er war groß, ganz so wie er sich am Telefon beschrieben hatte, und hager und dunkelhaarig; er war jünger als Zaga, mit interessanten Flächen zwischen den Backenknochen und einem forschen Zug ums Kinn. Als sie ihn an seinem Tisch in der Ecke erspähte, erhob er sich zur Begrüßung.

Er sprach ihr über einem Salat aus reifen Birnen und Roquefortkäse sein Beileid aus und erzählte ihr, wie sehr er Joel bewundert habe. Eine Stunde lang wartete sie darauf zu erfahren, warum er sie sprechen wollte, während sich die Unterhaltung beschaulich um Joel und gemeinsame Bekannte und die Situation im Museum drehte. »Es war richtig von Ihnen«, meinte Nicholas, »dem Museum die Mittel zur Verfügung zu stellen. Joel wäre unbedingt dafür gewesen, dass die Bilder angemessen zur Geltung kommen.« Zaga trank zwei Gläser Chardonnay, und als Nicholas sie nach ihrer Familie fragte, erzählte sie ihm mehr oder weniger die gleiche Geschichte wie vor vielen Jahren Dr. Sepulveda.

Nicholas sagte: »Ach, wirklich?«, und lächelte sie an. Seine Zähne waren weiß und bezaubernd schief. Als er schließlich wie nebenbei von dem Thema zu sprechen begann, das der eigentliche Anlass seines Treffens mit ihr sein musste, hatte sie vollkommen aus dem Blick verloren, dass er etwas von ihr wollte. Das Licht, das durch die hohen Fensterbögen fiel, war sanft, und alle anderen Gäste hatten das Café verlassen. Nicholas war lächerlich jung, kaum dreißig. Sie fühlte sich weniger zu ihm hingezogen als vielmehr von dem Bild von sich als jüngerer Frau, das sie in seinen Augen sah, gewärmt und geschmeichelt. Er erklärte ihr, dass er kürzlich das Patent auf ein hervorragendes neues Medikament erworben habe.

Er wolle eine Firma gründen, um es auf den Markt zu bringen, sagte er. Ein paar Leute, einige gestandene Geschäftsmänner, würden ihm bei der Gründung helfen; sobald das Medikament auf den Markt käme und die Aktien an die Börse gingen, würde es immensen Profit bringen. Während sie ihm zuhörte, überlegte sie, dass immer noch zu viel von ihrem Geld in toten Investitionen steckte, anstatt für wichtige Neuerungen zu arbeiten. Als die ersten müden Museumsbesucher zum Nachmittagstee eintrudelten, hatte sie Nicholas überzeugt, Geld von ihr als Investition in seine Firma anzunehmen.

»Das könnte ich nicht verantworten«, sagte er zunächst. »Es ist ein gewisses Risiko dabei, ich bin nicht sicher, dass Joel es gutgeheißen hätte.« Er gebärdete sich schüchtern und zögerlich; er ließ sich Zeit und errötete fast.

»Joel ist tot«, sagte sie. »Es ist meine Entscheidung.« Es mag sein, dass sie sich schon an diesem Punkt über den vermutlichen Gang der Dinge im Klaren war.

Er streifte ihre Hand und sagte: »Es kommt mir nicht richtig vor.«

»Bitte«, sagte sie. »Ich bestehe darauf.«

In jener Nacht träumte sie, allein in ihrem sauberen Bett, von Dr. Sepulveda. In seinem weißen Hemd und der eleganten Bügelfaltenhose, dazu den seidenen Schal, führte er sie vor das Hotel und um den See, wo sie drei mit Decken und Nahrungsmitteln und Kochutensilien und Geräten beladene Maultiere fanden. Eines der Tiere war eine Stute mit einer Glocke um den Hals, aber sie war nicht zum Reiten da: Sie sei die *madrina*, erklärte Dr. Sepulveda, die pflichttreue Mutter und Anführerin der

Maultiere. Dr. Sepulveda verschnürte Zagas Füße in riesige Stiefel und führte sie dann zu einem Pass zwischen den Gipfeln.

Die beiden schritten still hinter den sicher dahinstapfenden Maultieren einher, die Maultiere folgten der Stute mit der Glocke, das Pferd folgte dem stummen Mann, den Dr. Sepulveda ihr nicht vorstellte. Bergauf liefen sie, stetig weiter bergauf, und bewegten sich mühelos durch den leise rieselnden Schnee. Sie überquerten ein Schneefeld, das hier und da von Eissäulen durchsetzt war, und kamen an einem Pferd vorbei, das mit dem Kopf nach unten in eine dieser Eissäulen eingefroren war, die Hinterbeine steif gen Himmel gestreckt. Hinter der Säule trat, in ein Tierfell gekleidet, Jemmy Button hervor. Drei Kondore standen zwischen ihm und dem Aconcagua am Himmel.

Das Pferd stellte ihr Erbe dar, beschloss Zaga beim Aufwachen. Eingefroren, unnütz; sie hatte die richtige Entscheidung getroffen, indem sie es freisetzte. Dr. Sepulveda hatte ihr eine Geschichte erzählt, in der Darwin ein solches Pferd gesehen und in seinem Tagebuch beschrieben hatte, aber sie hatte keine Erinnerung mehr daran, wie das Pferd diesen Tod gefunden hatte.

Als Nicholas' Firma sechs Monate später Bankrott machte, schrumpfte Zagas Vermögen so, dass sie sich nicht einmal mehr die laufenden Kosten für ihre hübsche Eigentumswohnung leisten konnte. »Ich hatte das Geld für die Kinder investiert«, sagte sie ihren Geschwistern. »Ich wollte, dass sie mehr fürs College hatten.« Falls sie merkten, dass sie log, so stellten sie sie nicht zur Rede. Sie behandelten sie mittlerweile wie ein rohes Ei, als wäre sie krank.

Sie vermietete ihre Eigentumswohnung an zwei Börsenmakler, die sie kaum auseinander halten konnte, und bezog eine Parterrewohnung in einem dreistöckigen Reihenhaus keine zehn Minuten zu Fuß von zweien ihrer

Brüder entfernt und gar nicht weit von dem Haus, in dem sie groß geworden war. Marianna, deren anfänglicher Zorn sich bald legte, fand die Wohnung für Zaga; sie fand außerdem eine Stelle für Zaga als Sprechstundenhilfe in einer Geminschaftspraxis von Kinderzahnärzten.

Dort war das Wartezimmer immer voll, und Zaga stellte fest, dass sie gut mit Kindern umzugehen verstand – viel besser, als sie es nach den Erfahrungen mit Rob und Alicia für möglich gehalten hätte. Die Kinder sprachen sie mit dem Vornamen an und malten ihr mit Filzstift Sterne auf die Hände. Sie hängte die Bilder, die sie ihr malten, hinter ihrem Schreibtisch an die Wand.

Abends, wenn sich die Praxis leerte und die Zahnärzte in ihren neuen Autos in die Gegend fuhren, die sie nach neunzehn Jahren verlassen hatte, ging sie zu Fuß durch das enge Viertel nach Hause. Die Familie lud sie zögernd wieder sonntags zum Essen und zu Geburtstagsfeiern und Konfirmationen und Schultheateraufführungen ein. Wenn ihre Angehörigen sie, jeweils einzeln, beiseite nahmen, stellten sie alle die gleichen Fragen:

»Wie hast du Joels Geld verloren?«, fragten sie. »Was hast du dir nur dabei gedacht?«

Sie konnte nicht erklären, dass es nichts mit Denken zu tun hatte. Sondern mit dem Rausch, dem Taumel, der perversen Freude daran, ihr ganzes altes Leben zu verschleudern. Ihr letzter, großer Verlust erschreckte sie, sie fühlte sich entsetzlich verloren und preisgegeben – doch es war gleichzeitig nicht zu übersehen, dass sie sich seit Jahren nicht so wohl gefühlt hatte. Sämtliche Spuren des Lebens, das Joel ihr geschenkt hatte, waren dahin, und ihr blieben zum Überleben nur noch ihre eigenen Fähigkeiten. Sie wußte, dass ihre Angehörigen in Wirklichkeit wissen wollten, warum sie ihnen das Geld nicht überlassen hatte. *Das hätte ich getan*, hätte sie ihnen am liebsten versichert, *wenn ich gewusst hätte, was ich tat*. Doch selbst der Unmut ihrer Familie vermochte ihr Gefühl der Erleichterung nicht zu schmälern. Nicht einmal ihre Stiefkinder konnten sie dazu bringen, etwas zu bereuen.

Rob und Alicia besuchten sie, vier Monate nachdem sie in ihre neue Wohnung gezogen war. So lange brauchten sie, um sich auf einen Tag zu einigen, an dem sie beide die Zeit finden konnten. Und als sie eintrafen, drohten sie fast vor Hitze und Verzweiflung umzukommen und hatten sich um zwei Stunden verspätet.

»Wir haben uns dermaßen verfahren«, stöhnte Alicia, als sie zur Tür hereinstürmte. »Unglaublich diese Straßen – wie finden sich die Leute bloß zurecht?«

Sie war vierunddreißig, immer noch knackig, mittlerweile vollkommen erblondet. Sie stellte ihre Handtasche ab und besah sich Zagas Zimmer, die von vorne nach hinten ineinander übergingen: die Küche direkt hinter der Wohnungstür, dann das Wohnzimmer, dann das Schlafzimmer. Das Bad zweigte von der Küche ab und hatte keine Dusche, nur eine alte, tiefe Wanne, mit einem Gummistutzen am Wasserhahn, unter dem sich Zaga die Haare ausspülte. Alicia begutachtete alle drei Zimmer genau – wägend, dachte Zaga. Beurteilend, wie immer – und sagte: »Musst du wirklich so wohnen?«

»Alicia«, sagte Rob, doch Alicia ließ sich nicht bremsen. Sie lief über das Linoleum, vom alten Gasherd ans Fenster, in das Zaga ein Buch geklemmt hatte, um es offen zu halten, und als sie Zaga anschaute, wirkte ihre Verwirrung echt. »Wo sind all die guten Möbel hin?«, fragte sie. »Wo ist alles hin?«

Zaga erklärte ihr, dass sie einen großen Teil davon verkauft und den Rest für die Mieter in ihrer Eigentumswohnung gelassen habe, aber sie sah, dass Alicia ihr nicht glaubte.

»Wohnst du hier so, damit wir uns schuldig fühlen?«, fragte Alicia.

»*Alicia*«, sagte Rob abermals. Doch dann sah er sich gequält um und fuhr fort: »Du solltest den Mistkerl verklagen.«

Zaga verzichtete darauf, ihn daran zu erinnern, dass er es gewesen war, der Nicholas zu ihr geschickt hatte, und dass er bei seinem Anruf, nachdem sie Nicholas den ersten Scheck gegeben hatte, ungefähr gleichermaßen zufrieden und schockiert geklungen hatte. Jetzt sagte er: »Ich wünschte, du hättest ihm nicht so vertraut.«

Zaga wusste, dass auch er eine erkleckliche Summe an Nicholas verloren hatte. Doch in seinen Augen las sie die Überzeugung, dass sie alles verloren habe. In seinem Stadthaus waren sein Fernseher und sein Videorecorder in einem französischen Kleiderschrank verborgen, der durch mehr Generationen seiner Familie an ihn gekommen war, als sie zu erinnern ertragen konnte. Sein Blick suchte überall in dem Zimmer nach Spuren seines Vaters und fand nicht das kleinste Erinnerungsstück. Und sie sah sich außerstande, ihm zu erklären, dass die Sachen, derer sie sich entledigt hatte, nicht mehr Bedeutung besaßen als die Gaben der britischen Missionsgesellschaft, die mit Jemmy Button und seinen Landsleuten nach Feuerland geschickt worden waren. Sie dachte immer noch von Zeit zu Zeit über die damals von Dr. Sepulveda angedeutete Vergleichbarkeit von Jemmys und ihrem Leben nach.

Bibermützen und weiße Tischtücher und Suppenterrinen und Hosen; ein komplettes, mit Blumen bemaltes Porzellanservice und kleine Tabletts für den Tee. Dr. Sepulveda hatte erzählt, wie FitzRoys Mannschaft gelacht hatte, als sie die Kisten in Feuerland geöffnet hatten! Und wie seltsam die Schiffsmannschaft bei ihrer ersten Rückkehr zu Jemmy berührt gewesen war. Das Geschirr war zerschmissen, der Gemüsegarten niedergetrampelt. Die feinen Kleider waren zu Streifen zerrissen, die fröhlich an Handgelenken und Köpfen wehten.

»Ich habe gehört, du hast eine Stelle angenommen«, sagte Alicia.

»In einer Zahnarztpraxis«, antwortete Zaga. Sie bot keine nähere Information. Sie hatte vorgehabt, Alicia und Rob zu einem Grillabend mit der Familie mitzunehmen, doch nach einigen Minuten unbeholfener Konversation wechselten sie einen Blick, brachten Ausreden vor und verabschiedeten sich. Zaga zog sich um und ging allein zu Marianna.

»Sie sind zu spät bei mir angekommen«, erklärte sie ihrer Schwester. »Und dann mussten sie eher gehen.«

Marianna hatte Timothys jüngste Tochter auf dem Schoß und behielt die anderen Kinder im Auge, während sie Würstchen mit Senf bestrichen und Pappteller mit Kartoffelsalat beluden. »Wozu haben sie sich dann überhaupt erst aufgemacht?«, fragte sie.

Zaga musste daran denken, wie unglücklich sie in Portillo unter den unnachsichtigen Augen von Alicia und Rob gewesen war. Was hatte sie dort zu finden erwartet? Ungezwungenheit und Eleganz, feine Umgangsformen und weise Menschen, eine Vergangenheit, die sie mit ihrem Mann teilen konnte. Sie war nie auf die Idee gekommen, dass sie so isoliert sein würde. Doch Joel hatte mit seinen Kindern auf der Piste herumgetollt, und wenn er wiederkam, beschrieb er einerseits ihre aufregenden Abfahrten und bedrängte Zaga andererseits, doch mit nach draußen zu kommen. Sie fühle sich noch nicht wieder, hatte sie dann gesagt. Jedes Mal wenn sie ihre Schwangerschaft erwähnte, wandten Rob und Alicia ihren Blick ab und sahen die Wände, den Fußboden, den Schnee an.

»Es ist gut, dass Sie ein Kind bekommen«, hatte Dr. Sepulveda gesagt. War das an dem Nachmittag gewesen, als er sie fotografiert hatte, oder an einem anderen, früheren, als sie ihn nach seiner Frau gefragt hatte und er leise gesagt hatte, dass sie verstorben war? In der Lobby, als sie sich dazu verleiten ließ, ihm ihre letzte Frage zu stellen, und er diese mit einer Frage seinerseits beantwortete, hatte sie ihm die Antwort verweigert. Sie hatte sich erhoben und sich von ihm verabschiedet und das Hotel verlassen, ohne ihn je wiederzusehen. Doch davor hatte er gesagt: »Ein Kind mit Joels Geld und Ihrem Aussehen und Charakter, das in Joels Welt hineingeboren wird – ein solches Kind kann es weit bringen.«

Aber sie hatte das Kind verloren. Danach hatte sie umziehen wollen; sie war vor Kummer außer sich gewesen, und sie hatte Joel gesagt, dass sie den Anblick des Hauses, in dem sie ihr Kind verloren hatte, nicht ertragen konnte. Sie war hysterisch gewesen. Sie hatte die Schuld bei den langen Flügen gesucht, bei der Höhenluft in Portillo, den Spritzen, mit denen Dr. Sepulveda die Höhenkrankheit behandelt hatte. Bei Joel wegen seiner Freude am Skilaufen, und bei Rob und Alicia wegen der Art, wie sie auf ihre kaum gerundete Mitte gestarrt hatten.

Sie hatte Dr. Sepulveda geschrieben, dessen beziehungsvolle Geschichten ihr nicht aus dem Sinn gingen, während sie das Bild von sich, das er mit seiner Kamera eingefangen hatte, vergessen hatte. Was wollten Sie mir mit Ihren Geschichten sagen?, hatte sie mit nervöser Hast geschrieben. Was soll ich tun?

Er erwiderte ihren Brief nie, oder vielmehr glaubte sie, dass er ihn nicht erwidert hatte. Jahrelang hatte sie sich vorgestellt, dass es ihm ein Rätsel war, wieso sie nicht verstanden hatte, dass die Verbindung zwischen ihr und Jemmy Button nichts weiter war als eine oberflächliche Ähnlichkeit ihrer Geschichten: Jemmy hatte keine Wahl gehabt. Doch das hatte sie immer erkannt, genauso deutlich, wie sie ihr verlorenes Kind in dem Kleinen sehen konnte, der bei Marianna auf dem Schoß saß. Sie hatte nur einfach nicht gewusst, was sie mit der Erkenntnis anfangen sollte.

Marianna, die immer noch aufgebracht war, weil Rob und Alicia nicht mitgekommen waren, fragte: »Warum gibst du dich überhaupt noch mit ihnen ab, wenn sie dich so behandeln?«

Zaga sah zu, wie ihr jüngster Bruder seinem Sohn einen Drachen zusammenbaute und sich dann abmühte, ihn zum Fliegen zu bringen. »Ich weiß nicht«, entgegnete sie. »Joel hätte es so gewollt.« Sie meinte, unmöglich zugeben zu können, dass in all den Jahren mit ihnen keine Verbindung entstanden war, die stark genug war, Joels Tod zu überdauern.

Joel hatte sie, nachdem sie ihr Kind verloren hatte, durch ihr Haus geführt und ihr die pfirsichfarbenen Vorhänge gezeigt, die sie in Alicias Zimmer aufgehängt hatte, den eingebauten Schreibtisch, den sie für Rob gebaut hatte. Die Mutter der Kinder würde in Frankreich bleiben, sagte er. Sie würde nicht wiederkommen. Dann fragte er sie, ob sie nicht damit glücklich werden könnte, Rob und Alicia großzuziehen, als wären sie ihre gemeinsamen Kinder. »Es ist zu spät«, sagte er. »Ich bin zu alt, um das noch einmal durchzumachen.« Erschöpft und tieftraurig hatte sie sich seinem Wunsch gebeugt, so wie ihre Großmütter sich dem Leben in ihrer neuen Heimat gebeugt haben mochten. Alicia und Rob hatte niemand gefragt.

Der Drachen hatte einen Korpus aus leichtem blauem Nylon und einen roten Schwanz, der sich wie ein Windrad drehte. »Vogel«, sagte der Kleine auf Mariannas Schoß und zeigte auf den Drachen, der sich in die Luft hob. Eine Kette von Kindern zog hinter Zagas Bruder her, seine beiden Grundschulkinder zwischen den Kindern des Sohnes ihres ältesten Bruders, die gerade erst laufen konnten. Sie fand es unbegreiflich, dass sie einen Bruder haben sollte, der schon Großvater war. Unbegreiflich, dass alle in der Familie Kinder hatten außer ihr und dass sie alle ohne ihre Hilfe aufwachsen konnten.

# Paradiesvögel

## Feuer – 1853

An jenem Abend wehte kein Hauch. Das vom vollen Mond beschienene Meer schimmerte glatt und silbern; das Kreuz des Südens wanderte über das Schiff, und darunter glitten Tintenfische unsichtbar durch die Tiefe. Zwischen Himmel und See lag Alec Carrière ausgebreitet wie ein Seestern in seiner Hängematte und malte sich aus, wie die im Laderaum verstauten Schätze alsbald sein Leben verändern würden.

Käfer und Schmetterlinge und Spinnen und Nachtfalter, Vogelbälge und Schlangenhäute und Knochen; das alles hatte er entlang des Amazonas gesammelt und anschließend vor den alles vertilgenden Ameisen beschützt. Mr. Barton, sein Agent in Philadelphia, hatte Alecs erste Funde zu einem guten Preis verkauft, und Alec hoffte, dass diese Schiffsladung es ihm endlich ermöglichen würde, seinen Forschungen in Frieden und ohne Geldnot nachzugehen. Ihm fehlten noch ein paar Monate bis zu seinem einundzwanzigsten Geburtstag, er träumte die Träume eines jungen Mannes.

Bis zu seiner Amazonasfahrt hatte er in einer Werkstatt gearbeitet, in der Lederkoffer hergestellt wurden, nicht weit von der Schänke seiner Eltern in Germantown. Doch ähnlich wie der junge englische Sammler, den er in Barra kennen gelernt hatte, in der Nähe der überfluteten Inseln im Rio Negro, war er durch ein paar wohlmeinende Männer und ein Buch davor bewahrt worden, ein erbärmliches, unbedeutendes Dasein zu fristen. Mit der Vogelkunde seines Onkels in der Tasche hatte er sich an den Ufern des Wissahickon Vogelnamen eingeprägt und sich im Geiste in wilde Gegenden versetzt. Sein Bruder Frank hatte ihm das Schießen beigebracht, und seine ersten Häute hatte er unbeholfen draußen hinter dem Abort präpariert und ausgestopft. Schon zu jener Zeit hatte er gewusst, dass auch andere Naturforscher Autodidakten waren. Sie waren aus genauso einfachen Verhältnissen wie den seinen aufgestiegen, und er hatte in seinem Wunsch nichts Außerordentliches gesehen.

Alle paar Monate machte er sich in die Innenstadt von Philadelphia auf, um die Akademie der Naturwissenschaften zu besuchen, wo einige der Mitglieder seine missglückten Präparate korrigierten und ihm alles beibrachten, was sie konnten. Seine Interessen erweiterten sich von Vögeln zu anderen Tierarten. Titian Peale zeigte ihm eine ausgezeichnete Methode, seine Falter aufzuspießen und zur Schau zu stellen. Zwei der Gebrüder Wells, Copernicus und Erasmus, unterwiesen ihn in der Präparation von Skeletten. Diese Arbeiten bereiteten Alec großes Vergnügen, brachten seinen Vater jedoch gegen ihn auf; als er sechzehn war, drängte sein Vater ihn unaufhörlich, mit seinem kindischen Steckenpferd Schluss zu machen und seinen Beruf ernster zu nehmen. Er war kurz davor gewesen nachzugeben. Doch dann schenkte ihm Peale 1850 William Edwards kleines, hinreißendes Buch, *Eine Reise zum Oberlauf des Amazonasflusses.*

Als Alec es las, schien sich vor ihm eine Tür zu öffnen. Was hielt ihn eigentlich in Philadelphia? Edwards war zur Zeit seines Aufbruchs nur wenige Jahre älter gewesen als er; Alec war gesund und kräftig, und um seine Eltern konnten sich seine drei Brüder kümmern. Er verspürte ein unwiderstehliches Verlangen, das üppige Leben der Tropen mit eigenen Augen zu sehen. Mr. Barton, ein naturgeschichtlicher Auktionator, den er von der Akademie kannte, beteuerte ihm, dass Brasiliens Norden noch wenig erforscht sei, dass Edwards erst kleine Sammlungen mitgebracht habe und dass er seine Reisekosten mit Leichtigkeit decken könne, indem er Vögel, kleine Säuger, Süßwassermuscheln und Insekten aller Art sammele. Bei wohlhabenden Leuten, sagte Mr. Barton, seien Glaskästen mit tropischem Getier, nach Arten sortiert oder zu Tableaus aufgebaut, der letzte Schrei. Und es seien bisher so wenige Exemplare aus dem Amazonasgebiet nach Nordamerika gelangt, dass ihr Preis auf jeden Fall hoch sein werde.

Mit dem Vorwitz der Jugend schrieb Alec an Mr. Edwards persönlich, der ihn mit Referenzschreiben an einige Kaufleute versorgte. Dann packte er seine Siebensachen und gab alles, was er gespart hatte, für eine Überfahrt auf einem Handelsschiff aus. Sein Vater tobte, seine Mutter weinte. Aber er sah Wunder vor sich.

Die Amazonasmündung war weit wie ein Meer, sie unterschied sich vom Ozean nur durch die sonderbare tiefgelbe Farbe des Wassers. Der Rio Negro schimmerte so schwarz wie der Styx. Jettschwarze Jaguare und riesige Schildkrötennester, Agutis und Riesenschlangen; unterhalb von Baião versammelte sich eine lachende, neugierige Indiomenge um Alec, um zuzusehen, wie er Papageien abbalgte. In seinem Eifer, so viel wie möglich zusammenzukommen, scherte sich Alec nicht um die Hitze, das schlechte Essen und die Fieberanfälle, die ihn von Zeit zu Zeit plagten. Seine Ausdauer wurde in Barra belohnt, wo Alfred Wallace ihn wie einen Bruder begrüßte.

Damals war Wallace noch nicht berühmt. Abgesehen

von dem Feuer, das in ihm brannte und das bei Alec eine ähnliche Glut entfachte, war er nur ein Sammler unter vielen: ein langer Kerl mit einem dichten Schopf blonder Haare und genauso zerschlissenen Kleidern wie Alecs. An dem Tag, als sie aufeinander trafen, ging die Sonne unter wie ein abgeschossener Vogel, der vom Himmel fiel, und in der plötzlichen Finsternis der tropischen Nacht verglichen sie Häute und Gewehre.

Alec war einsam, er freute sich nach den langen Monaten unter den Indios, deren Sprache er nicht mächtig war, jemanden zur Gesellschaft zu haben. Er redete zu viel und war sich dessen bewusst. Doch obschon Wallace zehn Jahre älter war als er, obwohl er vom Fieber geschwächt und nach drei harten Jahren im Dschungel reif für die Heimreise war, lachte er Alec weder wegen seines Geplauders aus, noch gab er ihm das Gefühl, ihm nicht ebenbürtig zu sein. Er zeigte Alec die Blasrohre, die seine indianischen Jäger verwendeten, und das bittere Pflanzenöl, mit dem er die Seile an seinen Trockengestellen für die präparierten Exemplare einrieb. Alec zeigte ihm die prächtigen Schirmvögel, die er in den überschwemmten Wäldern des *igapo* gefangen hatte. Neben diesem hoch aufgeschossenen, hageren, schwer kranken Mann freute sich Alec seiner Jugend und seiner robusten Kompaktheit; seiner Hände, die neben Wallaces feinen, langen Fingern ganz aus breiter Handfläche und spatelförmigem Daumen zu bestehen schienen. Um sie herum kreischten die Tukane, die Papageien plapperten, und die Palmen raschelten in der Abendbrise. Sie aßen Fisch und Mehlkuchen und Schildkrötenfleisch. Später tauschten sie Geschichten über die Bücher aus, die ihre Rettung gewesen waren. Als Alec vernahm, dass Wallace kein wohlhabender Privatgelehrter, sondern genau wie er allein darauf angewiesen war, seine Exemplare zu verkaufen, damit er seinen Unterhalt bestreiten konnte, fühlte er sich ihm sogleich verbunden.

126

Nachdem sie wieder auseinander gegangen waren, vervollständigte Alec seine Sammlung mit noch größerem Eifer. Jetzt lagen seine Funde wohl verpackt unter ihm, und während das Schiff träge dahinschaukelte, malte er sich aus, wie er bei der elterlichen Schänke vorfuhr, mit einem neuen Anzug angetan und mit mehr Geld in den Taschen, als sie je gesehen hatten.

Sie würden ihr Glück nicht fassen können, dachte Alec. Wie alle, die ihm geholfen hatten. Wie überrascht die Gebrüder Wells und Titian Peale sein würden, wenn Alec ihnen die besonders farbenprächtigen Schmetterlinge überreichte, die er eigens für sie vorgesehen hatte! Und wie still würde es in der Akademie sein, wenn er den Männern Bericht erstattete, die ihm sein Können vermittelt hatten. Den perfekten Balg eines jener seltenen Schirmvögel emporhaltend, würde er ihnen die schillernden blauen Federbüschel in der Krone zeigen. »Wenn der Vogel ruhig dasitzt«, wollte er sagen, »bildet der aufgestellte Kamm eine tiefblaue Krone, die Kopf und Schnabel vollkommen unter sich verbirgt.« Die Männer würden ihm einen Schreibtisch zur Verfügung stellen, dachte Alec, damit er seine Schätze katalogisieren konnte. Und er würde vielleicht heiraten, falls ihm eine verlockende Frau begegnete.

Er war glücklich; er schlief halb. Doch da kam der Schiffsjunge an die Hängematte gerannt, schüttelte Alec und rief: »Mr. Carrière! Der Kapitän sagt, Sie müssen sofort kommen! Scheint ein Feuer ausgebrochen zu sein!« Und Alec stolperte, noch immer von seiner wunderbaren Zukunft träumend, aus seiner Kabine, bei sich nur den letzten Band seines Reisetagebuchs und die Kleider, die er am Leib trug.

An Deck herrschte ein wildes Chaos: Rauch stieg zwischen den Masten auf, eine Stichflamme schoss aus der Kombüse, die Mannschaft schüttete Wasser über die Planken und auf die Segel. Kapitän Longwood gab brüllend Kommandos, und einige der Männer machten die Boote los und bereiteten alles vor, um sie zu Wasser zu lassen, während andere sie hastig mit Fässern voll Trinkwasser und Zwieback beluden.

»Was ist passiert?«, schrie Alec. »Was kann ich tun?«

»Retten Sie, was Sie können!«, schrie Kapitän Longwood zur Antwort. »Ich befürchte, wir verlieren das Schiff.«

Noch als Alec zum Vorderdeck rannte, konnte er nicht glauben, dass dies wirklich passierte. Einige Monate nach seinem Beisammensein mit Wallace hatte er gehört, dass die Brigg, mit der Wallace nach Hause segelte, bis auf die Wasserlinie niedergebrannt war, so dass seine Sammlungen sämtlich vernichtet wurden und er mehrere Wochen hilflos auf dem Meer trieb. Die Nachricht hatte Alec mit tiefem Schrecken erfüllt. Doch gleichzeitig hatte er einen kleinen, schäbigen Stich abergläubischer Erleichterung verspürt: Ein solches Desaster konnte doch, war es einmal geschehen, gewiss kein zweites Mal passieren. Obwohl Alec seine Sammlungen nicht versichert hatte, weil er die Kosten dafür nicht hatte aufbringen können, erschien ihm Wallaces Unglück wie die Gewähr für eine sichere Heimreise.

Das alles ging ihm durch den Kopf, während er sich zum Vorderdeck durchkämpfte. Als er dann die Not seiner Tiere sah, war jeder Gedanke wie weggewischt, und er verspürte nur noch Panik.

Unten im Laderaum war ein Vermögen in toten und präservierten Dingen verstaut, aber im Vorderdeck hatte er die lebende Menagerie untergebracht, die er ebenfalls mit zurückbringen wollte. Sein süßes, kaninchengroßes Faultier, das die liebenswerte Gewohnheit besaß, sich mit melancholischem Gesicht kopfüber von einer Stuhllehne hängen zu lassen; die Papageien und die Wellensittiche und der Waldhund; die Tukane, die Affen; schon jetzt hörte Alec durch den Rauch ihre Schreie. Doch bevor er sie erreichen konnte, schoss vor ihm durch den Lukendeckel eine Flammenwand empor.

Er wusste, dass Wallaces Schiff Feuer gefangen hatte, weil sich Fässer mit Copaivabalsam selbst entzündet hatten, aber das Feuer auf seinem Schiff hatte keine solche exotische Ursache. Der Koch hatte eine Lampe umgestoßen, deren Flamme auf einen Kübel mit Fett übergesprungen war, das brennend durch die Fußbodendielen getropft war und die unmittelbar darunter gelagerte Ladung aus Holz und Gummi in Brand setzte. Von dort fraßen sich die Flammen nach vorn, nach unten, nach oben; und als man die Luken öffnete, fachte der Luftzug das Feuer an, dass es umso heller loderte.

Alec wurde zum Achterdeck zurückgedrängt, wo er hilflos dabeistand, wie die Männer die Boote vorbereiteten und eilig Masten, Ruder und Segel zusammensuchten. Der Kapitän rannte vorbei, immer noch Befehle ausstoßend, die Hände voller Seekarten und Kompasse; sie waren fünf Tagereisen von Pará entfernt, und nirgends war mehr Land in Sicht. Nun zerbarst die Lichtluke mit einem ohrenbetäubenden Krachen, und unter ihnen verbrannten knisternd die Kojen. Vom Bug, wo die Tiere eingesperrt waren, erhob sich entsetzliches Geschrei. Seine hübschen Purpurbrust-Kotingas wurden gebraten; ebenso sein stattliches Paar Dickbauchaffen, die bei den Brasilianern *barraidugo* hießen. In seinem ganzen Leben hatte er noch nie etwas so Grausiges erlebt.

Einen Augenblick dachte er, dass vielleicht wenigstens die Vögel zu retten waren. Einer der Männer ließ sich von der Dwarssaling fallen, auf der er gehockt hatte, und zerschlug die Tür zum Vorderdeck mit einer Axt. Da flogen die Tukane heraus, die nicht eingesperrt waren, und mit ihnen ein Schwarm Wellensittiche. Die Vogelwolke schien sich auf die Rauchwolke zuzubewegen, doch dann schwenkte sie ab und ließ sich auf dem Bugspriet nieder, so weit wie möglich von den Flammen entfernt. Zu den Vögeln gesellte sich das Faultier, das, wie durch ein Wunder seinem Käfig entkommen, an den Eisenbeschlägen emporgeklettert war. Doch da schrie der erste Offizier bereits: »In die Boote! *Jetzt!*«, und Hände schoben Alec von hinten, Männer schlitterten über das Heck, und er landete mit ihnen in einem der undichten Rettungsboote. Irgendwer drückte ihm einen Eimer in die Hand, und er begann zu schöpfen, während Männer, die ihm bis dahin nie aufgefallen waren, einander anbellten und sich mühten, die Riemen in die Dollen zu würgen. Dem Mann, der sich neben ihn auf die Bank gezwängt hatte, tropfte Blut aus einem Kratzer an der Wange, und er rang wie Alec im Rauch von dem im Wrack schmorenden Gummi nach Luft.

Die Wanten und Segel waren im Handumdrehen verbrannt; dann fingen die Masten Feuer. Alsbald kippte der Großmast um, und auf dem mondhellen Wasser sammelten sich die verkohlten Reste.

»Bitte«, flehte Alec Kapitän Longwood an. »Können wir zum Bug rudern? Können wir versuchen, ein paar von ihnen zu retten?« Seine Tiere saßen in einer Reihe auf dem letzten intakten Stück Holz.

Kapitän Longwood zögerte, ging aber dann auf seinen Wunsch ein. »Zwei Minuten«, sagte er streng.

Doch als sie sich dem Bug näherten, musste Alec feststellen, dass die Viecher ihren Platz nicht verlassen wollten. Es sah aus, als ob die Vögel einfach in die Flammen tauchten, wenn sie näher kamen. Im Verschwinden leuchteten sie bunt auf, und ihre Farben hingen in der Luft wie Sterne. Nur das Faultier entkam; und auch das nur, weil das Ende des Bugspriets, an dem es kopfüber hing, von unten durchbrannte und ins Wasser plumpste. Als

Alec es auffischte, hatte es mit den Füßen das Holz noch fest umklammert.

Sie trieben drei Tage in ihren undichten Booten, bis sie in der Ferne ein Segel ausmachten: die *Alexandra,* auf der Reise nach New Orleans. Eine glückliche Rettung. Alec war dankbar. Doch eineinhalb Jahre harter Arbeit, von der seine gesamte Zukunft abhing, waren vernichtet; wie das Faultier, das unterwegs verstarb. Alec kam gesund zu Hause an, freilich ohne das Geringste vorzeigen zu können. Als Andenken an seine Reise wurden ihm Albträume beschert, in denen ihm der Geruch versengter Federn in die Nase stieg und sein Faultier sich kleiner und kleiner zusammenrollte, die Augen schloss und ein ums andere Mal verschied.

Im November, im Haus seines Onkels, in dem er sich zur Erholung aufhielt, weil sein Vater ihn nicht in seinem Haus duldete, erfuhr Alec, dass sein Bekannter aus Barra zwei Bücher verfasst hatte, eines über seine Reisen und eines über exotische Palmen. Alec las beide und war sehr von ihnen angetan. Sie hatten etwas gemeinsam, fand Alec, ein seltenes, furchtbares Erlebnis: die ganze erstaunliche Fauna des Amazonas, die sie gesammelt hatten, tot wie lebendig, war auf hoher See zu Asche verbrannt. Alec schrieb ihm nach England:

*Lieber Mr. Wallace, Sie werden sich zwar vermutlich nicht an mich erinnern, aber wir haben im September 1851 in Barra einen angenehmen Abend zusammen verbracht. Ich war der junge Amerikaner, der den Rio Negro hinauf wollte, um seltene Tiere zu finden. Ich schreibe Ihnen sowohl, um Ihnen meine Bewunderung für Ihre jüngst erschienenen Bücher auszudrücken, als auch, um Ihnen von einem erstaunlichen Zufall zu berichten. Sie werden kaum glauben, was mir auf der Heimreise zustieß …*

131

Wallace antwortete:

*Lieber Alec, mein Beileid für den verhängnisvollen Ver-*
*lust Ihrer Sammlungen. Niemand, der so etwas nicht*
*selbst durchgemacht hat, kann verstehen, was es bedeutet.*
*Denn neben den Schrecken des Feuers selbst, neben der*
*Trauer um die verstorbenen Tiere und neben dem*
*beträchtlichen finanziellen Verlust lastet die folgende, so*
*entsetzlich schwer zu erklärende Tatsache auf uns: dass*
*jedes verlorene Exemplar einen zweifachen Tod bedeutet.*
*Unsere Jagd hatte stets einen Sinn; jeden Vogel, den wir*
*schossen, und jeden Schmetterling, den wir fingen, töteten*
*wir im Dienste der Wissenschaft. Doch nun, da sie ver-*
*brannt sind, ist ihr Tod sinnlos geworden. Es ist ein schwe-*
*rer Schlag. Ich danke Ihnen für Ihre freundlichen Worte*
*über meine Bücher. Ich habe die Absicht, im kommenden*
*Frühjahr zu einer Fahrt in den Malaiischen Archipel*
*aufzubrechen: eine kaum erforschte Gegend, welche sich*
*für unsere Zwecke als äußerst ergiebig erweisen dürfte.*
*Vielleicht wäre das auch für Sie ein lohnendes Ziel?*

Alecs Mutter, die ihm während seiner Abwesenheit stets
treu geschrieben hatte, ohne zu wissen, dass er ihre Briefe erst bei der Rückkehr nach Pará alle auf einmal bekommen würde, war in dieser harten Zeit sehr gut zu ihm.
Sie besuchte Alec einmal in der Woche bei seinem Onkel.
Und als er ihr erzählte, was er als Nächstes vorhatte,
ermunterte sie ihn zu der Reise und kaufte ihm heimlich
zwei komplette Garnituren Kleider.

Es ergab sich nicht, dass Wallace und Alec gemeinsam durch die Malaiische Inselwelt reisten oder dass Wallace ihn irgendwie unter seine Fittiche nahm. Alec war in Makassar, als Wallace auf Bali war, Wallace war auf Lombok, als Alec auf Timor war; auf den Aruinseln waren sie beide, aber in verschiedenen Jahren. Auch was ihre Lage betraf, waren sie einander nicht mehr so gleich wie einst am Amazonas. Wallace war wie zuvor in Geldnöten, aber seine Bücher hatten ihn bekannt gemacht, und die Royal Geographical Society hatte ihm eine Überfahrt erster Klasse auf einem schnellen Dampfschiff nach Singapur bezahlt. Alec dagegen brachte eine langsame, beschwerliche Reise mit drei Handelsschiffen und einem stinkenden Walfänger hinter sich. Wallace hatte einen Assistenten dabei, einen Sechzehnjährigen namens Charles, der ihm half, Tiere zu fangen, zu präservieren und zu katalogisieren, während Alec mutterseelenallein war und häufig von der täglichen Kleinarbeit schier erdrückt wurde.

1855 während der Regenzeit hielt sich Alec in Sarawak im nordwestlichen Borneo auf. Er hatte Geschichten von einer feuchtfröhlichen Weihnachtsfeier im Bungalow von Sir John Brooke gehört, dem englischen Rajah vor Ort, unter anderem des Inhalts, dass alle Europäer von den Außenstationen eingeladen waren, an der berühmten Gastfreundschaft des Rajah teilzuhaben. Doch er war nicht persönlich zu der Feier eingeladen worden, und auf die Idee, dass Wallace dort sein könnte, war er nicht gekommen. Über Weihnachten und bis in den Januar hinein hatte Alec sein Lager etliche Meilen östlich vom Bungalow des Rajah am Sadong-Fluss aufgeschlagen, wo er Käfer sammelte und Orang-Utans jagte.

Während dieser Wochen war er mit erstaunlichem Glück gesegnet gewesen. Kaum wanderte er durch das dichte

Blattwerk, hörte er es über sich rascheln und sah alsbald einen der rotbraunen Menschenaffen sich von Ast zu Ast, von Baum zu Baum schwingen, ohne dass er je den Boden berührte. Alecs Verlangen, diesen zu besitzen, schien eine Linie in die Luft zu schneiden, von seinem Gewehr zu seinem Ziel; er legte an, und im nächsten Moment gehörte der Orang-Utan ihm. Den Leichnam herunterzuholen war schwieriger, aber hier kamen ihm die einheimischen Dyaks zu Hilfe. Da die Orang-Utans sich mit Vorliebe an den Früchten des Zibetbaums labten, die auch die Dyaks gern aßen, waren sie mit Freuden bereit, Alec zu ihnen zu führen und, nachdem der Orang-Utan erlegt war, die Bäume zu fällen, in denen die toten Tiere festhingen, oder die Stämme hinaufzuklettern und die toten Tiere hinunterzuschaffen. Mit ihrer Hilfe erjagte Alec vier ausgewachsene Männchen, drei Weibchen und mehrere Jungtiere. Unmittelbar vor seinem nächsten Wechselfieber-Anfall schoss er wieder ein Weibchen hoch oben in einem riesigen Baum. Während sie den Leichnam an den Tragestangen festbanden, fand einer der Dyak-Jäger das kleine Baby des Orang-Utans mit dem Gesicht nach unten im Sumpf, wo es erbärmlich weinte.

Dieses Waisenkind nahm Alec mit in sein Lager. Er empfand keine Schuld dafür, dass er seine Mutter erschossen hatte; es war ein Teil seiner Arbeit, seiner Aufgabe. Aber er war gleichwohl nicht fähig, das kleine Wesen, für das er auf diese Weise verantwortlich geworden war, einfach seinem Schicksal zu überlassen. Während er auf seinem Feldbett lag, wo ihm abwechselnd heiß und kalt wurde, klammerte sich das Orang-Utan-Baby an seinen Kleidern und seinem Bart fest und saugte an seinen Fingern wie an einer Mutterbrust. Alec war lange nicht mehr von einem lebendigen Wesen berührt worden. Er flößte dem Baby mit Hilfe eines Federkiels Zuckerwasser, Reiswasser und Kokosmilch ein und fütterte es später mit klein geschnittenem Obst und süßen Kartoffeln. Der Orang-Utan ließ sich nicht davon abbringen, sich stets irgendwo an seinem Körper festzuklammern. Alec fand das merkwürdig rührend, obwohl er vom Fieber arg geschwächt und ermattet war. Als eines Tages zwei Fremde in seine Hütte traten, lag er ausgestreckt und schweißgebadet auf dem Rücken, das Affenjunge wie eine Mütze ums Haupt gewickelt.

Von den Fremden erfuhr Alec, dass Wallace während dieser ganzen Zeit im Bungalow des Rajah gewohnt hatte. Er war mit Charles und einem malaiischen Koch nach den Feiertagen allein dort zurückgeblieben, nachdem der Rajah und sein Gefolge abgereist waren. Wallace hatte von einigen Dyaks, die ihn besuchten, von Alecs Erkrankung erfahren und daraufhin diese beiden Männer losgeschickt, um ihn zu holen. Die beiden trugen Alec auf einer Bambustrage durch die Sümpfe und den Wald. Ihnen folgten einige seiner Helfer mit seiner Habe, seinen Kisten voll Insekten und den Fellen und Skeletten der Orang-Utans. Das Affenjunge ritt auf seiner Brust.

Auch Wallace war am Wechselfieber erkrankt. Als Alec im Bungalow des Rajah eintraf und die Veranda, das Balkenwerk aus riesigen Teakholzträgern, die Rattansessel und die geräumige Bibliothek zum ersten Mal sah, lag Wallace todkrank im Bett. Ein paar Tage darauf, als Wallace wieder aufstehen konnte, lag Alec im Delirium. Zehn Tage lang gaben sie die Anfälle aneinander ab, als spielten sie Rasentennis, doch nachdem beide hohe Dosen Chinin eingenommen hatten, waren sie schließlich einmal gleichzeitig auf den Beinen. Sie setzen sich geschwächt auf der Veranda zusammen, tranken Arrak aus kleinen Bambusgefäßen und unterhielten sich. Wallace behauptete, die Fieberanfälle regten sein Gehirn an.

»Sind diese Käfer nicht phantastisch?«, fragte Alec und kramte in der Kiste zu seinen Füßen. Seine Kleider und sein Körper waren frisch gewaschen, er hatte gut zu Abend gegessen, er hatte in einem richtigen Bett geschlafen. Er fühlte sich großartig. Dieser Brooke, fand er, lebte wahrhaftig wie ein König. Und einer gewissen Enttäuschung darüber zum Trotz, dass der Rajah Wallace und nicht ihn eingeladen hatte, fand Alec Trost in den wunderschönen Dingen, die er nach seiner Isolation vorzuzeigen hatte.

»In zwei Wochen habe ich mehr als sechshundert Arten zusammenbekommen, manchmal bis zu einem Dutzend neuer Arten am Tag – davon kann einem der Kopf schwirren«, sagte Alec. Er hielt einen Käfer mit Hörnern empor, die doppelt so lang waren wie der Körper. »Ist Ihnen dieser hier schon begegnet? Und wie erklären Sie sich die unglaubliche Vielfalt der Arten hier?«

Wallace lächelte und drehte den Käfer vorsichtig auf den Rücken. Er sagte: »Von diesen habe ich mehrere; sie sind bezaubernd. Ich begreife nicht, wie ein vernünftiger Mensch noch an die Permanenz der Arten glauben kann. Alle Spezies bringen, wie Sie mit eigenen Augen gesehen haben, beständig Varietäten hervor. Wenn dieser Prozess unbegrenzt fortschreitet, müssen sich die Varietäten mehr und mehr von den ursprünglichen Arten unterscheiden, und mit der Zeit *müssen* sich einige von ihnen zu neuen Arten entwickeln. Doch wie und wann geht das vor sich? Nach welcher Methode durchlaufen die Arten einen natürlichen Prozess allmählichen Aussterbens und Neugeschaffenwerdens?«

»Methode?«, fragte Alec. Wallace gab Alec den Käfer wieder, und Alec setzte ihn sich in die halbgeöffnete Hand. Seit seinem ersten Tag auf diesen Inseln hatte ihn die Frage, die Wallace jetzt deutlich aussprach, im Hinterkopf beschäftigt: Woher kamen all diese Geschöpfe? Doch Alec hatte vor lauter Eifer, alles, was ihm unterkam, einzufangen und mit Namen zu versehen, keine Zeit zum Theoretisieren gehabt.

»Es muss einen Mechanismus geben«, sagte Wallace.

Es regnete ohne Unterlass. Aus den Bäumen traten drei Dyaks hervor und gesellten sich zu den Männern auf der Veranda; Wallace holte einen Bindfaden aus der Tasche und versuchte, ihnen das Fadenspiel aus seiner Kindheit beizubringen. Sehr zu Alecs Erstaunen beherrschten es die Dyaks weit besser als er. Sie standen zu dritt in einem kleinen Kreis beisammen und zauberten, indem sie das Fadennetz von Hand zu Hand reichten, Muster, die er noch nie gesehen hatte. Als Alec mitmachte, waren seine Finger bald hoffnungslos verknotet.

Später zeigte Wallace Alec sein einziges Exemplar eines riesengroßen neuen Schmetterlings, dessen samtige schwarze Flügel mit leuchtend grünen Flecken durchsetzt waren. »Ich habe ihm den Namen *Ornithoptera brookeana* gegeben«, sagte Wallace. »Nach unserem Gastgeber.« Alec seinerseits zeigte ihm, wie glücklich sein kleiner Orang-Utan, dem er den Namen Ali gegeben hatte, in seinen Armen lag, wenn er ihm das lange braune Fell bürstete. Er versuchte, nicht eifersüchtig zu werden, als Ali zu Wallace auf den Schoß sprang und ihm die Wange leckte. Wallace war Alecs Freund, doch zugleich sein Rivale, und manchmal sehnte er sich danach, an Wallace eine Schwäche zu entdecken. Eine gewisse Kälte zum Beispiel. Oder eine Geistesabwesenheit, wenn er in Gedanken versunken war. Doch es wollte ihm scheinen, als gebe es keinen Aspekt ihres Lebens, in dem sich Wallace nicht als der Überlegene erwies.

Am Tag darauf streckte das Wechselfieber sie beide abermals nieder, und zu ihrem großen Kummer erkrankte Ali ebenfalls. Wallace, der selbst zu schwach war, um aufzustehen, bat Charles, dem Äffchen gegen seinen Durchfall Kohletabletten zu verabreichen, doch obwohl dies half, wurde Ali weiter von den anderen Symptomen gequält: Sein Kopf und seine Füße wurden dick, und er verschied. Alle Bewohner des Bungalows bedauerten den Verlust des kleinen Haustiers sehr. Als Alec wieder bei Kräften war, weinte er über Alis Leichnam und beschloss dann, das Fell und das Skelett mit in die Heimat zu transportieren. Ali war sechzehn Zoll groß, wog vier Pfund und hatte eine Armspanne von vierundzwanzig Zoll. Alec maß ihn aus, scheute sich jedoch davor, das Fell und das Skelett zu präparieren, und kam deshalb auf die Idee, sich von Charles helfen zu lassen. Wallace riet ihm ab.

»Charles ist ein netter Junge«, sagte er. »Aber er ist unfähig. Sehen Sie sich an, was er mit diesem Vogel angestellt hat.«

Er zeigte Alec einen Bienenfresser, den Charles auszustopfen versucht hatte und der aussah wie Alecs erste Exemplare von einst. Der Kopf war schief, aus der Brust quoll ein Klumpen Watte, und die Füße des Vogels waren so verdreht, dass die Unterseiten nach oben zeigten. Alec seufzte bei dem Anblick und wappnete sich innerlich, Alis Überreste selbst zu präparieren. Als er die Haut von Fleisch und Knochen löste, bemühte er sich, daran zu denken, dass er es für die Wissenschaft tat. War das Wissenschaft? In der Nacht konnte er nicht schlafen. Einige Stunden nachdem es im Bungalow still geworden war, lief er in den tropfenden Wald hinaus und drosch wie ein Wilder auf ein Gewirr aus Lianen ein.

Erst später erfuhr er, dass Wallace irgendwann während dieser langen im Fieber versunkenen Tage eine Abhandlung über den möglichen Ursprung der Arten verfasst hatte, und zwar, wie er sich ausdrückte, *durch natürliche Abfolge und Abstammung – wobei sich eine Art entweder allmählich oder rasch in eine andere verwandelt ... Jede Spezies ist im zeitlichen und räumlichen Zusammentreffen mit einer bereits bestehenden Spezies in Erscheinung getreten.* Als seine Abhandlung im September des gleichen Jahres in England veröffentlicht wurde, sorgte sie für einigen Wirbel und machte ihn bei so angesehenen Männern wie Lyell und Darwin bekannt.

Was hatte Alec gemacht, während Wallace geschrieben hatte? Er hatte sich auf seinem durchgeschwitzten Bett gewälzt und beim Sortieren und Arrangieren seiner Insektensammlungen um seinen kleinen Orang-Utan getrauert. Er hatte eine Sendung für Mr. Barton vorbereitet und einen langen, besorgten Brief beigefügt, in dem er seine finanzielle Situation schilderte und die Notwendigkeit betonte, für seine Exemplare einen guten Preis zu erzielen. Er schrieb:

*Mit dieser Sendung erhalten Sie:*

| | |
|---|---|
| *Käfer* | *600 Arten* |
| *Nachtfalter* | *520 Arten* |
| *Schmetterlinge* | *500 Arten* |
| *Bienen und Wespen* | *480 Arten* |
| *Fliegen* | *470 Arten* |
| *Heuschrecken etc.* | *450 Arten* |
| *Libellen etc.* | *90 Arten* |
| *Ohrwürmer* | *45 Arten* |
| *Summe:* | *3155 Insektenarten* |

*(zur Beachtung: von zahlreichen Arten sind mehrere Exemplare beigefügt)*

Alec kam nie auf die Idee zu behaupten, dass seine finanziellen Schwierigkeiten ihn daran hinderten, ebenso fruchtbare Spekulationen anzustellen wie Wallace; er wusste, dass Wallace genau wie er viele kostbare Stunden damit zubrachte, Exemplare zu sortieren und in Kisten zu verpacken, und im Wesentlichen auf das Einkommen angewiesen war, das er durch den Verkauf derselben erwirtschaftete. Alec vermerkte lediglich, dass Wallace Charles hatte, und sei er noch so inkompetent, einen Bungalow-Palast, in den er sich von Zeit zu Zeit zurückziehen durfte, um Kräfte zu sammeln, und mächtige Freunde.

## *Theorien – 1862*

Hier die erste: Zwei Menschen zur gleichen Zeit am gleichen Ort können nicht gleichzeitig den gleichen Gedanken denken; einer ist dem andern stets voraus. Wie Wallace stets Alec voraus war, außer in einem einzigen Fall. Zu seinem Trost hatte Alec das Folgende: Ihm gelang es als Erstem, lebende Exemplare des Paradiesvogels in die westliche Welt zu bringen. Außerdem glaubte er, der erste Amerikaner zu sein, der diese Lebewesen in ihren heimatlichen Wäldern gesehen hatte.

Alec dachte zwar häufig an Wallace und sehnte sich danach, ihn wieder zu sehen, doch der Malaiische Archipel ist außerordentlich groß und weiträumig, und ihre Wege kreuzten sich nie wieder. Es dauerte bis zum Winter des Jahres 1860, als Alec sich auf Sumatra aufhielt und bestürzt die innerhalb eines ganzes Jahres angesammelten Briefe durchpflügte – seine Mutter war krank oder zumindest im vergangenen Mai krank gewesen; sein Bruder Frank hatte geheiratet; Mr. Barton hatte seine letzte Insektensendung für eine erfreuliche Summe umgesetzt, aber das ganze Geld abgesehen von einem kläglichen Rest an seinen Vater überwiesen, weil dieser es so verlangt hatte –, bis er wieder Neuigkeiten über Wallace erfuhr.

In einem Brief berichtete ihm Mr. Barton, der sich die naturgeschichtlichen Zeitschriften aus England und Amerika regelmäßig zu Gemüte führte, dass Wallace in Ternate während eines erneuten Anfalls von Wechselfieber einen zweiten Aufsatz über den Ursprung der Arten verfasst und an Darwin geschickt hatte, damit er ihn kommentieren möge. Der Aufsatz habe eine Sensation ausgelöst, meinte Mr. Barton, und er fasste die Hauptpunkte für Alec zusammen. Er war bei einem Treffen der Linnaean Society verlesen worden, zusammen mit einigen Notizen von Darwin, die eine ähnliche Vorstellung zum Ausdruck brachten.

Dieses Genie, dachte Alec staunend auf seinem Holzhocker sitzend. Solche Früchte trug Wallaces Wechselfieber also. Aus seinem eigenen, das ihn ebenfalls wieder plagte, entstanden bloß konfuse Briefe, in denen er um Aufklärung über den wahren Stand seiner Finanzen bat. Was er seiner Familie schrieb, würde er nie einer Menschenseele verraten. An Mr. Barton schrieb er:

*Vielen Dank für Ihren letzten Brief und für die äußerst interessante Nachricht über den Aufsatz von Wallace. Sie können sich nicht vorstellen, wie erschöpft ich nach meinen Reisen des letzten Jahres bin. In den vergangenen paar Monaten habe ich, anstatt mich auszuruhen, die Ihnen hiermit übersandten gut zehntausend Insekten, Muscheln, Vögel und Skelette gesäubert, etikettiert, arrangiert und verpackt. Des Weiteren habe ich für meine bevorstehende Reise nach Celebes und zu den Aruinseln Männer angeheuert und Vorräte eingekauft – wobei mir das alles durch die Tatsache, dass Sie mir kaum genug Geld zum Überleben geschickt haben, keineswegs leichter gemacht wird. Überweisen Sie den Erlös aus dieser Sendung unter keinen Umständen an meine Familie, sondern in voller Höhe direkt an meine Person.*

Vielleicht war dies der Zeitpunkt, als Alec sich zum ersten Mal wunderte, warum sein Tagebuch zu wenig mehr als einer Aufzählung von Arten verkommen war, mit spärlich eingestreuten unbeholfenen Beschreibungen von Orten und Menschen; warum sich all das, was er beobachtet und erfahren hatte, in seinem Kopf nicht zu einer schillernden Struktur zusammengefügt hatte. Ihm hatte es doch gewiss nie an Fakten gefehlt, aber er war in der um ihn herum herrschenden Fülle gefangen wie eine Fliege, er ertrank in Details, verlor sich in der Masse. Vielleicht wenn er seinen Blickwinkel verengte? Sich auf eine kleine Gruppe von Arten konzentrierte und nur über diese nachdachte? Auf die Weise konnte er sich womöglich doch noch einen Namen machen und zu Geld kommen.

Als Junge hatte er im Philadelphia Museum Stunden damit zugebracht, einen Balg zu betrachten, der mit dem Etikett »Prachtparadiesvogel« versehen war: rote Flügel, dunkelgrünes Brustgefieder, ein kobaltblauer Streifen am Kopf, ein strahlend gelber rüschenartiger Kragen und dahinter ein zweiter Kragen, tiefrot und glänzend. Aus dem Schwanz wuchsen zwei lange, schmale, gebogene, stahlblaue Federspitzen. Er hatte ihn nicht allein deshalb so lange angestarrt, weil der Balg so schön war, sondern weil er keine Füße hatte.

Vögel ohne Füße – konnte es so etwas geben? Aus einem Buch in der Museumsbibliothek hatte er erfahren, dass Carl von Linné einen ähnlichen Vogel wie den, dessen Balg er gesehen hatte, *Paradisaea apoda* genannt hatte: fußloser Paradiesvogel. Ein niederländischer Naturforscher schrieb, dass diese Paradiesvögel, flügellos und fußlos, von den Strahlen der Sonne getragen, bis zu ihrem Tod niemals den Erdboden berührten. Sehr verlockend, dachte sich Alec nun und schaute von seinen Papieren und Kisten auf. Sie waren schwer zu finden, unwiderstehlich; und ihre Bälge waren so selten, dass sie außerordentlich kostbar waren. Geld zog ihm durch den Sinn, wie stets in seinem Leben. Fast vollkommen mittellos, noch immer unbeweibt und ohne jede Möglichkeit, eine Familie zu unterstützen, verfiel er auf die Idee, dass die Paradiesvögel ihn vielleicht retten konnten. Hatte Wal-

142

lace mittlerweile geheiratet? Er glaubte nicht. Wie schon so oft stattete er sich mit den notwendigen Vorräten aus und bereitete sich darauf vor, den Blicken der Welt zu entschwinden.

Er brach von Celebes auf und erreichte nach einer langen, oft lebensgefährlichen Fahrt mit einer malaiischen Prau die Aruinseln. Er ignorierte die phantastischen Bäume, die faszinierenden Falter und Termiten und suchte einzig und allein nach dem Großen Paradiesvogel mit seinen dichten Büscheln langer goldener Federn, die, wenn sie aufgestellt waren, den ganzen Körper verbargen, und dem kleinen Königsparadiesvogel mit dem zinnoberroten Gefieder, dessen schlanke mittlere Schwanzfedern fünf Zoll lang und an der Spitze mit eleganten, fähnchengleichen, geschraubten, smaragdgrünen Tellern versehen waren. Die Insulaner, bei denen er untergekommen war, nahmen ihn mit zum *sacaleli*, dem Tanz der Großen Paradiesvögel.

Tief im Urwald auf einem gigantischen Baum sah er mehrere Dutzend zusammen tanzen. Sie streckten die Flügel, sie verrenkten die Hälse, sie stellten ihre langen, fließenden Federbüsche auf und ließen sie wie zu Musik erzittern, während sie dann und wann aufgeregt zwischen den Zweigen hin und her schossen. Sie waren noch weit schöner und absonderlicher als der Flaggendrongo und der Schirmvogel vom Amazonas. Über den gedrungenen schillernden Körpern bildeten die Federkleider goldene Fächer. Die Insulaner brachten Alec bei, sie mit dem Bogen und stumpfspitzigen Pfeilen zu schießen. Er saß in den Bäumen, benommen von der Schönheit ringsum, und schoss mit so wohl dosierter Kraft, dass er die Vögel betäubte, ohne die Haut zu verletzen oder das Gefieder mit Blut zu beflecken. Auf dem Boden unter ihm drehten Knaben den herunterfallenden Vögeln die Hälse um.

Und natürlich hatten sie Füße: kräftige, rosafarbene,

143

stabile Füße. Die Theorien über sie beruhten auf Fehlinformationen. Er war einer der Ersten, der zu sehen bekam, wie die Insulaner, welche die Bälge für Kaufleute präparierten, ihnen die Flügel und die Füße abschnitten, am Rumpf die Haut bis hinauf zum Schnabel abzogen und die Schädelknochen entfernten, anschließend den Balg über einen stabilen Stock stülpten, mit Blättern ausstopften und das Ganze über einem Feuer räucherten. Dadurch schrumpften Kopf und Körper beträchtlich ein, und das fließende Federkleid kam noch eindrucksvoller zur Geltung. Alec präparierte seine eigenen Exemplare auf andere Weise, so dass die natürlichen Eigenschaften erhalten blieben. Und dies nahm ihn so vollständig in Anspruch, dass er sich nur in flüchtigen Momenten, kurz vor dem Einschlafen etwa, beispielsweise über die Frage Gedanken machte, auf welche Weise wohl das goldene Federkleid des einen mit den smaragdgrünen Fahnenköpfen des anderen verwandt sein mochte.

Regen, Schimmelpilze, aggressive Ameisen und die verfressenen Hunde der Region machten ihm die Arbeit schwer. Dennoch gelang es ihm, bevor das Fieber ihn vollends überwältigte und er seine Reise für beendet erklären musste, vier Kisten mit ausgezeichneten Bälgen zu retten und außerdem drei lebende Exemplare einzufangen. Er mochte zwar keine Hypothese über die Verzweigung der Arten haben, aber er wusste darüber Bescheid, wie diese Vögel lebten. In der Smithsonian Institution, der er die Vögel zum Geschenk machen wollte, konnte er auf ihre kräftigen rosa Füße deuten und sagen: »Seht her. *Ich* war der Erste, der solche Vögel mitgebracht hat.«

Als er auf dem Weg nach Singapur von Insel zu Insel übersetzte, fand er problemlos Früchte und Insekten, die seinen Vögeln schmeckten. Am liebsten fraßen sie kleine Feigen, aber auch Grashüpfer, Heuschrecken und Raupen. Von Singapur bis Bombay fütterte er die Vögel mit gekochtem Reis und Bananen, doch ihnen fehlten die Insekten, und sie ließen die Köpfe hängen, und hinter Bombay ging ihm auch das Obst aus. Zu seinem Glück entdeckte Alec da, dass ihnen die Kakerlaken mundeten, von denen es auf der ramponierten alten Schonerbark nur so wimmelte. Jeden Morgen durchstöberte er die Laderäume, bis er mehrere Zwiebackdosen voll hatte, um sie dann über den Nachmittag und den Abend verteilt jeweils dutzendweise an die Vögel zu verfüttern. Als das Schiff das Kap der Guten Hoffnung umrundete, machte er sich Sorgen, dass die zunehmende Kälte ihnen zu schaffen machen würde, aber sie blieben unverändert munter.

Und wenn, wie er einen Monat nach seiner Rückkehr nach Philadelphia erfuhr, Wallace gleichzeitig den Weg nach England hinter sich gebracht und ebenfalls Paradiesvögel mitgeführt hatte; und wenn sich Wallaces Reise gleichfalls durch die Suche nach Kakerlaken ausgezeichnet hatte, was machte das schon? Wallace war abermals auf einem komfortablen britischen Dampfer gereist, auf dem die Kakerlaken rar waren: aus den durch ihn erzwungenen Zwischenaufenthalten, damit er an Land welche sammeln konnte, strickte er amüsante Anekdoten. Dennoch war *ich* derjenige, dachte Alec, der das Problem, die Vögel am Leben zu halten, zuerst gelöst hat.

Aus einer Londoner Zeitung erfuhr Alec, dass Wallace dank seines Aufsatzes aus Ternate als berühmter Mann zurückkehrte. Seine Vögel waren im Zoologischen Garten untergebracht worden, wo sie viel bewundert wurden. Alec dagegen kehrte als unbekannter Mann in ein Land zurück, das sich im Krieg befand. In ein halbes Land, dachte er, das womöglich auch bald gegen England zu Feld ziehen würde. Seine Kisten voller Exemplare lagen unkatalogisiert in der Akademie der Wissenschaften. Und die Direktoren der Smithsonian Institution zeigten sich alles andere als dankbar für seine wunderhübschen Vögel. Niemand hatte Zeit, sich irgendwelches Federvieh anzuschauen, aller Augen waren starr auf die Schlachten gerichtet.

Alec schrieb noch einmal an Wallace, obwohl er wusste, dass es sich nicht schickte. Der gesellschaftliche Abstand war zu groß geworden, ihre Freundschaft war eingeschlafen. Aber er fühlte sich Wallace weiterhin näher als jedem anderen Menschen auf der Welt, und er konnte nicht anders, als zu versuchen, sich diesem Mann, dem er hatte nacheifern wollen, zu erklären. Nachdem er über die Einzelheiten seiner Reise, seine Vögel und ihr Schicksal berichtet hatte, schrieb er:

*Das lässt sich natürlich alles mit dem Krieg erklären. Ich kann kaum beschreiben, wie verwirrend es für mich war, nach meiner langen Abwesenheit in die Heimat zurückzukehren und zu sehen, was aus meinem Land geworden ist. Meine Mutter ist während meiner Heimreise gestorben. Meine Brüder sind alle drei verheiratet, und mein Vater ist zu meinem Bruder Frank gezogen, nachdem er durch Fahrlässigkeit sowohl die Schänke als auch einen großen Teil des Geldes verspielt hatte, das von Rechts wegen mir gehörte und das er von Mr. Barton ergaunert hatte. Mr. Barton selbst ist fort, in der Army. Das Wetter ist kalt und grau; in den Straßen wimmelt es von bleichen Menschen in dicken, unförmigen Kleidern; die Luft hallt von den Stimmen der Zeitungsjungen wider, die ein ums andere Mal die neuesten Schlagzeilen verkünden. In den Langhäusern der Dyak hingen die Köpfe ihrer Feinde an den Deckenbalken und drehten sich sachte, während wir aßen: Und ich fühlte mich bei ihnen eher zu Hause als hier. Geht es Ihnen ähnlich? Wenn Sie in einen Salon treten, fühlen Sie sich dort nicht als Fremder?*

*Eigentlich wäre es mein innigster Wunsch, Mr.*
*Edwards einen Besuch abzustatten, dessen Buch der Aus-*
*löser für mein Lebenswerk war. Er ist kein großer Denker;*
*nur ein weit gereister Mann wie ich, und anders als ich*
*hat er das, was er gesehen hat, beschrieben. Ich dachte, er*
*könnte mir vielleicht helfen, einige meiner Eindrücke in*
*einem Buch zu versammeln. Doch jetzt stehe ich vor der*
*Situation, dass ich meine Sammlungen fahren lassen und*
*abermals fortmuss, um mich als Soldat zu melden. Im*
*Potomac liegt eine ganze Armada bereit, 100 000 Mann*
*zu einem Angriff auf Richmond zu befördern.*

Als er diesen Brief abschickte, fiel ihm die Legende ein,
die sich – schon vor seiner Abreise – um seinen Aufenthalt auf den Aruinseln zu ranken schien. Er hatte sich die
Grundzüge der Eingeborenensprache angeeignet und seine Gefährten bisweilen damit unterhalten, dass er mit Hilfe einer Lupe ein Feuer entfachte oder kleine Eisenstücke
mit einem Magneten aufsammelte, denn sie hielten beides für Zauberei. Und weil er Fragen stellte, darunter
auch etliche lächerliche Fragen über die Vögel ohne Füße,
ehe er ihrer ansichtig geworden war; weil er wusste, wo
Käfer zu finden waren und wie man Schmetterlinge auf
ein Stück trockenen Kot lockte; und vor allem weil er
unerschrocken stunden- und tagelang allein durch die
Wälder lief und dort Frieden zu finden schien, schrieben
ihm die Insulaner mystische Kräfte zu. Die Vögel, behaupteten sie, kämen aus den Baumwipfeln angeflogen, um
sich um ihn zu sammeln.

Einer der jungen Burschen, mit denen er jagte, meinte: »Du weißt alles. Du kennst unsere Vögel und Tiere
und das Leben im Wald genauso gut wie wir. Du fürch-
test dich nicht, nachts alleine hinauszugehen. Wir glauben, dass alle Tiere, die du tötest, wieder zum Leben
erwachen werden.«

Alec bestritt das nachdrücklich. »Diese Tiere sind tot«, sagte er und zeigte dabei auf eine Ameisentraube in Spiritus. »Ein für alle Mal tot.«

Der junge Bursche blickte gelassen in einen goldenen Hain voll umgefallener Bäume. »Sie werden auferstehen«, sagte er. »Wenn der Wald leer ist und neue Tiere braucht.«

Alec erinnert sich noch genau, wie fassungslos er ihn angestarrt hatte; ihm war das Glas mit den Ameisen aus der Hand und auf das Bett aus Laub gefallen. Die Vorstellung war ihm damals keinen Deut plausibler oder unplausibler erschienen als Wallaces These über den Ursprung der Arten. Er verstand sie schlicht als eine andere Theorie der Evolution; eine andere Theorie. Und plötzlich war ihm eine Zeile aus dem ersten Brief von Wallace durch den Kopf gegangen und hatte ihm das Herz durchbohrt wie ein Bambusschaft: *Jeden Vogel, den wir schossen, und jeden Schmetterling, den wir fingen, töteten wir im Dienste der Wissenschaft.*

Doch das galt nur für Wallace, nicht für ihn, denkt er jetzt; er war nie der Wissenschaftler, für den er sich gehalten hatte, vielleicht war er überhaupt kein Wissenschaftler gewesen. Und die Legende ist so falsch wie die Hoffnungen, die er sich auf der ersten Etappe seiner ersten Heimreise machte, als er in seiner Hängematte träumte. Alle Tiere, die er in dem sicheren Bewusstsein gesammelt hatte, dass neue nachwachsen würden, sind dahin und werden nicht wieder auferstehen. Doch während er seine Sachen für die nächste tödliche Reise packt, sind sie es, bei denen seine Gedanken weilen. Die Objekte seiner Begierde am Amazonas, in Borneo und Sumatra und Celebes, auf den Aruinseln; sein Faultier, sein Orang-Utan, seine Vögel ohne Füße.

# Schwesternbande

## 1. Die Familiengeschichte

Die Mutter erzählte den Mädchen Geschichten: Davon, wie ihr Großvater Leo mit seinen deutsch-russischen Händen nordamerikanische Wurzelstöcke mit französischen Rebstöcken veredelte und mit den Wintern im westlichen Staate New York gut zurechtkam, nach dem Leben in der Ukraine. Die Couperins, die am Kopfende des Sees eine Konkurrenzkellerei betrieben, hatten sich über Leos Anbaumethoden amüsiert, doch 1957, in dem Jahr, als Bianca geboren wurde, bekam Leo seine Genugtuung. Die mit Erde angehäufelten Weinstöcke der Marburgs überstanden den strengen, kalten Winter unbeschadet, während den anderen Bauern alle Reben erfroren und Walter Couperin sämtliche gekreuzten Stöcke verlor und sich wütend entschied, wieder Concordreben anzupflanzen.

Leo lächelte, behielt seine Geheimnisse für sich und baute großflächig Gewürztraminer an, der bei Couperin nicht wuchs, und *rkatsiteli*, eine russische Rebsorte, die allen außer ihm zu empfindlich war. Die Mädchen wuchsen mit Worten wie diesen auf: *rassig, pflaumig, tanninhaltig, dünn*. Wie alle Kinder wussten sie mehr, als ihnen bewusst war.

Im Herbst kroch die kalte Luft, die von den Hügeln herunterzog, wie eine weiße Schicht unter die Spaliere. Leos Weingut florierte, und sein ältester Sohn Theo, der Vater der Mädchen, warf sich mit Schwung und Leidenschaft mit in den Betrieb. Peter Couperin, der Erbe von Walter Couperin, veredelte die Hälfte seiner Concordstöcke mit Seyvalreben, und trotzdem erzielte Theo höhere Erträge.

Die Mutter der Mädchen, Suky, erzählte ihnen diese Geschichten und viele andere mehr; sie stammte ebenfalls aus einer Winzerfamilie. Die Mädchen waren noch ziemlich klein, als sie sagte: »Euer Vater hat euch nach den Farben Rot und Weiß genannt, wie Schneeweißchen und Rosenrot im Märchen.«

Und so waren sie Rose und Bianca, Bianca und Rose: unzertrennlich. Das glaubten sie jedenfalls. In dem weißen Haus in Hammondsport am westlichen Ufer des Keuka Lake bildeten ihre Namen im Mund ihrer Mutter ein zusammenhängendes Wort, das so ähnlich klang wie die Namen von Leos Rebsorten. *RoseundBianca* hörten sie, wenn sie sie zum Essen rief. »Ihr habt Glück«, sagte Suky, »dass ihr nicht Merlot und Chardonnay oder Cabernet und Aurora getauft seid.«

In anderer Hinsicht hatten sie weniger Glück. Als Rose zehn und Bianca fast neun war, überfuhr ein Tourist, der die Uferstraße entlangraste, ihre Mutter, die dort spazieren ging, und sie war sofort tot. *Suky Marburg*, stand auf dem Grabstein. *Über alles geliebte Ehefrau von Theo, innig geliebte Tochter von Alice und Charles; heiß geliebte Nichte von Agnes, Marion, Caroline und Elaine*. Eine Formel wie »Schmerzlich vermisste Mutter von« fehlte jedoch, und man hielt die beiden Mädchen für zu klein, um bei der Beerdigung dabei zu sein. Doch wer hätte sie mehr vermissen können?

Von da an waren sie wilde Mädchen auf einem Stück

Land, das ihnen wie eine Wildnis erschien. Sukys Tante Agnes zog ein, um für sie zu sorgen; eine liebevolle Frau, die freilich bald krank wurde und ihre Tage auf dem Schaukelsofa auf der Veranda verbrachte, während sich ihr Verstand mit jedem Tag mehr verwirrte. Wenn sie die Mädchen rief, erklang es: *Rose? Bianca?* und die lange Pause zwischen den beiden Namen geriet zu einer dritten verwirrten Frage. Bei ihren Lehrerinnen hießen sie inzwischen die Plagegeister und in der Nachbarschaft die beiden Marburg-Schwestern, was mitnichten so freundlich klang wie die Verschmelzung ihrer Vornamen durch ihre Mutter. Sie waren einander schon ungewöhnlich nahe gewesen, bevor sie starb. Danach wirkten sie wie die zwei Seiten einer Münze, leicht auseinander zu halten, aber nicht auseinander zu nehmen. Über vieles von dem, was sie zusammen ausfraßen, breitet man am besten den Mantel des Schweigens.

Trotz ihrer Missetaten brachten sie die Schule mit beängstigender Geschwindigkeit hinter sich. Sie waren von einer merkwürdigen Rivalität getrieben, die finsterer und ernster war als der Wettkampf zwischen den Weinbauern, eine Art Konkurrenz um die kläglichen Reste der Aufmerksamkeit ihres Vaters. Sooft er es erlaubte, halfen sie ihm in der Winzerei. Meistens schenkte er ihnen keine Beachtung, und sie widmeten sich ihren eigenen Projekten. Eines Jahres bekamen sie zu Weihnachten einen Chemiekasten, zusammen mit einer wichtigen Information: Hefeenzyme, sagte er, sind die von Hefe produzierten Proteine, welche die Weinherstellung ermöglichen. Die Mädchen machten Wein aus Trauben und Honig und verschiedenen Blumen und einmal, zum Spaß, aus Rhabarber.

Ein Buch voll geheimnisvoller Abbildungen weihte sie in die Verwendung von Haaren und Eierschalen, Kot und Würmern, Kräutern und dem Blut rothaariger Männer ein. Sie strichen die Wände ihres Zimmers schwarz und hängten Bilder auf, die sie aus ihren Büchern ausschnitten; Alchimistenküchen neben DNS-Modelle und dreidimensionale Strukturmodelle des Hämoglobins. Ihr Vater verwandelte Erde und Sonnenlicht in Wein; war das Alchimie oder Chemie? Das eine wie das andere konnte zu dem Schlüssel werden, mit dem sie ihre Isolation in Freiheit verwandelten.

Deshalb studierten sie natürlich Biochemie, als sie aufs College gingen, zuerst Rose, und gleich im Jahr darauf Bianca. Beide staksig und ungelenk und kaum sechzehn, als sie anfingen. Natürlich waren sie von der Ausstattung und den Theorien hingerissen, denn dagegen wirkten ihre Experimente daheim wie Kinderkram. Sie kamen nicht im Traum auf die Idee, dass sie eines Tages nicht mehr zusammenarbeiten würden.

Auf dem College teilten sie sich die Liebhaber und die Bücher. Während des Aufbaustudiums schrieben sie, bevor Bianca ihre Promotion abbrach, zwei Seminararbeiten zusammen. Mittlerweile beschäftigt sich Rose an einem Forschungsinstitut außerhalb von Boston mit Enzymstrukturen und Kinetik; sie hat mehrere Forschungsstipendien und beschäftigt zwei Laborantinnen, obwohl sie immer noch jünger ist als einige ihrer Doktoranden. Ein ganzes Bündel Seiten in ihrem Adressbuch ist Bianca vorbehalten – San Diego, Vancouver, Alaska, Hawaii. Lauter Orte, an denen Rose noch nie war. Bianca macht mal dies, mal das, jedes Jahr etwas anderes und nichts, wofür es eine einfache Erklärung gäbe.

Das ist die kurze Version, die nüchterne Version – die Details ändern sich je nachdem, wer von uns beiden sie erzählt. Dennoch könnte jede von uns diese Version unserer Geschichte einem Fremden in einer Bar erzählen, und das haben wir auch beide schon getan. *Was soll's*, sagen wir im Prinzip lakonisch. *Eine verstorbene Mutter, eine tüdelige Großtante, ein Vater, der kaum für uns da war. Wir haben's überlebt.* Alles, was uns beschämen könnte, wird verschwiegen, alle saftigen Anekdoten werden unterschlagen; wir sind beide längst erwachsen, ist alles kalter Kaffee.

Für Fremde ist das gut genug. Aber wir waren uns einst näher als Zwillinge, und oft, wenn eine Straße oder ein ganzes Land zwischen uns lag, fragten wir uns, warum diese Version unserer Geschichte so gar nichts darüber aussagte, warum wir uns so auseinander lebten. Zwar nicht stetig, aber unaufhaltsam auseinander strebten.

1980 an einem Abend im August machten wir einen unbeholfenen Versuch, wieder zueinander zu finden. Es war ein Abend mit Drogen und Alkohol, Stimmen und Visionen, Mengen von Wasser und einem Hund. Im Nachhinein kam uns der Abend vor wie eine Vorbereitung auf spätere Zeiten, die zwar im Wesentlichen misslang, sich in einigen wenigen Aspekten jedoch als hilfreich erwies, so dass wir den Bruch, zu dem es schließlich kam, besser verkrafteten. Die Geschichte dieses Abends bildet eine Art Pendant zu der Geschichte unserer Kindheit.


## 2. Alchimie

Während Bianca von Staat zu Staat raste, obwohl sie ursprünglich nur nach Boston fahren wollte, hatte sie über die Verstorbenen nachgedacht. Die Straße vor dem Lichtkegel ihrer Scheinwerfer war so schwarz gewesen wie ein See, und am Rand ihres Gesichtsfelds waren Gesichter aufgetaucht: Suky, Agnes – fast als säße Rose neben ihr im Auto. Dadurch war sie auf einen Plan verfallen, für den sie Roses Hilfe brauchte. Als sie schließlich an dem flachen weißen Institutsgebäude eintraf, platzte sie schier vor Mitteilungsbedürfnis. Doch bevor sie zu ihrer Schwester vordringen konnte, wurde sie im Foyer von einem Mann in Uniform aufgehalten.

»Miss?«, sagte er höflich. »Miss?«

Er verstellte ihr den Weg. »Es tut mir Leid. Von hier an sind Besucher nur in Begleitung zugelassen. Darf ich Sie bei jemandem anmelden?«

»Bei meiner Schwester«, sagte Bianca.

»Und Ihre Schwester wäre?«

»*Rose*«, sagte Bianca indigniert. Als er immer noch zögerte, sagte sie: »*Rose Marburg.*«

Der Mann notierte ihren Namen und wiederholte ihn am Telefon. Wenige Minuten später öffnete sich schmatzend eine Flügeltür, und Rose erschien im Foyer. Sie trug ihr dunkles Haar sehr kurz geschnitten; ihre Hände waren in den Taschen ihres langen weißen Kittels vergraben, und sie hatte ein Namensschildchen an der Brust. Einen Augenblick war Bianca nicht sicher, wer sie war.

Rose, die, sobald sie den Anruf entgegengenommen hatte, im Laufschritt vom Labor ins Foyer geeilt war, dachte sich, dass die Begrüßung nicht ohne Ärger abgehen würde. »Was ist mit dem Kerl?«, fragte Bianca. »Wieso hat er nicht erkannt, dass wir Schwestern sind?« Dann gingen sie an dunklen Labors und Büros vorbei durch lange Flure, und Bianca erzählte davon, wie sehr Sukys Unfall und ihre schrecklich vermurkste Kindheit sie während der Fahrt beschäftigt hatten.

Die alte Geschichte, Rose sattsam bekannt. Im ersten Moment verspürte sie nur den einen Wunsch, Biancas Wortschwall abzuwehren.

»Sieht das denn nicht jeder?«, fragte Bianca. Obwohl sie groß und blond und Rose klein und dunkelhaarig war, wurde sie nicht damit fertig, dass der Mann am Eingang nicht sofort die Ähnlichkeit zwischen ihnen erkannt hatte.

»Wally«, teilte Rose ihrer plappernden Schwester mit. »Er heißt Wally. Er hat nur seine Pflicht getan.«

»Wally, schmally«, sagte Bianca. »Er hätte wissen müssen, wer ich bin. Wann hast du dir dein Haar so kurz schneiden lassen?«

Rose führte Bianca in ihr Labor. Blitzblanke Tische und viele Reihen Gläser; ein aufgeräumtes Büro, in dem ein Computerbildschirm leuchtete. Sie hielt sich nicht damit auf, Bianca die Laborgeräte zu zeigen. Bianca hatte sie früher schon besucht und kannte sich damit bestens aus. Sie geleitete ihre Schwester zu einem Stuhl. »Ich habe nicht mit dir gerechnet«, sagte sie, Bianca mitten im Satz unterbrechend. »Ist alles in Ordnung?«

»Klar«, sagte Bianca. »Bin vielleicht ein bisschen durch den Wind. Wär um ein Haar verhaftet worden. Aber das war gestern Nacht. Hast du einen Kaffee für mich?«

Rose schenkte ihr ein, bemerkte das leichte Zittern ihrer Hände und sah, wie wild ihre hellen Haare in alle Richtungen standen. Sie hatte Ringe unter den Augen, einen Fleck vorne auf dem Hemd; war alternativ und ärmlich gekleidet. Sie hatte sich die letzten Monate mit dem Korrekturlesen von Artikeln über Biogärtnern für eine Zeitschrift in Vermont über Wasser gehalten. Rose vermutete, dass Bianca mal wieder einen Kredit brauchte.

Bianca stand auf und ging in dem kleinen Zimmer auf und ab. »Was für eine Fahrt«, stöhnte sie noch einmal.

Rose versuchte, die Wortwolken ihrer Schwester zu einer Handlung zu verknüpfen, die so geradlinig war wie die Kurve auf ihrem Bildschirm. »Wann bist du losgefahren?«

»Gestern Abend – gegen sieben. Vielleicht acht.«

»Aus Brattleboro?«

Irgendwie hatte Bianca es geschafft, fast vierundzwanzig Stunden unterwegs zu sein. Rose hatte Bianca zweimal mit dem Auto in dem Haus besucht, in dem sie seit

dem letzten Jahr mit zwei Töpferinnen, einem Fiberglas-
künstler, einem Diskjockey bei einem alternativen Radio-
sender und einer Heilpraktikerin zusammenwohnte – die
Fahrt über die 91 und die schmale Straße in die Berge dauerte maximal drei Stunden. Das überladene viktorianische
Haus mit je einer Veranda nach vorn und nach hinten und
eigentümlich geschnittenen Fenstern stand mutterseelenallein im Wald. Im Garten liefen Hühner frei herum,
zwei Ziegen grasten an der Leine, und ein Haufen Feuerholz war schuppenhoch aufgetürmt. Es war ländlich,
aber vollkommen anders als Hammondsport. Im Gemüsegarten stand ein großes Marihuanabeet keusch von
Schmuckmais umgeben. Drinnen an der Treppe waren
Pflanzen über Kopf zum Trocknen aufgeknüpft wie Tote.

Bianca fuhr mit beiden Händen in ihren Haarschopf,
die Finger wie Rechen gespreizt. »Ich hab nicht den direk-
ten Weg genommen«, sagte sie ungeduldig.

Als Rose eine Augenbraue hochzog, lachte Bianca. »Bin
weder direkt durchgefahren, noch war ich direkt nüch-
tern. Wir haben zu Hause ein bisschen gefeiert und die
neue Ernte probiert. Dann bin ich auf die Idee gekommen, dich zu besuchen, und bin losgefahren, aber als ich
durch Brattleboro kam, fiel mir ein, dass ich Tommy lange nicht mehr gesehen hatte. Von dem hab ich dir mal
erzählt. Deshalb bin ich nach North Conway rüberge-
fahren und hab ihn aus dem Bett geholt, und er war zuerst
sauer, aber dann haben wir was getrunken und ein paar
Joints geraucht, und dann sind wir irgendwie auf Margie
und Don gekommen – du weißt doch noch, meine Freunde aus Vancouver? –, und Tommy hat erzählt, dass sie
jetzt in Maine wohnen, deshalb dachte ich, ich fahr mal
kurz vorbei, aber als ich ankam, war keiner da, und da
hab ich beschlossen, noch über Keene zu fahren und bei
einem anderen Freund vorbeizugucken, aber auf halber
Strecke hat mich ein Bulle angehalten und ...«

»Bianca«, fragte Rose leise, »wann hast du zum letzten Mal geschlafen?«

»Dienstag?«, erwiderte Bianca. »Glaub ich.« Mittlerweile war Donnerstag.

Rose starrte auf die Daten, die sie zuletzt ausgewertet hatte, und schaltete den Computer aus. Bianca sagte: »Ich glaub, ich hab gestern Abend Dad angerufen.«

»Wirklich?«, fragte Rose. Sie hielt sich seit einiger Zeit an eine Regel, die sich als eines von mehreren Dingen erwies, die wie eine Wand zwischen ihr und Bianca standen: Mit der Vergangenheit beschäftigen verboten. Außerdem hatte sie sich verboten, an ihren Vater zu denken, der vor kurzem bekannt gegeben hatte, dass er heiraten wollte und daran dachte, sein Weingut zu verkaufen.

»Ich weiß es nicht genau. Es kann aber gut sein. Aus einer Telefonzelle – in New Hampshire? Maine? Keine Ahnung, ich weiß nicht mehr, was ich zu ihm gesagt hab. Ich glaub, ich war blöd.«

Bianca mitten in der Nacht in einer Telefonzelle, auf ihren Vater einplappernd, wie sie jetzt plapperte; Rose fand den Gedanken unerträglich. Wenn sie gewusst hätte, wie sie es anstellen konnte, hätte sie ihre Vergangenheit mit einem Messer gekappt. »Wie wär's, wenn ich mit dir zu mir fahr?«, schlug sie vor. »Ich mach dir was zu essen, du kannst mein Bett haben. Ich schlaf auf der Couch.«

»Nein, nein, nein«, sagte Bianca. »Hier. Ich werde hier schlafen. Auf dem Fußboden – ich will dir nicht im Weg sein, ich will keine Umstände machen. Und ich hab was zu essen und zu trinken dabei – alles für ein Picknick.« Sie hatte einen Plan, den sie unterwegs ausgeheckt hatte, und sie wollte ihn ihrer Schwester noch nicht verraten. Er ließ sich nur ausführen, wenn sie im Labor blieben.

Sie griff in ihren Rucksack und holte eine Flasche Jim

Beam und eine Flasche Tequila heraus; Zitronen, Salz, Tortilla-Chips, zwei Dosen Bohnentunke und eine Dose Salsa; dazu ein Kräuterbrot und ein paar Gramm Gras, einen Klumpen Haschisch, Blättchen und eine Pfeife. »Dieser Bulle ...«, sagte sie. »Als der mich heute Nacht angehalten hat, da war ich sicher, dass er hier reingucken würde. Er hat mich gefragt, warum ich so spät noch unterwegs wär, und ...«

»Okay«, sagte Rose. »Ich versteh schon.« Sie machte ihre Bürotür zu.

»Werd bloß nicht nervös«, sagte Bianca. »Wer soll denn noch hier sein? Du bist die einzige, die zu so bekloppter Zeit noch arbeitet.«

Sie drückte die Tür wieder auf, und Rose ließ sie gewähren. Bianca hatte Recht: Abgesehen von ein paar Sicherheitsbeamten und dem abendlichen Putzteam würde niemand mehr im Haus sein. Vielleicht eine Hand voll Doktoranden, die Versuche machten oder Daten verarbeiteten – aber niemand wie Rose, niemand von den Fakultätsmitgliedern. Die saßen längst alle wohlbehalten beim Abendessen mit ihren Familien und Hunden. Sie hatte gesellschaftlich nichts mit ihnen zu tun. Sie war Single, sie wohnte allein in einer Studiowohnung mit einer ramponierten Couch, einer Bücherwand und ohne Fernseher. Sie hatte keine Freunde, keine Haustiere, im Augenblick keinen Freund. Das Labor war freundlich und gut beleuchtet, der einzige Ort auf Erden, an dem sie sich heimisch fühlte. Ihre Schwester war hier.

Bianca sagte: »Und?«, und Rose entgegnete: »Na schön. Ich denke, wir können hier ein Lager aufschlagen.«

Wir vernichteten fast den gesamten Inhalt des Rucksacks. Bianca schenkte Rose ein Armband, das sie in Maine erstanden hatte, und Rose legte sich das schwere Metall ums Handgelenk. Nach Mitternacht fing es an zu regnen,

und wir öffneten das Fenster von Roses Büro und streckten die Köpfe hinaus, um die Tropfen aufzufangen. Das
war so schön, dass wir einen Blick wechselten und dann
aus dem Fenster auf den nackten Boden sprangen. Wir
hatten himmelweit abgehoben, schwebten so hoch wie
der Gipfel des Denali, den Bianca einmal bestiegen, Rose
aber noch nie gesehen hatte. Bianca fühlte sich pudel-
wohl, aber Rose hatte das Gefühl, den Verstand verloren
zu haben.

Wir liefen über den nassen Rasen bis zum Wäldchen
am Rand des Geländes. Dort wand sich ein Bach durch
die Bäume, und Bianca zog sich als Erste aus und setzte
sich in das seichte Wasser. Wir waren beide ohnehin bis
auf die Haut durchnässt, deshalb wehrte sich Rose nicht,
als Bianca sie am Knöchel packte und mit hineinzog. Der
Regen war kühl, aber nicht kalt, die Nacht war warm, aber
nicht heiß. Das Wasser im Bach schien überhaupt keine
Temperatur zu haben.

Rose lehnte sich an einen dicken Stein, ließ die Beine
nach oben treiben und sah zu, wie die Sterne über ihrem
Kopf wirbelten und tanzten. Ein Stern glühte rot auf und
kreuzte dann den Weg eines andern. Er konnte auch ein
Satellit sein oder vielleicht bloß ein Flugzeug. Ihr Zeit-
gefühl war so durcheinander, dass sie die Geschwindigkeit nicht einschätzen konnte. Vor dem Himmel sah sie
Substrate und Enzyme, Inhibitoren und Antagonisten. Sie
fragte Bianca: »Fehlt dir die Wissenschaft nicht manchmal?«

Bianca wälzte sich glücklich am Ufer im Schlamm und
gab zur Antwort: »Und dir? Fehlt dir so was hier nicht?«
Ihre weiße Haut war braun bestrichen. Sie meinte nicht
ausdrücklich den Schlamm, sondern allgemeiner, dass wir
so spät nachts draußen waren, dass wir allein waren, dass
wir besinnungslos berauscht waren und dass wir etwas
Verbotenes machten. Auf die gleiche Weise hatten wir als

Mädchen den Verlust unserer Mutter und die Hänseleien unserer Schulkameraden von uns fern gehalten. Wenn wir in diesem Zustand waren, löste sich die Rivalität zwischen uns auf. Die Auflösung konnten wir nicht zur Sprache bringen, weil wir uns die Rivalität kaum je eingestanden. Wie hätten wir gestehen sollen, dass wir die jeweils andere um ihr Leben und ihre Arbeit beneideten?

»Doch«, sagte Rose. »Es fehlt mir entsetzlich. Mir würde aber die Arbeit mehr fehlen, wenn ich sie nicht hätte.«

Von der Szene, die Bianca dazu veranlasst hatte, der Wissenschaft den Rücken zu kehren, redeten wir nicht: Der Moment in Biancas drittem Aufbaustudienjahr, als wir uns während einer Seminararbeit, die wir zusammen schrieben, erbittert über die Interpretation einiger Zahlen gestritten hatten. Es war nicht der Streit gewesen, der uns entzweit hatte, sondern Roses Weigerung, mit Bianca ein Ritual zu vollziehen, bei dem wir wie früher den Rat unserer toten Mutter hätten einholen können. Rose hatte das ein für alle Mal abgelehnt.

Ein Hund kam durch den Bach angerannt, blitzte weiß vor uns auf und verschwand. Natürlich war es nicht der Hund unseres Vaters; sein Hund lebte an einem anderen Ort und sollte erst Jahre später für uns Bedeutung gewinnen. Doch dieser Hund erinnerte Rose bereits in dieser Nacht an unseren Vater. Wir hatten keinen Hund gehabt, als wir klein waren, weil mein Vater angeblich gegen Hunde allergisch war. Seit kurzem waren seine Allergien verschwunden, und Rose hatte am Telefon erfahren, dass er erst einen und bald darauf einen zweiten Hund angeschafft hatte. Erst Hunde, und demnächst eine Frau. Mit dieser Aussicht taten wir uns beide schwer. Bianca hatte, ohne dass Rose etwas davon ahnte, vor, Suky noch in dieser Nacht um Rat anzurufen, damit sie uns vielleicht Aufschluss darüber gab, wie wir unsere Gefühle zu Vaters Entscheidung sortieren sollten.

»Konformation und Katalyse«, sagte sie, einen verdreckten Arm über ihrem Kopf schwenkend, »Spezifizität
und Inhibition, Proteinstruktur und Gel-Chromatogra-
phie. Das macht mich müde. Wo bleibt die Abwechslung?
Wo bleibt der Spaß?«

»Der Job an sich ist nicht mehr so doll«, gestand Rose
und dachte daran, wie ihr und Bianca als Kinder die Biochemie als Zauberei erschienen war. Der weiße Hund
tauchte wieder auf und schwebte über das Gras näher.
»Ich kann es nicht erklären«, sagte Rose zu Bianca. Sie
hielt dem Hund ihre Hand hin, aber der Hund rannte
wieder davon. »Aber das Experimentieren, das eigentlich
Inhaltliche – das macht mir immer noch Spaß.«

Bianca sagte: »Ich zeig dir was, das Spaß macht«, und
erhob sich von dem schlammigen Ufer.

Wieder in die nassen Sachen hinein, zurück über den
nächtlichen Rasen, wieder durch das schmale Fenster und
hinein in Roses Labor. Roses Labor, nicht Biancas; an der
Tür, auf allen Briefen, allen Aufsätzen und allen gewon-
nenen Preisen stand Roses Name. Wir wussten beide, dass
es ungerecht war; der Name war nur ein halber Name.

Bianca wühlte im Rucksack und fand Schokoladen-
bonbons, die sie aufteilte. Dann errichtete sie flink ein
kompliziertes Gebilde aus Röhren und Gläsern. Sie breitete ein weißes Tuch über den Tisch und legte eine Hand
voll Pilze darauf.

»Wo hast du die her?«, fragte Rose.

»Von draußen«, sagte Bianca und deutete in die Richtung des Baches. »Unter den Bäumen.«

Rose erinnerte sich weder daran, Pilze gesammelt noch
zu irgendeinem Zeitpunkt gesehen zu haben, dass Bianca weggegangen war und selbst welche gepflückt hatte.
Sie setzte sich auf den Fußboden und sah halb im Traum
versunken zu, wie Bianca das Labor übernahm.

Was sagte Bianca? Ein langer Wortstrom, der sich bloß teilweise zu einem Sinn fügte. »Ich verliere dich«, sagte Bianca. Und danach irgendetwas darüber, dass sie in unsere Zukunft schauen zu können glaubte: Rose würde langweiliger, dürrer, scharfsinniger, berühmter werden; Rose würde Preise gewinnen und sich ein kleines Haus kaufen, in dem sämtliche Zimmer kühl und sauber waren. Bianca würde sich von Staat zu Staat treiben lassen: Wyoming, Idaho, Maine, Hawaii; Panik, Gleichgültigkeit, Höhenflüge erleben. Das meiste von dem, was sie in dieser Nacht vorhersagte, traf später nicht ein, aber sie glaubte daran, und es machte ihr Angst. In einer wichtigen Hinsicht war ihre Angst berechtigt.

Während Bianca sprach, hackte sie die Pilze klein, zerstieß sie in einem Mörser, weichte sie zunächst in Wasser und dann in Äthylalkohol ein. Sie presste und extrahierte, siebte und erhitzte, rührte und kühlte. Dann baute sie eine Fraktioniersäule auf und ließ den Dampf aus dem Destillierkolben sachte durch die Glaswolle aufsteigen. Langsam und tröpfchenweise rann Flüssigkeit in die zur Aufnahme bereitstehenden Kolben. Eine kräftig duftende Fraktion leuchtete in klarem, sattem Rubinrot.

Feuer, Wasser, Erde, Luft, murmelte sie, während Rose untätig lauschte. Zinnober, Hirschhornsalz, Grünspan, Weinstein. Zinnober war, wie sie Rose erinnerte, früher auch unter dem Namen Drachenblut bekannt, und man glaubte, es sei Blut von Schlangen, die von sterbenden Elefanten zermalmt worden waren. Sie nahm ein paar Tröpfchen der roten Flüssigkeit mit einer Pipette auf und entließ sie auf ihre Zunge: Bitter, meinte sie. Gallebitter. Mit einem Geruch nach Moschus, alkalisch, leicht salzig. »Verbotene Arzneien«, sagte sie. »Des Biochemikers liebstes Kind.«

Rose fielen die Augen zu; als sie sie wieder aufschlug, sah sie Kräuterbüschel und Retorten. Der Athanor

genannte Werkofen, in dem sich die Transmutation vollziehen sollte, war wie ein übergroßes Ei geformt. Suky
sagte: *Habt ihr Mädchen Lust, segeln zu gehen?* Und Bianca fragte Rose: »Hast du das gehört?« Ihre Schwester
konnte es unmöglich leugnen.

»Mama?«, sagte Rose. Plötzlich schien unsere Mutter
in ihrem Kopf zu sprechen.

Bianca nickte erleichtert. Bei schönem Wetter waren
Rose und Bianca manchmal mit Sukys kleinem grünem
Comet auf den See hinausgefahren und hatten versucht
sich mit den Schoten und Seilen zurechtzufinden. Der
Wind war, abgelenkt durch die Hügel, aus allen Richtungen zugleich gekommen, und hatte ihnen das Segeln
schwer gemacht.

In einem der Kolben stieg gemächlich eine Blase auf
und zerplatzte mit einem Seufzen. Ein paar Minuten darauf hörten wir unsere Großtante Agnes sagen: *Schätz-
chen, könntest du mir den Rücken massieren? Mir tut diese Seite so weh.* Die auf dem Fußboden sitzende Rose
verlagerte ihr Gewicht und strich sich mit der Hand über
die Rippen. »Das war aber komisch.«

»Ich weiß nicht«, entgegnete Bianca, ohne recht bei
der Sache zu sein. »Ich höre Tante Agnes ständig. Ich
glaub, dies ist jetzt gleich fertig.«

Bianca zog sich zum zweiten Mal in dieser Nacht aus
und setzte sich nackt im Schneidersitz auf den Fußboden,
nicht weit von der schläfrigen Rose entfernt. Sie riss einen
haarfeinen Streifen Filterpapier ab und hielt ihn Rose an
einen Augenwinkel. Rose bemühte sich, nicht zu zwin-
kern. Ein Hauch von Feuchtigkeit tränkte nach und nach
das Papier und färbte es dunkel. Bianca ließ das Filterpapier in den Kolben fallen und gab noch ein Speichel-
tröpfchen von sich hinzu.

Sie redete immer noch. Rose versuchte, sich auf ihre
Worte zu konzentrieren. In Hilo, erzählte Bianca, sei sie

mitten in der Nacht durch den Hafen geschwommen, um heimlich auf das Boot zu kommen, auf dem sie allein und ohne das Wissen der Eigentümer wohnte. In Alaska hatte sie in einem Zelt an einem See, der so tief in der Wildnis lag, dass sie wochenlang keine Menschenseele sah, Visionen gehabt.

»So was geht nur alles immer mehr verloren«, sagte sie. »Weißt du, was ich meine?« Rose nickte, obwohl ihr Biancas Leben für gewöhnlich vollkommen fremd erschien. »Alle Leute, die mir zurzeit begegnen, sind wie Radios, die nur zwei oder drei Sender empfangen, während sämtliche Neuigkeiten aus dem übrigen Universum völlig an ihnen vorbeigehen. Niemand hört mehr hin. Ich halte es nicht aus.«

»Das kann man von mir aber nicht behaupten«, sagte Rose. »Das ist nur eine Seite von mir.«

Doch Bianca schüttelte den Kopf. Rose werde die heutige Nacht als Entgleisung verbuchen, erklärte sie; morgen früh werde sie sich schämen. So wie es derzeit auf der Welt zugehe, werde bald alles, was früher als wichtig galt, zum Irrtum oder zum Traum erklärt werden. Bianca wolle ihrer Schwester lediglich die Verbindung zu einer Welt offen halten, die sie beständig leugnete.

Der Rest der Nacht ist uns größtenteils entfallen, nur eine Hand voll Erinnerungen haben wir noch. Es kann sein, muss aber nicht, dass wir irgendwann kurz vor Tagesanbruch unseren Vater anriefen und ihn weckten, um ihn anzuflehen, das Weingut nicht zu verkaufen. Aber was wäre der Grund dazu gewesen, wenn wir es denn getan hatten? Rose hätte bestimmt keinen Wert darauf gelegt, den möglicherweise in der Nacht zuvor stattgefundenen Anruf ihrer Schwester zu wiederholen, selbst wenn Bianca das entfallen war, denn eigentlich scherten sie sich gar nicht wirklich um die Winzerei. Wann fuhren sie denn schon einmal hin? Trotzdem glaubt Rose, dass Bianca sie nach einem kurzen gemeinsamen Nickerchen weckte; dass wir diesen Anruf machten; dass unser Vater uns während des Gesprächs zu seiner Hochzeit einlud und dass wir beide behaupteten, an dem Tag anderweitig beschäftigt zu sein. Kindisch, kindisch. Rose schämt sich dessen noch immer, doch Bianca behauptet, sie habe das gesamte Telefongespräch geträumt. Allerdings sind wir beide wirklich der Hochzeitsfeier ferngeblieben.

Am nächsten Morgen wachte Rose nach acht mit einem steifen Hals und einem eingeschlafenen Fuß auf. Bianca war nirgends zu entdecken. In ihrem müden, verkaterten Kopf glaubte Rose, dass Bianca irgendwo in einem Kabuff einen Hausmeister verführte oder sich in der Kantine unmöglich machte oder die Heimfahrt nach Vermont mit einem Umweg über Labrador angetreten hatte. Sie neigte immer dazu, von Bianca das Schlimmste anzunehmen. Dagegen sprach allerdings, dass Biancas Rucksack noch auf dem Boden lag, und überall im Büro waren Flaschen und nasse Schuhe und halbgerauchte Joints verstreut.

Rasch und schuldbewusst beseitigte Rose alle Indizien. Sie riss das Fenster auf und betete, dass der süße, schwere Duft sich verziehen mochte, bevor irgendwer vorbeikam. In der nassen Erde unter dem Fenster sah sie tiefe Fußspuren, die genauso aussahen, als wären zwei Menschen aus dem Labor gesprungen und entflohen.

Als Bianca mit frisch gebürstetem Haar, in sauberen Sachen und mit mehreren Papiertüten aus der möchtegern-französischen Bäckerei um die Ecke zur Tür hereinspazierte, konnte Rose nicht an sich halten. »Wie bist du rausgekommen?«, fragte sie. »Wie bist du wieder reingekommen? Hast du geschlafen?«

»Erkläre Geheimnisvolles mit größeren Geheimnissen«, sagte Bianca. »Unbekanntes mit noch Unbekannterem.«

Früher hätte Rose genau verstanden, was sie meinte.

Suky hatte uns eine geheime Methode beigebracht, die mit Wasser und Totenantlitzen zu tun hatte und über die man nicht reden durfte. Man durfte auch nicht alleine ans Werk gehen – wir hatten es beide einzeln versucht und waren gescheitert. Aber als wir jung waren, hatten wir die Methode gemeinsam erfolgreich ausprobiert.

Bianca breitete ihre Gaben auf dem Schreibtisch aus: dampfenden Kaffee und Brötchen und Butter und Marmelade. Aus einer weiteren Tüte holte sie zwei nagelneue Weingläser, an deren Füßen noch Preisschilder pappten, und eine Flasche Preiselbeer-Himbeer-Saft aus biologischem Anbau. Sie goss den Saft in die Gläser, verschwand damit ins Labor und kehrte zurück.

»Prost«, sagte Bianca, hielt Rose ein Glas entgegen und hob das andere an die Lippen.

Rubinrote Flüssigkeit. Zaubertrank. Wir glaubten nicht dran. Rose hat bis heute nicht zugegeben, dass sie wusste, was Bianca in die Gläser kippte. Doch sie wusste es, genau wie sie wusste, wozu sie es tat: Der Trank sollte unsere Sicht wieder zusammenschmieden, wie Suky einst unsere Namen zu einem verschmolzen hatte. Doch wir riefen Suky an dem Tag nicht an, weil Rose sich weiter dagegen wehrte, als wäre die Anrufung und nicht der Trank ein Gift. Und so änderte sich nichts zwischen uns, außer dass wir daran erinnert wurden, wie sehr wir einander liebten.

Hier beenden wir die Erzählung meistens, oder eigentlich noch einen Schritt davor: Wenn eine von uns sie einem Fremden erzählt, hören wir mit den erhobenen Gläsern und dem Toast auf. Wir versuchen, genau wie der Geschichte über unsere Kindheit, auch dieser Geschichte einen leichten Ton zu geben. Wir versuchen, sie wie eine Geschichte über jugendliche Exzesse klingen zu lassen, über Arzneimittelmissbrauch. Wie einen letzten Nachhall der siebziger Jahre. Eine Eskapade, auf die man, älter und weiser geworden, mit einem Lächeln zurückblickt.

Die Zeit verging. Wir machten beide etliches durch, Wichtiges und Unwichtiges. Wir sahen uns dann und wann, wenn Bianca gegen Ende ihrer Reisen durch Boston kam, doch seit jener Nacht blieben unsere Begegnungen unverbindlich und locker wie Interaktionen zwischen irgendwelchen beliebigen Schwestern. In erster Linie sprachen wir einander am Telefon.

Nach diesem Muster verlief unser Leben fast ein Jahrzehnt lang, bis unser Vater krank wurde und wir ihn in Hammondsport besuchten. Von da an bis zu seinem Tod begegneten wir einander intensiv und aufgeschlossen, fanden aber in den entscheidenden Fragen weiterhin so wenig Kontakt wie zwei Steine, und es schien klarer denn je, dass der rubinrote Trank versagt hatte.

Zum ersten Todestag unseres Vaters kehrten wir jedoch noch einmal beide nach Hammondsport zurück. Was da geschah, klammern wir aus unserer Geschichte aus. Wir schworen uns damals, es niemals einer Menschenseele zu erzählen, und schaffen es bis heute kaum, es zwischen uns zur Sprache zu bringen.

## 3. Das Gespräch mit Suky

Du hast gesagt: »Guckt ins Wasser. Wenn ihr mit der Hand oder einem Stock die Oberfläche umrührt, wird sich ein Loch öffnen, und auf dem Grund des Lochs werdet ihr sehen, was ihr braucht.« Wir sind sicher, dass du das gesagt hast. Unter klarem Himmel, an einem heißen Tag, auf einem grün lackierten Comet mit Naturholzleisten, in einem Sommer, als wir noch Kinder waren und du noch lebtest. Wir rührten das Wasser neben dem Boot mit einem überzähligen Paddel um, immer im Kreis herum,

167

bis sich ein Strudel bildete. Als wir in das Loch schauten, das zum Boden des Sees zu reichen schien, sahen wir Großvater Leos Gesicht.

*Und heute?*

Heute rührten wir das Wasser um und fanden dich.

*Warum hat es so lange gedauert?*

Es war doch nur ein Jahr. Wir haben so lange gebraucht, bis wir so weit waren. Wir ertranken in Erinnerungen an das letzte Mal, als wir unseren Vater gesehen hatten.

Als wir damals vor seinem Tod bei ihm waren, schliefen wir unten im Haus auf einem großen Polstermöbel, das weder ein richtiges Bett noch ein richtiges Sofa war. Der Bezug fühlte sich außer an den Stellen, wo die Hunde ihn zerfetzt hatten, glatt an. Es hatte Armlehnen und eine Rückenlehne und stoffbezogene Seiten wie ein Sofa und dazu eine breite, halbwegs ebene Fläche in der Größe eines Bettes. Wir schliefen dort im Keller, weil es sonst keinen Platz für uns gab. Dein Haus – sein Haus, unser Haus – war verkauft, und mit ihm die Weinfelder und die Kellergebäude, die Fässer, die Gerätschaften, sämtlicher Wein. Wir hatten das Haus, das unser Vater gemietet hatte, nachdem seine Frau ihn gezwungen hatte, unseren Besitz zu veräußern, noch nie gesehen. Wir lebten beide anderswo, mit anderen Männern.
Wir hatten noch nie zusammen in einem Bett geschlafen; Mit Ausnahme der Nacht in einem Labor in Boston hatten wir seit unserer frühen Kindheit nicht einmal mehr im gleichen Zimmer geschlafen. Wir konnten nebeneinander nicht zur Ruhe kommen, deshalb wälzten wir uns herum, bis wir uns Kopf an Fuß gegenüberlagen, jeweils die Zehen an den Ohren der anderen. In dieser Position

entspannten wir uns und unterhielten uns beim Mond-
licht und den Schatten und dem Plätschern des Wassers
am Ende der Wiese, das durch die Glastür drang. Das
Ölbild von dir war aus dem Wohnzimmer im alten Haus
in die Diele zwischen dem halbfertigen Kellerzimmer und
dem Gästeklo gewandert.

*Welche von euch hat es jetzt?*

Das Bild?

*Das Bild.*

Wir wissen nicht, wo es ist. Es ist verschwunden. Wir waren,
nachdem er uns angerufen hatte, nach Hammondsport
geeilt und hatten ihn dort allein vorgefunden, nur mit seinen beiden riesigen Hunden, in einem verdreckten,
ungemütlichen Haus. Die Hunde folgten meinem Vater
überallhin. Sie schliefen auf seinem Bett, legten ihre Köpfe auf seine Knie und sahen ihn flehend an. Er war schwach
und konnte nicht mehr mit ihnen spazieren gehen, doch
auch wenn sie vor Bewegungsdrang nicht wussten, wohin,
wichen sie nicht von seiner Seite. In den ersten Tagen
knurrten sie und sprangen uns an, und auch später sprangen sie noch jedes Mal auf und bellten, wenn wir von einem
Zimmer ins andere gingen oder uns nur von einem Stuhl
auf einen anderen setzten. Nachts bemühten wir uns nach
Kräften, so still zu liegen, dass wir sie nicht weckten. Morgens sahen wir zu, wie unser Vater sie mit letzter Kraft strie-
gelte. Der eine hatte sehr langes, weißes Fell, dessen Haare bei jedem Kammstrich durch die Gegend flogen. Der
andere hatte kürzeres, braunes Fell. Vaters Beine und Arme
waren ganz dünn geworden, aber sein Leib war durch die
Geschwülste in der Leber aufgeschwemmt.

## Und was ist aus den Hunden geworden?

Die Hunde sind weg; das ist eine lange Geschichte, du willst sie nicht hören. Am ersten Abend nach unserer Heimkehr fütterten wir sie mit Hundekuchen, marinierten ein Hähnchen mit Öl und Knoblauch und Kräutern und brieten es eindreiviertel Stunden im Ofen. Unserem Vater begannen die Hände zu zittern, als der Duft durchs Haus strömte. »Ich habe keinen Appetit«, sagte er, doch das war, wie sich herausstellte, nicht wahr. Er hatte keine Kraft mehr zum Einkaufen oder Kochen, und die Mahlzeiten, die er sich noch zubereitete, waren alles andere als appetitanregend. Seine Frau war da und doch nicht da, präsent, aber nicht anwesend; sie arbeitete damals in Syracuse, hatte sich dort eine Wohnung genommen und kam nur an den Wochenenden nach Hause. Weil niemand da war, der für ihn kochte, hatte er sich eingeredet, dass das Gefühl, das er verspürte, kein Hunger war. Doch als wir ihn an den Tisch holten und ihm das Essen vorsetzten, lief ihm das Wasser im Mund und in den Augen zusammen. Sein Kopf reichte kaum über die Tischkante. Als er die Gabel zum Mund führte, war er so gierig, dass er den Hals reckte und die Lippen vorstülpte. Er aß sehr schnell, beschmierte seinen Mund mit Fett und bekleckerte sich das Hemd. Seine Augen waren blassblau auf einem gelben, rot durchzogenen Feld. Früher am Tag hatte ihm einer der Hunde eine Pfote auf den Unterarm gelegt und mehrere blaue Flecken hinterlassen.

## Wie sah er aus?

Haben wir das nicht gerade beschrieben? Vertrocknet, blass, geschrumpft, verrunzelt. Nicht so, wie du ihn in Erinnerung hast. Er reichte der einen von uns noch bis ans Kinn, der anderen bis an die Nase. Sein Haar war schütter und grau, die Haut an seiner Stirn fleckig. Er war so wacklig auf den Beinen, dass er breitbeinig ging. Seine Hände zitterten, bis er die ersten paar Drinks intus hatte. Wenn sie ruhig geworden waren, schnitt er Äpfel in Hälften und warf sie den Hunden zu, die sie begeistert fraßen. Auch Weintrauben liebten sie, sagte er, aber im Juli, als wir bei ihm zu Besuch waren, waren die Trauben hier erst ferne Wünsche.

*Hattet ihr Angst?*

Nicht direkt Angst. Vor vielen Jahren, als Tante Agnes krank war, hatten wir abwechselnd die Pflege übernommen. Unseren Vater bekamen wir damals selten zu Gesicht; damals florierte das Weingut, und er war ganz und gar damit beschäftigt, Geld zu scheffeln. Als wir mit ihr allein waren, hatten wir miterlebt, wie unbarmherzig der menschliche Körper verfällt. Du kennst das vielleicht – das Austrocknen der Haut, bis sie so dünn wird, dass der kleinste Schlag oder Kratzer Blutspuren hinterlässt. Den Verschleiß der fleischlosen Knochen, die wunden Stellen, die blauen Flecken, den Ausschlag und die Schwielen, die losen Zähne und das blutende Zahnfleisch, die Haarbüschel im Kamm und den Hunger, der sich mit Übelkeit abwechselt. Wir kannten das alles; nichts von dem, was mit unserem Vater vorging, kam unerwartet. Obwohl wir natürlich überrascht waren, dass er immer noch so viel Alkohol trank. Und in der ersten Nacht, die wir im Haus verbrachten, waren wir überrascht, die beiden riesengroßen Hunde bei ihm im Bett zu finden, die Köpfe auf Kissen gelagert und die Pfoten über seinen Körper gelegt.

*Erzählt mir, was ihr zurückgelassen habt.*

171

Männer. Mehrere Männer in dem einen Fall; in dem anderen einen Liebhaber mit pechschwarzem Haar und schmalen Füßen, der nach einer langen Dürrezeit in Boston in Roses Leben getreten war wie ein kühler Regenguss. Die Haut an den Fesseln dieses Mannes war bleich und so dünn, dass die blauen Adern durchschienen, und das war wunderschön bis zu dem Tag, an dem wir unserem Vater die Füße baden mussten und er genau solche Adern über dem Knöchel hatte, unter trockener, papierener Haut. Unser Vater trug weite Boxershorts, die sich am Schlitz öffneten, wenn er sich bückte, um einen Hund zu streicheln oder einen Knochen oder eine Bürste aufzuheben. Er hatte immer solche getragen, aber wir hatten viele Jahre nicht mehr bei ihm gelebt und hatten vergessen, wie unangenehm es war. Die Männer, mit denen wir unsere Betten teilen, tragen enge Unterhosen, die wie eine zweite Haut am Körper sitzen.

*Und was hat sie dagelassen?*

Seine Frau?

*Ja, die.*

Sie war so schnell auf und davon, dass sie die Hälfte ihrer Habe dagelassen hat. Wir waren nicht traurig, als sie ging. Es hatte mehrere Frauen nach dir gegeben, und sie war die schlimmste. Wir mochten ihre Stimme nicht, die affektiert war und laut. Sie ließ einen blauen, mit Schwänen bestickten Sitzpuff zurück, mehrere teure Bettwäschegarnituren, ein Schränkchen voller Kosmetika und einen Kühlschrank voller Essen. Sie hatte für unseren Vater gekocht, wie seine anderen Frauen auch.

Sie hatte ihn angefleht, das Haus und das Weingut zu verkaufen, damit sie frei wären zum Reisen. Es sei Zeit, sagte sie. Nach einem halben Jahrhundert der Bindung an dieses Stück Land. Wir glauben, dass sie dabei den Hintergedanken hatte, wenn er sich des Grundstücks entledigte, würde er sich vielleicht gleich deiner mit entledigen. Eine Zeit lang hängte er dein Porträt gegen ihren Protest über ihr gemeinsames Bett im gemieteten Haus. Nach ihrer ersten Reise, in den Grand Canyon, verbannte sie dein Porträt in den Keller. Auch die zweite Reise, nach Bordeaux, erwies sich als enttäuschend. Was hatte sie sich nur dabei gedacht? War ihr nicht klar gewesen, dass die Schlösser und Weinfelder auf dem steinigen Boden unseren Vater an all das erinnern würden, was er ihretwegen aufgegeben hatte? Wir haben den Eindruck, dass ihr ungefähr um diese Zeit aufging, wie sehr das Haus und das Land und der Wein für sie zu seiner Attraktivität beigetragen hatten. Sie war fünfundvierzig und sah an guten Tagen jünger aus. Sie kaufte sich neue Kleider und verschwand nach Syracuse, wo sie Arbeit fand, und kehrte an den Wochenenden ins gemietete Haus zurück. Halb da, halb nicht. Unser Vater war scheint's nicht fähig, sich etwas zu essen zu machen, wenn sie fort war.

*Wo ist das Geld geblieben?*

Das wissen wir nicht. Die Preise für Weintrauben waren schlecht, und auch für Land wurde nichts bezahlt, so dass er nicht das bekam, was das Grundstück eigentlich wert war. Einiges ging für die Reisen drauf und für schlechte Investitionen; wahrscheinlich hat sie sich den Rest unter den Nagel gerissen. Wer weiß? Als wir ankamen, räumten wir den Kühlschrank aus. Wir fanden eine rot emaillierte Kasserolle mit den Resten eines Gerste-Champignon-Auflaufs, ein Stück schleimig und glitschig gewordenen Schweinebraten, vier halb leere Milchkartons, matschigen Brokkoli, vergammelten Kopfsalat, drei Viertel einer

173

Paprikaschote, ein Gefäß mit Pfannkuchenteig aus der Tüte, alten Speck, vertrocknetes Brot, schimmligen Käse, verfaultes Obst. Auf der Veranda standen große Kisten mit altem Gemüse, die, wie unser Vater erklärte, aus dem Gemüseladen im Dorf stammten und sonst auf den Müll gekommen wären. Ein großer Teil des Geldes war in dem letzten Jahr, bevor er krank wurde, verschwunden, aber dazu wollte er sich nicht äußern. Von der Veranda, wo wir eine Stunde in der warmen Sonne saßen, während unser Vater ein bisschen schlief, sahen wir auf den See hinaus und auf die umgestürzten Bäume und die teuren Gartenmöbel, die jetzt verrostet und zerschlissen herumstanden, und eine von uns sagte zur andern: »Auch eine Art, arm zu sein.«

Wir standen vor einem Problem, das wussten wir: unser Vater konnte sich nicht selbst versorgen, und die Hunde konnten weder sich selbst noch unseren Vater versorgen noch alleine spazieren gehen. Wir hatten jede selbst ein Leben anderswo zu führen und mussten bald wieder fort. In diesem anderen Leben, unserem eigentlichen Leben, legten wir uns allabendlich mit Männern ins Bett, die uns lieb und teuer waren, die starke Schenkel hatten und starke Arme. Doch während dieses Aufenthalts schliefen wir nicht mit Männern. Wir schliefen nebeneinander auf dem Bett, das kein Bett war, und nach dem Aufstehen machten wir unserem Vater das Frühstück und gingen in den Supermarkt, wo wir frische Lebensmittel einkauften, und kamen wieder nach Hause, um ihm das Mittagessen zu kochen und die Hunde zu füttern. Wir führten die Hunde im Sumpf südlich des Sees aus. Der größere der beiden Hunde, der weiße, wühlte sich jeden Tag durch das hohe Unkraut bis an den Rand des schwarzen Morasts und sackte bis zu den Schultern ein. Wenn wir nach Hause kamen, rieben wir ihn mit einem Lappen ab. Er riss sich jedes Mal, bevor wir fertig waren, los, rannte mit großen Sätzen in das Zimmer unseres Vaters, sprang auf das Bett und rollte sich neben seinem Herrn zusammen.

*Wart ihr eifersüchtig auf die Hunde?*

Unser Vater sagte: »Sie sind alles, was ich habe. Sie sind die Einzigen, die mich liebevoll behandeln.« Damit meinte er die Hunde, nicht uns. Wir machten sauber und kauften ein und fragten uns, was wir tun sollten, ohne uns je darüber einigen zu können. Wir zankten uns darüber, was wir für ihn tun sollten und wie wir es tun sollten. Immer wollte die eine ihm gerade ein Stück Obst schälen, wenn die andere beschloss, dass er Fleisch haben musste, einen Braten. Sonne oder Schatten, Hängematte oder Bett, heißen Tee oder kühlen Saft – ein ständiges Hin und Her, ein ständiger Konflikt. Eines Abends zankten wir uns, nachdem er gesagt hatte, er wolle gern Eis essen: Welche von uns beiden sollte es holen, welche durfte bei ihm bleiben, für einen Augenblick mit ihm allein, einen Augenblick, der vielleicht alles wettmachte. Wir machten ihn fix und fertig, ohne dass sich je eine von uns als sein Liebling fühlen durfte.

Unser Vater saß auf einem der schmiedeeisernen Stühle, die zur Zierde im Gartenzimmer unseres alten Hauses gestanden hatten, hier jedoch als einzige, unpraktische Küchenmöbel dienten. Ein Nachtfalter flog gegen das Fenster über dem Spülbecken, fiel in das stehende Wasser und ertrank. Unser Vater war immer ein kleiner Mann gewesen, aber es war uns früher nie aufgefallen. Nach seinem Mahl war er müde und ging wieder ins Bett. Der weiße Hund lag neben ihm wie ein Mensch.

*Mit dem Kopf auf dem Kissen?*

Auf zwei Kissen und mit dem Gesicht zu unserem Vater. Wir fuhren in den Supermarkt. Wir kauften Spinat-Fettucine und Fisch und geriebenen Käse und Butter und Muffins und Kaffee und Sahne, und als wir wieder zu Hause waren, scheuerten wir den Küchenfußboden, auf dem sich plötzlich unerklärlicherweise überall kleine Ameisen tummelten. An den Fußleisten lagen büschelweise Hundehaare. Erst rief ein Arzt an und dann ein zweiter; wir machten Termine. Zu Hause bei uns, versicherten wir einander, blitzten die Arbeitsflächen in der Sonne. Abends zogen wir uns im Dunkeln aus und mieden es, unsere Körper anzuschauen. Du weißt ja, wie verschieden wir gebaut sind – die eine groß und weich gerundet, die andere klein und sehnig –, doch gegen unseren verfallenden Vater wirkten unsere gesunden, glatten Körper fast identisch. Unser Vater erzählte uns eine Geschichte von deiner Mutter, unserer Großmutter, und wie sie und Agnes und deine anderen Tanten von ihrer Mutter großgezogen wurden, nachdem ihr Vater gestorben war und ihnen das Weingut hinterlassen hatte, ohne irgendwelche Männer, die es hätten bestellen können. Etwa zur gleichen Zeit, erzählte er weiter, habe sich sein Vater, unser Großvater Leo, in der Ukraine geschunden, um Weinfelder für Stalin anzulegen. Er sagte, ihm sei es vorgekommen, als wäre unsere Familie von Kräften zusammengebracht, die schicksalhaft waren. Wenig später erwähnte er, dass er seine Lebensversicherung beliehen und das Geld nicht wieder habe zurückzahlen können.

*Wünscht ihr, ihr wärt bei ihm geblieben?*

Ja. Nein. Ja. Wie hätten wir das machen sollen? Wir hatten beide unser eigenes Leben. Trotzdem überlegten wir, jede für sich wie in endlosen Gesprächen, ob wir nicht doch bleiben sollten. Wir sahen uns an, wenn wir auf den Knien über den Küchenfußboden rutschten, den wir, nachdem er monatelang nur flüchtig gekehrt worden war, vom angesammelten Schmutz, Hundespeichel, Saft und den Ameisenstraßen befreiten, und sagten: »Jeder, der hier über die Schwelle tritt, muß doch auf den ersten Blick merken, dass es in diesem Haus keine Frauen gibt.« Und das war für uns beide gleichermaßen ein seltsamer Gedanke – dass vieles von dem, was schief gegangen war, nicht damit zu tun hatte, dass Frauen an sich fehlten, sondern dass »Frauen im Haus« fehlten, jene Wesen, die bereitwillig all das tun, was seit jeher Frauenarbeit ist. Die Frau unseres Vaters war eine viel beschäftigte, auf ihre eigene Weise erfolgreiche Frau und selten zu Hause. Auch wir waren anderweitig beschäftigt und bald wieder fort. Deshalb herrschte keine Sauberkeit, keine Ordnung, deshalb roch es nicht nach gutem Essen, das sorgfältig zubereitet und mit Genuß gegessen wurde, deshalb gab es keine Spuren heranwachsender Kinder, keine gebügelten Gardinen, keine Blumensträuße auf den Tischen. Niemanden, der sich an einer sauberen gelben Arbeitsfläche gefreut hätte, die in der Sonne blitzte. Unser Vater war in keiner Hinsicht fähig, sich das Leben angenehm oder behaglich zu machen.

*Habt ihr denn nicht getan, was ihr konntet?*

Wir haben ihn allein gelassen.

*Hat er sich nicht über eure Hilfe gefreut?*

Wir haben ihn allein gelassen.

*War er nicht froh, euch da zu haben?*

Er starb an einem Wochenende im August, als wir nicht da waren, aber seine Frau da war. Zuerst war sie wütend, weil wir zu Besuch kamen, und dann war sie wütend, weil wir nicht bleiben konnten. Sie zog für seine letzten Wochen noch einmal zu ihm, und als wir zur Beerdigung wiederkamen, machte sie die Tür auf, als wollte sie uns reinlassen, setzte zum Sprechen an, lief rot an und knallte uns die Tür vor der Nase zu. Sie konnte uns nicht verbieten, in die Kirche zu kommen, aber ins Haus ließ sie uns nicht, deshalb blieben wir draußen. Wir fuhren um den See in die Weinberge auf dem Hügel, wo wir früher gewohnt hatten, und als es dunkel wurde, blieben wir, wo wir gerade waren, einfach mit dem Auto stehen. Es war niemand weit und breit, und der Himmel war sternenklar. Wir holten zwei Decken aus dem Kofferraum, breiteten sie auf dem Boden aus, legten uns Hand in Hand darauf und redeten. Gegen Morgen müssen wir eingeschlafen sein, weil wir nicht mitbekamen, wie der Tau fiel, und mit kühlem Nass bedeckt aufwachten. Die Sonne kroch über die Hügel am anderen Seeufer und strahlte hell auf den Dunst im Tal. Wir hatten das Gefühl, dich dort zu spüren, aber wir waren nicht sicher.

Nach der Beerdigung versuchten wir noch einmal, in das Haus zu gelangen. Wir wollten die Hunde mitnehmen, weil unser Vater sich solche Sorgen um sie gemacht hatte, und dein Porträt und ein paar kleine Erinnerungsstücke. Doch seine Frau ließ uns wieder nicht ein. Sie habe bereits neue Besitzer für die Hunde gefunden, sagte sie. Sie habe das Mietverhältnis bereits gekündigt, den Verkauf der wenigen verbleibenden Möbel und den Transport der Dinge, die sie für ihre Wohnung in Syracuse haben wolle, bereits arrangiert. Sie habe ein neues Leben, meinte sie, und sie wolle es beginnen, und in diesem neuen Leben sei für uns kein Platz. Also fuhren wir ab.

Doch letzte Woche sagte eine von uns am Telefon zur anderen: »Wir sollten noch einmal hinfahren, es ist jetzt ein Jahr her.« Daher verabredeten wir uns hier, und obwohl in unserem alten Haus wie seit vielen Jahren

Fremde wohnten, und obwohl natürlich das Haus, in dem unser Vater seine letzten Jahre verlebt hatte, sauber gemacht und an andere Leute vermietet worden war, und obwohl die Hunde und alles, was wir je gekannt hatten, nicht mehr da waren, hatten wir das Gefühl, das Richtige getan zu haben.

Wir mieteten dieses Boot am Steg in der Nähe der Post, und sobald wir in die Mitte des Sees hinausgesegelt waren, spürten wir beide deine Nähe. Eine von uns setzte sich an die Pinne, und die andere übernahm die Schoten.

*Ihr wart schon immer geschickte Seglerinnen.*

Dies ist ein See, auf dem man nicht die Orientierung verlieren kann. Doch uns ist so viel anderes verloren, alles, was wir von unserer Familie besaßen. Das Haus natürlich, aber auch die Teppiche und Sofas und Sessel von deiner Mutter, deine Lampen und Kommoden und Bilder und Nippsachen, die Tassen von Tante Agnes und unsere alten Bücher – im Grunde alles. Als die Witwe unseres Vaters aus unserem Leben verschwand und die Hunde fortgab, war es, als hätte es unsere Familie nie gegeben. Es war, als hätten wir uns unsere Vergangenheit ausgedacht. Alles, was uns geblieben ist, ist die gemeinsame Erinnerung an die letzten Tage mit unserem Vater in dem Haus, das nicht sein Haus war.

Während unserer letzten Tage bei ihm hat er nach dir gefragt. Er glaubte, wir wären in unserem alten Haus, und er wollte dein Bild im Wohnzimmer anschauen. Wir schlichen in den Keller und holten das Bild aus dem Flur und staubten es ab und brachten es zu ihm nach oben. Wir machten ihm weis, dass wir es geholt hätten, damit er sich nicht zu bewegen brauchte. Wir hatten nicht das Herz, ihm zu sagen, dass es kein Wohnzimmer mehr gab, mit

179

Büchern und den Dingen aus unserer Familie, mit deinem Bild an seiner Schnur.

*Hat er sich gefreut, als er mich sah?*

Aber ja, natürlich. Hast du ihn seitdem gesehen?

*Nein.*

## 4. Der weiße Hund

Haben wir wirklich mit Suky gesprochen? Hat Suky wirklich mit uns gesprochen? Bianca ist der festen Ansicht, dass es so war. Ich sage: Ja, es kann sein, auf eine Art schon.

Nichts geschah nach unserem Törn auf dem See – wir begegneten nicht dem Geist unseres Vaters, spürten nicht seine Gegenwart, erreichten nicht einmal einen Zustand des Friedens oder der Einsicht. Natürlich fühlten wir uns getröstet; Sukys Stimme war Balsam für uns. Doch für mein Empfinden hatten wir etwas Unrechtes getan, und genauso wenig wie Bianca ihren Triumph darüber verbergen konnte, dass sie mich dazu gebracht hatte, mit Suky zu reden, konnte ich umhin, mich darüber zu ärgern.

Die nächste Nacht verbrachten wir gemeinsam in einem Zweibettzimmer in einem neuen Motel, in dem uns niemand kannte. Wir schliefen unruhig und schuldbewusst, in dem Gefühl, dass wir unerledigte Dinge hinterließen und dass es Leute im Dorf gab, die wir hätten besuchen müssen. Am nächsten Morgen brachte ich Bianca zuerst zum Flughafen und fuhr dann nach Hause.

Jetzt kann ich nicht mit Bianca darüber reden, was an jenem Tag oder davor vorgefallen ist, weil Bianca fort ist. Die Geschichten, die wir aus unserer Vergangenheit

gestrickt haben, sind unvollendet. Einen Monat nachdem
wir uns zum Todestag unseres Vaters in Hammondsport
getroffen hatten, hat sie sich in einen Landschaftsmaler
verliebt, der so alt ist wie unser Vater, und ist mit ihm
nach Costa Rica in ein Haus auf einer Klippe gezogen,
wo sie kein Telefon hat.

Ich bin mittlerweile wieder nach Hammondsport gezogen. Ungefähr um die Zeit, als Bianca wegging, kündigte
ich meine Stelle und fasste den Beschluss, mich dort nie-
derzulassen; es erschien mir plötzlich, als hätte ich in
Boston, wo ich über zehn Jahre gelebt hatte, keine Wurzeln geschlagen. Als meine Kollegen mich drängten, ihnen
Gründe für meine Entscheidung zu nennen, erzählte ich
ihnen, ich hätte von meinem Vater etwas geerbt, das meiner Pflege bedürfe. Ich merkte rasch, dass die bloße Erwähnung seines Todes reichte, um jedem Gespräch sofort ein
Ende zu machen. Die Grenze, die durch dieses Wort
errichtet wird, überschreitet keiner so leicht. Hinter ihr
konnte ich meine Verwirrung verbergen, und tue es bis
heute.

Bianca war die Einzige, die sich berechtigt fühlte, sich
einzumischen. Als ich ihr von meinen Plänen berichtete,
meinte sie, ich machte einen großen Fehler; ausgerechnet, nachdem sie all die Jahre meinen Job schlecht gemacht hatte. Das letzte Mal, als wir miteinander geredet
haben, war ich in meinem Labor in Boston und sie in
Houston am Flughafen. Sie sagte: »Du spinnst. Du wirst
da nichts mehr finden, das noch mit dir zu tun hat.«

»Aber ich will dahin«, sagte ich. »Was ist daran abwegiger, als mit einem Mann, den du kaum kennst, nach
Costa Rica zu gehen?«

»Alles«, sagte sie. »Die Leute da – für die wirst du
immer dieselbe sein wie früher. Willst du das etwa?«

Wie ihre Vorhersagen in Boston stellte sich auch diese
als falsch heraus. Doch obwohl ich es zu dem Zeitpunkt

noch nicht wusste, entgegnete ich gleich: »Wäre das so schlimm? Ist das schlimmer, als unter Leuten zu leben, die gar nichts über uns wissen?«

»Oscar weiß eine Menge über mich«, sagte Bianca. »Er weiß so viel, wie ich ihn wissen lassen will.« Womit sie, glaube ich, meinte, dass sein Verständnis von ihr sich mit dem Bild deckte, das wir mit unseren gemeinsam entworfenen Geschichten von uns fabriziert hatten.

Wir schwiegen einen Moment und lauschten dem leisen Gebrumm auf dem Flughafen und dem Summen der Apparate in meinem Labor. »Komm mit mir«, sagte Bianca schließlich. »Ich bin absolut dafür, dass du im Labor aufhörst, aber es ist dumm, wieder nach Hause zu gehen. Oscar hätte nichts dagegen, wenn du mitkämst.«

»Vielleicht nächstes Jahr«, entgegnete ich. »Vielleicht besuche ich euch, sobald ich weiß, was ich will.«

»Vielleicht bin ich dann nicht mehr da«, sagte Bianca.

Wir versprachen, uns zu schreiben, und legten gegenseitig voneinander enttäuscht auf. Ehrlich gesagt, habe ich das Gefühl, dass wir schon seit unserem letzten Gespräch mit Suky voneinander enttäuscht sind. Womit ich nicht sagen will, dass es nicht vielleicht bloß eine Halluzination war, aber wenn, dann haben wir es uns gemeinsam eingebildet. Jedenfalls haben wir uns seither fast überhaupt nicht mehr zu etwas Gemeinsamem aufschwingen können.

Nach dem Anruf zog ich hierher. Ich nahm eine Mietwohnung, in der ich nur kurz blieb. Dann machte ich zwei Dinge, mit denen Bianca noch weniger einverstanden gewesen wäre: Ich übernahm an derselben Schule, auf die Bianca und ich gegangen waren, einen Posten als Chemielehrerin für das dritte und vierte Jahr der HighSchool, und ich zog in ein Haus im Dorf, zu Harry Mazzullo und dem weißen Hund.

Harry ist, war, der Anwalt meines Vaters. Der weiße Hund ist nicht der, den Bianca und ich am Bach in Boston gesehen hatten, sondern einer der Hunde, die mein Vater so geliebt hat. Der braune Hund ist tot; als ich die Leute aufspürte, die ihn aus dem Tierheim geholt hatten, erzählten sie mir, dass er unablässig gebellt hatte und sie ihn schließlich einschläfern lassen mussten. Doch bald nach meinem Umzug entdeckte ich bei einem Gang durchs Dorf eines Tages zufällig den weißen Hund. Er lag lang ausgestreckt auf einer breiten Veranda und sah aus, als wäre er dort zu Hause. Als ich an die Tür des Hauses klopfte, machte Harry auf und begrüßte mich, als ob er mich kannte.

»Rose?«, sagte er. »Rose Marburg?«

Als ich nickte, sagte er, wir seien einander auf der Beerdigung meines Vaters vorgestellt worden. Ich hatte keine Erinnerung daran; der Tag war fast gänzlich aus meinem Gedächtnis gelöscht. Bianca und ich hatten hinten in der Kirche gestanden, als wären wir Gäste und nicht die Töchter, während die Witwe unseres Vaters vorne die Beileidsbezeigungen entgegennahm. Auf dem Friedhof hatten wir uns abseits gehalten und mit niemandem geredet, und dann waren wir weggefahren. Wann konnte Harry sich mir vorgestellt haben?

Doch er schwor, dass wir uns miteinander bekannt gemacht hatten. Und als ich fragte: »Woher haben Sie den Hund?«, sagte er, er habe ihn schon über ein Jahr. »Die Frau Ihres Vaters«, sagte er. »Sie war nach der Beerdigung so … durcheinander. Sie fasste lauter überstürzte Beschlüsse, und ich machte mir Sorgen um die Hunde – Ihr Vater hatte so an ihnen gehangen.«

»Ich weiß«, sagte ich.

»Sie waren ins Tierheim gekommen. Ich bin sicher, dass es eigentlich nicht ihre Absicht war, aber sie stand unglaublich unter Druck. Als ich sie mir holen wollte, war der braune schon weg, aber diesen wollte keiner haben, deshalb nahm ich ihn zu mir.«

Der Hund hatte also die ganze Zeit wohl aufgehoben bei Harry gelebt. Harry lud mich noch am selben Abend in ein Restaurant zum Essen ein, und eine Woche später zum Segeln. Kühles Wasser, eine sanfte Brise, eine Flasche Wein. Bei dieser Fahrt tat ich etwas, für das ich mich schäme. Unsere Familiengeschichte hatte ich ihm bereits erzählt, und die Geschichte von der wilden Nacht mit Bianca in Boston ebenfalls. Dort draußen auf dem See, als ich entspannt, ein bisschen angetrunken, vom Wasser fast hypnotisiert war, erzählte ich ihm von Biancas und meiner Vision, die auf unterschiedliche Weise für beide von uns der Auslöser für einen Ortswechsel gewesen war.

Harry hörte regungslos zu, nur seine Hände bewegten sich an der Pinne und den Schoten. Ich erzählte die Geschichte genau, wie ich sie in Erinnerung hatte, als Dialog, in dem ich beide Rollen spielte. Die Fragen meiner Mutter gab ich mit hoher, dünner, leiser Stimme wieder; unsere Antworten tiefer, langsamer, zweifach. Zwei Schwestern, die gleichzeitig mit einer Stimme sprachen.

Harry tat die Geschichte weder mit einem Achselzucken noch mit einer Grimasse ab und sah mich auch nicht an, als wäre ich verrückt. Er blieb ruhig und absolut cool. Vielleicht hatte er in seinen Jahren als Anwalt seltsamere Dinge erlebt. Er sagte: »Das ist interessant. Als Junge hab ich deine Mutter aus der Ferne gekannt. Sie war eine beeindruckende Frau. Wie deine Großtanten übrigens auch. Das war doch eine Großtante von dir, nicht? Die Frau, die zu euch gezogen ist?«

»Ja«, sagte ich. »Sie hat den Haushalt versorgt.« Anscheinend hatte er weder Bedarf, mit mir über die Sache mit Suky zu diskutieren, noch die Qualität meiner Erzählung zu erörtern.

»Das weiß ich noch«, sagte Harry. »Und als sie krank wurde, haben du und Bianca sie gepflegt.«

Wenige Monate darauf fragte er mich, ob ich bei ihm

einziehen wollte, und ich nahm das Angebot an. Ich lebe mit Harry zusammen, weil er meine Geschichte so aufgenommen hat, wie er sie aufgenommen hat; weil er bis zum Schluss gut zu meinem Vater war; weil er mir Geschichten über die letzten Tage meines Vaters erzählte, die ich sonst niemals erfahren hätte. Eine Hand wäscht die andere, meine Geheimnisse gegen seine. Wobei ich mich kaum damit entschuldigen kann, dass ich behaupte, ich hätte damals womöglich schon gespürt, dass dies dabei für mich herauskommen würde.

Fünf Wochen vergingen zwischen dem Zeitpunkt, als Bianca und ich unseren Vater zuletzt sahen, und unserer Rückkehr zu seiner Beerdigung. Während dieser Wochen war ich in Boston und Bianca in Dixon, New Mexico, wo sie auf einer Knoblauchfarm arbeitete. Von Harry erfuhr ich, dass es während dieser Wochen noch einige seltsame Entwicklungen gab.

Bianca und ich hatten uns unseren Vater weiter so vorgestellt, wie wir ihn zuletzt erlebt hatten – wie hätten wir ihn uns auch sonst vorstellen sollen? Voll Entsetzen und Schuldgefühlen wähnten wir ihn allein. Wir waren eines Freitagabends gemeinsam abgereist: Wie mir jetzt scheint, wahrscheinlich deshalb, weil wir beide befürchteten, dass diejenige, die blieb, nie mehr die Kraft finden würde, ebenfalls abzureisen. Oder vielleicht weil wir beide befürchteten, dass diejenige, die blieb, irgendwie die Oberhand gewinnen könnte. Und selbst wenn wir diese Befürchtungen beiseite ließen, blieb noch das Problem mit seiner Frau.

Bei der Abreise hatten wir uns damit getröstet, dass sie innerhalb der nächsten Stunde nach Hause kommen musste. Wir hatten mittlerweile begriffen, dass unser Vater sie um sich haben wollte und nicht uns; unser Gezeter und Geputze und Gekoche ermüdete ihn bloß und brachte ihn seinen Wünschen keinen Schritt näher. Wir hatten einse-

hen müssen, dass der Dreck und die Zeichen seiner Ver-
lassenheit ihm ganz willkommen waren. Er glaubte, diese Zeichen würden seine Frau umstimmen und sie für den
Rest seiner Tage an seine Seite binden. Sie hatte während
unseres Besuchs allabendlich angerufen, und es war uns
unerträglich gewesen, wie sich der Ton seiner Stimme veränderte, wenn er mit ihr sprach. Bis zu unserer Abreise
hatten wir nach und nach begreifen müssen, dass unsere
sämtlichen Bemühungen lediglich den Moment hinaus-
zögerten, an dem er endlich seinen Willen bekam. Das
saubere Haus, das wir hinterließen, bedeutete ihm nichts
weiter, als dass seine Frau sich frei fühlen konnte, am kommenden Montag wieder abzufahren.

Aber wir hatten diese Einsicht durch unser Bedürfnis
nach dem Gefühl verdrängt, ihm etwas Gutes getan zu
haben. Bei unserer Abreise handelten wir endlich einmal
einmütig. Erst als wir wieder in unsere eigenen Welten ein-
getaucht waren, begann uns wirklich zu dämmern, dass wir
ihm einen zweifelhaften Dienst erwiesen hatten. *Allein*,
sagten wir zueinander, als wir hörten, dass sie wieder verschwunden war. *Wie konnten wir ihn allein lassen?* Doch
auch wenn seine Frau nach dem Wochenendbesuch wieder
wegfuhr und erst drei Wochen darauf ganz zurückkehrte,
so war er trotzdem nicht vollkommen allein gelassen. Eine
Schwester kam täglich mehrere Stunden zu ihm ins Haus.
Ich unterhielt mich häufig mit ihr am Telefon und war stets
erleichtert, wenn ich ihre Stimme hörte. Sie war stark und
praktisch und hatte ein sympathisches Lachen. Sie badete
unseren Vater und wusch sein Bettzeug und bezog sein
Bett frisch und kochte die eine oder andere Mahlzeit.

Bianca und ich hatten gedacht, seine Frau hätte die
Krankenschwester angeheuert, um auf diese Weise zu zeigen, dass sie alles im Griff hatte und wir nicht gebraucht
wurden. Doch von Harry erfuhr ich, dass es eine Gruppe von alten Freunden meines Vaters gewesen war.

»Welche Freunde?«, fragte ich. Wir hatten nicht gewusst, dass unser Vater irgendwem so nahe stand. Er spielte mit ein paar Männern Golf: anderen Weinbauern aus
dem Tal, einem Arzt, einem Zahnarzt, einem Makler. Wir
hatten sie nie für mehr gehalten als Saufkameraden.

Doch Harry meinte, sie hätten sich zusammengetan,
als es deutlich wurde, dass mein Vater im Sterben lag. Sie
hatten die Schwester eingestellt. Sie hatten ein Gerät
gemietet, das in ihren Häusern summte, wenn mein Vater
auf den Knopf drückte, weil er Hilfe brauchte. Und sie
waren für die Beerdigung aufgekommen. Harry behauptet, dass Peter Couperin – derselbe Couperin, der in den
Geschichten unserer Mutter als der erbittertste Rivale
unseres Vaters auftrat, aber der für uns kaum mehr als ein
Name gewesen war –, dass Couperin die anderen Männer zusammentrommelte und dass sie gemeinsam taten,
was sie konnten, um unserem Vater die letzten Wochen
angenehmer zu machen.

Kann sein, dass Couperin doch mehr war als nur ein
Name. Ich erinnerte mich vage an ihn als einen rotge-
sichtigen Mann, der zu laut redete. Als Bianca und ich
klein waren, war er manchmal bei uns zu Besuch gewesen; jedes Mal wenn er gegangen war, mokierte sich unser
Vater über ihn und seinen Catawba-Rosé. Als Bianca und
ich auf dem College waren, hatte es zwischen ihnen Streit
um ein Stück Land gegeben, das Couperin an einen
Immobilienfritzen verkauft hatte. Ich hatte nicht gewusst,
dass sie danach noch befreundet waren.

Doch Harry erzählte, dass Couperin in den letzten Jahren ebenfalls schwere Zeiten durchgemacht hatte. Er hatte ein Knochenleiden entwickelt, das sich durch seine Wirbelsäule fortfraß; mittlerweile sitzt er im Rollstuhl, und
sein Kopf wird von einer Stütze aufrecht gehalten, die von
den Schultern bis an die Ohren reicht und in einem Heiligenschein aus Stahl endet, der an seinem Hinterkopf

befestigt ist. Einer seiner Söhne ist tot; eine seiner Töchter war in einer Entzugsklinik für Drogenabhängige. Harry, der auch Couperins Anwalt war, erzählt, dass dieser, wenn er ihm Neuigkeiten von der Krankheit meines Vaters brachte, anfangs gelacht, später geweint und zu guter Letzt gesagt hatte: »Sieh dir uns zwei alte Geier an – alt und grau sind wir geworden, beide krank und einsam.«

Auf Couperins Bitte brachte Harry meinen Vater zu einer Versöhnung zu Couperin ins Haus. Das sei ein echtes Erlebnis gewesen, meinte er, wie die beiden alten, geschlagenen Männer, deren Angehörige verstorben oder in alle Winde verstreut waren, der eine im Rollstuhl und mit einem Heiligenschein, der andere verfallen und von Schmerz gezeichnet, vor Couperins Kamin hockten und sich mit Couperins ältestem Weinbrand betranken. Harry hielt sich im Hintergrund. Seinem Bericht zufolge sagte Couperin: »Wozu sollen wir ihn aufheben?« Und über ihre Kinder hätten sie sich unterhalten, sagt er.

In dem Moment, als Harry mir das erzählte, fragte ich nicht nach; vermutlich aus Angst vor dem, was ich erfahren könnte. Doch später, als ich die Geschichte ein paar Mal überschlafen hatte, bat ich ihn, mir zu erzählen, was sie gesagt hatten.

»Ich bin der Anwalt deines Vaters«, sagte Harry. »Du weißt, dass ich verpflichtet bin, über alles, was er mir erzählt hat, zu schweigen.«

»Bei dem Gespräch warst du nicht als Anwalt dabei«, sagte ich. »Oder? Du warst als Freund meines Vaters dabei.«

Dies gab Harry zu, aber er war trotzdem nicht bereit, mir mehr als ein paar Allgemeinheiten zu verraten. Couperin hatte etwas Hässliches über die Töchter meines Vaters gesagt, die keine Zeit fänden, ihn zu pflegen, und mein Vater hatte gesagt, dass wir erst vor kurzem zu

Besuch gekommen seien und bald wiederkommen wollten. Wir seien gute Mädchen.

»Das hat er wirklich gesagt?«, fragte ich Harry und
schloss unwillkürlich die Frage an: »Hat er irgendwas
Genaueres über eine von uns gesagt?« Harry sah mich
zweifelnd an. Dann sagte er: »Dein Vater hat Couperin
erzählt, dass du einen fantastischen Job hättest und dass
er sehr stolz auf dich sei.«

»Und über Bianca?«

»Er gab gerne Geschichten über ihre Abenteuer zum
Besten.«

»Du meinst Hawaii? Alaska? Ihre Kletterpartien?«

»Genau.« All das, was ich nie gemacht hatte. Harry
wollte mir nicht verraten, ob die Freude meines Vaters an
Biancas Abenteuern größer war als sein Stolz auf meine
Leistungen. Stattdessen erzählte er mir andere Geschichten über Vaters Freunde.

Einige brachten ihm Essen – nicht einer von ihnen war
noch verheiratet, ihre Frauen waren alle entweder verstorben oder hatten sie verlassen, aber sie kochten unbe-
holfene Mahlzeiten und brachten sie meinem Vater. Sie
stellten eine Liege auf den Rasen vor dem Haus und bet-
teten meinen Vater an sonnigen Tagen dort, an der frischen Luft. Sie fuhren ihn zum Arzt. Sie unterhielten sich
mit der Pflegeschwester. Sie brachten ihm Whisky und
Wein und setzten sich zu ihm ans Fußende, füllten ihre
Getränke auf und erzählten sich schlüpfrige Geschichten
aus ihrer gemeinsamen Jugend. Harry sagte, sie hätten
meinen Vater zum Lachen gebracht.

Diese Geschichten versetzten mir einen tiefen Stich.
Weil Frauen im Leben unseres Vaters vor seiner zweiten
Ehe häufiger mal gekommen und gegangen waren und
weil er keine von ihnen je mehr zu vermissen schien als
uns, hatten Bianca und ich unter dem Eindruck gestanden, er besitze kein Gefühlsleben. Das erwies sich nun

jedoch als unzutreffend. Unser Vater hatte ein Gefühlsleben besessen, wir hatten es nur nicht erkennen können. Es drehte sich, während er auf seine Frau wartete, um seine Hunde und diese Gruppe von Männern.

Wenn ich diese Männer heute im Dorf sehe, behandeln sie mich ziemlich kühl. Sie verurteilen mich, zu Recht, dafür, dass ich meinem Vater während seiner letzten Tage nicht beigestanden habe. Aber alle anderen Leute gehen mit mir um, als wäre nichts geschehen. An der High-School sind noch ein paar Lehrer aus der Zeit, als Bianca und ich dort zur Schule gingen: Mrs. Komnetz mit dem Fach Englisch; Mr. Baker mit dem Fach Biologie. Und natürlich gibt es jede Menge andere Leute im Ort, die sich meiner und Biancas als Kinder entsinnen. In der ersten Zeit nach meiner Rückkehr und erst recht, als ich meine Stelle neu angetreten hatte, fragte ich mich ständig, was diese Leute von mir dachten. Sie erinnern sich an mich und Bianca, aber in ihrer Erinnerung scheinen wir völlig andere Menschen zu sein.

»Sie waren so blitzgescheite junge Mädchen«, sagt Mrs. Komnetz. »So begabt und voller Elan. Wir wussten alle, dass aus Ihnen etwas werden würde. Was macht Ihre Schwester denn jetzt?«

»Sie malt«, sage ich, auch wenn Bianca nicht malt, sondern nur mit einem Maler zusammenlebt. Aber alle nehmen es hin, als machten wir nur, was sie erwarteten. Sie sind ein wenig überrascht, dass ich wieder da bin, aber angenehm überrascht, erfreut. Sie wissen nichts über das, was Bianca und ich gemacht haben, nachdem wir hier fortgegangen sind, und was sie von unserer Kindheit in Erinnerung haben, ist nostalgisch verklärt. Niemand redet davon, wie oft wir von der Schule nach Hause geschickt wurden, wie oft wir Briefe an unseren Vater mitbekamen, wie die Polizei nachts bei uns zu Hause aufkreuzte, wenn wieder einmal irgendwelche mutwilligen Zerstörungen eindeutig unsere Handschrift trugen. In ihrer gefilterten Version unserer Geschichte sind wir Mädchen von hier, die es zu etwas gebracht haben. Sie tun so, als wären sie dankbar, dass ich wiedergekommen bin, und sie sind so taktvoll, dass sie nie fragen, ob es mir etwas ausmacht, dass ich viel weniger verdiene, oder ob ich es vermisse, mit Professor oder Doktor angeredet zu werden anstatt schlicht als Ms. Marburg.

Von unserem Besuch bei unserem Vater vor seinem Tod wissen sie noch, dass wir gekommen sind und gekocht und geputzt haben; sie haben vergessen, dass wir wieder abgereist sind. Von der Beerdigung erinnern sie sich an uns anscheinend nur als zwei junge Frauen, die vor Trauer sprachlos waren. Niemand weiß, dass wir auf dem Hügel übernachteten; niemand fragt sich, zumindest nicht laut, warum wir nie mit der Witwe unseres Vaters gesehen wurden. Wenn ihnen in der Erinnerung etwas an dieser Zeit merkwürdig erscheint, schieben sie es meistens auf sie. Sie war nicht von hier.

Anstatt über diese Dinge zu reden, erzählen sie mir Geschichten über unseren Großvater und unsere Großtanten, als wären sie noch am Leben. »Sie sehen Agnes ähnlich«, sagen sie zu mir oder: »Wusstest du, dass du Leos Nase hast?« Sie haben alles vergeben oder vergessen, vor allem jetzt, wo ich mit Harry und seinem weißen Hund zusammenlebe.

Der Hund und ich haben ein gemeinsames Geheimnis: Unsere Vergangenheit ist allen verloren außer uns selbst. Ich erinnere mich noch, was für ein Mädchen ich war, aber alle anderen scheinen sich dazu verschworen zu haben zu leugnen, dass ich dieses Kind war, genauso wie sie vorgeben, nicht zu wissen, was ich getan habe, während mein Vater im Sterben lag. Und der Hund – wer weiß, was der Hund noch weiß? Alle Welt behandelt ihn, als wäre er einfach Harrys Hund: uralt, arthritisch,

191

harmlos. Ich glaube, er erinnert sich an jeden der letzten Tage meines Vaters.

Seit meinem Einzug hat sich der Hund an mich angeschlossen. Er schläft neben meinem Bett auf dem Fußboden, in Reichweite meines heraushängenden Armes. Wenn ich nicht da bin, zerrt er meine schmutzigen Sachen aus dem Wäschepuff und packt sie geduldig auf einen Haufen, auf dem er sich dreht und wendet, bevor er sich niederlässt. Wenn ich abends in dem Zimmer sitze, das Harry in mein Arbeitszimmer umgewandelt hat, und Arbeiten korrigiere, scharrt der Hund mit den Pfoten auf dem Fußboden und träumt knurrend von unserer Vergangenheit. Wecke ich ihn zu unvermittelt, steht er mit einem Ruck auf und bellt Sukys Porträt an, das auf einem Flohmarkt in Ithaca auftauchte, nachdem ich es schon für immer verloren geglaubt hatte. Wenn Hunde reden könnten, könnte dieser Hund, glaube ich, jeden Moment aufzählen, an dem ich versagt habe.

Was soll ich nun aus all dem machen? Etliches von dieser neuen Erfahrung habe ich in meinen Briefen an Bianca zu beschreiben versucht – wobei ich allerdings stets das Wichtigste, dass ich nämlich unser tiefstes Geheimnis an Harry ausgeplaudert habe, verschwiegen habe. Ich vermute, dass Bianca das argwöhnt; sie hat auf meine ersten beiden Briefe nicht geantwortet. Doch vor einem Monat, nachdem ich ihr von Couperins Fürsorge in den letzten Lebenstagen unseres Vaters und von der Rettung seines Hundes berichtet hatte, bekam ich einen Antwortbrief.

»Warum erzählst du mir das alles?«, schrieb sie. »Ich wette, du erinnerst dich nicht besser an Couperin als ich. Aber ich freu mich, dass du Dads Hund hast und dass es ihm gut geht. Bist du mit diesem Harry glücklich? Bitte sag mir, dass du nicht wegen des Hundes mit ihm zusammen bist.«

Harry ist lieb. Harry hilft mir, alles zu verstehen. Aber ich liebe ihn nicht, und Bianca weiß das. Sie schreibt, ja, sie finde es auch merkwürdig, dass die Witwe unseres Vaters so spurlos aus unserem Leben verschwunden ist. Und ja, sie denke bisweilen an unser einstiges Leben und an unseren Vater und seine letzten Tage, und an das Gespräch, das wir mit Suky hatten oder auch nicht hatten. Aber sie denkt nicht oft an diese Dinge, sagt sie. Nur noch ganz selten. In ihrem neuen Leben, in ihrem neuen Land spricht sie nie über unsere Vergangenheit.

Und ich, glaube ich ihr? Manchmal ja, manchmal nein. Häufig frage ich mich, ob sie Oscar nicht auch alles erzählt hat, was ich Harry erzählt habe, und mehr; ob sie nicht nachts in ihre Laken verschlungen daliegt und gegen die Finsternis anredet. Doch in ihrem Brief berichtete Bianca nur von ihrem Alltag. Oscar malt sie nackt, schreibt sie. In ihrem Haus auf einer Klippe in Costa Rica, beide ihres alten Lebens ledig, lässt er sie auf weißen, mit Blüten bestreuten Laken posieren und arbeitet dann wie rasend an einer gigantischen Leinwand. Es ist sehr erotisch, schreibt sie. Unglaublich sexy. Die Dinge, die er sagt, die Dinge, die er tut; sie hat noch nie so wundervollen Sex gehabt, sie ist noch nie so verliebt gewesen. Sie sind umgeben von Orchideen, Leguanen, Bananen und Papageien, Brüllaffen, Nasenbären und salattellergroßen Fröschen.

Nachts schreibt sie, lieben sie sich draußen, im Dschungel, im Regen. *Das Hier und Jetzt, der Augenblick,* schreibt sie. Und das, nachdem sie mir jahrelang den Vorwurf gemacht hat, ich würde vor unserer Herkunft fliehen. Ich kann ihre Stimme in meinem Arbeitszimmer hören, wie sie klar und ohne jeden Zweifel in der Stimme fragt: *Was soll das Wühlen in der Vergangenheit?*

# Schiffsfieber

## I.

27. Januar 1847
Skibbereen, County Cork

Verehrter Lauchlin,

erfreust Du Dich guter Gesundheit, mein Freund?
Ich für meinen Teil bin körperlich gesund, aber im
Herzen krank: eine schlechte Ausrede dafür, dass ich
nicht eher geschrieben habe. Seit unserer Ankunft
herrscht, wo wir hinkommen, Verwirrung. Ich reise in
Begleitung zweier Helfer von der Armenfürsorge der
Quäker von County zu County, und mit einem ameri-
kanischen Philantropen, einem Journalisten aus London
und mehreren einheimischen Amtspersonen. Die Lage ist
schlimmer, als ich erwartet hatte.

In Arranmore, im County Donegal, wimmelt es auf
den Straßen von halb verhungerten Männern, die um
Arbeit betteln. In Louisburgh, im County Mayo, meldet
die Lokalzeitung täglich zwischen zehn und zwanzig
Todesfälle, und ich selbst habe Leichen gesehen, die nicht
beerdigt werden, weil es an Totengräbern fehlt. In einer
Hütte, aus der tagelang kein Laut gedrungen war, fanden wir auf dem Lehmboden vier steifgefrorene Leichen,

195

die von Ratten angefressen waren. Am selben Tag berichtete mir ein Armenarzt, er habe gesehen, wie eine Frau die nackte Leiche ihrer Tochter aus ihrer Hütte schleppte und versuchte, die Tote mit Steinen zuzudecken.

Gibt Dir das eine Vorstellung? Hier in Skibbereen sah ich in einer Hütte einen Mann, seine Frau und zwei ihrer Kinder, alle unvorstellbar ausgemergelt, um ein mickriges Feuer hocken und ein kleines, in seinem Bettchen gestorbenes Mädchen beweinen, für das sie sich nicht einmal einen Sarg leisten konnten. Mancherorts haben die Männer Särge mit aufklappbaren Böden gezimmert, in denen die Toten zum Friedhof transportiert werden, wo man sie ohne jedes Zeremoniell ins Grab fallen läßt. Diejenigen, die das Glück haben, überhaupt begraben zu werden, werden von niemandem betrauert, und ihr Leichentuch besteht häufig aus nicht mehr als einer Hand voll Stroh.

Ich habe keine Hoffnung, dass diese Situation sich bessern wird; die britische Regierung hält an ihrer törichten Politik fest und verweist darauf, dass sie bereits Unsummen aufgewendet habe. Dennoch wird uns berichtet, dass die Menschen, nachdem sie ihre Saatkartoffeln, ihr Vieh und ihre Pferde aufgegessen haben, nun gezwungen sind, sich von Fröschen und Füchsen, Blättern und Baumrinde zu ernähren. Unter jenen, die den von widerwilligen Regierungshelfern ausgegebenen ungemahlenen Mais zu essen haben, wütet die Ruhr. Auf die Beschwerden aus dem Parlament, dass das Land brachliege und die Iren zu faul seien, für sich selbst zu sorgen, kann ich nur entgegnen, die Abgeordneten möchten sich hierher bemühen und mit eigenen Augen ansehen, welch schreckliche Apathie von Hunger und Verzweiflung ausgelöst wird. Oder in die grauenhafte Stille lauschen, die über dem ganzen Land liegt. Wir reisen Meile um Meile, ohne ein einziges Schwein quieken, einen einzigen

196

Hund bellen, ein einziges Huhn gackern oder eine einzige Kuh muhen zu hören.

Wie Du Dir denken kannst, schreibe ich einen Artikel nach dem andern; die ersten sende ich mit gleicher Post an den Mercury. Der Amerikaner, mit dem ich unterwegs bin, versucht außerdem, einige davon in New Yorker Zeitungen unterzubringen. Wir müssen alles tun, um den Londoner Zeitungen entgegenzuwirken, deren Berichterstattung einen zum Wahnsinn treiben kann. Gestern las ich eine Kolumne, in der behauptet wurde, die Ursache der ›Kartoffelseuche‹ sei eine Art Wassersucht. Andere verfechten die Theorie, die Fäule würde durch statische Aufladung der Luft verursacht, herbeigeführt von Lokomotivenqualm oder Miasmen aus unterirdischen Vulkanen. Immer die Kartoffeln; nie ein Wort von den Schiffen, die täglich beladen mit Irlands landwirtschaftlichen Erzeugnissen, mit denen man die Hungernden ernähren könnte, nach England in See stechen.

Was würdest Du wohl zu all dem sagen? Ich nehme an, Du bist sehr beschäftigt. Aber ich weiß, daß Du Dich, wie versprochen, um Susannah kümmerst. Besuche sie, so oft Du kannst, das wird sie aufmuntern; sie ist gewiß einsam, aber ich kann nicht hier und dort zugleich sein, und ich vertraue darauf, dass Du ihr das begreiflich zu machen verstehst. Mit ein bisschen Glück werde ich im April von hier aufbrechen, aber es kann sein, dass ich dann zunächst nach London fahre und versuche, dort so weit ich kann meinen Einfluss geltend zu machen. Im Frühjahr wird es eine große Auswanderungswelle geben, auf die Ihr Euch gefaßt machen solltet. Vergib mir meine Eile und diesen zerstreuten Brief.

AA

Dr. Lauchlin Grant hielt inne, nachdem er Susannah Rowley den größten Teil des Briefs vorgelesen hatte. Sie befanden sich im eleganten Haus der Rowleys in der Palace Street in Quebec, hinter einer Tür, in die zwei große As und ein darin verschlungenes großes S geschnitzt waren. Susannahs Mann, Arthur Adam Rowley, hatte das Haus bauen lassen und die Schnitzerei in Auftrag gegeben. So sicher war er sich seines Platzes in der Welt, dass er alles, sogar seine Zeitungsartikel, allein mit den Initialen seiner beiden Vornamen unterzeichnete.

Aber nicht einmal Arthur Adam hatte einen Einfluss auf das Wetter, und sein Wohnzimmer, dessen Fenster immer noch gegen den kanadischen Winter abgedichtet waren, war an diesem ungewöhnlich warmen Tag überheizt. Es war schon April; durch die winterliche Witterung hatte die Post noch länger gebraucht als sonst. Der Brief verstärkte Lauchlins Unbehagen, er legte seinen Rock ab, sobald er zu Ende gelesen hatte.

Die Zeilen mit der Bitte, dass er sich um Susannah kümmern möge, hatte er nicht vorgelesen, sie hätten sie nur erzürnt. Auch die Stelle über die von Ratten angefressenen Leichen hatte er übergangen. Jetzt, während er seinen Rock über eine Stuhllehne hängte, trug er zwei Sätze vor, die gar nicht in dem Brief standen: *Bitte Susannah, mir zu verzeihen, dass ich ihr so selten schreibe. Ich denke stets an sie, aber meine Sorge um sie verbietet mir, ihr das Grauen, das ich hier erlebe, zuzumuten.*

Susannah sagte nichts, aber Lauchlin spürte, wie die herzliche, leichte Stimmung, in der sie ihn empfangen hatte, verflog. Annie Taggert, das Dienstmädchen der Rowleys, stellte das Teetablett auf dem Klauenfußtischchen neben dem Kamin ab, aber Susannah sagte immer noch nicht mehr als »Danke.« Erst nachdem Annie gegangen war, wandte sie sich Lauchlin zu und fragte: »Glaubst du, Annie hat gehört, wie du den Brief vorgelesen hast?«

»Annie?«, sagte Lauchlin. »Wie sollte sie?«

Susannah zuckte die Achseln. »Sie drückt sich gern an Türen herum, weißt du. Steht in der Diele und tut so, als wischte sie Staub. Sie ist schon lange in Arthur Adams Haus – ich bin ihr immer noch fremd, und sie vertraut mir nicht so recht.«

»Du meinst ... meinetwegen?« Ihm wurde so heiß, dass er an das abgedichtete Fenster trat. »Kann man das nicht *öffnen?*«, sagte er und ruckelte unwirsch am Fensterriegel. Nachts träumte er von Frauen, von denen er am Tage zufällig irgendwo einen Blick erhascht hatte, und in seinen Träumen entblätterten sie sich, entblößten milchweiße Haut. Aber seine Träume gingen niemanden etwas an.

»Ich glaube, ganz gleich mit wem. Sie findet, ich kann mich nicht benehmen. Sie fürchtet stets, ich könnte etwas sagen, das beweist, dass ich keine Dame bin.«

Mehr hatte sie also nicht gemeint. Er lehnte seine Stirn gegen die Fensterscheibe, aber das Glas war nicht kühl. Dann sagte er: »Tut mir Leid wegen des Briefs – ich hätte ihn dir nicht vorlesen sollen.«

»Warum nicht?«, fragte sie. »Wie soll ich sonst erfahren, was er treibt? Womöglich ist er bereits auf der Heimreise.«

Während sie im Zimmer auf und ab ging, tauchte das Sonnenlicht die Falten ihres blauen Kleids in tiefen Schatten und setzte silbrige Lichter auf ihre Brust, Schultern und Rücken. Dieser Schimmer war neben ihrem Ehering und dem Verlobungsring ihr einziger Schmuck – selbst keine Quäkerin, war sie nach dem Tod ihrer Eltern von einer Tante und einem Onkel großgezogen worden, die beide Quäker waren, und sie kleidete sich immer noch schlicht. Gleichwohl, dachte Lauchlin, schien sie bisweilen den Glanz ihrer Kindheit zu vermissen. Bei seiner Ankunft hatte sie im Wohnzimmer vor dem Couchtisch gekniet und im Schmuckkästchen ihrer Mutter gekramt. Beim Anblick dieses Kästchens aus Mahagoni mit den Scharnieren aus getriebenem Silber waren ihm seine Begrüßungsworte im Hals stecken geblieben. Als Kinder waren sie Nachbarn gewesen, und Susannahs Mutter hatte sie manchmal an regnerischen Tagen mit dem Schmuckkästchen spielen lassen. Die Perlenkette, die Susannah in der Hand hielt, und die Hutnadeln – eine mit Cloisonné-Blumen als Verzierung, eine andere mit einer Kugel aus Onyx – waren ihm so vertraut wie die Ohrringe und Broschen seiner eigenen Mutter.

»Würdest du sie gern anlegen?«, hatte er gefragt und sich hinabgebeugt, um die Kette zu berühren.

Sogleich war ihm eingefallen, wie sie als Sieben- oder Achtjährige im schummrigen Ankleidezimmer ihrer Mutter umherstolziert war. Draußen regnete es. Ihre Eltern waren ausgegangen, und das Kindermädchen war eingeschlafen. Susannah hatte die Hutnadeln in ihre Kittelschürze gesteckt und sich die Perlenkette um den Hals drapiert, indem sie sie an den Köpfen der Hutnadeln aufhängte, denn es war weder ihr noch Lauchlin gelungen, den Verschluss zu öffnen. Sie hatte strahlend gelächelt und das Kinn vorgereckt, ganz wie ihre Mutter. Später hatte man ihr einige bescheidene Schmuckstücke geschenkt: einen Ring mit einem kleinen Rubin, den sie an ihrem zehnten Geburtstag in Lauchlins Gegenwart ausgewickelt hatte; ein zartes goldenes Armband. Und er hatte mit Hilfe seiner Mutter eine hübsche, emaillierte Haarspange als Weihnachtsgeschenk für sie ausgewählt. Wo waren diese Dinge geblieben?

»Ich mag sie nicht tragen«, sagte sie und ließ die Perlenkette wieder in das Kästchen fallen. »Aber sie ist so hübsch anzusehen … Erinnerst du dich noch an diese hier?« Sie hielt ein Paar Ohrgehänge mit tropfenförmigen Korallen hoch.

»Aber ja«, sagte er. »Die könntest du doch ohne weiteres tragen. Sie sind sehr schlicht.« Ihre Ohrläppchen lugten eben unter ihrem dunklen Haar hervor, das sie in der Mitte gescheitelt und zu einem einfachen Knoten aufgesteckt trug. Die Korallenohrringe würden hübsch zu ihrem Haar und ihrer Haut passen, dachte er.

Sie schüttelte den Kopf, hatte jedoch nichts dagegen, als er sich ihr gegenüber vor den Tisch hockte und in das Kästchen schaute. »Deine Mutter war immer so wunderschön gekleidet«, sagte er. »Und irgendwie sah das ganze Haus nach ihr aus – diese violetten Stores, erinnerst du dich? Ich hatte immer das Gefühl, sie hatte sie passend zu ihrer Augenfarbe ausgesucht.«

»Vielleicht«, sagte Susannah. Ihre Augen spielten eher ins Graue als ins Violette, und sie standen ungewöhnlich weit auseinander. Sie hatten sie seltsam erwachsen erscheinen lassen, als sie klein war. Jetzt gaben sie ihr etwas Mädchenhaftes. »Ich wünschte, ich könnte sie deutlicher vor mir sehen. Geht es dir auch manchmal so, dass du dir alles, was zu deiner Mutter gehörte, genau ins Gedächtnis rufen kannst, ihre Kleider, ihren Schmuck, die Möbel – nur ihr Gesicht kannst du nicht sehen?«

»Manchmal«, sagte er.

Bei diesem Wort war er hastig aufgestanden, hatte sich von ihr und dem Mahagonikästchen abgewandt und den Brief hervorgeholt, der dann unvermittelt den ganzen Nachmittag verdorben zu haben schien. Und alles bloß, weil er es nicht ertragen konnte, an das Jahr erinnert zu werden, als Susannahs Eltern beide innerhalb einer Woche gestorben waren und das Leben seiner Mutter ausgelöscht worden war wie eine Lampe in einem Zimmer, das er nicht betreten durfte. Danach waren er und Susannah getrennt worden. Sie war zu ihrer Tante und ihrem Onkel in den Vorort St. Roch gezogen; er war zu seinen Verwandten nach Montreal geschickt worden. Während dieser Jahre und während seines Medizinstudiums in Paris hatte er sie nicht gesehen.

Bei seiner Rückkehr nach Quebec vor zwei Jahren hatte er sie wieder entdeckt: erwachsen und verheiratet mit Arthur Adam Rowley. Wie hatte sich das zugetragen? Doch darauf gab es eine einfache Antwort. Sie war intelligent und schön; Arthur Adam war hoch gewachsen und wohlhabend und geistreich. Zwar bestand ihre Mitgift aus nichts weiter als dem Schmuckkästchen ihrer Mutter, aber durch ihre Erziehung hob sie sich von vielen der oberflächlicheren jungen Damen in der Stadt ab. Ihre Ernsthaftigkeit machte sie zur geeigneten Partnerin für den ambitionierten Arthur Adam. Er hatte sich bereits als Journalist einen Namen gemacht, obwohl er es eigentlich nicht nötig hatte, seinen Lebensunterhalt zu verdienen. Es machte ihm Vergnügen, Kreuzzüge mit dem gedruckten Wort zu führen und die feine Gesellschaft zu schockieren, indem er sich für Werte einsetzte, die Susannahs Adoptivfamilie am Herzen lagen. Die älteren Männer sagten ihm eine Karriere als Politiker voraus.

Trotz gelegentlicher Anflüge von Neid hatte Lauchlin ihn schätzen gelernt. Diese Energie und Begeisterungsfähigkeit, seine herzliche Gastfreundschaft und sprühende Redegewandtheit – nein, Lauchlin konnte ihm unmöglich widerstehen. Obendrein ermöglichte ihm ihre wachsende Freundschaft, Susannah zu sehen. Er konnte an die mit den Initialen verzierte Tür klopfen, so wie er es heute getan hatte, und sich gewiss sein, dass er willkommen war. Im Augenblick jedoch war er verwirrt. War es der Inhalt des Briefes gewesen, der sie verstört hatte? Oder die Tatsache, dass der Brief nicht an sie gerichtet war?

»Seine Nachrichten haben mich außerordentlich berührt«, sagte Lauchlin: weil es der Wahrheit entsprach, aber auch, weil er nach einem Grund für Susannahs

Beklommenheit suchte. »Was dort drüben vor sich geht, ist unerträglich. Und ich sitze hier untätig herum – ich müsste auch dort sein.« Er drückte seine Stirn gegen die Fensterscheibe, als könnte er durch das Glas an die Luft gelangen.

»Arthur Adam *tut* ja eigentlich nichts«, sagte Susannah. »Er beobachtet. Er schreibt. Mehr nicht. Warum schreibt er so ausführlich an dich und nicht an mich?«

»Er schreibt Artikel, die die Menschen bewegen«, sagte er, ihrer Frage ausweichend. »Die sie dazu bewegen, Kleider, Geld, Lebensmittel zu spenden – das kann man kaum nichts nennen.«

»Das könnte jeder andere auch ... nein, das nehme ich zurück, ich weiß, dass das, was er tut, wichtig ist – aber er fehlt mir. Unablässig.« Sie ging immer noch im Zimmer auf und ab, dass ihre Röcke gegen die schweren Möbel raschelten. »Glaubt er, es würde mich nicht interessieren? Warum kann *ich* nicht dort sein?«

»Das ist nichts für eine Frau.«

Sie sprach weiter, als hätte sie ihn nicht gehört. »Ich sitze hier fest, sortiere alte Kleider, organisiere Wohltätigkeitsbasare ... und spüre, wie du mich ständig beobachtest. Er hat dich darum gebeten, stimmt's? Du sollst ein Auge auf mich haben.«

»Es war nur eine Bitte unter Freunden. Damit er sich keine Sorgen um dich zu machen braucht, weißt du. Und vielleicht, damit wir beide während seiner Abwesenheit ein wenig Gesellschaft haben.«

»So siehst du dich also? Als Gesellschaft für mich?«

Machte sie sich über ihn lustig? Die Luft im Zimmer war erdrückend. Er hatte sich alle erdenkliche Mühe gegeben, dachte er, sie nicht spüren zu lassen, wie tief seine Gefühle für sie waren. Er hatte sich freundlich gezeigt, mehr nicht; zuvorkommend, diskret. Es stimmte allerdings, dass er große Sorgfalt auf seine Kleidung verwendete, wenn er sie besuchte. Er riskierte einen kurzen Blick in den ovalen Spiegel, der an einer Kordel an der Wand hing. Buschiges rotes Haar, so ordentlich frisiert, wie eine Bürste es bei diesem Wetter vermochte; eine Röte, die sich von seinen Wangenknochen über seine sommer- sprossige, breite Nase zog. Das neue Hemd stand ihm nicht schlecht, aber obwohl es so teuer gewesen war, spannte es am Kragen, als wäre es für einen kleineren, schmächtigeren Mann gemacht. Er setzte sich und ent- fernte ein dickes, kratziges Kissen unter seinem Ellbogen. Dann errötete er noch stärker, als er Susannahs Blick bemerkte.

»Eitler Bursche«, sagte sie. Sie nahm auf einem niedri- gen Sessel Platz und schenkte Tee ein.

»Ich bin nicht eitel.« Doch obwohl er protestierte, trös- tete ihn ihr Ton, der ihn an die Kabbeleien aus ihren Kin- dertagen erinnerte. Einmal, im Garten hinter seinem Elternhaus, hatten sie sich stundenlang über eine Passa- ge in einem Buch gestritten.

Sie zuckte die Achseln und verschüttete Tee auf ihrer Untertasse. »Ich wollte dich nur aufziehen.« Dann stieß sie einen kleinen, unglücklichen Seufzer aus. »Aber ich sitze hier. Und du sitzt hier. Und beide wären wir gern dort. Ich wünschte, du hättest deine Stelle im Kranken- haus nicht aufgegeben.«

»Aber der Direktor wollte mich nichts *machen* las- sen ... Aderlass, Aderlass, Aderlass; das ist das Einzige, worauf er kommt, und das Einzige, was er mir erlauben wollte.« Er nahm sich abermals Zucker. »Das weißt du doch.«

Es war nicht das erste Mal, dass sie wegen Lauchlins Weigerung, weiterhin in dem von Susannahs Onkel und Tante unterstützten Krankenhaus für Neu-Einwanderer zu arbeiten, aneinander gerieten. »Du bist genauso vor- eingenommen wie dein Vater«, hatte Susannah gesagt. In

Findlay Grants Augen war die Cholera, die seine Frau 1832 dahingerafft hatte, mit den irischen Einwanderern gekommen, und er hatte seitdem kein gutes Wort mehr für Irland oder die Iren gehabt. Doch dass Lauchlin dem Krankenhaus abtrünnig geworden war, hatte nichts mit seinem Vater zu tun, sondern einzig und allein mit den Grenzen, die seiner Zeit durch seine Forschungsarbeit gesetzt wurden. Er untersuchte die Beschaffenheit und Nutzanwendung von Alkaloiden, jenen aus Pflanzen isolierten Stickstoffen, die so mächtige Reaktionen auslösten. Vielleicht konnte er, wenn er unermüdlich forschte, eine Substanz finden, die sich als ebenso nützlich erwies wie Atropin oder Chinin. Er hatte sich in dem Glauben gewiegt, dass Susannah die Bedeutung seiner Arbeit verstand. Er hatte ihre Reaktion, als er ihr nach seinem zweiten Tag im Krankenhaus erklärt hatte, dass man ihn dort im Grunde gar nicht brauche und dass ihn die Arbeit zu sehr von seiner Forschung abhalte, für Zustimmung gehalten.

Sie reichte ihm einen Keks und sagte: »Natürlich musst du dich um deine eigene Praxis kümmern – wie läuft sie denn?«

»Unverändert schlecht«, erwiderte er bitter. »Wie du sehr wohl weißt.« Warum war sie so grausam zu ihm? Seine Praxis nahm den geringsten Teil seines beruflichen Lebens in Anspruch, und sie war der Bereich, in dem er am augenscheinlichsten versagte. »Hypochonder, Asthmatiker, Rheumatiker. Und selbst davon noch zu wenige. Wenn Dr. Perrault mir je gesagt hätte, dass ein Mann mit meiner Ausbildung es so schwer haben würde, Patienten zu finden ...«

»Vielleicht solltest du dir darüber Gedanken machen«, sagte sie. »Vielleicht solltest du dir überlegen, auf welche andere Weise du deine Talente nutzen kannst.«

Warum stritten sie sich? Die ganze Herzlichkeit des

gemeinsamen Augenblicks mit dem Schmuckkästchen war in diesem Zwist verpufft, der seit Arthur Adams Abreise schon mehrmals aufgeflammt war. Während Lauchlin stets geglaubt hatte, der Welt mit seiner wissenschaftlichen Forschung einen großen Dienst zu erweisen, glaubte Susannah eher an unmittelbare gute Werke und nahm sich der neuerlichen Flut irischer Einwanderer auf eine Weise an, als hoffte sie, durch die Arbeit ihre Eltern wieder zu finden. Auf ihrer Hochzeitsreise hatten sie und Arthur Adam die Armenviertel in Paris und Edinburgh besucht, und Arthur Adam behauptete, sie habe wesentliche Beiträge zu seinen Artikeln geleistet. Seit ihr Mann nach Irland abgereist war, half sie ihrem Onkel und ihrer Tante bei der Beschaffung von Nahrungsmitteln und Bettzeug für die Kranken. Aber auch Lauchlin war nicht untätig gewesen.

»Ich habe verstanden«, sagte Lauchlin. »Und ich stelle meinerseits fest, dass du anscheinend nichts dagegen hast, in diesem vornehmen Haus zu wohnen. Auch wenn du es nicht mit deiner Tugend vereinbaren kannst, eine Perlenkette zu tragen.«

Schon im gleichen Augenblick schämte er sich seiner Worte; sie hatte beide Eltern verloren, er dagegen nur seine Mutter. Und die Ölgemälde in ihren vergoldeten Rahmen, das Piano und den Tisch mit den Klauenfüßen, die sich um marmorne Kugeln krallten, hatte sie nicht ausgesucht. Einmal, als er mit dem jungen Paar und einem Freund von Arthur Adam Whist gespielt hatte, hatte der Freund Susannah ein Kompliment zu dem neuen türkischen Kelim gemacht, und sie hatte erwidert: »Unsere Einrichtung nimmt ganz und gar Arthur Adam in die Hand. Beglückwünschen Sie *ihn*.« Einen Augenblick war es am Kartentisch still geworden, aber später hatten Susannah und Arthur Adam Arm in Arm in der Tür gestanden und die beiden Junggesellen gemeinsam verabschiedet.

»Tut mir Leid«, sagte Lauchlin. »Ich weiß, du wünschst, ich wäre deinem bewundernswerten Gatten ähnlicher.«

Er hatte es sarkastisch gemeint, aber zu seinem Entsetzen widersprach sie ihm nicht. »Dann *tu* etwas«, sagte sie und fuhr mit ihrer schönen Hand unwirsch durch die Luft, so dass sie ihre Teetasse zu Boden stieß.

Da fühlte er sich so von ihrer Haltung und auch von Arthur Adams Brief entmutigt – hatte sich doch der tapfere und edle Arthur Adam aufgemacht, all das zu tun, wozu Lauchlin selbst eigentlich ebenfalls aufgerufen war –, dass er verzagt seine Tasse abstellte, seinen Rock über den Arm warf und ging. Der Nachmittag war vollkommen verdorben.

Annie Taggert schaute Lauchlin nach. Sie hatte das Gespräch größtenteils mit angehört und, wie Susannah geargwöhnt hatte, gelauscht, als er Arthur Adams Brief vorgelesen hatte. Der Brief änderte freilich nichts daran, dass sie wünschte, die täglich neu eintreffenden Immigranten würden zu Hause bleiben. Sie waren wie Sissy, dachte sie. Sie lief geschäftig ins Wohnzimmer und fegte die Porzellanscherben zusammen, während ihre Herrin aus dem Fenster starrte. Zu jämmerlich, um sich selbst zu helfen, strömten mehr und mehr von ihnen ins Land: genau wie Sissy, die Mrs. Heagerty letzten Herbst in einem schwachen Augenblick eingestellt hatte. Schmutzig und dumm und zu nichts zu gebrauchen. Ein Hohn für die Leute, die schon länger hier lebten.

Das schwere Tablett in den Händen, ging sie die Treppe hinunter in die Küche und malte sich aus, was Sissy in ihrer Abwesenheit alles angestellt haben mochte. Annie hatte Irland vor fast zwanzig Jahren verlassen; die anderen Passagiere auf dem Schiff hatte sie als arm, aber anständig in Erinnerung. Männer, die sofort Arbeit fanden, in den Docks oder als Holzfäller in den Wäldern. Frauen wie sie, die, wenn sie ihren Dienst als Hausangestellte antraten, wussten, wie man einen Haushalt führt. Im Gegensatz zu diesen Neuankömmlingen. Sie entdeckte eine Staubflocke auf der Treppe; Sissy mal wieder. Und in der Küche saß sie und weinte in die Pastinaken, die sie schälen sollte.

»Was ist mit ihr?«, fragte Annie die Köchin Mrs. Heagerty. »Was hat das Mädchen wieder zu schniefen?«

Mrs. Heagerty war dabei, die Lampen zu putzen und zu füllen und hatte sie dazu akkurat auf dem Tisch aufgereiht. Im ganzen Raum duftete es nach den Pasteten, die auf dem Herd abkühlten. »Ich war kurz bei Mrs. Mullaney drüben«, sagte Mrs. Heagerty. »Nur für ein paar Minuten, weißt du. Und was finde ich, als ich zurückkomme? Unsere faule Mamsell liegt wie ein Hund unter dem Tisch und schläft.«

»Was kann man schon von ihr erwarten?«, sagte Annie. Mrs. Heagerty und sie waren alte Verbündete; sie hatten beide jahrelang im Haus von Arthur Adams Eltern, einem der vornehmsten Häuser der Stadt, gearbeitet, bevor sie hierher gekommen waren, um seinen neuen Haushalt zu versorgen. Sie wusste, wie ein ordentliches Haus zu führen war. »Die Treppe ist ein Graus. Hast du gesehen, wie viel Dreck sie in den Ecken gelassen hat?«

»Nein«, sagte Mrs. Heagerty. »Wirklich?« Sie schauten die weinende Sissy an und schüttelten den Kopf. Annie stapelte das Geschirr neben der Spüle. »Wehe, du zerbrichst etwas beim Spülen«, warnte sie das Mädchen. »Mrs. Rowley hat für einen Nachmittag schon genug zerdeppert – und ausgerechnet vom guten Porzellan.« Sie wandte sich an Mrs. Heagerty. »Hat eine Tasse einfach vom Tisch gefegt. So wütend war sie auf den Doktor.«

»Was wollte er denn?«, fragte Mrs. Heagerty.

»Er hatte einen Brief«, sagte Annie. »Von Mr. Rowley. Ich habe zum Teil gehört, was er vorgelesen hat. Grauenhaft, was da drüben los ist. Wenn du hören könntest,

was er schreibt – das würde einen Stein zum Weinen bringen.«

»*Er* wird derjenige sein, der weint«, sagte Mrs. Heagerty düster. »Wenn er nach Hause kommt. Wenn nicht
bald jemand ein Wörtchen mit seiner Frau redet.«

»Sie haben sich gestritten«, sagte Annie. »Ich denke,
das wird den Besuchen unseres Doktors ein Ende setzen.
Du hättest mal den Ton in ihrer Stimme hören sollen.«

»Er ist ein nutzloses Geschöpf, nicht wahr? Ich habe
von Mrs. Mullaney gehört, dass er an manchen Tagen
kein einziges Mal in ein anständiges Haus gerufen wird.«

Annie gab ihr Recht, obwohl sie eigentlich keine rechte Vorstellung hatte, was der Doktor anders machen sollte. Mit Arthur Adam konnte sich niemand messen, und
der Gedanke, der Doktor könnte sich an Mrs. Rowleys
Wohltätigkeitsaktionen beteiligen, war auch nicht besser.
Annie missbilligte fast alles, was ihre Herrin tat. Sich so
dem Elend auszusetzen, in den Armenvierteln der Stadt
herumzulaufen, unbegleitet außer von einer Quäkerin –
nein, das ziemte sich nicht. Andererseits war von einer
Frau, die so wenig damenhaft erzogen worden war, kaum
etwas anderes zu erwarten. Mr. Rowleys Mutter hätte so
etwas niemals getan.

Sissy schniefte. »Ich hab gehört«, sagte sie mit zitternder Stimme und so leise, dass nur Annie es hören konnte.

»Was hast du gehört?«, sagte Annie scharf. »Sprich lauter.«

»Ich hab gehört«, wiederholte Sissy, »von Margaret –
die bei den Richardsons –, dass ihm eine Patientin gestorben ist wegen dem, was er gemacht hat. Mrs. Sewell hieß
sie. Sie hatte Wassersucht. Und Dr. Grant wollte sie nicht
zur Ader lassen, sagt Margaret. Sie sagt, Mrs. Sewell ist
aufgegangen wie ein Schwein, bis sie gestorben ist, weil
Dr. Grant sie nicht zur Ader lassen wollte.«

»Das hast du also *gehört*«, sagte Annie gereizt. »Du hast es gehört. Du solltest dich schämen, solchen Klatsch weiterzutragen.« Aber zu Mrs. Heagerty sagte sie: »Was kann man auch von so einem Mann erwarten? Hier zu lernen war ihm nicht gut genug, er musste nach Paris. Und dann wundert er sich, wenn er mit seinen überkandidelten Theorien zurückkommt, dass niemand etwas mit ihm zu tun haben will außer unser großherziger Mr. Rowley.«

Mrs. Heagerty verzog das Gesicht und nahm die ersten beiden Lampen in die Hand. »Und seine großherzige Frau.«

An einem Abend zwei Wochen darauf standen die einzigen brennenden Lampen im Hause Lauchlins in der Küche, wo er nicht erwünscht war, und in seinem voll gestopften Arbeitszimmer. Theoretisch bewohnte er das Haus zusammen mit seinem Vater, aber der war nur wenige Wochen im Jahr daheim. In seiner Abwesenheit hatte Lauchlin alle Hausangestellten entlassen, bis auf ein Dienstmädchen, die Haushälterin und den Neffen der Haushälterin, der im Stall schlief und sich als Gärtner und Pferdeknecht nützlich machte. Lauchlin hörte sie unten am warmen Herd lachen.

Sein Zimmer war kalt. Er saß auf dem Boden vor dem Kaminfeuer, neben sich ein Glas Bordeaux und auf der Sessellehne einen Teller mit Essen, das kalt wurde. Langsam, sorgfältig löste er den Deckel einer großen Kiste und machte sich daran, die Bücherlieferung auszupacken, auf die er den ganzen Winter gewartet hatte. Henles *Handbuch der allgemeinen Anatomie*, das er ehrfürchtig in die Hand nahm und dann ins Regal neben dessen früheres Werk *Von den Miasmen und Kontagien* stellte. Chadwicks *Gesundheitsbericht*, den er neben Southwood Smiths *Abhandlung über Fieberkrankheiten* einsortierte. Dicke Bücher in geschmeidigem Kalbsleder gebunden, die das

Wissen enthielten, das er vielleicht niemals würde anwenden können.

In Paris, wo er bei dem berühmten Dr. Pierre Louis studiert hatte, hatte er gelernt, exzessivem Aderlass und dem übereifrigen Gebrauch von Klistieren zu misstrauen und nach wissenschaftlichen Erklärungen für Erkrankungen zu suchen. Er hatte gelernt, die Patienten abzuklopfen und abzuhorchen und mit Hilfe einer Uhr mit Sekundenzeiger den Puls zu messen. In Paris war das Sezieren menschlicher Körper gesetzlich erlaubt; er war im Studium nicht auf Demonstrationen angewiesen gewesen, sondern hatte zahllose Körper selbst erkunden dürfen. Hier jedoch – hier waren die Ärzte altmodisch, um nicht zu sagen ignorant. Obwohl sie ihn in die Quebec Medical Society aufgenommen hatten, war niemand mit seinen Methoden einverstanden, und niemand schickte ihm Patienten. Seine Forschungen waren bislang ohne Ergebnis, und seine Praxis lag brach. Wahrscheinlich wäre er mit fast jeder anderen Arbeit besser beraten.

Susannah hat Recht, dachte er. Ich bin zu nichts nütze. Immer noch von ihrem scharfen Ton gekränkt, hatte er wenige Tage nach ihrem Streit Dr. Perrault, einen alten Freund seines Vaters, aufgesucht und ihm gegenüber kundgetan, dass er nach einer Möglichkeit suche, sein Interesse an Forschung und präventiver Medizin mit der Behandlung von Patienten zu kombinieren. Zu seiner Überraschung hatte Dr. Perrault enthusiastisch reagiert, ohne allerdings eine direkte Lösung zur Hand zu haben.

»Öffentliche Gesundheitspflege«, hatte Dr. Perrault gesagt. »Das ist *das* Thema der Zukunft – denken Sie an Mathew Careys Studie über das Gelbfieber in Philadelphia. Oder an Dr. Panums Eingreifen bei der Masern-Epidemie auf den Faröer-Inseln im vergangenen Jahr. In seinem Bericht hat er sowohl einwandfrei die Wirksamkeit der Quarantäne nachgewiesen als auch gezeigt, dass die

Masern nicht miasmatisch, sondern kontagiös übertragen werden. Eine Studie von äußerster mathematischer Exaktheit, was die Epidemie und deren Ursachen betrifft, verbunden mit der Beschreibung von Behandlungsmethoden und sozialpolitischen Maßnahmen – gute Wissenschaft kombiniert mit guter Medizin. Meiner Ansicht nach jedenfalls. Sie sollten die Augen danach offen halten, ob sich hier Gelegenheit für ähnliche Arbeit findet. Es wäre eine Schande, Ihre Ausbildung zu vergeuden.«

Das Gespräch hatte ihn motiviert, sich wieder seinen Büchern zuzuwenden, und ihn noch stärker als Susannahs unverhohlene Verachtung dazu veranlasst, seine beruflichen Ziele zu überdenken. Er hatte Susannah in den vergangenen zwei Wochen nicht wieder aufgesucht; keine langen Abende mehr, an denen sie Cribbage spielten, keine langen Gespräche beim Tee. Seit ihrem Streit kam er sich vor wie ein rastloses kleines Geschöpf: ein Nagetier etwa. Oder eine Laus. Auf seinem Schreibtisch stapelten sich unbezahlte Rechnungen, er würde das väterliche Konto wieder belasten müssen. Am Haus waren nach diesem langen, harten Winter etliche Reparaturarbeiten durchzuführen. Die Dachrinnen mussten ausgebessert, das Mauerwerk neu gefugt, die Sträucher mussten tüchtig beschnitten werden; er würde Handwerker beauftragen und Aufträge ausfertigen müssen. Er hatte mehr als genug Zeit, sich dieser Dinge anzunehmen, aber die Vorstellung erfüllte ihn mit überwältigender Langeweile. Es konnte einfach nicht sein, dass es ihm bestimmt war, auf diese Weise sein Leben zu verbringen.

Er stellte seine neuen Bücher in die Regale, dann zerbrach er die Kiste methodisch zu Kleinholz, das er neben dem Kamin stapelte. Jetzt blieb ihm nichts mehr übrig, als sich der Post anzunehmen. Rechnungen, ein Berg medizinischer Journale, einige davon aus den Vereinigten

Staaten; ein Brief von Bill Gerhard in Philadelphia und einer von einem Dr. Douglas.

Als Erstes öffnete er den Brief von Gerhard: die übliche begeisterte Aufzählung seiner Triumphe und Leidenschaften. Schon bei Lauchlins Eintreffen in Paris war Gerhard Dr. Louis' Vorzeigestudent gewesen, und sie waren gerade lange genug Kommilitonen gewesen, um eine Freundschaft aufzubauen. Seit seiner Rückkehr in die USA schien Gerhard alles erreicht zu haben, was Lauchlin sich für sich selbst ersehnte. Eine Berufung an das angesehene Pennsylvania Hospital; eine umfangreiche Praxis; eine wissenschaftliche Untersuchung epidemischer Fieberkrankheiten, über die er mehrere exzellente Artikel verfasst hatte, unter anderem zur Differenzierung von exanthematischem Typhus und Darmtyphus anhand ihrer unterschiedlichen Krankheitserscheinungen.

*Ich stimme zunehmend mit den Theorien von Henle überein*, schrieb Gerhard, nachdem er über die Neuigkeiten in seiner Familie berichtet hatte. *Diese Fiebererkrankungen müssen durch irgendwelche pathogenen Mikroben ausgelöst werden; und nicht, wie die Anhänger der Miasmentheorie behaupten, durch giftige Ausdünstungen von Schmutz. Leider muss ich allerdings einräumen, dass mir bei der Suche nach diesen Mikroorganismen bisher kein Erfolg beschieden war.*

Lauchlin überflog den Rest des Briefes und legte ihn dann todmüde beiseite. Sein achtundzwanzigster Geburtstag war vorübergegangen, ohne dass ihn außer ihm irgendjemand zur Kenntnis genommen hätte; vielleicht hätte er sich nach seiner Rückkehr aus Paris, wie Gerhard es ihm einmal geraten hatte, in New York oder in Philadelphia niederlassen sollen, anstatt hierher zurückzukommen. Den anderen Brief hätte er beinahe ungelesen verbrannt. Eine Bitte um eine Geldspende von einer der neu gegründeten medizinischen Fakultäten oder eine Einladung zu einem Dinner zu Ehren eines Kollegen, den er nicht schätzte; er konnte es nicht ertragen, abermals daran gemahnt zu werden, dass es ihm nicht gelungen war, in dieser Stadt eine Reputation zu erlangen.

Doch es bestand immerhin die geringe Chance, dass dieser Brief ein Angebot enthielt, und so riss er den Umschlag auf.

*2. Mai 1847*
*Quarantänestation Grosse Isle*

*Verehrter Dr. Grant!*
*Dr. Perrault hat sich, Ihre Suche nach Möglichkeiten betreffend, auf dem Gebiet der öffentlichen Gesundheitspflege tätig zu werden, mit mir in Verbindung gesetzt. Ich schreibe Ihnen, um Sie zu fragen, ob Sie bereit wären, sich über die Sommermonate hier als mein Assistent in der Quarantänestation zu engagieren. Alle Anzeichen sprechen dafür, dass die Welle der irischen Auswanderer in diesem Jahr besonders groß sein wird. Neuesten Berichten zufolge ist eine enorme Anzahl von Auswanderern im Februar aus Irland aufgebrochen, und ich gehe davon aus, dass sie jetzt, da der Sankt-Lorenz-Strom endlich eisfrei ist, in wenigen Wochen hier eintreffen werden.*

*Zweifellos haben Sie in den Zeitungen gelesen, dass die Einwohner von Quebec und Montreal bereits große Besorgnis zum Ausdruck gebracht haben. Ich glaube, dass diese Sorge berechtigt ist. Gewiss sind Sie ebenfalls über die Härte der kürzlich in den Vereinigten Staaten erlassenen Einwanderungsgesetze informiert. Diese werden vermutlich zur Folge haben, dass der Hauptstrom der Auswanderer auf uns umgelenkt wird. Bisher ist es mir jedoch nicht gelungen, Buchanan vom Ernst der Lage zu überzeugen. Man hat mir kaum ein Zehntel des Geldes zugestanden, das ich für die notwendigsten Vorkehrun-*

*gen beantragt habe. Zumindest jedoch wurde ich ermäch-*
*tigt, einige Ärzte als Assistenten einzustellen.*

*Dr. Perrault hat Sie mir wärmstens empfohlen, und*
*ich hoffe, dass Sie, falls Ihre Praxis Ihnen dies gestattet,*
*in Erwägung ziehen werden, sich dieser wichtigen Auf-*
*gabe zu widmen. Falls Sie sich zu diesem Schritt ent-*
*schließen könnten, wären Sie mir hier willkommen,*
*sobald Sie sich freimachen können. Unser kleines Dampf-*
*schiff, die ›St. George‹, legt jeden Freitag am King's Pier*
*an, um Vorräte aufzunehmen. Es kehrt samstags zurück*
*und steht Ihnen zum Transport zur Verfügung. Bitte las-*
*sen Sie mich so bald wie möglich wissen, wie Sie sich ent-*
*schieden haben.*

*Mit vorzüglicher Hochachtung,*
*Dr. George Douglas*


## II.

Die Insel sah anfangs so aus: flach und grün und schön,
bedeckt mit Wiesen und Bäumen. Die Sträucher, die
unten am Wasser wuchsen, spiegelten sich im Sankt-
Lorenz-Strom, der an jenem Tag so ruhig war, dass die
Insel über einem verschwommenen Abbild ihrer selbst zu
schweben schien. Ein riesiger weißer Delphin tauchte auf,
durchbrach die silbrige Oberfläche, und Möwen stießen
ins Wasser und tauchten mit zappelnden Fischen im
Schnabel wieder auf. Während die *St. George* am Ufer ent-
langtuckerte, erspähte Lauchlin lauter winzige, zerklüfte-
te, einladende Buchten. In der Mitte der Insel, auf einer
Anhöhe, standen hohe Baumgruppen und eine weiße Kirche mit einem Turm. Nichts von dieser Schönheit nahm
den Druck von seiner Brust.

Er hatte Susannah nicht aufgesucht, um Lebewohl zu

sagen. Stattdessen hatte er ihr eine kurze, geschäftsmäßige Nachricht gesandt, in der er ihr bei ihren Unternehmungen Erfolg gewünscht und sein Reiseziel mitgeteilt hatte. Er hatte sie gebeten, Arthur Adam in seinem Namen willkommen zu heißen, denn er nahm an, dass dieser nun jeden Tag am King's Pier landen konnte, aber er hatte, obwohl er es oft dachte, nicht geschrieben: »Was ist, wenn ich die in mich gesetzten Erwartungen nicht erfüllen kann? Was ist, wenn sich meine Ausbildung als unzulänglich erweist?« Sie hielt ihn für eitel, und womöglich hatte sie Recht. Sein sehnlicher Wunsch, als intelligent und kompetent anerkannt zu werden, brannte in ihm wie eine nicht zu erstickende Flamme.

Wie war er sich nur leid! Er dachte an Arthur Adam jenseits des Ozeans, der sich mit der Feder für die Menschen einsetzte, denen er begegnete, und versuchte, seine Selbstversunkenheit abzuschütteln und sich auf das zu konzentrieren, was er sah. Ein Gebäude, das aussah wie ein Fort, eines, welches das Krankenhaus sein mochte – sie verschwanden, während die *St. George* weiterfuhr, hinter den Bäumen. Die Insel konnte nicht mehr als drei Meilen lang sein, und sie war noch wesentlich schmaler. Unendlich grün und verführerisch ländlich. Braune Kühe grasten, alle mit dem Kopf zu ihm. So hatte die Landschaft um Paris stellenweise ausgesehen und den gleichen erholsamen Gegensatz zur Enge der Stadt geboten. Die Aussicht veränderte sich, als der Dampfer um eine Landzunge bog; ein kleines Dorf und niedrige weiße Gebäude nahe am Wasser, die vielleicht zur Quarantänestation gehörten. Auf der anderen Seite des Piers, der am Dorfrand in den Fluss ragte, lagen acht bis zehn große Schiffe vor Anker. Einige kleine Ruderboote fuhren emsig zwischen ihnen hin und her, ohne dass Lauchlin ausmachen konnte, wozu.

Als die *St. George* am Pier beidrehte, kam ein schmächtiger Mann mit einem Strohhut über die Planken und schickte sich an, in ein Boot zu steigen, in dem vier Ruderer bereit saßen. Er blieb einen Augenblick stehen, um zuzusehen, wie die *St. George* vertäut wurde, und ein paar Worte mit ihrem Lotsen zu wechseln. In dem Gespräch meinte Lauchlin, seinen Namen zu hören. Er strich seinen Anzug glatt, fuhr sich durchs Haar, atmete mehrmals tief durch und merkte, dass seine Hände zitterten. Nur wenige Sekunden darauf legte der Mann die Hände an den Mund und rief: »Dr. Grant! Dr. Lauchlin Grant!«

»Hier«, sagte Lauchlin, ohne die Stimme zu erheben; der Mann stand kaum zehn Fuß von ihm entfernt.

»Wunderbar!«, sagte der Mann. »Kommen Sie, kommen Sie! Ich bin schon spät dran für die Nachmittagsrunde. Das Beste ist, Sie kommen gleich mit, damit Sie sehen, was uns erwartet. Heute Mittag sind drei neue Schiffe angekommen.« Noch im Reden führte er Lauchlin vom Dampfer auf den Pier und zu dem wartenden Boot.

»Aber mein Gepäck …«, sagte Lauchlin. Er war müde und hungrig, ihm war ein bisschen flau, und er sorgte sich um seinen Reisekoffer. Er enthielt alles, was ihm wichtig war: seine medizinischen Bücher, seine Lanzette mit dem dazugehörigen Kästchen, ein Thermometer, etwas Verbandszeug und einige Medikamente. Morphium, Kalomel, Brechwurz, Zinksulfat, Kupfersalze, doppeltkohlensaures Natron, versüßter Salpetergeist, Doversches Pulver. Natürlich auch je ein Quantum Madeira und Brandy sowie Kleidung zum Wechseln. Der Mann wischte seine Bedenken fort.

»Lassen Sie Ihren Reisekoffer hier, jemand wird ihn hinaufbringen – Dr. Douglas hat im Dorf ein Zimmer für Sie besorgt. Wir freuen uns, dass Sie gekommen sind. Setzen Sie sich, quetschen Sie sich in diese Ecke hier, wenn es geht.«

Wenn der Mann nicht Dr. Douglas war, wer war er dann? Das Boot legte ab, bevor Lauchlin richtig saß, und er stieß mit dem Knie an die Bank vor seiner. Als er aufblickte, sah er eine schmale Hand, die sich seiner Mitte entgegenstreckte. »Dr. Jaques«, sagte der Mann. »Inspektionsarzt. Verzeihen Sie meine schlechten Manieren. Diese ständige Hetze – aber Sie werden es verstehen, wenn Sie sehen, was hier los ist. Damit hat niemand gerechnet. Wir freuen uns sehr, dass Sie hier sind.«

»Auch ich freue mich, hier zu sein«, sagte Lauchlin.

Und im Augenblick freute er sich trotz der hektischen Ankunft tatsächlich. Sein letzter Patient, bevor er seine Praxis geschlossen hatte, war ein wohlhabender Nachbar gewesen, der darüber klagte, dass ihm die Leber schmerzte, wenn er mehr als eine Flasche Wein zum Abendessen trank. Er hatte sich das aufgedunsene Fleisch unterhalb der Rippen gehalten und wie ein alter Mann gejammert, es jedoch abgelehnt, seine Trinkgewohnheiten zu ändern. Hier waren endlich Menschen, dachte Lauchlin, denen seine Fähigkeiten nützen konnten. Sicherlich waren viele an der Ruhr erkrankt, vielleicht gab es auch einige Fälle von Typhus; und dazu die mannigfaltigen Folgen der langen Hungersnot, von denen er durch Arthur Adam wusste. Er nahm innerlich wie äußerlich Haltung an; endlich eine Aufgabe, für die er ausgebildet war. Mit aufgerichteter Wirbelsäule und vorgerecktem Kinn schaute er über die Schultern der Ruderer voraus.

Es dauerte mehrere Minuten, bis ihm das Wasser auffiel. Es war nicht länger klar und blau, sondern mit schmutzigem Stroh durchsetzt, in dem auch größere Gegenstände schwammen. Etwas, was sonderbar einem Kopfkissen ähnelte, trieb an ihm vorbei; dann mehrere Fässer, ein geschwärzter Kochtopf, der wie ein winziges Boot auf den Wellen schaukelte, jede Menge Lumpen und einige zersplitterte Planken. Verkorkte Flaschen, halb gefüllt mit einer klaren gelben Flüssigkeit, die aussah wie Urin, und Körbe mit Resten madiger Lebensmittel. Ein durchnässter Strohsack, der von Luftblasen in der Füllung über Wasser gehalten wurde, entlockte einem der Ruderer einen Fluch. Dahinter tanzten zwei hohe Hüte auf dem Wasser.

»Was *ist* das?«, fragte Lauchlin Dr. Jaques. »Was sind das für … Sachen?«

Dr. Jaques gab den Ruderern ungeduldig Anweisungen; sie näherten sich einem der Schiffe. In der Takelage flatterten weiße Fahnen. Erst auf den zweiten Blick ging Lauchlin auf, dass die Fahnen zerschlissene Kleidungsstücke waren, die man zum Trocknen aufgehängt hatte.

»Das ist ihre Art, sauber zu machen«, sagte Dr. Jaques. »Die Kapitäne sind nicht dumm, auch wenn die britischen unter ihnen sich wie Sklaventreiber aufführen. Bevor sie Signal geben, dass sie bereit sind, uns an Bord zu lassen, sagen sie den Passagieren, dass wir sie nicht in Quarantäne halten werden, wenn das Zwischendeck sauber ist. Sie nötigen die Passagiere, ihr verdrecktes Bettzeug, ihre Kochutensilien und das ekelhafte Stroh über Bord zu werfen: Da unten stinkt es wie die Pest – haben Sie mal so ein Zwischendeck gesehen? Es gibt keinen … Abort, und auf dem Boden sammeln sich Unrat und Exkremente. Den schlimmsten Dreck schaufeln sie in Eimer und kippen ihn über Bord, bevor wir kommen.« Er schob sich den Hut aus der Stirn und rieb sich die feuchte Druckrille, die der Rand hinterlassen hatte. »Manchmal schlagen sie auch die Kojen heraus und werfen die Planken ins Wasser. Wenn sie gesund genug sind, schrubben sie die Zwischendecks mit Sand und Wasser und verpassen ihnen manchmal noch schnell einen neuen Kalkanstrich. Wenn man es nicht besser wüsste, würde man annehmen, sie wären unter anständigen Bedingungen gereist. Aber Sie werden es ja selbst sehen – obwohl, wenn auf diesem Schiff ähnliche Zustände herrschen wie auf denen, die letzte Woche eingelaufen sind, dann wird man keine große Säuberung vorgenommen haben.«

Lauchlin nickte, als hätte er nichts anderes erwartet. Er starrte auf den im Wasser dümpelnden Unrat und würgte die Galle in seiner Kehle hinunter.

In der nächsten halben Stunde ging alles so schnell, dass es ihn sprachlos machte. Sie stiegen an Deck und in die Kapitänskajüte; Dr. Jaques bellte Befehle und Fragen. Gab es Erkrankungen an Bord? Welcher Art? Wie viele Passagiere waren gestorben und auf See bestattet worden? Irgendwelche Tote, die noch nicht beerdigt waren? Wie viele Patienten zurzeit? Der Kapitän, bemerkte Lauchlin, wirkte ebenso verwirrt wie er. Dr. Jaques hielt einen Notizblock in der Hand, auf dem er die Antworten des Kapitäns notierte. Dem Kapitän reichte er ein kleines Buch. »Die Vorschriften«, bellte er. »Zur Erklärung der Abwicklung. Aber Sie dürfen nicht erwarten, dass alles so läuft, wie es dort steht. Wir haben im Krankenhaus Platz für hundertfünfzig Patienten, und es ist bereits mit zweihundertzwanzig belegt. Wir haben keine Betten mehr. Keine Betten, ist das klar? Wir bauen gerade eine Baracke, aber wir sind bereits gefährlich überfüllt. Wir werden tun, was wir können. Wir werden ein paar aufnehmen, die schlimmsten Fälle. Die anderen müssen an Bord versorgt werden, bis wir eine Möglichkeit zur Unterbringung haben. Und nun unter Deck, bitte.«

Und damit war er auch schon auf dem Weg über das Deck nach achtern und durch die Luke in den Schiffsbauch, Lauchlin auf den Fersen. Der Gestank war infernalisch. Eine einzelne Öllampe hing an der Decke, und in dem trüben Licht sah Lauchlin die Verschläge und die engen Gänge dazwischen. Innerhalb der Verschläge Reihen von nackten Kojen, kaum mehr als Regalbretter, von denen man das Bettzeug entfernt hatte. Auf einer offenen Fläche hockten zahlreiche unrasierte Männer und ausgemergelte Frauen auf engstem Raum, manche weinten. Kinder lagen reglos da. Ein alter Mann saß auf dem Boden, mit dem Rücken an ein Fass gelehnt, und rang nach Luft.

Dr. Jaques blieb an der ersten Koje stehen, in der ein Passagier lag. »Das Schiff ist verseucht«, sagte er zu Lauchlin.

Lauchlin starrte ihn mit offenem Mund an; hielt der Mann ihn für einen Dummkopf? Dr. Jaques fühlte einem jungen Mann den Puls und untersuchte seine Zunge, dann bedeutete er Lauchlin, dasselbe zu tun. Lauchlin schüttelte den Kopf und trat einen Schritt zurück; jetzt, da sich seine Augen an das schwache Licht gewöhnt hatten, sah er, wie viele Menschen noch todkrank auf den Brettern lagen. Sie hatten Schüttelfrost, ihre Muskeln zuckten, und einige fantasierten vor Fieber. Andere waren so benommen, dass sie wie tot wirkten. Auf der Brust eines Mannes, der sich das Hemd vom Leib gerissen hatte, sah Lauchlin den charakteristischen Hautausschlag; bei einem anderen, etwas weiter weg, die graue Hautfarbe.

»Fleckfieber«, sagte Dr. Jaques und eilte die Leiter hinauf. »Schiffsfieber.«

»Typhus«, sagte Lauchlin hinter ihm. »Wir müssen sofort Betten für sie …«

Aber Dr. Jaques drückte dem Maat noch mehr Papiere in die Hand und wies ihn an, sie bis zum nächsten Tag vom Kapitän ausfüllen zu lassen. »Wir schicken einen Dampfer für die Gesunden«, sagte er. »Sobald wir können. Ich werde zurückkommen, um sie zu untersuchen, bevor wir sie übernehmen. Ich werde eine Order ausstellen für zehn Patienten, die wir ins Krankenhaus aufnehmen, aber der Rest wird noch ein paar Tage an Bord bleiben müssen.«

Noch bevor der Maat seine Proteste vorbringen konnte, war Dr. Jaques wieder in seinem Boot, und Lauchlin folgte ihm zögernd. »Wir können nichts weiter machen«, erklärte Dr. Jaques Lauchlin. »Nichts. Sie werden es sehen, wenn wir wieder auf der Insel sind.«

Auf dem zweiten Schiff, auf dem sie an Bord gingen, einer Brigg, herrschten nicht ganz so schlimme Zustände wie auf dem ersten; die Passagiere, die sich noch auf den Beinen halten konnten, hatten sich gewaschen und angezogen und warteten an Deck, um sich inspizieren zu lassen. Sie waren zutiefst enttäuscht, als sie hörten, dass sie nicht unverzüglich nach Quebec oder Montreal weitergeschickt werden sollten.

»Morgen«, erklärte Dr. Jaques dem Kapitän. »Oder übermorgen. Wir sind im Moment extrem unterbesetzt.«

Inzwischen war Lauchlin aufgefallen, dass die Wasserfässer fast leer waren und aus den Schweine- und Hühnerställen kein Laut drang. Das Bettzeug der Passagiere war in den Fluss geworfen worden. Er sagte: »Aber ...«, und umklammerte die Papiere, die Dr. Jaques ihn zu halten gebeten hatte. Zu dem geifernden Kapitän sagte er: »Tut mir Leid«; dann sagte er nichts mehr. Er hatte keine Ahnung, was er sagen oder tun sollte.

Auf dem dritten Schiff, das sie inspizierten, einer Bark, herrschten weit schlimmere Zustände. Der Kapitän war vier Tage vor der Ankunft auf Grosse Isle gestorben, und der Maat, der das Kommando bis zum Ziel übernommen hatte, war ebenfalls erkrankt. Er konnte nur noch in gebrochenen Sätzen auf Dr. Jaques' Fragen antworten. Sie hätten einhundertsieben auf See bestattet, berichtete er. Vielleicht auch hundertsiebzig. Als ihnen die alten Segel ausgegangen waren, die sie als Leichentücher benutzen konnten, hatten sie die Leichen in beschwerte Mehlsäcke gesteckt und sie auf Schalklatten über das Schanzkleid gekippt. Unter Deck lägen noch jede Menge Kranke.

An der Reling drängten sich bleiche, abgemagerte Gestalten, einige mussten von ihren Kameraden auf den Beinen gehalten werden, aber sie versuchten verzweifelt, einen gesunden Eindruck zu machen. Lauchlins Blick fiel auf zwei Jungen – halbwüchsige Jungs, dunkelhaarig und abgezehrt, die sich gegenseitig an den Schultern stützten. Vielleicht waren sie Brüder. Als sie merkten, dass Lauchlin sie ansah, schauten sie auf die Deckplanken hinunter.

Er sagte nichts zu ihnen und auch nicht zu Dr. Jaques; sein Schweigen schien mittlerweile unüberwindbar. Die Situation war einfach unbegreiflich. Vom Deck aus sah er die grüne Insel, das Sonnenlicht auf den Schaumkronen der Wellen, die sanften Hügel, die sich vom Flussufer bis an den Horizont erstreckten. Und einen Augenblick lang dachte er sehnsüchtig an sein sauberes, leeres Arbeitszimmer zu Hause.

Hinunter in den Schiffsbauch: zum dritten Mal. Lauchlin hatte bereits das Gefühl, in einen bekannten Raum vorzudringen. Die Dunkelheit natürlich; und die faulenden Lebensmittel und der glitschige Unrat auf dem Boden. Das stinkende Bettzeug, in dem es von Ungeziefer wimmelte, und überall die Kranken. Doch ihm stand noch eine letzte Überraschung bevor. Er näherte sich einer Koje, in der zwei Menschen eng verschlungen lagen. Er beugte sich über sie, um sie zu trennen, damit sie bequemer lagen, und stellte fest, dass sie beide tot waren.

Er übergab sich in eine Ecke, die bereits so verdreckt war, dass er nichts schlimmer machen konnte. Dann kletterte er die Leiter hinauf und lehnte sich schwer atmend über die Reling. Es war zu viel, es war nicht zu machen. Er würde wieder heimfahren, gleich mit dem nächsten Dampfer, und wenn Susannah mit ihm schimpfte, würde er ihr erklären, dass dies mehr war, als man von ihm verlangen konnte. Es war Wahnsinn, hier konnte er nicht helfen. All die Instrumente, deren Gebrauch er gelernt hatte, all seine Theorien und all sein Wissen waren hier wertlos. Diese Menschen brauchten Sanitäter und Totengräber und Pflegerinnen und Köche; keine Ärzte, keine Wissenschaft. Sie brauchten Lebensmittel, Schlaf, Wasser und Seife, Unterkunft, Priester.

Dr. Jaques kam, um ihn zu holen. »Geht es Ihnen besser?«, fragte er und reichte ihm ein sauberes Taschentuch. »Sie brauchen sich nicht zu schämen – mir ist es genauso ergangen, als ich hier anfing. Es geht allen so. Dr. Moorhead ist an seinem ersten Tag auf den Schiffen sechsmal ohnmächtig geworden. Auf und nieder wie ein Kistenteufel, sein Gesicht hatte eine Farbe, so was haben Sie in Ihrem Leben noch nicht gesehen. Das wird schon wieder. Sind Sie bereit?«

Er wandte sich ab, eilte abermals den Niedergang hinunter und schaute sich erwartungsvoll nach Lauchlin um. Lauchlin spuckte ein letztes Mal in das Taschentuch und riss sich zusammen. Natürlich musste er Dr. Jaques folgen. Er war jung, kräftig und gesund. »Sie werden sich daran gewöhnen«, sagte Dr. Jaques, als die Dunkelheit sich über ihren Köpfen schloss. »Sie sind nicht alle so schlimm. Das hier ist eines der schlimmsten, die wir bisher erlebt haben.«

Eines der schlimmsten? Was konnte noch schlimmer sein? Lauchlin ließ seine Augen von einem unerträglichen Anblick zum nächsten wandern, entschlossen, Dr. Jaques zu folgen. Dr. Jaques erteilte ein paar Matrosen, die hinter ihm standen, Befehle. Einen schickte er an Deck, um Unterstützung zu holen, einen anderen zu seinem Boot mit der Anweisung, so viele Boote zusammenzutrommeln, wie verfügbar waren.

»Ihr Männer«, sagte er zu den Matrosen, die zögernd angetreten waren. »Ihr müsst hier mit zupacken – wir müssen diese Leichen vom Schiff schaffen. Jeder, der sich eine Stunde lang ins Zeug legt, bekommt einen Sovereign.«

Trotz dieser enormen Summe blieb die Zahl der Frei-
willigen gering; Dr. Jaques sah unter den Passagieren an
Deck nach, aber keiner von ihnen war kräftig genug, um
zu helfen. Die Schwächeren hockten zitternd und mit gla-
sigen Augen in irgendwelchen Ecken oder lagen auf den
Planken. Lauchlin legte seinen Rock ab und krempelte
die Ärmel auf und folgte Dr. Jaques' Anweisungen. Er
und Dr. Jaques und die Matrosen bildeten eine Kette, als
würden sie Wassereimer weiterreichen, um ein Feuer zu
löschen. Über den ganzen Laderaum, die Leiter hinauf,
über das Deck bis an die Reling.

Auf der Leiter, wo die Leichen von einer Ebene auf die
andere gehievt werden mussten, kamen Bootshaken zum
Einsatz, aber Lauchlin ertrug es weder hinzusehen noch
ihre Existenz zur Kenntnis zu nehmen. Nicht nachdenken, sagte er sich. Befehle ausführen, tun, was nötig ist.
Erst nachdem das jetzt Erforderliche getan war, bekam er
zu sehen, wie die Leichen zu Bündeln vertäut mit bau-
melnden Köpfen und Gliedmaßen vom Schiff in die unten
wartenden Boote abgelassen wurden. Hätte er vorher die
letzte Etappe dieser Reise gesehen, wäre er vielleicht
schon außerstande gewesen, von Koje zu Koje zu gehen,
die Leichen vorsichtig umzudrehen, Augen zu schließen
und Schultern anzuheben, während Dr. Jaques die Beine
packte.

Die achtzehnte Leiche, die er aufhob und weiterreich-
te, war eine junge Frau, kaum dem Mädchenalter ent-
wachsen und schon seit mehreren Tagen tot. Ihre Füße
waren schwarz und zu doppelter Größe angeschwollen.
Die neunzehnte Leiche, die unter der achtzehnten fast
zerdrückt wurde, war eine weitere junge Frau von vielleicht zwei- oder dreiundzwanzig Jahren. Sie hatte sehr
langes Haar, das ihr an Gesicht und Hals klebte. Lauchlin musste die verkletteten Strähnen beiseite schieben,
damit er die Schultern fassen konnte. Seine Mutter hatte

solches Haar gehabt, schwarz und schwer und ganz glatt; einen Augenblick lang, als er es berührte, sah er ihr Gesicht vor sich. Es dauerte einen Moment, bis er gewahr wurde, dass das Fleisch dieser Frau hier noch warm war. Als seine Finger sich reflexartig um ihre Arme schlossen, stöhnte sie auf.

Die Frau, die Nora Kynd hieß, hörte Lauchlins Stimme, ohne anfangs seine Worte zu verstehen. In ihrem Delirium durchlebte sie noch einmal die letzte Woche ihrer Überfahrt.

Sie war krank geworden, bevor sie die Halbinsel Gaspé und die Insel Anticosti erreichten; sie hatte sich nicht gleich ins Bett gelegt – denn es gab kein Bett für sie –, sondern die Tage, seit sie in den Sankt-Lorenz-Strom eingelaufen waren, abwechselnd an Deck und im Laderaum verbracht. An Deck hatte sie unverwandt einen Kabinenpassagier beobachtet, einen sauber gekleideten, wohlgenährten Mann, der die vorüberziehende Landschaft auf einem Block skizzierte. Eine unfassliche Gestalt, ein Gentleman. Von der Ecke aus, in der sie kauerte, hatte er ausgesehen wie jemand, der sie hätte retten können, wenn er gewollt hätte. Aber er war mit anderen Dingen beschäftigt.

Wale! hörte sie ihn dem Maat zurufen. Sie hatte sie ebenfalls gesehen; ein großer Wasserwirbel neben dem Schiff, aus dem eine glänzende Flanke hervorbrach. Belugas, sagte der Gentleman; sein Bleistift flog über das Papier. Ein Hai folgte unablässig in ihrem Kielwasser, und der Gentleman machte sich über den Schiffszimmermann lustig, der bemerkte, dieser sei ein Vorbote des Todes. Er wies auf Störe hin, grüne Fische mit weißen Bäuchen – sie sah sie auch, oder glaubte zumindest, sie zu sehen, und das war der Name, den er ihnen gab. Während sie seinen Gesprächen lauschte, lernte sie die Namen der Delfine und Aale im Wasser und der weißen Vögel über ihnen. Sie brauchte keine Belehrung, um die grünen Hügel und steinigen Klippen und Bauernhäuser an der Küste zu würdigen. Sie hatten recht getan, in dieses Land aufzubrechen, das hier war das Paradies. Seltsam allerdings, dass der Gentleman sie gar nicht zur Kenntnis nahm.

Sie blieb an Deck, wenn das Wetter es erlaubte, obwohl sie sehr krank war; alles war besser als die Enge und der Gestank unter Deck. Einer ihrer Brüder brachte ihr Wasser, der andere zu essen, so viel er konnte. Sie wusste, dass Ned, der jüngere, schon einmal dabei erwischt worden war, wie er um eine Extraration Wasser aus dem Trinkwasserfass der Matrosen bettelte. Benommen machte sie sich Sorgen um sie und betete, dass sie gesund bleiben würden. Über sie war jedoch eine tödliche Ruhe gekommen, eine Ruhe, die ihre Krankheit mit sich brachte, das wusste sie. Zittern, das ihren Körper in Wellen schüttelte, rote Flecken auf den Schultern – sie hatte *fiabhras dubh*, das schwarze Fieber, wie all die anderen, die unten im Laderaum im Sterben lagen. Zu Hause hatte sie Fieberpatienten gepflegt, mit Methoden, die sie von ihrer Großmutter gelernt hatte. Aber jetzt war ihre Zunge in ihrem Mund still geworden, sie konnte nicht einmal mehr stöhnen, sie konnte sich nicht mehr wehren. Sie war von einer sanften Ergebenheit erfüllt, von der sie in ihren wenigen klaren Momenten wusste, dass sie tödlich war.

Wo war sie schließlich zusammengebrochen? In der Nähe der Kombüse, dachte sie. Irgendwo in dem Gedränge um die Herdfeuer, in dem Bereich, der vom Kuhstall und den Hühner- und Schweineställen und dem Stapel Spierenbojen begrenzt wurde. Sie war zu Boden gesunken, und der Himmel über ihr war auf sie zugestürzt, um sie zu empfangen. Danach war eine lange Zeit der Dunkelheit gekommen und quälender Durst. Dann etwas Schweres, das sich auf sie legte und drückte, während das

Schiff sich hob und senkte, wahrscheinlich in einem Sturm. Während der kurzen Zeiten, in denen sie bei Bewusstsein war, versuchte sie schwach, sich von dem Gewicht zu befreien. Zuerst war das Gewicht warm, dann kühl und dann kalt und sehr, sehr schwer. Als sie aufwachte, waren die Luken geöffnet, fahles Licht drang herein, und sie starrte in die offenen Augen von Julia McCullough. Sie waren trüb, wie Fischaugen.

Sie hatte versucht, Julias Leiche wegzuschieben, aber sie hatte keine Kraft. Ihre Brüder waren oben an Deck, wie sie es ihnen befohlen hatte, denn sie wusste, dass der Tod hinter den Schotten kauerte und auf sie wartete, und sie wollte nicht, dass die Jungen Zeuge wurden, wenn er sie holte. Wie hatten sie geweint, als sie sich von ihnen verabschiedet hatte!

Aber jetzt hörte sie Geräusche, und sie spürte, dass das Schiff auf eine Weise still im Wasser lag, die sie nie wieder zu erleben geglaubt hatte. Über ihr sagte ein Mann etwas, dann hob er Julias Leiche fort. Er berührte ihr Haar mit sanften Händen. Sie wollte ihm danken, aber sie konnte nicht. Er berührte ihre Schultern, ließ sie plötzlich wieder los, stieß einen erstickten Laut aus, den sie nicht deuten konnte, und beugte sich dann mit seinem Gesicht so nah zu ihrem herunter, dass sie seinen Atem spürte.

»Du lebst!«, sagte er.

Mit großer Anstrengung öffnete sie die Augen. Rotes Haar, blaue Augen, eine Nase wie ein Granitbrocken. Fast wie jemand von zu Hause. »Keine Sorge«, sagte er. »Keine Sorge – ich bringe dich ins Krankenhaus.«

Ein zweiter Mann erschien hinter der Schulter des ersten; dann richteten sich beide auf, so dass sie sie nicht mehr sehen konnte. Sie hörte, wie sie sich stritten, dann nichts mehr. Und als Lauchlin sie eigenhändig die Leiter hinauftrug, wusste sie nichts von Dr. Jaques' wütenden Einwänden, und sie bekam auch nicht mit, wie ihre Brüder laut zu schluchzen begannen, als sie ihren Körper auf den Armen des Fremden sahen und glaubten, es wäre ihre Leiche. Sie hörte weder ihre Freude, als sie auf sie zustürzten und feststellten, dass sie wundersamerweise am Leben war, noch ihr Jammern, als einer der Ärzte sie mit rotem Gesicht brutal beiseite schob und ihnen den Zugang zur Insel verweigerte.

Die beiden Jungen, die auf Lauchlin zugewankt kamen, waren dieselben, die ihm zuerst an Bord aufgefallen waren; sie waren Brüder, Ned und Denis Kynd, und diese Frau, die er trug, war ihre Schwester Nora, die sie für tot gehalten hatten.

»Lassen Sie uns mit ihr gehen«, bettelte Denis. »Wir machen jede Arbeit – wir können zimmern, putzen, Ställe ausmisten. Sie brauchen uns nicht zu bezahlen. Wir könnten helfen, sie zu pflegen.«

Lauchlin machte den Mund auf, um »selbstverständlich« zu sagen, aber Dr. Jaques stellte sich ihm in den Weg. Er sah Lauchlin direkt in die Augen, ohne die Jungen auch nur im Geringsten zu beachten.

»Ich werde sie ins Krankenhaus einweisen«, sagte er. »Obwohl kein Platz ist – nehmen Sie's auf Ihre Kappe, Sie können sich um ein Bett für sie kümmern. Ich habe gesagt, zehn Patienten von diesem Schiff, und ich habe es ernst gemeint. Es gibt andere, die kränker sind als sie. Aber ich gestatte auf gar keinen Fall, dass diese beiden auf die Insel kommen. Sie sind fast gesund, sie haben nur die Ruhr, und sie werden mit dem Dampfer fahren, der morgen nach Montreal ausläuft. Wenn sie hier bleiben, werden sie sterben. Wenn sie auf die Insel gelangen, kann niemand sagen, was mit ihnen geschehen wird.«

»Wie können Sie sie auseinander reißen?«, fragte Lauchlin. Ihm kam es in diesem Moment vor, als sei er noch nie einem so gefühllosen Mann begegnet. Aber all sein

Bitten war vergebens; am Ende kehrte Dr. Jaques einfach den Vorgesetzten heraus. »Sie sind der Unerfahrene hier«, sagte er. »Haben Sie schon einmal eine Epidemie bekämpft? Haben Sie je mehr als einen einzelnen Fall von Typhus gesehen? Haben Sie überhaupt eine Ahnung, was hier vor sich geht?«

»Nein«, sagte Lauchlin. »Aber …«

»Das habe ich mir gedacht.«

Das Letzte, was Lauchlin von der Bark sah, waren die Brüder Kynd, die laut jammernd über der Reling hingen; der Gedanke, dass sie fast als einzige von den Passagieren der Bark morgen auf dem Dampfer sein würden, der stromaufwärts fuhr, bedeutete für sie keinen Trost. Warum war es ihm nicht in den Sinn gekommen, ihnen etwas Geld zu geben? Er konnte sich nicht vorstellen, was nach der Fahrt aus ihnen werden sollte – sie hatten zwar kein Fieber, aber sie waren halb verhungert, mittellos, noch fast Kinder und ihrer Schwester beraubt. Er konnte sich von keinem dieser Menschen vorstellen, was aus ihnen werden sollte. Und er begann sich seiner Wut und seiner Verwirrung zum Trotz nun doch zu fragen, welchen Sinn es hatte, unter den Hunderten, die Hilfe brauchten, eine einzelne Patientin herauszufischen. Unterdessen war ihm auch aufgegangen, wozu die anderen Boote in einem fort zwischen den Schiffen und der Insel hin und her pendelten.

Einige transportierten die Patienten, die das Glück gehabt hatten, von Dr. Jaques ins Krankenhaus eingewiesen worden zu sein. Von seinem eigenen Boot, in dem die bewusstlose Nora Kynd lag, konnte Lauchlin sehen, wie Matrosen die hilflosen Patienten aus anderen Booten hoben und sie über die Felsen in Richtung des Krankenhauses schleppten, das er noch immer nicht zu Gesicht bekommen hatte. Die restlichen Boote transportierten die Toten.

Die Toten von der Bark, auf der sämtliche Vorräte ausgegangen waren, wurden am nächstgelegenen Strand aus-
geladen und wie Feuerholz gebündelt liegen gelassen, um
auf die Männer zu warten, die ihre Särge bauen würden.
Die Toten von den Schiffen, auf denen ein paar gesunde
Passagiere zurückblieben, waren in Segeltuch gewickelt
oder in primitive, aus Kojenbrettern zusammengezim-
merte Särge gebettet. Die Boote, die diese Leichen transportierten, bewegten sich in einer langen Schlange um
die Landzunge herum zum Friedhof. Manche der Toten
wurden von einem Trauernden begleitet, aber in den meisten Booten waren die Ruderer die einzigen Lebenden.
Ein einzelnes Boot bewegte sich in die entgegengesetzte
Richtung; darin saßen vier Priester mit ihren schwarzen
Taschen, bereit, ihre Gewänder anzulegen und die Zwischendecks aufzusuchen.

Sie würden auf den Schiffen willkommener sein als er,
dachte Lauchlin; vielleicht auch nützlicher. Doch auch
wenn sein erster Blick auf das von aufgestapelten Särgen
umgebene Krankenhaus, auf die Zelte, die sich in der vom
Lärm der Hämmer erfüllten Luft schwankend aufrichte-
ten, seine Verzweiflung keineswegs linderte, auch wenn
die ersten Szenen, die er widerstrebend wahrnahm, ihm
eine Panik offenbarten, die der auf den Schiffen in nichts
nachstand, so sah er doch, dass die Insel so schön war,
wie der erste Anblick verheißen hatte. Oberhalb des
Strands leuchtete ein Meer von wilden Rosen.

Nora wurde ihm abgenommen und in das Krankenhaus
gebracht, das er von weitem ausmachen konnte. Ein
Mann, dessen Name ihm nicht mitgeteilt wurde, geleitete ihn auf Dr. Jaques' Befehl zu dem Haus, in dem Dr.
Douglas wohnte. Die gewundene Straße führte aus dem
Dorf hinaus durch ein dicht belaubtes Buchenwäldchen,
das kühlen Schatten spendete. Verwirrt und erschöpft
folgte Lauchlin seinem Führer zu einem grünen Rasen

vor einer Hütte direkt am Flussufer. Ein wild kläffender Hund kam aus den Rhododendren gerannt, als wollte er beißen, und ließ erst von ihnen ab, als Lauchlins Begleiter einen Stein aufhob und warf. Lauchlin klopfte seine Kleider so gut es ging sauber, während sein Begleiter an die Hüttentür pochte. Ein kleiner Mann, der adrett wirkte, obgleich er nur in Hemdsärmeln war, machte auf. In den Händen hatte er einen Haufen Papiere, auch der Tisch hinter ihm war mit Papieren übersät, und sie stapelten sich auf den Stühlen.

»Dr. Douglas«, sagte der namenlose Führer. »Ich bringe Ihnen Dr. Grant.«

Dr. Douglas sagte: »Wo waren Sie so lange?«

## III.

*2. Juni 1847.* Das Wetter ist nach wie vor erbärmlich; heute hat es wieder geregnet. Die Männer haben die ersten Baracken fertig gestellt, aber es wird immer noch gehämmert: Särge, Baracken, und wieder Särge. Ich schlafe schlecht. Der Nesselausschlag, der mich gelegentlich in Paris gequält hat, wenn ich überarbeitet war, ist wieder an meinen Oberarmen ausgebrochen. Von Arthur Adam ist ein neuer Brief gekommen, datiert vom 4. März und aus der Stadt an mich weitergeleitet – er enthält folgende Nachricht, die Arthur Adam vermutlich als Warnung gemeint hat:

*Es gibt jetzt hier viele Fälle von Fieber. Wir begegnen zwei verschiedenen Arten: dem sogenannten gelben Fieber, das die Einheimischen fiabhras buidhe und manche Ärzte Rückfallfieber nennen, und dem schwarzen Fieber – fiabhras dubh – das landläufig als Typhus bekannt ist. Vielleicht solltest Du die unter Deinen Kollegen, die*

232

*mit Patienten dieser Schichten befasst sind, vorwarnen*
*und sie darauf hinweisen, dass sie unter den Auswan-*
*derern, die auf dem Weg zu Euch sind, mit einigen sol-*
*chen Fällen werden rechnen müssen. Gestern hörte ich*
*eine Geschichte, die mir bisher niemand bestätigen konn-*
*te, nach der das Auswandererschiff ›Ceylon‹, das mit 257*
*Zwischendeckpassagieren in See gestochen ist, auf der*
*Überfahrt 117 an das Fieber verloren hat. Kannst du*
*dazu Genaueres sagen?«*

Einer seiner Artikel ist vor einigen Tagen im *Mercury*
erschienen. Viele Details, elegant formuliert.

Drei Tage nach meiner Ankunft sind siebzehn weitere
Schiffe vor Anker gegangen. Und auf allen wütete das Fieber. Bis zum 26. Mai waren es dreißig Schiffe, und bis
zum 29. sechsunddreißig: im Ganzen über dreizehntau-
send Emigranten, viele von ihnen krank. Gestern stand
ich auf dem Pier und zählte vierzig Schiffe auf dem Sankt-
Lorenz-Strom, der so voller Unrat ist, dass ich das Wasser kaum noch sehen konnte. Wir haben über tausend Fieberpatienten auf der Insel: mehr als dreihundert im
Krankenhaus zusammengepfercht, der Rest in Baracken,
die normalerweise dazu dienen, die Passagiere während
der Quarantäne zu beherbergen, in Zelten und sogar in
Reihen nebeneinander in unserer kleinen Kirche. Eine
noch größere Anzahl liegt krank auf den Schiffen und
wartet auf Hilfe, die wir ihnen nicht geben können. Das
Quarantänelager für die »Gesunden« am anderen Ende
der Insel ist mittlerweile ebenfalls mit Kranken überfüllt.
Gestern ist dort ein Junge gestorben, ohne je einen von
uns zu Gesicht bekommen zu haben. Vorname Sean,
Nachname Porlack? Pallrick?

*8. Juni 1847.* Heiß und drückend. Dr. Douglas ist ein fähi-
ger Mann, aber alles, was er tut, ist nichts als ein Trop-

fen auf einem heißen Stein. Auf der Insel befinden sich jetzt mehr als zwölftausend Menschen, viele ohne Unterkunft und fast alle ohne genügend Nahrung. Dr. Douglas hat bei der Regierung eine Abordnung Soldaten beantragt, damit sie die Ordnung hier aufrechterhalten. Buchanan, der Leiter der Einwanderungsbehörde, hat von der Armee einige Zelte beschafft. Sie sind jedoch ein schlechter Schutz gegen den Regen und die Hitze. Meine Füße sind geschwollen, und zwischen meinen Zehen löst sich die Haut.

Heute hat Dr. Douglas ein offizielles Schreiben an die Behörden in Quebec und Montreal gesandt, in dem er sie warnt, dass in beiden Städten mit einer Epidemie zu rechnen ist. Quarantänemaßnahmen, die von der Ärzteschaft als wirksam erachtet würden, sind mittlerweile überhaupt nicht mehr durchzusetzen.

Wir gestatten jetzt den »Gesunden«, für die Dauer der Quarantäne an Bord zu bleiben, da auf der Insel kein Platz für sie ist. Sie werden fünfzehn Tage lang an Bord festgehalten und anschließend flussaufwärts verschifft. Letzten Sonntag haben wir über viertausend entlassen – von denen in Wahrheit viele schon krank waren, und viele weitere den Keim der Ansteckung in sich trugen. Gestern erhielten wir Nachricht, dass drei mit Auswanderern überfüllte Schiffe, die unseren Hafen zum Ziel hatten, in einem späten Schneesturm vor dem Cap des Rosiers Schiffbruch erlitten haben. Sämtliche Menschen an Bord sind ums Leben gekommen.

Etwa achtzig Schiffe haben sich inzwischen bei uns eingefunden. Einige darunter haben ihre Flagge auf Halbmast gehisst: der Kapitän, der Erste Maat oder ein anderer Offizier sind dem Fieber zum Opfer gefallen. Die Toten unter den Passagieren sind kaum noch zu zählen. Mir fällt auf, dass ich den Tod von Dr. Benson noch nicht erwähnt habe. Er war am 21. Mai, kurz vor mir, aus Dublin hier eingetroffen und hatte sich für den Dienst im Krankenhaus gemeldet. Nachdem er sich mit Typhus angesteckt hatte, ist er am 28. Mai gestorben: ein liebenswerter, zuvorkommender Mann. Wir sind jetzt vierzehn Ärzte. Auch die doppelte Anzahl würde nicht ausreichen.

Ich habe Dr. Jaques seit meiner Ankunft kaum gesehen. Er verbringt jede Minute damit, von Schiff zu Schiff zu eilen. Für die Kranken kann er wenig tun – viele liegen tagelang ohne ärztliche Betreuung da. Die Kapitäne, die Mannschaften und die Passagiere verachten ihn für sein Versagen, aber ich habe meine Ansicht über ihn geändert. Er – ich, wir – trennen die Kranken von den Gesunden ohne Rücksicht auf Familienbande; wir haben keine andere Wahl. Gestern schalt mich ein junger anglikanischer Geistlicher, der vor kurzem hier eingetroffen ist, dafür, dass ich einen vollkommen gesundeten jungen Mann aus dem Krankenhaus entlassen habe, während seine immer noch fiebernde Frau bleiben musste. »Wo soll dieser Mann hin?«, fragte er entrüstet. »Sie wissen, dass sie inzwischen an den Stränden schlafen, ohne Decken. Erwarten Sie vielleicht, dass er flussaufwärts weiterreist, ohne seine Frau?«

»Und wo soll ich ihn Ihrer Meinung nach unterbringen?«, fragte ich. »Er ist gesund, und die Schiffe sind überfüllt mit Kranken, die die Betten hier brauchen.« Natürlich hörte ich in meinen Worten Dr. Jaques' einstigen Verweis an mich. Und im Gesicht des Geistlichen sah ich einen Ausdruck, wie er damals in meinem gestanden haben muss.

Warum also ist Dr. Jaques weiterhin so unfreundlich zu mir? Drei junge Ärzte aus Montreal assistieren ihm bei seiner Arbeit, aber mir wird es nicht gestattet, mich ihnen anzuschließen, und er sieht mich nie direkt an. Dr. Douglas sagt, ich werde hier auf der Insel dringender gebraucht als auf den Schiffen; er behandelt mich höflich, aber kaum herzlicher als Dr. Jaques, und ich glaube allmählich, dass man mir wegen meines Verhaltens an meinem ersten Tag mit einer Art Misstrauen begegnet. Nicht weil ich mich übergeben habe oder aus dem Unterdeck geflüchtet bin: Dr. Jaques hat die Wahrheit gesagt, alle frisch angekommenen Ärzte reagieren auf diese Weise. Sondern weil ich mich mit Dr. Jaques wegen des Verbleibs der Brüder Kynd gestritten habe, weil ich darauf bestanden habe, Nora hierher zu bringen ... Waren es meine Worte? Oder nur die Tatsache, dass ich die Stimme erhoben habe, um sie auszusprechen, dass ich geschrien und meinen Unmut zum Ausdruck gebracht habe?

Seitdem bin ich nicht ein einziges Mal von der Seite eines Patienten gewichen, wenn ich dort gebraucht wurde. Ich habe nie wieder meine Stimme im Zorn erhoben. Mrs. Caldwell hat die Manschette meines letzten guten Hemds versengt, und ich habe kein Wort dazu gesagt.

Die Tage vergehen schnell, jeder schlimmer als der vorige. Diejenigen, die hier sind, um den Patienten zu helfen, werden nach und nach bereits selbst zu Patienten. Es sind weitere katholische Priester eingetroffen, aus Quebec und Montreal. Sie begleiten Dr. Jaques auf die Schiffe und spenden Trost, so gut sie können. Meistens geben sie die Letzte Ölung. Einer sah heute Abend, als er zum Abendessen ins Dorf zurückkam, so aus, als wollte das Fieber bei ihm jeden Moment ausbrechen. Er schwört, das Miasma, das aus den Zwischen- und Unterdecks der Schiffe aufsteigt, sei so dicht, dass man förmlich einen schmutzigen Luftstrom sehen kann, der wie Nebel aus den Luken steigt.

*14. Juni 1847.* Das Wetter ist immer noch extrem heiß. Nora Kynd geht es besser – ein Wunder, dass jemand unter solchen Bedingungen genesen kann.

Wir sind mit allem, was wir bräuchten, am Ende. Das Krankenhaus war schon vor meiner Ankunft überfüllt; um dem Zustrom der Tausenden zu begegnen, teilte man uns fünfzig neue Bettgestelle zu und doppelt so viel Stroh wie in den vergangenen Jahren. Die neuen Baracken sind bloße Schuppen, in denen das Bettzeug, soweit vorhanden, direkt auf dem Boden ausgelegt wird, da Planken fehlen, die als Unterlagen dienen könnten. Innerhalb weniger Tage ist es durchnässt und stinkt. In den alten Passagierbaracken herrschen die übelsten Zustände. Hier sind die Betten in zwei Etagen angeordnet; in jedes Bett werden mehrere Patienten gestopft, und es scheint sich jedes Mal so zu ergeben, dass die oberen Betten Patienten zugewiesen werden, die an Ruhr erkrankt sind. Der Dreck und der Gestank sind unbeschreiblich.

Wir haben sehr wenige Krankenschwestern – wen könnte das wundern? Für drei Schilling am Tag zwingt man sie, bei den Kranken zu schlafen, sie haben keinerlei private Räumlichkeit zur Verfügung, wo sie sich ausruhen oder umziehen könnten. Sie bekommen das gleiche Essen wie die Auswanderer, aber keine Pause, um es zu sich zu nehmen; während der Mahlzeiten sehe ich sie draußen beisammen im Stehen ihr Essen hinunterschlingen. Es wird ein Wunder sein, wenn sie nicht alle dem Fieber zum Opfer fallen. Dr. Douglas hat einen der Priester gebeten, einige der gesunden Passagiere dazu zu überreden, ihre Dienste anzubieten. Selbst von der Aussicht auf hohe Bezahlung lässt sich kaum jemand verlocken.

Buchanan hat eine Verordnung erlassen, die alle Dienstboten, die sich zurzeit auf der Insel befinden, zum Bleiben zwingt, es sei denn, sie fänden für sich einen Ersatz. Gegen ihren Willen festgehalten, sind sie aufsässig und so gut wie nutzlos; sie verhöhnen uns und versuchen durch offene Rebellion zu erreichen, dass wir sie entlassen. Die Frau, die dafür zuständig ist, meinen Assistenten und mir den Nachmittagstee zu servieren, hat ihn gestern absichtlich verschüttet. Sie sah mir direkt in die Augen, während sie das Tablett kippte, damit die Teekanne abrutschte und auf dem Boden zerschlug. Ihr Name ist Millie. Wenn ich sie entlasse, werde ich keinen Ersatz für sie bekommen. Es wird offen überlegt, Gefangene aus dem städtischen Gefängnis freizulassen und sie hierher zu bringen, um sie in der Krankenpflege einzusetzen. Unterdessen laufen die Polizisten, deren Aufgabe es wäre, die Ordnung aufrechtzuerhalten, betrunken auf den Straßen herum.

Gelegentlich würde ich es ihnen am liebsten nachtun. Mir fehlt so vieles. Privatsphäre, Ruhe, Schlaf, anständiges Essen. Susannah. Wie es ihr wohl gehen mag? Wenn sie nicht wäre und meine Angst, als Schwächling dazustehen, würde ich vielleicht davonlaufen.

Nora liegt in der kleinen Kirche, die sich als das beste unserer provisorischen Krankenhäuser entpuppt hat – das Bettzeug bleibt trocken, weil sie einen Boden hat, und die großen Fenster sorgen für gute Belüftung. Gestern Abend, als ich nach ihr gesehen habe, war ihre Haut kühl und ihr Puls fast normal. Sie fragte mich, wie es ihren Brüdern gehe, und ich sagte ihr, es gehe ihnen gut. Was hätte sie davon, wenn ich ihr sagte, dass sie längst gegen ihren Willen mindestens bis Montreal verfrachtet worden sind? Wahrscheinlich sind sie schon viel weiter weg, denn wie wir hören, sollen die Bürger von Montreal, empört über den Zustand der Emigranten, durchgesetzt haben, dass diese bis Kingston und Toronto weitergeschoben werden.

Als ich heute Morgen aufwachte, wusste ich nicht gleich, wo ich war. Ich hörte Hämmern – ein Geräusch, dem man hier nirgendwo entkommen kann – und das Knirschen von Wagenrädern auf den Straßen, und einen Moment lang war ich wieder zu Hause, zu der Zeit, als meine Mutter starb. Dann hörte ich unten Mrs. Caldwell geschäftig umherlaufen und das Frühstück für uns alle bereiten. Außer Dr. Stephenson und Dr. Holmes und Dr. Black, mit denen ich zusammenarbeite und mit denen ich mir die erste Etage teile, wohnen seit zwei Tagen hier im Haus außerdem Dr. Pinet aus Varennes, Dr. Malhiot aus Vercheres und Dr. Jameson aus Montreal – ein stiller, vornehmer Mann mit einer Leidenschaft für Bienen und ausgezeichneten Kenntnissen der Physiologie. Mrs. Caldwell hat für sie auf dem Dachboden über mir provisorische Betten hergerichtet. Mittlerweile ähnelt dieses Haus weniger einer Pension als einer der Baracken, in denen unsere Patienten liegen. Die anderen Ärzte sind ähnlich untergebracht, die Schwestern und Dienstmädchen wesentlich schlechter. Das Essen wird allmählich zu einem Problem für uns, ebenso wie für die Passagiere. Das Rind- und Hammelfleisch, das Mrs. Caldwell ergattern kann, ist häufig ungenießbar. Aber sie backt selbst, so dass wir meistens Brot haben, außer an den Tagen, an denen dem Krämer das Mehl ausgeht. Wir haben gehört, dass das Brot, das seine Frau in großen Mengen produziert, zu exorbitanten Preisen von den Schiffsmannschaften gekauft wird, die keinen Proviant mehr haben.

*19. Juni 1847.* Immer noch heiß; Gewitter. Heute, nachdem Dr. Douglas mir endlich widerstrebend seine Erlaubnis erteilt hat, habe ich meine Bücher und meine Sachen in diese Kammer im vorderen Teil der Kirche gebracht, die in ein Krankenhaus verwandelt ist. Ich werde weiterhin bei Mrs. Caldwell übernachten, und ich habe meine Kleidung größtenteils dort gelassen. Aber jetzt habe ich ein Eckchen, in dem ich halbwegs in Ruhe lesen und schreiben kann, ohne das Schnarchen und Seufzen und Hüsteln im Haus von Mrs. Caldwell.

Viele meiner Patienten liegen aufgereiht im Hauptschiff der Kirche. Darunter auch Nora Kynd; es geht ihr zusehends besser. Gestern Abend fühlte sie sich kräftig genug, um aufzustehen, und als sie um etwas frische Luft bat, begleitete ich sie auf die Veranda und holte zwei Stühle von drinnen. Sie bedauert den Verlust ihrer langen Haare, die wir ihr während der schlimmsten Phase ihrer Krankheit abschneiden mussten.

Sie stammt aus einer ländlichen Gegend im Westen Irlands, nicht weit von dem Gebiet, das Arthur Adam bereist hat. In den Jahren, bevor die Seuche ausbrach, als die Kartoffelernte so reichlich war, dass niemand wusste, was er mit dem Überschuss anfangen sollte, wurden Kartoffeln in Gräben und auf Feldern zu großen Haufen aufgetürmt, in tiefen Gruben verscharrt, an Tiere verfüttert, wieder untergepflügt. Sie glaubt, dass die Hungersnot eine Strafe ist, eine Geißel, die Gott geschickt hat, um die Menschen für ihre Verschwendung zu bestrafen. Ich habe sie nicht davon überzeugen können, dass es sich dabei um einen bloßen Aberglauben handelt, da die Braunfäule nur ein biologisches Phänomen ist, welches mit dem vorangegangenen Überfluss in keinem Zusammenhang steht.

Der größte Teil ihrer Familie ist tot; nur sie und ihre beiden Brüder, die ich auf der Bark gesehen habe, haben überlebt. Ihr Bericht über ihre Überfahrt unterscheidet sich nur in Einzelheiten, nicht aber in wesentlichen Dingen von den Geschichten, die ich in diesem Monat wieder und wieder gehört habe. Später holte sie weiter in die Vergangenheit aus und erzählte mir davon, wie das Fieber in ihrem Dorf gewütet hat. Manchmal nennt sie das Fieber *an droch-thinneas*, was »die schlimme Krankheit« bedeutet, wie sie mir erklärt; manchmal bezeichnet sie es mit dem Namen, den auch Arthur Adam benutzt hat, *fiabhras dubh*. Natürlich kann ich mir nicht sicher sein, aber nach ihren Beschreibungen der Symptome würde ich sagen, dass die meisten ihrer Nachbarn an Typhus erkrankten, wie er von Gerhard und Wood beschrieben wird. Einige litten offenbar als Folge der Hungersnot außerdem an der Ruhr – sie erzählte, der Boden vor den Hütten der Kranken sei von Blutklumpen getränkt gewesen. Ihre Großmutter war eine irische Krankenschwester – *gaelacha* sagte Nora; sie war eine Frau aus dem Dorf, die sich mit traditionellen Heilmethoden auskannte. Es klingt, als habe sie Vorkehrungen getroffen, die den Quarantänemaßnahmen, die wir hier vergeblich durchzusetzen versucht haben, sehr ähnlich waren.

Zuerst versuchte ich, Nora davon abzuhalten, von dieser Zeit zu sprechen, aber sie wollte davon nicht lassen, und ich bekam den Eindruck, dass ihr das Reden gut tat. Ich fand es interessant zu erfahren, wie sich der Krankheitsverlauf anderswo entfaltete.

»In unserer Nachbargemeinde gab es Häuser, in denen erst einer starb und dann noch einer und noch einer, und alle waren so schwach und krank, dass niemand etwas unternehmen konnte, bis der Letzte gestorben war«, sagte sie. »Die Leichen lagen in den Häusern, und dann kamen die Hunde. Als das Fieber vorüber war, gingen die Nachbarn, die sich ein bisschen erholt hatten, in die Häuser, wo alle gestorben waren, und fanden nur noch Knochen auf dem Boden. Die Nachbarn sammelten die Knochen ein und begruben sie, und dann brannten sie die Häuser nieder, um die Krankheit auszubrennen.«

Sie weinte eine Weile still vor sich hin; ich ging hinein und kehrte mit einem Notizblock, einem Taschentuch und einem Gläschen Brandy zurück, der sie zum Husten brachte, als sie daran nippte, aber ihrem Gesicht ein bisschen Farbe verlieh. Ihre Haut ist bemerkenswert weiß; ich kann immer noch nicht sagen, ob das eine Folge der Krankheit oder ihre natürliche Farbe ist. Die Iris ihrer Augen ist von einer feinen Linie umrandet, die bei manchem Licht bronzefarben schimmert, bei anderem dunkelbraun – normal?

»In meinem Dorf ist die Hälfte der Menschen gestorben, darunter meine Eltern, zwei Brüder und eine Schwester, der Bruder und die Schwester meiner Mutter und viele meiner Vettern und Cousinen. Auch meine Großeltern. Aber andere wurden verschont, weil meine Großmutter mütterlicherseits ihnen geholfen hat, bevor sie selbst krank wurde.«

Die folgende Zeichnung habe ich angefertigt, während sie erzählte. Linien, kleine Pfeile und Kreuze; sie sah mir beim Zeichnen zu und meinte, das Bild sähe aus wie ein verkrüppelter Baum voller Äpfel:

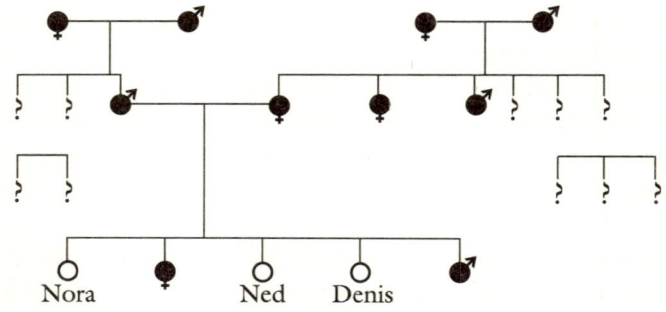

Die Kreise mit den kleinen Kreuzen darunter bezeichnen die Frauen ihrer Familie; die mit den Pfeilen die Männer. Jede Generation auf einer eigenen Linie. Die geschwärzten Kreise bezeichnen die Toten – Großeltern, Eltern, ihre Tante und ihr Onkel mütterlicherseits, ihre Brüder. Nachdem ich ihr das Schema erläutert hatte, nahm sie mir den Stift aus der Hand und fügte in der untersten Reihe einen Kreis hinzu, den ich ausgelassen hatte; dann schwärzte sie ihn ein. Robbie, der Jüngste. Es fiel ihr schwer, seinen Namen auszusprechen.

Hier ist der Rest ihrer Geschichte, oder zumindest das, was ich niederschreiben konnte, während sie erzählte:

»Nach dem Tod meiner Eltern habe ich meiner

Großmutter geholfen. Ned und Denis haben auch geholfen. Wenn wir konnten, holten wir die Kranken aus ihren Häusern und brachten sie in Hütten – *bracai* haben wir sie genannt –, die wir errichteten, indem wir über einem geschützten Graben ein Dach aus Brombeerranken und Binsen flochten, das mit Stöcken abgestützt wurde. Wir hielten die Kranken von den Gesunden getrennt. Meine Großmutter ging zusammen mit den Kranken in die Hütte, und wir verschlossen die Tür von außen mit Torf und reichten das Essen auf dem Blatt einer langen Schaufel durch ein Fenster. Unter keinen Umständen durften wir die leeren Gefäße mit bloßen Fingern berühren, die sie uns durch das Fenster wieder herausreichte.

Meine Großmutter konnte die Krankheit genauso gut wie jeder Arzt bei einem Menschen feststellen; an der Farbe des Urins erkannte sie, dass es sich um *an droch-thin-neas* handelte. Sie gab den Kranken nur wenig zu essen, aber viel zu trinken, so viel, wie wir beschaffen und durch das Fenster reichen konnten. Sie gab ihnen Molke, wenn wir welche bekommen konnten – sehr leicht und nahrhaft. Um sie herzustellen, kochten wir frische Milch ab und fügten entrahmte Milch hinzu und warteten, bis sie sich trennte. Die Molke haben die Kranken getrunken, und das Dicke haben sie gegessen. Außerdem hat sie ihnen Saft aus Kresse und wildem Knoblauch verabreicht, und Schafsblut, wenn wir welches finden konnten. Wenn der Urin heller wurde, gab sie ihnen eine gebackene Kartoffel. Für diesen Zweck bewahrten wir die wenigen genießbaren Kartoffeln auf; wir selbst ernährten uns von Farnen und Löwenzahnwurzeln und Erdkastanien und Kresse. Meine Großmutter kam nie aus der Fieberhütte heraus, und sie ließ niemanden herein, bis ihre Patienten vollständig genesen waren.«

Als ich sie fragte, wie sie und Ned und Denis der Krankheit entgangen waren, erklärte sie, sie hätten sich, bevor sie die Kranken berührt und sie in die Fieberhütten getragen und auch bevor sie die Hütten der Toten verbrannt hatten, Hände und Gesicht mit ihrem eigenen Urin gewaschen, um sich zu schützen.

»Würdest du also sagen«, fragte ich, »dass dein relativ guter Gesundheitszustand in Irland den strengen Isolationsmaßnahmen zu verdanken war, die du von deiner Großmutter gelernt hast?«

»Isolation«, wiederholte sie. Sie hob die Hand, um sich das Haar zu glätten, und diese rutschte von den kurz geschorenen Stoppeln ab. »Heißt das, jemanden für sich allein abzukapseln?«

*20. Juni 1847.* Regen, der die Hitze nicht mildert. Gestern sind zwei Krankenschwestern gestorben. Nach Dr. Douglas' Zählung haben wir 1935 Patienten im Krankenhaus. Mehrere hundert Kranke sind noch immer auf den Schiffen und stecken die Gesunden an.

Kein Schlaf letzte Nacht. Heute Morgen sah ich einen Hund am Pier und dachte, es sei ein Wolf. Wer kommt bloß auf die Idee, Hunde auf die Insel zu lassen? Ich habe mir Decken aus Mrs. Caldwells Haus mitgebracht und habe vor, mein Lager heute Abend hier am Boden aufzuschlagen. Die Patienten können nicht mehr Lärm machen als meine Kollegen. Einige der inzwischen hier arbeitenden Ärzte wurden von der Armee abgestellt, und ihr Verhalten ist unangenehm ungeniert und grob.

Noras Geschichte verfolgt mich immer noch. Henle unterscheidet zwischen Miasma – dem Krankheitsgift, das einen Organismus von außen befällt; und Kontagium – dem Krankheitsgift, von dem man annimmt, dass es im kranken Organismus entsteht und durch Berührung übertragen wird. Er vertritt die Ansicht, die pathogene Substanz müsse belebt sein, obwohl er das bislang nicht beweisen kann. Southwood Smith verwirft in seiner *Abhandlung über Fieberkrankheiten* die Theorie der Kontagien und befürwortet stattdessen die Vorstellung, dass giftige Gase oder Miasmen, die von Schmutz und Unrat ausgedünstet werden, die Auslöser von Krankheiten seien. Chadwick, Smiths Schüler, behauptet, Schmutz sei die Amme der Krankheit, wenn nicht gar ihre Mutter.

Es ist wahr, dass die Menschen auf den verdreckten Schiffen schneller erkrankten. Hier an Land scheint sich die Krankheit dort, wo die Betten nicht so dicht beisammenstehen und die Belüftung besser ist, etwas langsamer auszubreiten.

Aber Nora meint, frische Luft sei keine Hilfe; sie hat so viel Zeit wie möglich an Deck der Bark verbracht und ist trotzdem krank geworden. In einem der Bücher, die Gerhard mir geschickt hat, wird ein alter Artikel von Dr. Lind diskutiert, der Arzt bei der Royal Navy war. Lind stellt die Behauptung auf, dass Typhus nicht nur von den Körpern der Kranken, sondern auch von deren Kleidung und anderen Dingen, mit denen sie in Berührung kommen, übertragen wird: Bettzeug, Sessel, Fußböden. Er führt die große Zahl der Toten unter den Männern an, die beordert wurden, alte Zelte zu reparieren, in denen Typhuspatienten behandelt worden waren. Er empfiehlt die Fumigation (mit kampfersaurem Essig, durch Verbrennen von Schwarzpulver oder Holzkohle); außerdem die gründliche Reinigung der Patientenzimmer und die Vernichtung von Bettzeug und Kleidung. Zusätzlich empfiehlt er, dass die Ärzte und Schwestern nach Verlassen des Krankenhauses die Kleidung wechseln.

Es könnte sich als sinnvoll erweisen, diese Methoden hier zur Anwendung zu bringen. Jetzt, da wir die Passagiere auf den Schiffen in Quarantäne halten müssen, hat Dr. Douglas angeordnet, dass die Leute vorübergehend auf die Insel gebracht und die Zwischen- und Unterdecks vor ihrer Rückkehr gründlich gescheuert und gelüftet werden sollen. An Bug und Heck werden die Luken geöffnet, damit der Luftzug die Miasmen vertreiben kann. Auf vielen der neuerlich eingetroffenen Schiffe werden die Passagiere jedoch nicht mehr von den Kapitänen gezwungen, vor der Inspektion ihr Bettzeug über Bord zu werfen; es hat sich herumgesprochen, dass die Schiffe ausnahmslos hier festgehalten werden, und niemand will den Passagieren unnötige Unannehmlichkeiten bereiten. Also kehren sie mit ihren verseuchten Kleidern und Decken und Habseligkeiten in die sauberen Zwischendecks zurück. In Woods *Praktischer Medizin* wird angemerkt, dass die Krankheit »anscheinend sogar durch Kleidung übertragen wird, in der sich Berichten zufolge das Krankheitsgift bis zu drei Monaten halten soll ... Es wird angenommen, dass das Gift nur auf wenige Fuß vom Punkt der Ausdünstung wirksam ist; Personen, welche die Kranken pflegen, können häufig der Ansteckung entgehen, wenn peinlich auf gute Durchlüftung des Krankenzimmers und absolute Sauberkeit geachtet wird.« Ein interessanter Rat, wenn die Vorstellung denn stimmt. Aber was nützt er uns hier? Nichts auf dieser Insel ist sauber. Überall in den Baracken und Zelten und auch in den Krankenhäusern haben wir Läusebefall. Das allein scheint mir Grund genug, den Passagieren ihre Lumpen wegzunehmen und sie mit neuer Kleidung auszustatten.

Nora scheint vollständig zu genesen. Heute Abend hat sie mich erneut nach ihren Brüdern gefragt, und diesmal habe ich ihr die Wahrheit gesagt: dass sie, als ich sie zum letzten Mal sah, gesund schienen, jedoch am 24. Mai auf einem Dampfer mit Ziel Quebec und Montreal abtransportiert wurden und jetzt Gott weiß wo sein können. Ihr Gesicht wurde sehr blass. Sie ging für eine Weile nach draußen, und als sie wieder hereinkam, bat sie um Erlaubnis, als Pflegerin hier arbeiten zu dürfen. Da sie das Fieber nicht noch einmal bekommen kann, erklärte ich mich einverstanden. Wir brauchen jede Hand.

Drei meiner Kollegen sind erkrankt; ebenso zwei katholische Priester und der anglikanische Geistliche, der mich neulich gescholten hat. Mindestens sechs Schwestern sind ebenfalls krank.

Die Übriggebliebenen haben eine solche Angst, sich anzustecken, dass wir sie schon dabei ertappt haben, wie sie vor den Zelten oder vor den offenen Türen der Baracken standen und den Patienten ihre Brotrationen zuwarfen, anstatt sich ihnen zu nähern. Graues Brot flog im hohen Bogen durch graue Luft.

*27. Juni 1847.* Unerträgliche Hitze. Mittlerweile sind sieben von vierzehn Ärzten krank. Von den sechs anglikanischen Geistlichen, die zuletzt eingetroffen sind, sind vier krank: Forrest, Anderson, Morris, Lonsdell. Unser Totenregister weist mittlerweile 487 Personen auf, deren Namen wir nicht verifizieren können. 116 Schiffe bis jetzt. Meine Handrücken sind vollständig mit Ausschlag bedeckt.

Gestern Abend konnte ich eine knappe Stunde für ein Gespräch mit Dr. John Jameson abzweigen. Bei einem Glas Brandy und ohne es eigentlich zu wollen, beklagte ich mich, dass Dr. Jaques nie mit mir spricht, wenn es nicht unbedingt sein muß. John, der trotz des Schlafmangels und der schlechten Arbeitsbedingungen nach wie vor guter Dinge ist, meinte: »Das dürfen Sie sich nicht so zu Herzen nehmen. Diese Insel ist eine staatliche Einrichtung unter militärischer Aufsicht – natürlich wird da besonderer Wert auf die Disziplin, die Befehlshierarchie, die äußere Korrektheit gelegt. Bei Dr. Jaques vielleicht ein bisschen mehr als bei anderen. Die Situation hier ist mindestens so sehr ein politischer wie ein medizinischer Notstand.«

Es ist, wie er sagt, die Politik spielt eine ausschlaggebende Rolle; Arthur Adam hat von Anfang an behauptet, dass die Hungersnot in Irland politisch und nicht landwirtschaftlich bedingt ist, und auch hier ist unsere Situation mindestens ebenso sehr durch Regierungspolitik wie durch das Fieber geprägt. Offenbar führe ich mich nicht »militärisch« genug auf. Es ist deutlich, dass John sich gefügig gibt, nie Fragen stellt und nie Bemerkungen macht, wenn einer unserer Vorgesetzten ihm eine Anweisung gibt. Er lächelt und nickt. Und sobald der Vorgesetzte fort ist, tut er, was getan werden muss, und zwar so, wie er es für richtig hält.

Bin ich so ein Querulant?

John sagte: »Bei den Dienstbesprechungen stellen Sie laufend Fragen. Manchmal wollen Sie wissen, warum Sie nicht hier oder dort eingeteilt werden können, warum Sie dies oder jenes nicht ausprobieren dürfen, warum keine besseren Lebensmittel für die Patienten beschafft werden können, warum die Dienstboten sich nicht besser benehmen. Wir befinden uns hier in einer Situation, in der Fragen unerwünscht sind. Und dann diese Kammer« – mit einer ausladenden Handbewegung wies er auf meine Arbeits- und Schlafkammer und berührte dabei zwei ihrer Wände –, »was glauben Sie, wie das wirkt, dass Sie sich weigern, zusammen mit uns anderen bei Mrs. Caldwell zu wohnen? Sie reden bei den Mahlzeiten kaum ein Wort, Sie schlingen Ihr Essen hinunter und ziehen sich eiligst hierher zurück ... einige Kollegen meinen, Sie halten sich für etwas Besseres.«

Ich – der ich mich die ganze Zeit sorge, dass ich nicht genug leiste. Dann kam er auf Nora und ihre Arbeit bei den Patienten zu sprechen. Ich gebe ihr zu viel Verantwortung, sagt er. Ich rede zu frei mit ihr.

»Es ist eine Frage der Aufrechterhaltung unserer Position«, sagte er. »Wo kämen wir hin, wenn die Emigranten anfingen, die Autorität der Behörden in Frage zu stellen? Sie sind zu Zehntausenden. Und auf unserer Seite sind wir ein paar hundert Mann, ein altes Fort, eine Hand voll Waffen, eine kleine Abordnung Soldaten – nicht viel, um sie davon abzuhalten, sich gänzlich über uns hinwegzusetzen und nach Belieben weiter flussaufwärts ins Land vorzudringen.«

Auf einmal war er mir nicht mehr so sympathisch. »Sie sehen das hier als Krieg?«, fragte ich gereizt. »Und diese armen, kranken Menschen als unsere Feinde?«

»Ich sehe, dass wir eine Verantwortung gegenüber unseren eigenen Landsleuten haben.«

Wir verabschiedeten uns steif, und ich frage mich, ob wir wohl jemals wieder unsere kostbare Freizeit miteinander verbringen werden. Jetzt wird auch er gegen mich eingestellt sein. Dabei ist mir das hier auch schon hin und wieder wie ein Krieg vorgekommen, und zwar nicht gegen das Fieber, sondern gegen die Emigranten, die es mitbringen. Läuft es nicht letztlich auf dasselbe hinaus, so wie wir gezwungen sind, mit der Situation auf dieser Insel umzugehen? Susannah hatte Recht: in mir liegt tief verborgen die Fähigkeit, die Armen als Feinde zu betrachten.

29. *Juni 1847.* Gestern habe ich vier Hunde durch die Straßen schleichen sehen; es kann kein Zweifel mehr bestehen, was auf dem Friedhof vor sich geht. Die Gräber sind nicht tief genug; die Särge liegen übereinander und sind mit weniger als einem Fuß Erde bedeckt. Obwohl niemand darüber redet, sind wir uns alle über die Heere von Ratten im Klaren, die von den Fieberschiffen herüberkommen und in die Gräben ausschwärmen. Sechs Männer sind mittlerweile den ganzen Tag im Einsatz, um frische Gräber auszuheben und die in ihrer Ruhe gestörten Toten neu zu begraben.

Wieder ein Brief von Arthur Adam, datiert vom 14. April. Der übliche Bericht über Leid und Elend, mit einer guten Nachricht: In der Woche seines Schreibens ist das US-Kriegsschiff *Jamestown* beladen mit Lebensmitteln, die von mildtätigen Amerikanern gespendet worden waren, in Cork eingelaufen. Er berichtet, dass jeder Zoll unter dem Kanonendeck, einschließlich des Wassertanks, der großen Kajüte und des Magazins mit Vorräten angefüllt war. Die Lebensmittel verschwanden in der wartenden Menge wie Wassertropfen auf einem heißen Stein; aber es war immerhin etwas, meint er. Ein positiver Moment und weit mehr, als diese Menschen vom Abgeordnetenhaus erhalten.

Heute hat sich der Mann einer Frau, die kürzlich auf einer Brigg aus Limerick gestorben ist, in einem kleinen Boot, das ihm vom Kapitän der Brigg zu diesem Zweck zur Verfügung gestellt wurde, aufgemacht, seine Frau zu begraben. Zwei Matrosen begleiteten ihn und ruderten. Da sie den Friedhof nicht finden konnten, gruben sie ein Grab zu Füßen der Bäume auf der Inselspitze, die bei Flut von der Insel abgeschnitten ist. Dabei wurden sie erwischt und gezwungen, den Ort wieder zu verlassen. Als sie zur Brigg zurückruderten, stießen sie auf die übliche Reihe von Booten auf ihrem trostlosen Weg zum Friedhof, schlossen sich ihnen an und gelangten so schließlich an den richtigen Ort. Das Grab wurde ohne Zwischenfall ausgehoben, aber nachdem es wieder gefüllt war, ergriff der trauernde Gatte eine der Schaufeln und schlug damit auf den nächststehenden Matrosen ein. Der Matrose ist immer noch bewußtlos, und wir fürchten um sein Leben. Der Mann ist in den Wald geflüchtet und wurde bis jetzt nicht gefunden.

*3. Juli 1847.* Zu viel zu tun, um das Schreiben beizubehalten, obwohl ich es mir jeden Abend vornehme. Vor zwei Tagen sind Gefangene aus dem Stadtgefängnis eingetroffen, um als Totengräber, Fuhrleute und Pfleger eingesetzt zu werden. Unterdessen mehr als 2500 Kranke auf der Insel; weitere Ärzte sind eingetroffen, zwei sind vor Entsetzen geflüchtet, und neun sind selbst krank. Pater O'Reilly, der die Zelte am östlichen Ende der Insel betreut, wo die »Gesunden« in Quarantäne gehalten werden, meint, dass er in den vergangenen zwei Wochen fünfzig Sterbenden die Letzte Ölung gespendet hat. Ich habe vor, ihn nach meiner Rückkehr zu begleiten, falls wir bis dahin genügend Ärzte haben, die gesund genug sind, um die Arbeit hier zu übernehmen. Dr. Malhiot ist blass und schwach, schwört jedoch, es liege nur an der Erschöpfung.

Morgen fahre ich auf Dr. Douglas' Bitte nach Quebec: Er kann nicht auf mich verzichten, sagt er, er kann auf niemanden verzichten, aber irgendjemand muss diese Aufgabe übernehmen, und er behauptet, ich sei sehr »überzeugend« und könne von daher sicher etwas ausrichten. Wir brauchen Lebensmittel, Medikamente, Zelte, Bettzeug, einfach alles; er hat mich gebeten, persönlich bei den Mitgliedern der Gesundheitsbehörde vorzusprechen und ihnen die Dringlichkeit unserer Situation deutlich zu machen. Insgeheim frage ich mich, ob Dr. Douglas mit »überzeugend« vielleicht »penetrant« oder »streitsüchtig« meint oder beides. Aber ich bemühe mich, John Jamesons Rat zu beherzigen und akzeptiere alle Befehle, ohne sie in Frage zu stellen.

Ich hoffe, Susannah zu sehen. Und auch Arthur Adam, der inzwischen mit Sicherheit heimgekehrt sein dürfte.

Außerdem nehme ich eine Nachricht von Nora mit, die ich für sie im *Mercury* und im *Montreal Transcript* als Anzeige aufgeben soll:

*Hinweise gesucht über Ned Kynd, 12 Jahre, und Denis Kynd, 17 Jahre, aus dem County Clare, Irland, die vor etwa fünf Wochen an Bord des Dampfers* Queen *in Quebec oder Montreal eingetroffen sind – ihre Schwester wur-*

*de auf der Insel Grosse festgehalten. Alle Hinweise über ihren Verbleib werden dankbar in diesem Büro entgegengenommen.*

## IV.

Auf seiner zweiten Fahrt mit der *St. George* war Lauchlin so müde, dass die Landschaft wie ein verschwommenes Kaleidoskopbild an ihm vorüberglitt. Er nickte ein, wachte auf und nickte wieder ein, und jedesmal, wenn er die Augen aufschlug, bot sich ihm ein Anblick, der ihm wie aus einer fremden Welt erschien. Das Cap Tourmente und der Mount St. Anne, dann die Obstgärten und Weinberge der Insel Orléans und die Montmorency-Wasserfälle, die weiß und schäumend zwischen den Fichten zu Tal stürzten – wie konnten diese Orte nur alle so unberührt wirken?

Der Dampfer erreichte die Mündung des St. Charles River gegen vier Uhr am Nachmittag. Kanus und Lotsenboote fuhren emsig zwischen den großen, im Hafen verankerten Schiffen hin und her. Männer liefen über die Kais und durch den Holzhafen und verrichteten die Arbeit, durch die Lauchlins Vater reich geworden war. Vor dem Tod seiner Mutter, bevor sein Vater so verbissen und abweisend geworden war, hatte Lauchlin ihn häufig hierher begleitet. Damals wie heute hatte eine ganze Flotte von langen Flussbooten mit großen, weißen Segeln die Stämme aus Findlay Grants Sägewerk bei den Montmorency-Wasserfällen zu den Schiffen befördert, die in den kleinen Buchten vor Anker lagen.

Erstaunlich, wie der Lärm und die Geschäftigkeit des Handels am Fluss inmitten dieser Krise einfach weitergingen. Das Durcheinander im Hafen und auf den Kais hatte Lauchlin als Jungen abwechselnd gelangweilt und geängstigt, und das London Coffee House, wo sein Vater gern mit den Holzfällern aus Ottawa und den Schiffska- pitänen plauderte, war ihm zu heiß und zu schmutzig gewesen. Hier wie überall war deutlich geworden, wie enttäuscht sein Vater von ihm war. Weil es ihm keinen Spaß machte, in den Bijou-Sümpfen Regenpfeifer und Rebhühner zu jagen, weil ihm nichts daran lag, am Cap Tourmente Karibus zu schießen oder sich im Winter an den Schneeschuhrennen über das Eis zu beteiligen – all diese Dinge hatten die Kluft zwischen ihnen verbreitert.

Aber in diesem Sommer machte Findlay Grant Geschäf- te im Westen, zwischen Kiefern und Linden und Ahorn- bäumen, nur mit seinen Arbeitern allein und Lauchlin so wenig eine Stütze wie eh und je. Lauchlin kehrte dem Mastenwald den Rücken und machte sich auf den Weg durch die Lower Town und hinauf in die auf der Klippe thronende Stadt. Auf den langen Treppen wimmelte es von Menschen. Eine Frau, die die Stufen hinuntereilte, stieß ihm mit ihrem Korb gegen den Ellbogen, und eins der Hühner darin riss vor Empörung den Schnabel so weit auf, dass Lauchlin ihm in den Schlund sehen konnte. Die Frau hastete weiter und ließ Lauchlin mit einem schmerz- haften blauen Fleck zurück.

In seiner Tasche hatte er Noras Anzeige, und obwohl er noch andere Verpflichtungen hatte, begab er sich auf direktem Weg ins Büro des *Mercury*. Auf der Straße vor dem Gebäude drängelten sich Einwanderer, die meisten bleich und in zerschlissenen Kleidern, und während er sich durch die Menge schob, kam es ihm einen Moment lang so vor, als wäre er wieder auf der Insel. Drinnen musste er sich mühselig zum Schalter vorkämpfen. Ein Junge fuhr herum, um etwas zu einer Person hinter ihm zu sagen, und stieß gegen Lauchlins schmerzenden Ell- bogen. »Verzeihung«, sagte Lauchlin zusehends gereizt. »*Verzeihung*.« In der Ecke jammerte eine Frau laut vor sich hin, sie war in sich zusammengesunken, und eine andere Frau beugte sich über sie. Ein Angestellter lehnte sich über den Schaltertisch und winkte Lauchlin heran, die Männer, die von beiden Seiten auf ihn einredeten, ignorierend.

»Kann ich Ihnen helfen, Sir?«, fragte der Mann. Neben dem Auge hatte er einen großen Leberfleck, der sich bewegte, wenn er sprach.

Die Männer murrten, traten jedoch beiseite. »Ich möchte eine Anzeige aufgeben«, sagte Lauchlin. »Außerdem möchte ich veranlassen, dass dieselbe Anzeige auch in der Montrealer Zeitung erscheint. Können Sie das für mich arrangieren?«

Der Mann las den Anzeigentext mit ausdruckslosem Gesicht. »Gewiss«, sagte er. »Gewiss, wenn Sie das wünschen. Falls sich jemand meldet, werden Sie die Nachrichten hier abholen?«

»Ja«, sagte Lauchlin. »Oder ich werde veranlassen, dass sie mir nachgesandt werden.«

Der Angestellte rechnete den Preis aus, und Lauchlin bezahlte. »Sie wissen, dass die Reaktionen auf diese Dinger spärlich sind?«, fragte der Mann, als er ihm das Wechselgeld reichte.

»Diese Dinger?«

Der Mann deutete auf den überfüllten Raum. »All diese Leute«, sagte er, »geben die gleiche Art Suchanzeige nach ihren Familienangehörigen auf, die ihnen verloren gegangen sind. Ich wünsche Ihnen viel Glück bei Ihrer Suche.«

Als Lauchlin sich zum Gehen wandte, rempelte ein älterer Mann ihn an, richtete sich auf und hielt eine Hand voll von Lauchlins Rock umklammert. »Verzeihen Sie«, sagte der Mann. »Könnte ein feiner Gentleman wie Sie eine Minute erübrigen, um mir zu helfen?«

Lauchlin befreite sich vorsichtig aus dem Griff des

Mannes. Seine Finger hinterließen schmutzige Spuren. »Was haben Sie denn für ein Problem?«

»Ich suche meine Tochter«, sagte der Mann. »Wenn Sie nur eine Minute Zeit hätten, um mir zu helfen, eine Anzeige zu formulieren ...«

Lauchlin schrieb dem Mann seinen Text, dann ergriff er die Flucht. Vor seinem geistigen Auge spielte sich auf einmal in allen Städten entlang der großen Wasserstraße die gleiche Szene ab: die hier Zurückgebliebenen forschten nach jenen, die nach Montreal verschifft worden waren; die in Montreal Zurückgebliebenen forschten nach jenen, die weiter ins Inland verfrachtet worden waren. Noras Brüder waren unauffindbar.

Ein ergebnisloser Besuch nach dem anderen verschlang den Nachmittag; die Beamten in der Gesundheitsbehörde waren eher aufgebracht als mitfühlend und mehr um den Ausbruch des Fiebers in der Stadt besorgt als um die Bedingungen auf Grosse Isle. Sewell war wütend und gab Dr. Douglas die Schuld; Henderson und Phillips konnten nur wenige Minuten für ihn erübrigen. In Phillips' Büro erfuhr er, dass man die Kleider und Lebensmittel, die von den Damen des protestantischen Wohlfahrtsvereins für die Kranken auf Grosse Isle gesammelt worden waren, für die Kranken hier in der Stadt verwendet hatte. Hier, im Herzen des besten Viertels der Stadt, waren allerdings keine Kranken zu sehen. Die Angestellten, die mit ihren Papieren umhereilten, waren bemerkenswert gepflegt und gut genährt. Die Röcke der Ärzte waren sauber und gebürstet, die Dienstboten gut gekleidet, die Pferde standen geduldig vor ihren Kutschen und zuckten nur hin und wieder, um eine Fliege zu verscheuchen. Und die steinernen Stufen, die er hinaufstieg, glänzten frisch gescheuert.

In Büros ein und aus, durch schwere Doppeltüren hinein und wieder hinaus. Ernste Gesichter, hier und dort eine Tasse Tee, hastige, halbherzige Versprechungen oder direkte Ablehnung; ein Ja zu ein paar zusätzlichen Decken, ein Ja zu geringfügigen zusätzlichen Mitteln, aber nicht sofort; ein Nein zu einer Notlieferung von Mehl und Milch, es herrschte bereits Knappheit in der Stadt. Das Fieber sei hier schon ein ernstes Problem, bekam er allenthalben zu hören. Ein hoher Beamter sagte: »Das einzig Tröstliche ist, dass bisher die meisten Erkrankten Emigranten sind – im Marine and Emigrant Hospital und in den in der Nähe davon eigens errichteten Fieberbaracken liegen bereits mehr als achthundert von ihnen. Zurzeit können wir keine Medikamente erübrigen.« Lauchlin starrte auf die Schuhe des Mannes, während er sprach; sie waren teuer und blitzblank geputzt. Zwei Türen weiter und zwei Tassen Tee später berichtete ihm Jackson, dass die Bewohner von St. Roch, das in der Nähe des Einwanderer-Krankenhauses lag, die ersten Fieberbaracken in wütendem Protest abgerissen hatten. »Als die neuen errichtet wurden, mussten wir nachts Wachen davor postieren.«

Er suchte Dr. Perraults Praxis auf, aber Dr. Perrault, den er besonders dringend hatte sprechen wollen, konnte nicht aufgefunden werden. Später berichtete ihm ein junger Arzt, dass in der Kavallerie-Kaserne auf den Plains of Abraham hundert Betten für die Kranken bereitgestellt worden waren und dass Dr. Perrault vermutlich dort anzutreffen sei. Jemand versprach eine Ladung Mais und Gerste; ein anderer Beamter stellte eine Spende von Armeedecken in Aussicht. Weitere Ärzte könne man nicht erübrigen, beschied man ihn. Und für keinen noch so hohen Lohn könnten Schwestern gefunden werden.

Niedergeschlagen und auf diffuse Weise beschämt ging Lauchlin, nachdem er seine Runde beendet hatte, zu Susannah anstatt zu sich nach Hause. Es wurde schon fast dunkel, und er konnte es nicht ertragen, sich dem zu stellen, was ihn zu Hause erwartete. Post und Reparaturen und die Klagen seiner Dienstboten; wie sollte er da Abhilfe schaffen? Im Stillen hoffte er außerdem, dass Arthur Adam und Susannah ihn zum Dinner einladen würden. Er hatte vergessen, wie richtiges Essen schmeckte, weit entfernt vom Geruch des Todes.

Dünn und erschöpft und außer Atem traf er vor der Tür der Rowleys ein. Wie erwartet, war es Annie Taggert, die ihm öffnete. Was er nicht erwartet hatte, waren ihre Neuigkeiten.

»Tut mir Leid«, sagte sie. »Mr. Rowley ist immer noch in Übersee.«

»Das wusste ich nicht«, sagte er. Selbst Annie kam ihm rundlich vor. Ihre Schürze und ihre Haube waren gestärkt, so sauber. »Geht es ihm gut?«

»Selbstverständlich. Er ist jetzt in London. Wir erwarten ihn nächsten Monat zurück.«

Susannah war also allein gewesen. Die ganze Zeit. Er hatte ihr von der Insel aus nur zwei Mal geschrieben; Nachrichten in knappster Form, weil er das Glück ihres Wiedersehens mit Arthur Adam nicht trüben wollte. Er hatte nur geschrieben, um ihr mitzuteilen, dass er noch gesund war. Er sagte: »Dürfte ich denn wohl Mrs. Rowley sehen?«

Annie machte die Tür noch immer nicht auf. »Mrs. Rowley ist nicht da«, sagte sie, ihre Stimme hart vor Missfallen. »Mrs. Rowley ist, wo sie neuerdings immer ist, hin und her zwischen dem Krankenhaus und den Fieberbaracken in St. Roch. Es ist ein Wahnsinn. Was sie tut, die Orte, die sie aufsucht, mit niemandem als Begleitung außer ihrer Freundin Mrs. Martin. Glaubt sie vielleicht, die Krankheit würde sie einfach verschonen?«

»Ich weiß es nicht, Annie«, sagte Lauchlin matt. Wer war Mrs. Martin? »Aber darf ich eintreten? Es ist schon spät, und wo immer sie ist, wird sie sicherlich bald zurückkommen.«

Annie musterte ihn von oben bis unten. »Sie sehen erbärmlich aus«, sagte sie. »Wenn Sie entschuldigen. Sind Sie schon bei sich zu Hause gewesen?«

Es kam ihm nicht in den Sinn, sie anzulügen. »Nein. Ich komme direkt von der Insel.«

»Direkt von der Arbeit mit den Kranken, möchte ich wetten.«

Er dachte, sie würde ihn für seine Arbeit unter ihren Landsleuten loben. »Ja«, sagte er.

»Und wie kommen Sie darauf, dass ich Sie in dieses Haus lasse, solange Sie die Krankheit an sich tragen? Ich nicht, nicht durch diese Tür.« Sie trat einen Schritt vor und schloss die Tür hinter sich, wobei sie es sorgfältig vermied, ihn zu berühren. »Folgen Sie mir«, sagte sie. »Sie wollen auf die Mistress warten, dann werden Sie das tun, was ich auch von ihr jeden Abend verlange, wenn sie von diesen Verseuchten zurückkehrt.«

Lauchlin war zu erschöpft, um sich zu wehren. Sie führte ihn um das Haus herum, an den Hecken und den Blumenbeeten und dem Küchengarten vorbei. »Rühren Sie ja nichts an«, sagte sie, als sie ihn durch die Küchentür einließ. Ein schmutziges Küchenmädchen blickte auf, als er vorbeiging; Annie sagte zu ihr: »Dr. Grant kommt von den Kranken. Dass du mir ja nicht in seine Nähe gehst.« In einem ungenutzten Vorratsraum hinter der Küche blieb sie stehen.

»Gehen Sie hier rein«, sagte sie. »Hier schicke ich Mrs. Rowley jeden Abend hin, um sich zu waschen. Ziehen Sie alles aus, was Sie am Leib tragen und schieben Sie Ihre Kleider durch das Hinterfenster. Ich bringe Ihnen heißes Wasser und einen Schwamm.«

Benommen und verwirrt stand er da, nachdem sie die Tür hinter sich geschlossen hatte. Was ging in diesem Haus vor, wo die Dienstmädchen plötzlich die Befehle gaben? Was war mit Susannah, und warum war Arthur

Adam immer noch fort? Der Raum war sauber und kahl und roch leicht nach Muskat und Mehl. Es gab noch nicht einmal einen Stuhl, auf den er sich hätte setzen können.

Er stand immer noch da, als Annie an die Tür klopfte. »Ja?«

»Hier ist Ihr heißes Wasser«, sagte sie. »Und Seife und ein Schwamm und eine Decke, die Sie umlegen können, wenn Sie fertig sind. Und jetzt ziehen Sie schon Ihre Sachen aus.«

Er blickte auf seine verdreckte Hose, sein fleckiges Hemd und seinen abgetragenen Rock hinunter und hatte Annies Vorsichtsmaßnahmen nichts entgegenzusetzen. »Mach ich«, sagte er. »Jetzt gleich. Vielen Dank. Aber könnten Sie mir etwas von Mr. Rowley zum Anziehen bringen, wenn ich fertig bin? Selbst ein Morgenmantel würde mir genügen.«

Annie straffte die Schultern. »Das ist nicht möglich«, sagte sie. »Wir haben alle seine Sachen eingemottet.«

»Aber Annie – ich kann doch Mrs. Rowley nicht in eine Decke gewickelt gegenübertreten.«

Annie seufzte. »Sagen Sie mir, was Sie gern aus Ihrem Haus hätten«, sagte sie. »Ich werde hinübergehen und die Kleider, die Sie wünschen, bei Ihrer Haushälterin abholen.«

»Das scheint mir übertrieben. Ich brauche doch nur ein paar Sachen.«

Er setzte dazu an, sie zu überzeugen, dass Arthur Adam gewiss nichts gegen eine Leihgabe einzuwenden hätte, aber Annie fiel ihm ins Wort. »Mr. Rowleys Sachen stehen nicht zur Verfügung«, sagte sie steif. »Aber es würde mir nichts ausmachen, Ihnen etwas aus Ihrem Haus zu holen.«

Lauchlin blickte auf das abkühlende Wasser hinunter. »Nun gut«, sagte er. Er gab ihr Anweisungen und dann, sobald sie gegangen war, riss er sich die Kleider vom Leib und warf sie durch das Fenster nach draußen. Dann begann er zu baden. Das warme Wasser auf seiner Haut fühlte sich himmlisch an. Der Vorratsraum war fast dunkel, bis auf das Rechteck grauen Abendhimmels im Fenster der hinteren Wand; in der Küche summte das Küchenmädchen vor sich hin, als hätte sie ihn vergessen.

Annie begab sich auf den Weg zu Lauchlins Haus, machte jedoch nach wenigen Schritten kehrt. Der Doktor würde zu Abend essen wollen, das wusste sie. Mrs. Rowley würde erst spät heimkehren, wie immer, und sich im Vorratsraum waschen und umziehen, wie Annie es ihr beigebracht hatte: dann würde sie ihren wartenden Freund entdecken und ihm etwas zu essen anbieten, ohne sich zu überlegen, wo das Essen herkommen sollte. Es war Mrs. Heagertys freier Tag. Annie, die wusste, daß Mrs. Rowley nach ihrer Rückkehr nur eine Kleinigkeit zu sich nehmen würde, hatte nichts zubereitet außer einer Hühnerpastete, die für sie und Sissy und die anderen Dienstboten vollkommen ausgereicht hätte, nachdem Mrs. Rowley ihre zwei Happen verzehrt hatte.

Sie eilte zurück in die Küche und schnappte sich einen Korb. Sissy zuckte zusammen. »Das hat nichts mit dir zu tun«, raunzte Annie. »Sieh zu, dass das Silber fertig geputzt ist, bis ich zurückkomme.« Dann war sie schon wieder unterwegs; zuerst zum Markt und dann zum Haus des Doktors.

Auf dem Markt auf dem Platz vor der Basilika sah sie sich an den Metzgerständen um. Hühner waren entsetzlich teuer, und keins sah so frisch aus, dass sie es hätte kaufen wollen; Gänse waren noch teurer, und das Hammelfleisch, das sie begutachtete, war eindeutig verdorben. Sie kaufte einige Austern, die frisch und billig waren, zwei quicklebendige Hummer – eine Austernterrine, dachte sie, warm und nahrhaft; anschließend die Hummer, in der aufgeschnittenen Schale gegrillt. Sissy und sie würden morgen die Reste als Salat essen. Die wilden Himbeeren dufteten wunderbar, und sie kaufte einen großen Korb voll, unschlüssig, ob sie sie einfach mit Sahne oder in einer Tarte servieren sollte. Kopfsalat, Radieschen, Lauchzwiebeln; Sahne und Butter natürlich. Da Mrs. Heagerty nicht da war, um zu backen, und da sie wusste, dass die Zeit knapp war, gestattete sie sich den Luxus eines Dutzends frischer Brötchen.

Dann machte sie sich auf zum Haus des Doktors. Sie kannte den Weg, denn sie hatte gelegentlich Eingemachtes und frisches Obst und Gemüse aus dem Garten der Rowleys dorthin gebracht; Mrs. Rowley war allzu freigebig mit den guten Gaben aus Mr. Rowleys Haushalt. Annie lief am Kloster, am Gericht, am Mietstall und an zwei Hotels vorbei. Die Hotels schienen fast leer zu sein, was nicht überraschte; wer würde diese Stadt besuchen, wenn er es vermeiden konnte, jetzt wo das Fieber ausgebrochen war? Hinter sich hörte sie das Klappern zweier Wagen, und obwohl sie sich abwandte, konnte sie nicht umhin, die Särge zu bemerken, die sie transportierten.

Bei Lauchlins Haus angekommen, stellte sie überrascht fest, wie verwahrlost es aussah. Hässliches Unkraut hatte sich zwischen den Steinplatten des Gehwegs hindurchgearbeitet; hoch aufgeschossene junge Bäume wiegten sich hochmütig an den Stellen, die sie zwischen den Heckensträuchern ergaunert hatten; ein Fleck verunzierte die Wand, wo der Regen durch ein Loch in der Regenrinne heruntergelaufen war. Schämen sollte er sich, der Doktor, dachte Annie. Sie gab ihm die Schuld an dem vernachlässigten Zustand des Hauses. Wäre er geblieben, wo er hingehörte, und nicht auf diese grauenhafte Insel gegangen, würde das Haus wenigstens halbwegs respektabel aussehen.

Annie klopfte an die Tür. Das Haus der Rowleys wäre

womöglich in einem ähnlichen Zustand, wenn sie und Mrs. Heagerty und die andern nicht unermüdlich darum bemüht wären, den Haushalt mit vereinten Kräften für Mr. Rowley in Ordnung zu halten, damit er sich bei seiner Rückkehr nicht schämen musste. Wenn sie abends allein in ihrer kleinen Dachkammer lag und in Gedanken Mrs. Rowleys Verfehlungen aufzählte, war sie schon manchmal in Versuchung gewesen, das Haus so verkommen zu lassen, wie Mrs. Rowley es mit ihrer Nachlässigkeit verdient hatte. Aber wer sollte das ertragen? Mit Widerwillen fasste sie den verschmutzten Türknauf an. Immer noch machte niemand auf. Dann hörte sie Stimmen, ganz in ihrer Nähe, die offenbar zu dumm waren, darauf zu kommen, dass sie gehört werden könnten.

»*Du* machst auf«, sagte ein Mädchen. »Das ist nicht mein Haus, ist es nie gewesen.«

»Na, meins ist es auch nicht«, sagte ein Junge. »Ich wäre überhaupt nicht hier drinnen, wenn ich nicht zum Essen reingekommen wäre. Soll ich vielleicht die Tür öffnen mit dem ganzen Stallmist auf meiner Hose?«

»Egal. Mach auf.«

»Nein.«

Annie klopfte mit Nachdruck an die Tür. »Was macht ihr beiden da drinnen?«, rief sie. Es war schockierend, wie tief dieser Haushalt gesunken war. »Macht sofort die Tür auf – ich habe eine Nachricht von Dr. Grant.«

Entsetztes Schweigen, und dann zog ein Junge, so schmutzig wie erwartet und mit einem wilden blonden Haarschopf, die Tür auf.

»Holt mir die Haushälterin«, sagte Annie zu dem Mädchen. Das Mädchen war groß, und in ihrem schäbigen Kleid wirkte sie beinahe so schlampig wie Sissy, schien jedoch deutscher oder norwegischer Herkunft zu sein. Sie verschwand und kehrte mit einer Frau mittleren Alters zurück.

»Ich bin Mrs. Carlson«, sagte die Frau. Korpulent und ihrer Würde mit einem Mal bewusst richtete sie sich auf. »Und Sie sind …?«

Annie richtete sich ebenfalls kerzengerade auf und stellte sich vor. »Dr. Grant ist bei uns zu Besuch«, fuhr sie fort. »Das heißt, bei Mrs. Rowley – Mr. Rowley wird immer noch von wichtigen Geschäften in England festgehalten. Dr. Grant ist ein kleines Missgeschick mit seinen Kleidern widerfahren, und er wünscht, dass Sie mir frische Kleidung für ihn mitgeben, einschließlich Unterwäsche. Ich soll ihm die Sachen ins Haus der Rowleys bringen.«

»So, so«, sagte Mrs. Carlson. »Und woher soll ich wissen, dass Sie die Wahrheit sagen? Was könnte dem Doktor widerfahren sein, dass er frische Sachen braucht, von der Unterwäsche bis zum Rock?«

Annie schluckte die implizierte Beleidigung schweigend; diese Frau war von zu geringem Stand, als dass sie sich mit ihr angelegt hätte. »Er trägt die Krankheit an sich«, sagte sie mit theatralisch gesenkter Stimme. »Von dieser Insel. Sie steckt in seinen Kleidern, und er möchte sie nicht ins Haus der Rowleys einschleppen. Wenn er seinen Besuch heute Abend beendet hat, wird er hierher kommen. Vielleicht wird er Ihnen seine Kleider zum Waschen geben.«

Eine endlose Minute lang starrte Mrs. Carlson sie wortlos an. Dann deutete sie auf einen Stuhl, auf dem Annie warten sollte, und verschwand die Treppe hinauf in die Richtung, wo Annie das Ankleidezimmer des Doktors nur vermuten konnte.

Während Annies Abwesenheit schienen die anderen Dienstboten der Rowleys vergessen zu haben, dass Lauchlin im Haus war. Als er den Vorratsraum verließ, fand er die Küche leer vor. Auch die Diele war leer, und schließ-

lich, weil es ihm peinlich war, nur mit einer Decke ver-
hüllt durch die Zimmer zu tappen, schlüpfte er in die
Bibliothek und schloss hinter sich die Tür. Die Fenster
waren geschlossen, und die Luft war muffig, mit einem
entfernten Geruch nach Leder und Schnittblumen, die
man zu lange hatte stehen lassen. Er öffnete zwei Fenster, dann setzte er sich vorsichtig in einen von Arthur
Adams wuchtigen Sesseln und arrangierte die Decke so,
dass sie möglichst viel von ihm verdeckte. Warm, weich,
sauber; all das war wunderbar, aber er verspürte einen
nagenden Hunger. Als er seine nackten Füße vor sich auf
das Kniekissen legte, sah er, dass seine Fußnägel so
brüchig und furchig waren wie die eines alten Mannes.
Seine Ernährung, vielleicht. Oder einfach der völlige
Mangel an Pflege. An dem Ellbogen, der unter der Decke
hervorragte, war die Haut um seinen frischen blauen Fleck
herum trocken und schlaff. Einen Augenblick lang gestattete er sich, darüber nachzudenken, wie er wohl aussehen
würde, wenn die Zeit der ständig einlaufenden Schiffe
vorbei wäre, falls er so lange überlebte. Acht Ärzte waren
bereits auf der Insel gestorben; er verscheuchte den
Gedanken.

Annie würde jeden Moment zurückkehren, dachte er
und schloss die Augen. Die sanfte Brise, die durch die
Fenster hereinwehte, war wohltuend und brachte den
Duft von Rosen mit. Ein Kardinal, der in einem Feuer-
dorn saß, ließ immer wieder seinen viertönigen Ruf erklin-
gen.

Als er aufwachte, war es fast dunkel. Die Tür zur Bibliothek öffnete sich hinter ihm, und er hob erschrocken den
Kopf. »Annie? Kann ich meine Kleider haben?«

Die Gestalt hinter ihm schnappte nach Luft. »Lauchlin?«, hörte er Susannah sagen. Zuerst glaubte er, er hätte ihre Stimme geträumt. »Lauchlin? Bist du das? Was
machst du denn hier?«

Unwillkürlich erhob er sich, die Decke bauschte sich um ihn wie ein Umhang. Da stand sie vor ihm, ein Buch in der Hand, in ihrem rotbraunen Morgenmantel beinahe so leicht bekleidet wie er. In dem Augenblick, bevor er sich errötend von ihr abwandte, bemerkte er, wie wenig sie unter der schimmernden Seide anhatte.

»Bitte entschuldige«, sagte er zum Kamin gewandt. »Kannst du mir verzeihen? Als ich herkam, warst du nicht da, und Annie hat mir alle Kleider weggenommen und mir aufgetragen, zu warten, bis sie frische Sachen aus meinem Haus geholt hat, und die Zeit wurde mir so lang, dass ich hier heraufgekommen bin. Ich muss eingeschlafen sein ... was ist mit Annie? Warum hat dir niemand gesagt, dass ich hier bin?«

Seine Stimme verlor sich zwischen seinen Entschuldigungen und allem, was er ihr gern gesagt hätte und nicht sagen konnte. Dass sie wunderschön war in dem Dämmerlicht; dass er ihr Haar seit Jahren nicht mehr offen gesehen hatte und dass es ihm gefiel; dass er während der Wochen auf Grosse Isle von ihr geträumt hatte, immer und immer wieder. Wenn er nur nicht in diese erbärmliche Decke gehüllt gewesen wäre, hätte er sich vielleicht gestattet, sich umzudrehen und noch einen Blick von ihr zu erhaschen. Aber das wäre nicht recht gewesen; gewiss waren ihr die eigene relative Unverhülltheit und seine Blöße gleichermaßen peinlich.

Er hörte, wie sie sich in Richtung Tür zurückzog, aber sie lachte und wirkte keineswegs gekränkt. »Lauchlin, du Armer! Du bist also Annie und ihrem Reinlichkeitsfimmel zum Opfer geworden«, sagte sie. »Ich bin selbst eben erst zurückgekommen – Annie war nicht in der Küche, als ich kam, aber ich habe es nicht gewagt, meine rituelle Waschung ausfallen zu lassen. Ich bin diejenige, die sich zu entschuldigen hätte. Erst wirst du von meinen Dienstboten schlecht behandelt, und dann platze ich hier so herein. Wenn du dich noch einen Augenblick geduldest, werde ich mir etwas Anständiges anziehen. Dann sehe ich nach Annie und erkundige mich, was mit deinen Sachen passiert ist.«

Er drehte sich erst um, als er hörte, wie die Tür zuschnappte. Seine Haut brannte unter der Decke – noch nie, noch nicht mal als Kinder, waren sie einander so intim begegnet. Er versuchte, sich nicht auszumalen, wie es wäre, wenn sie sich ihm willentlich so präsentierte; er versuchte es, doch es misslang ihm kläglich, und er warf sich stöhnend in den Sessel, eifersüchtiger auf Arthur Adam, als er es sich einzugestehen ertrug. Als die Tür sich erneut hinter ihm öffnete, wagte er nicht, sich zu erheben oder sich umzudrehen.

Diesmal war es wirklich Annie. Sie sagte böse: »Ihre Kleider«, legte den Stapel auf dem Bibliothekstisch ab und stemmte die Hände in die Hüften. »Und ich hab die ganze Zeit angenommen, Sie wären verschwunden. Woher sollte ich wissen, dass Sie sich hierher zurückgezogen haben? Und dann kommt Mrs. Rowley hereingeschlichen, ohne mir Bescheid zu geben, dass sie zurück ist – seit einer Stunde bin ich wieder da, nachdem ich durch die ganze Stadt gelaufen bin, und als ich wiederkomme, finde ich nirgends eine Spur von Ihnen.«

Lauchlin seufzte und stützte sein Kinn in die Hände. »Annie«, sagte er. Sie war in den vergangenen Monaten ziemlich dreist geworden, doch er fand, es sei nicht an ihm, sie zurechtzuweisen. »Wenn Sie wüßten, was ich in den letzten Wochen durchgemacht habe, oder wie müde ich war – ich bin nur hierher gekommen, um mich ein bisschen auszuruhen. Was dachten Sie denn, wohin ich gegangen sein könnte, mit nichts als dieser Decke bekleidet?«

»Ich habe keine Ahnung«, sagte Annie. »Und nachdem ich gesehen habe, wie es bei Ihnen zu Hause aussieht, kann ich mir schon überhaupt nicht vorstellen, was einem Gentleman wie Ihnen in den Sinn kommen könnte. Ihre Mrs. Carlson lässt Sie um Verzeihung bitten, weil sie ein geflicktes Hemd schickt, ich soll Ihnen sagen, sie konnte kein anderes sauberes finden, sie hat alles bis zu Ihrer Rückkehr weggepackt. Mrs. Rowley wird gleich bei Ihnen sein.« Doch dann, als hätte sie zum ersten Mal begriffen, dass er unter seiner Decke nackt war, entspannte sie sich ein wenig. »Sie sehen lächerlich aus in diesem Aufzug«, sagte sie. »Nun ziehen Sie sich endlich an.«

War das ein Grinsen? Sie schloss die Tür hinter sich, und Lauchlin kleidete sich an. Als Susannah zurückkehrte, das Haar hochgesteckt und das Kleid züchtig an Schultern und Hals zugeknöpft, war er ebenfalls beinahe wieder respektabel gekleidet. »Verzeih mir, dass ich hier so hereingeplatzt bin«, sagte er.

Sie eilte auf ihn zu und ergriff seine Hände. »Red keinen Unsinn. Ich freue mich so, dich zu sehen – geht es dir gut? Ich hoffe, du hast keine Probleme.«

Er erwiderte sanft den Druck ihrer Hände, dann trat er einen Schritt zurück. »Nur die, die mir inzwischen alltäglich geworden sind. Dr. Douglas hat mich mit einem Auftrag hierher geschickt – ich werde morgen auf die Insel zurückkehren. Ich hatte gehofft, dich und Arthur Adam kurz zu sehen. Ich wusste nicht, dass er immer noch fort ist.«

Einen Moment lang kümmerte Susannah sich um die Lampen. »Kann Annie das nicht machen?«, fragte er leise.

»Ich will sie nicht damit behelligen.«

Im warmen Schein der Lampen war sie beinahe so schön wie zuvor im Dämmerlicht. Vielleicht einen Hauch kühler, einen Hauch härter, so als wären ihre Kleider eine Rüstung. Einen Augenblick lang musste er an Nora denken, die ihn stets mit der gleichen Freundlichkeit behandelte. Deren Augen diesen seltsamen Rand um die Iris hatten ...

»Ich habe sie gebeten, uns ein Abendessen zu bereiten, und darüber ist sie schon ungehalten genug. Es wird Arthur Adam unendlich Leid tun, wenn er erfährt, dass er dich verpasst hat – du weißt, dass er in London ist? Immer noch?«

Er wollte nicht über Arthur Adam reden. Er wollte ein Feuer machen und sich davor auf den Teppich legen, den Kopf in ihrem Schoß, und ihr erzählen, was er in der Zeit, als sie nicht zu Hause war, erlebt und empfunden hatte. Er wollte eine ihrer Haarsträhnen über ihre Schulter ziehen und an seine Wange halten, aber solange sie sich so geschäftig gab und plauderte, als empfinge sie einen bloßen Bekannten, konnte er nicht anders, als sich ebenso zu verhalten. »Annie hat es mir erzählt.«

Susannah deutete auf einen der Sessel, dann nahm sie eine Mappe mit Papieren, bevor sie sich in den passenden Sessel ihm gegenüber setzte. »Das sind seine Artikel«, sagte sie, während sie die Papiere in der Mappe durchging und einzelne Zeitungsausschnitte herausnahm. »Quebec, Montreal, Boston, London – kaum eine bedeutende Zeitung, für die er noch keinen Bericht über die Hungersnot und das Auswanderungsproblem geschrieben hätte. Jetzt plädiert er für eine grundlegende Reform der Schifffahrtsgesetze. Hör dir das an.«

Sie zog eine lange Spalte aus einer Londoner Zeitung heraus. »›Das gesamte System, nach dem diese unglücklichen irischen Emigranten verschifft werden, bedarf einer Revision. Wer, wenn nicht die Regierung, soll diesen armen Menschen, die durch den Hunger aus ihrem Heimatland vertrieben werden, beistehen und sie beschützen? Wir müssen dafür sorgen, dass nicht zu viele auf einem Schiff zusammengepfercht werden und dass sie ordentlich untergebracht werden. Wir müssen dafür sorgen, dass ihre Verpflegung so ausreichend ist, dass sie die Überfahrt gesund überstehen, und dass Ärzte an Bord sind, die sie behandeln können. Wir müssen dafür sorgen …‹ Nun, du verstehst, worauf er hinauswill.«

»Selbstverständlich«, sagte Lauchlin. Er begriff sowohl, wofür Arthur Adam sich einsetzte, als auch, wie dieser Abend verlaufen würde, zumindest, bis das Abendessen aufgetragen wurde, bis sie gegessen hatten und der Tisch wieder abgeräumt war. Annie oder eins der anderen Dienstmädchen würde jeden Augenblick hereinkommen, und sicherlich war Susannahs Förmlichkeit auf ihr zu erwartendes Erscheinen zurückzuführen. »Ich kann ihm nur beipflichten, nach allem, was ich in diesem Monat erlebt habe. Bewundernswert, wie er das alles zu Papier bringt.« Es versetzte ihm unwillkürlich einen Stich, als er diese dicke Mappe voller Artikel mit seinen privaten Aufzeichnungen verglich.

»Ja, natürlich«, sagte Susannah. »Aber jetzt erzähl mir von Grosse Isle. Deine Briefe waren so knapp.«

Zunächst zögerte er, doch sie drängte ihn, und schließlich berichtete er ihr von Einzelheiten, die er bisher nur seinem Tagebuch anvertraut hatte. »Das Schlimmste ist«, sagte er abschließend, »das Schlimmste ist, dass wir Passagiere flussaufwärts schicken müssen, in dem Wissen – in dem sicheren Wissen –, dass sie innerhalb der nächsten Tage krank sein werden, dass sie die Krankheit mit hierher bringen werden.«

»Genau so ist es«, sagte Susannah schlicht. »Ich erlebe es jeden Tag im Krankenhaus. Einige der Ärzte hier sind sehr bitter wegen der Dinge, die in der Quarantänestation vor sich gehen.«

»Glaubst du, wir empfänden das nicht als bitter?«, entgegnete Lauchlin empört. »Glaubst du, auch nur einer von uns würde sich aus freien Stücken so verhalten? Wenn wir auch nur die geringste Unterstützung von der Regierung erhielten, wenn wir auch nur annähernd genug Platz und Verpflegung hätten, wenn wir genug Personal – wenn du die Zustände dort sehen könntest, würdest du uns nicht dafür verantwortlich machen.«

»*Ich* mache euch doch nicht verantwortlich«, sagte Susannah. »Das tun nur die Ignoranten, und auch die machen lediglich Dr. Douglas für die Situation verantwortlich. Der Schlimmste ist dieser Dr. Racey – er hat in Beauport eine Privatklinik eröffnet, wo er die Reichen behandelt, die das Pech hatten, sich mit diesem Armenfieber anzustecken. Ich war neulich mit meinem Onkel und meiner Tante einmal dort. Es hat mich so wütend gemacht. Dr. Racey hat zwei schöne, saubere Gebäude, die immer gut gelüftet sind, und einen ganzen Stab gut ausgebildeter Schwestern, und das alles für weniger als hundert Patienten. Jeder Einzelne von ihnen erhält eine vorzügliche Betreuung, täglich ein warmes Bad, spezielle Getränke und besondere Verpflegung. Und er posaunt überall in der Stadt herum, dass er bisher nur zwei Todesfälle zu beklagen hatte. Was er nicht sagt, ist, welchen Preis er verlangt.«

»Das kann ich mir vorstellen«, sagte Lauchlin. Ihm wurde trotz des guten Willens und des Interesses, das Susannah ihm entgegenbrachte, ganz schwer ums Herz. Seine Stimmung besserte sich, als das Abendessen aufgetragen wurde; nichts konnte den Duft von Austern übertreffen, die in heißer Milch und Butter schwammen, oder von Hummern, die aus ihren aufgeschnittenen Panzern quollen.

»Du bist sehr gut zu mir«, sagte er zu Susannah. »Ich habe seit Wochen keine anständige Mahlzeit mehr bekommen.« Während er aß, vergab er ihr, dass sie ihn nicht liebte und nie geliebt hatte. Es war nicht ihre Schuld, sagte er sich. Er hatte es versäumt, den Kontakt zu ihr zu suchen, bevor er nach Paris ging; er hatte nicht begriffen, wie tief er sich ihr verbunden fühlte, bis sie ihm als Ehefrau eines anderen wieder begegnet war.

Er vertilgte seine Austern, er vertilgte den Hummer, er aß drei Brötchen, und dann brachte Annie eine köstliche Tarte. Seine Stimmung hellte sich weiter auf, und er versuchte, Susannah zu bewegen, ihm von ihrer Arbeit im Marine and Emigrant Hospital zu berichten. Sie war auf reizende, beinahe aufreizende Weise bescheiden. »Ich helfe nur aus, wo ich kann«, sagte sie. »Wo immer die Ärzte mich brauchen.« Als er sie drängte, mehr zu erzählen, sagte sie: »Du weißt, was ich erlebe und was ich tue. Du brauchst nur daran zu denken, was eure Schwestern tun.« Er tat es und errötete.

»Weißt du«, sagte er, »als Arzt bin ich sehr dankbar für alles, was du tust, um zu helfen. Aber als dein Freund und vor allem als Arthur Adams Freund frage ich mich, ob er das gutheißen würde. Du setzt dich einem großen Risiko aus.«

Susannah schob ihren Teller mit dem Stück Himbeertarte von sich. »*Risiko*«, sagte sie. »Wenn es nach Arthur Adam ginge, würde ich das Haus nie verlassen. Zu viel *Risiko*, hat er gesagt, als ich ihn angefleht habe, mich mit nach Irland zu nehmen, oder als ich ihn gebeten habe, zu ihm nach London kommen zu dürfen. Alles, was ich tun möchte, birgt zu viel *Risiko*. Unterdessen lässt er mich hier acht Monate lang allein. Was erwartet er denn von mir? Soll ich dir mal was sagen?«

»Bitte«, sagte Lauchlin nervös.

»Ich hoffe, dass er noch ein paar Monate fortbleibt. Wenn er morgen zurückkehrte, würde er mich hier einsperren und mir verbieten, ins Krankenhaus – oder überhaupt irgendwohin – zu gehen, und ich sage dir, ich würde es nicht ertragen.« Sie spreizte ihre Hände vor sich und starrte auf ihre Handflächen. »Er ist nicht wie du – du würdest mir gestatten, nach Grosse Isle zu kommen und dir zu helfen, wenn ich dich darum bäte, nicht wahr?«

»Nein«, sagte Lauchlin ruhig. »Das würde ich niemals tun.«

Susannah stand auf und trat ans Fenster. »Du würdest es nicht tun«, sagte sie. »In der Hinsicht bist du also genau wie er. Obwohl du dich selbst mitten ins Geschehen stürzt, würdest du mich von allem fern halten.«

»Arthur Adam liebt dich. Er möchte nur, dass du in Sicherheit bist.«

Annie kam herein, räumte die Teller ab und verschwand wieder, wobei sie Susannah mit einem langen Blick bedachte, als sie die Tür schloss. Und Lauchlins Stimmung war wieder auf dem Nullpunkt. Den ganzen Abend über hatten Susannah und er aneinander vorbeigeredet. Jede Gelegenheit für ein echtes Gespräch war verpasst, jedes echte Gefühl erstickt worden. Ihm fiel nichts Besseres ein, als aufzustehen, neben sie zu treten und ihr vorsichtig, vorsichtig eine Hand auf die Schulter zu legen.

Sie wich ihm nicht aus. Stattdessen lehnte sie sich leicht an ihn, so dass sich ihre Hüften berührten und ihre Schultern und ihre Oberarme. So standen sie lange Zeit da, schauten in den Garten hinaus, und an den wenigen Berührungspunkten strömte Wärme zwischen ihnen hin und her. Wie ausgehungert er nach der geringsten menschlichen Berührung war! »Es tut mir Leid«, sagte er schlicht. »Was ich gesagt habe, war dumm. Aber wenn du wüsstest, was du mir bedeutest…«

»Ich weiß es«, sagte sie.

Sie wusste es? Aber ob sie es wirklich wusste oder nicht, ihm wurde leichter ums Herz. Nach einigen weiteren Minuten – wobei die Berührung ohnedies schon weit länger anhielt, als eigentlich zu rechtfertigen war – lösten sie sich in stiller Übereinkunft voneinander und nahmen wieder in den Sesseln Platz. Ihr Gespräch wandte sich nun leichteren Themen zu. Susannah füllte sein Glas ein ums andere Mal mit Brandy, dann ließ sie ihn allein – nur einen Moment, sagte sie –, um noch ein paar Kleinigkeiten mit den Dienstboten zu besprechen. Wie schon früher am Abend, schlief er alsbald ein. Wer ihn mit dem gehäkelten Überwurf zudeckte, sollte er nie erfahren; und auch nicht, wer die Lampen ausblies und die Fenster schloss. Wahrscheinlich Annie, aber möglicherweise war es sogar Susannah selbst. Als er im Morgengrauen erwachte und der Himmel sich vor den Fenstern zu röten begann, war er von einem außerordentlichen Wohlbehagen erfüllt, trotz der leichten Steifheit im Nacken und obwohl er sich nicht angemessen von Susannah verabschiedet hatte.

Er schlich sich so vorsichtig und so hochgestimmt aus dem Haus, als hätte er sich in der Nacht verbotenen Freuden hingegeben. Hinter der Küche fand er seine alten Sachen. Sie lagen dort, wo er sie aus dem Fenster des Vorratsraums geworfen hatte, und waren von Tau bedeckt: ein Beweis dafür, dass selbst Annies Gründlichkeit ihre Grenzen hatte. Er raffte sie zu einem losen Bündel zusammen und machte sich durch die leeren Straßen auf den Weg nach Hause.

Zu seiner Überraschung fand er die Haushälterin auf einer Chaiselongue in der Diele vor. »Mrs. Carlson?«, sagte er und schüttelte sie sanft an der Schulter. »Mrs. Carlson? Was machen Sie denn hier?«

Sie fuhr erschrocken auf. »Rühren Sie mich nicht an«, kreischte sie. »Kommen Sie mir nicht näher mit diesen Kleidern.«

Er hatte das Bündel unter seinem Arm ganz vergessen. Wahrscheinlich hatte sie schlecht geträumt, dachte er. »Ich bin's, Mrs. Carlson. Ich bin zurück von der Insel. Ich wollte Sie nicht erschrecken.«

Sie wich vor ihm zurück. »Ich weiß, dass Sie es sind«, sagte sie. »Ich weiß alles über Sie. Annie Taggert von den Rowleys war gestern hier, und sie hat mir gesagt, dass Sie

273

zurück wär'n und dass Ihre Kleider verseucht wär'n und dass Sie frische bräuchten, die ich ihr natürlich mitgegeben habe, obwohl es fast nichts mehr in diesem Haus gibt, das nicht weggepackt wurde – genau die Kleider, die Sie da anhaben. Sie sagte, Sie hätten das Fieber in Ihren Kleidern mitgebracht – und jetzt kommen Sie mir mit diesem Bündel, ohne die geringste Rücksicht ...«

Er trat zurück, öffnete die Haustür und warf die Kleider in die Büsche. Waren alle Dienstboten in dieser Stadt verrückt geworden? »In Ordnung«, sagte er. »Die Kleider sind weg, und ich bitte Sie um Verzeihung. Müssen Sie denn alles glauben, was Annie Taggert sagt?«

»Was ich glaube«, sagte Mrs. Carlson, »ist, dass Sie sich nicht um diesen Haushalt scheren. Sie geben uns nicht einmal Bescheid, wann Sie zurückzukommen gedenken – wie soll ich da irgendetwas vorbereiten? Wir hatten gestern Abend nichts für Sie zu essen im Haus, also habe ich flink etwas eingekauft und habe ein Abendessen zubereitet, und dann sind Sie überhaupt nicht gekommen – wie soll ich in so einem schlecht geführten Haus arbeiten? Wenn Ihr Vater hier wäre, der würde so etwas niemals zulassen.«

War er seiner Haushälterin etwa Rechenschaft schuldig? Doch es war niemand anders da, und er musste auf die Insel zurück; er seufzte und machte sich daran, Mrs. Carlson zu beschwichtigen.

Am späten Vormittag kochte er seine Kleider in der Küche selbst aus, da er sonst niemanden dazu bewegen konnte, und nachdem er sie zum Trocknen aufgehängt und noch ein paar frische Sachen eingepackt hatte, setzte er sich mit Federhalter und Papier an seinen Schreibtisch. Als Erstes eine kurze Nachricht an seinen Vater: *Bitte komm zurück, sobald es Dir möglich ist*, schrieb er. *Oder bitte brieflich jemanden darum, sich während Deiner Abwesenheit um das Haus zu kümmern. Ich muss noch heu-*

te nach Grosse Isle zurück und kann die Verantwortung für den Haushalt nicht länger übernehmen. Du dürftest ja inzwischen über die Zustände in der Quarantänestation im Bilde sein; sie erfordern meine ganze Aufmerksamkeit.

Dann, nach langem Nachdenken, schrieb er auch einen Brief an Arthur Adam. Er lobte Arthur Adams Artikel; er bestätigte Arthur Adams Verdacht, dass die Krankheit auf den Auswandererschiffen ausbrechen würde; er lieferte eine kurze Schilderung der Zustände in der Quarantäne-station. Er wollte ihm nichts Genaueres über Susannahs Aktivitäten berichten, aber schließlich fügte er den folgenden Absatz hinzu:

Mittlerweile hast Du sicherlich gehört, dass das Fieber auch hier in der Stadt grassiert. Das macht mir Sorgen; ich fürchte sehr um Susannahs Sicherheit, da sie nun der Ansteckung ausgesetzt ist. Hier geht eine Menge vor, über das es sich zu schreiben lohnte, und niemand wäre besser dazu geeignet als du. Vielleicht könntest Du in Erwägung ziehen, nach Hause zurückzukehren?

Zuletzt schrieb er an Susannah: den einfachsten, kürzesten Brief von allen. Ich danke Dir, schrieb er. Du ahnst nicht, was der vergangene Abend mir bedeutet oder wie tröstlich es mir ist, die Erinnerung an Dich mit nach Grosse Isle zu nehmen. Ich werde Dir von dort aus schreiben, wenn ich kann.

## V.

Bei seiner Rückkehr aus der Stadt erkannte Nora Lauchlin kaum wieder. Als er die Insel verlassen hatte, war sein roter, seit Wochen nicht geschnittener Haarschopf verfilzt und stumpf gewesen, und seine Haut hatte fast grünlich gewirkt. Alles an ihm war verblasst gewesen: sogar die Augen, sogar der Bart. Die mausfarbenen Schatten unter seinen Augen hatten ausgesehen, als hätten sie sich für alle Zeiten festgesetzt.

Jetzt dagegen war sein Gesicht rosig, er strahlte und hatte fast etwas lässig Elegantes, und das nach einem so kurzen Ausflug. Vielleicht hatte er geschlafen. Beschwingt lief er auf sie zu, als sie sich gerade über eine Patientin beugte. »Nora!«, rief er. »Nora!«

Er gab ihrem Namen einen Klang, bei dem ihr der Atem stockte, aber sie hörte nicht auf, ihren Lappen in Wasser zu tauchen und das Gesicht der Frau zu waschen. Schmutziges Bettzeug, schmutzige Haut, stinkender Atem: Margaret O'Connell. Eine von den vielen, um die Nora sich kümmerte, seit sie wieder wohlauf war. Ihre Hilfe beschränkte sich hauptsächlich auf den Kampf gegen den Schmutz, der alles überzog. Wenigstens war Margarets Gesicht jetzt sauber. Nora legte ihren Lappen weg und führte Lauchlin von der Pritsche weg. War es möglich, dass er Nachricht von ihren Brüdern hatte?

Aber er sagte nichts von ihnen. »Nora!«, sagte er noch einmal.

»Was ist los? Was ist passiert?« Er konnte noch keine Nachrichten von Denis und Ned haben – es sei denn, sie hatten selbst Nachforschungen angestellt und Lauchlin hatte sie getroffen … aber das hätte er ihr gesagt. Vielleicht hatte er andere gute Neuigkeiten: mehr Ärzte, ein paar Nonnen zur Pflege der Patienten, bessere Verpflegung.

»Nichts«, sagte er. »Nur …«

Er wollte ihr etwas sagen; er war so begierig wie Ned einst gewesen war, wenn er ihr unbedingt einen Käfer zeigen wollte, den er entdeckt hatte. Dann veränderte sich sein Gesichtsausdruck, und sie sah, wie er beschloss, was immer es war, für sich zu behalten. Er sagte: »Es war so seltsam dort, Nora. In der Stadt. Da ist jetzt auch das Fieber ausgebrochen. Und man hat mir nichts von dem gegeben, was Dr. Douglas beantragt hat, und auf dem Rückweg hat der Dampfer ewig gebraucht, und ich habe gesehen, wie viele neue Schiffe wieder vor Anker gegangen sind, und wie zwei große Dampfer flussaufwärts aufgebrochen sind: Irgendwie habe ich geglaubt, du wärst auf einem mit an Bord. Ich dachte, du wärst nach Montreal gefahren. Ich bin froh, dass du noch hier bist.«

Er sorgte sich um sie? Er war gewiss der liebenswürdigste Mann, dem sie je begegnet war; ein wirkliches Verständnis besaß er trotzdem nicht. »Wie sollte ich?«, sagte sie. »Wo ich doch nur eine Chance habe, Ned und Denis zu finden, wenn ich hier bleibe und hoffe, dass sie mich finden. Sie haben nichts über sie erfahren?«

»Nichts«, sagte er. »Aber ich habe die Anzeigen aufgegeben, wie du es gewünscht hast. Bloß waren unglaublich viele Leute in dem Zeitungsbüro. So viele Menschen auf der Suche.« Er berührte sanft ihre Schulter.

Dann war es also, wie sie befürchtet hatte. Ihre Brüder waren irgendwo in diesem gigantischen, unbekannten Land verschollen, allein inmitten einer ganzen Flut ihrer Landsleute. Einen Augenblick lang war sie wie erstarrt und versuchte zu begreifen, was er gesagt hatte. Warum hatte er ihr diese katastrophale Nachricht nicht als allererste überbracht? Andere Dinge mussten ihm auf der Seele liegen. Sie bemerkte, dass er andere Sachen anhatte; ein abgetragenes, geflicktes Hemd mit einem schmalen Kragen und einen Rock, der etwas zu groß wirkte.

»Sie haben frische Sachen von zu Hause mitgebracht«, sagte sie. »Das ist gut. Es war bitter nötig.«

Er blickte abwesend auf sein Hemd hinunter. »Annie hat mich dazu gezwungen. Annie ist sehr strikt, was Kleider und Krankheit angeht, sie hat mich gezwungen, alles auszuziehen und mich zu waschen und frische Sachen anzuziehen. Die anderen Sachen habe ich ausgekocht, sie sind in meiner Tasche.«

Nora nickte. Sie ging mit ihren eigenen Kleidern ebenfalls äußerst sorgsam um, wusch sie jeden Abend mit einem in Essig und warmem Wasser getränkten Schwamm ab und hängte sie über Nacht draußen zum Trocknen auf. Das war kein Ersatz für Kleider zum Wechseln, aber sie besaß nichts anderes als das Kleid und die Unterwäsche, die sie angehabt hatte, als man sie vom Schiff holte. Ihr Schrankkoffer war verschwunden; sie hoffte, dass Ned und Denis ihn hatten. Das Kirchenschiff, in dem sie standen, war mit stöhnenden Menschen gefüllt, die ihre Hilfe brauchten. Margaret schien es heute ein wenig besser zu gehen. Irgendwo anders beugte sich vielleicht jetzt jemand über ihre Brüder. »Wer ist Annie?«, fragte sie.

»Eins von Mrs. Rowleys Dienstmädchen, zu Hause in der Stadt.« Wer war Mrs. Rowley? »Sie ist … du kennst sie nicht, was rede ich überhaupt?« Während er sprach, ging er hastig von Patient zu Patient, fühlte hier einen Puls, dort eine feuchte Stirn. George Maloney, Catherine Conran, Matthew Kennedy, Eliza Regan.

Nora konnte kaum mit ihm Schritt halten. »Ich weiß es nicht«, sagte sie verlegen. »Was wollten Sie mir denn erzählen?«

»Fieber«, sagte er wie zu sich selbst. Er schlug Decken zurück, hob Hemden an. Francis O'Rourke, Martin Mulrooney. »Schwacher Puls, flacher Atem; dieser Mann ist völlig dehydriert. Ausschlag am Unterleib …« Er war anders als sonst. Er hatte sich verändert. Was war mit ihm geschehen?

An diesem Tag erlebte sie zum ersten Mal die unbändige Energie und Besessenheit, die ihn ergriffen hatte. Er hatte auch vorher von früh bis spät gearbeitet, aber jetzt schien er Tag und Nacht nicht aufzuhören. Er war bei seinen Patienten, wenn sie morgens eintraf, und immer noch bei ihnen oder über seine Bücher gebeugt, wenn sie sich abends zu fortgeschrittener Stunde in das kleine Zimmer zurückzog, das er ihr in einer der Pensionen im Dorf besorgt hatte. Wenn er nicht in der Kirche war, war er in einem der anderen Krankenhäuser oder einer der Baracken; wenn er dort nicht war, war er unten bei den Zelten oder auf den Schiffen, die im Fluss ankerten, oder er half am Ufer, die Kranken an Land zu bringen. Er war auf dem Friedhof und überwachte die Hygienemaßnahmen; er war in der Küche und gab den Köchen und deren Gehilfen Anweisungen, wie sie das Essen zuzubereiten hatten; er war bei Dr. Douglas, um Berichte zu schreiben.

Immer mehr Schiffe trafen ein, die Anzahl der Patienten und der in Quarantäne gehaltenen Passagiere überstieg jedes menschenmögliche Maß, und sie sah, wie Lauchlin – »Nenn mich Lauchlin«, hatte er irgendwann gesagt. »Was soll die ganze Förmlichkeit?« – seine trügerisch gesunde Ausstrahlung verlor und wieder bleich und hohlwangig wurde. Die Pfunde fielen von ihm ab, als gehörten sie jemand anders und wären nur geborgt gewesen. Sie hatte den Eindruck, dass er überhaupt nicht mehr schlief.

Während jener Wochen flogen sie und Lauchlin aneinander vorbei wie Vögel; so beschäftigt waren sie beide, dass sie nur die wichtigsten Informationen austauschten. Dennoch wurden sie einander seltsam vertraut, so dass sie in Gedanken lange Gespräche mit ihm führte. Sie stellte sich vor, dass er wusste, wie sehr sie sich um Ned und Denis sorgte und auch um ihn. Sie malte sich aus, wie sie ihm eine Hand auf den Arm legte und sagte: »Lauchlin. Du musst dich schonen. Du musst dich ausruhen. Was treibt dich so?«

Sie konnte sich nicht vorstellen, was er auf diese Frage antworten würde, aber als sie es eine gute Woche mit angesehen hatte, wurde ihr klar, dass die völlige Vernachlässigung seiner selbst nicht nur dem Wunsch entsprang, möglichst alle zu heilen, sondern dass sie ein Symptom einer Art Wahnsinn war: Er hielt sich für unverwundbar. Sie hatte so etwas schon einmal erlebt, zu Hause in Irland; sie hatte es sogar selbst empfunden. Sie wusste, was es bedeutete. Wenn sie es nicht ertragen konnte, an Ned und Denis zu denken, dachte sie an ihren Vater, der seinen Verstand verloren hatte, bevor er sein Leben verlor.

Im vergangenen Sommer, als die Braunfäule ausgebrochen war, hatte er zuerst wie alle anderen reagiert. Eines Nachmittags war, nachdem tagelang eine seltsame Schwüle geherrscht hatte, das Wetter plötzlich umgeschlagen und ein kalter Nebel aus den Bergen herabgerollt. Eine tiefe Stille war eingetreten; alle Vögel waren verstummt, und auch sonst war kein Geräusch zu hören. Als der Wind den Nebel vom Boden hob, blieb auf den Blättern und Stängeln der Kartoffeln eine dünne Staubschicht zurück wie feiner Schnee. Der Staub wurde braun und breitete sich aus. Und dann kam der Geruch, ein Gestank, der das ganze Tal erfüllte und die Hunde jaulend in die Gräben trieb. Die Blätter und Stängel der Kartoffeln wurden schwarz; die Knollen, die man ausgrub, waren schleimig und faul. Ihr Vater hatte den Kopf hängen lassen und laut geklagt wie die Nachbarn.

Es hatte ihr Angst gemacht, ihn so zu erleben, aber es war normal: Eine Tragödie war über sie gekommen, und es war recht zu trauern. Was nicht recht war und vom Teufel kam, war die Seltsamkeit, die ihren Vater in jenem Winter überfiel, nachdem ihre Mutter und ihre Geschwister gestorben waren. Eines Tages stand er lachend und fluchend vom Boden auf und scheuchte sie und Denis und Ned an den Fluss, um Kresse zu suchen, wo längst alles Lebendige ausgerupft war. »Wir werden nicht in dieser Hütte hocken bleiben und verhungern wie Vieh«, sagte er. Er erlaubte ihnen auch nicht, mit all den anderen zu den riesigen eisernen Siedekesseln zu gehen, in denen der Porridge gekocht und von den Helfern der staatlichen Armenfürsorge ausgeteilt wurde. »Selbst Hunde in einem Zwinger werden anständiger versorgt«, sagte er verbittert. »Sie behandeln uns, als wären wir keine Geschöpfe, die nach Gottes Ebenbild geschaffen wurden.«

Stattdessen schickte er sie den Hügel hinauf, um nach jungen Farnblättern und Sauerampfer zu suchen; den Hügel hinunter, um nach Aas zu suchen. Er fand einen toten Hund, stürzte sich triumphierend darauf und briet ihn an Ort und Stelle über einem Feuer. Tagelang war er so, von rasender, nutzloser Unrast erfüllt; dann machte er sich auf den Weg in die Stadt, wo sich eine Menschenmenge versammelt hatte und Arbeit im Straßenbau forderte. Als er keine bekam, warf er einen Stein und traf damit ein Mitglied des Hilfskomitees am Kopf. Er wurde erschossen, erfuhr sie von den Männern, die seine Leiche nach Hause trugen. Auf der Straße erschossen, immer noch fluchend und zeternd.

Das gleiche Verhalten hatte sie auch bei anderen erlebt, bei Männern wie Frauen, aber häufiger bei Männern. Sie verhielten sich, als könnten Mut und Stärke sie retten, wo die Rettung doch offensichtlich bloß eine Frage des Glücks war. Die Passiven warteten auf den Tod, und er kam; die Aktiven kämpften und fluchten und tobten, und der Tod kam trotzdem. Es war Schicksal, und das Schicksal ließ sich nicht besiegen. Das Schicksal war Hunger und Fieber zu Hause und Demütigung und Fieber hier drüben, und in beiden Fällen ließ sich das Schicksal nicht bekämpfen, höchstens ein bisschen überlisten.

Das war es, was sie von ihrer Großmutter gelernt hatte, während sie sich gemeinsam um die Kranken gekümmert hatten. Man soll sich nicht hinlegen und vom Schicksal überrollen lassen, hatte ihre Großmutter ihr beigebracht;

aber man soll sich auch nicht starr gegen das Schicksal auf-
lehnen, wie ihr Vater es getan hatte, bis ihm das zum Ver-
hängnis wurde. Man konnte sich listig beugen und biegen
und so tun, als würde man nachgeben, während man in
Wirklichkeit nur leicht auswich, damit der Schlag in letzter Minute danebenging. Indem man aß, wann immer es
etwas zu essen gab, indem man schlief, sobald sich eine
freie Minute bot; nie jemanden reizte, der stärker war, oder
jemandem Leid zufügte, der schwächer war. »Sei wie ein
Teich«, hatte ihre Großmutter gesagt, als Nora nachts
weinte. »Verbanne alle Sehnsucht und Wut aus deinem
Herzen und werde so still wie Wasser in einem Teich.«

Genauso hatte sie es gemacht, als Lauchlin sie mit zu
Dr. Douglas genommen hatte, um ihm zu erklären, dass
er sie als Pflegerin einstellen wolle. Dr. Douglas hatte sie
von oben bis unten gemustert, und im ersten Augenblick
hatte sie zu zittern begonnen. Doch als er fragte: »Kann
sie Anweisungen befolgen?«, als hätte sie keine Ohren
zum Hören, zuckte es in ihrer Hand, und sie wäre wohl
versucht gewesen, auf ihn loszugehen, hätte sie sich nicht
der Worte ihrer Großmutter besonnen und sich beruhigt,
bis es in ihrem Kopf so still war wie der See in der Nähe
ihres verlorenen Zuhauses. Während Lauchlin sich für sie
eingesetzt und Dr. Douglas ihren schrecklichen Mangel
an Hilfskräften vor Augen gehalten hatte, hatte sie still
und ruhig dagestanden und gewartet. Es war ihr sogar
gelungen, einen kleinen Knicks zu machen, als Dr.
Douglas seine Zustimmung gab.

Hier war Wasser, wohin sie blickte – und Lauchlin
vibrierte wie ein Segel unter zu viel Wind. Rasend, wie
ihr Vater, wenn auch gewiss nicht nutzlos. Sie hatte Angst
um ihn. Eines Tages, als sie sich auf der Veranda begegneten, ergriff er ihren Arm und sagte: »Nora. Geht es dir
gut? Passt du auf dich auf? Ich bin so müde, dass ich oft
nicht weiß, was ich tue, und sogar vergesse, mich nach

deinem Wohlergehen zu erkundigen.« Seine Hände waren trocken und rissig, und seine Knöchel, wo die Haut aufgeplatzt war, blutverkrustet.

»Es geht mir gut«, sagte sie ihm, obwohl sie seit ein paar Tagen Durchfall hatte und fürchtete, sich mit einer leichten Form der Ruhr angesteckt zu haben.

Er tätschelte ihr den Arm und verschwand. Er war bewundernswert, auch wenn er wahnsinnig war. Eines Abends suchte Dr. Douglas Lauchlin auf, und die beiden verkrochen sich in Lauchlins Kammer. Während sie die Patienten wusch und das Bettzeug richtete, hörte sie, wie sie einen empörten Brief an jemanden namens Buchanan aufsetzten und einen anderen an jemanden namens Lord Elgin: kanadische Regierungsbeamte, wie sie den Gesprächen entnahm, mächtige Männer, die mehr Hilfe hätten schicken können, dies aber verweigert hatten. »Eine Petition«, hörte sie Lauchlin zu Dr. Douglas sagen. »An Earl Grey, den Kolonialminister – wir fordern ihn auf, der Einwandererflut Einhalt zu gebieten.«

»Diese halb nackten, halb verhungerten Elendsgestalten«, hörte sie Dr. Douglas diktieren, »krank oder alt oder zu jung zum Arbeiten – schreiben Sie mit, Lauchlin? –, in unser junges Land verschifft mit falschen Versprechungen, so dass sie hoffen, bei ihrer Ankunft mit Kleidung und Nahrung und Geld versorgt zu werden, während sie in Wirklichkeit von niemandem willkommen geheißen werden und sie nichts anderes erwartet als erneuter Hunger oder die Mildtätigkeit von Privatpersonen: Wo bleibt da die Menschlichkeit? Wo bleiben Sitte und Gesetz?«

Sie sprachen über sie und ihresgleichen; Nora erschauerte. Natürlich war sie ihnen dankbar, allen, die auf dieser Insel arbeiteten. Dennoch war es grausam, sich auf diese Weise beschrieben zu hören: als »Elendsgestalt«, als »halb nackte, halb verhungerte Elendsgestalt«. Bevor die Braunfäule die Kartoffeln befiel, hatten sie hart gearbeitet und waren eine ehrbare Familie gewesen; wenn sie keine Ersparnisse hatten, so lag das nur daran, dass der Gutsbesitzer ihnen eine so hohe Pacht abverlangt hatte. Was war das für eine neue Welt, wo die Reichen die Armen für ihre Armut verantwortlich machten?

Trotzdem waren die Ärzte bewundernswert, selbst Dr. Douglas; er war zwar schroff, doch er arbeitete sehr hart, und er war ihr und den anderen Pflegerinnen gegenüber gerecht. So hart wie Lauchlin arbeitete jedoch keiner. Sie bekam mit, wie er eine Liste der gesunden Waisenkinder zusammenstellte und sich dann mit einer Gruppe von Priestern zusammensetzte, um sie zu überreden, in ihren Gemeinden nach Adoptiveltern für die Kinder zu suchen. Sie sah, wie er Patienten eigenhändig badete, wenn die Pflegerinnen zu beschäftigt waren. Sie sah ihn ganze Arme voll verunreinigtem Stroh hinaustragen, das er eigentlich gar nicht anrühren musste, und neue Betten aus frischem Stroh richten, das er wer weiß wo aufgetrieben hatte. Und nachts sah sie ihn lesen und schreiben, lesen und schreiben, als könnte er in seinen Papieren eine Antwort auf diesen Albtraum finden, der über sie alle gekommen war. •

*28. Juli 1847.* Ein Wetterumschwung; drei Tage lang wohltuende Kühle und eine leichte Brise. Kein Wort von Susannah, obwohl ich ihr bereits zwei Mal geschrieben habe. Kein Wort von Arthur Adam. Vielleicht liegt es daran, dass er sich auf dem Heimweg befindet.

Wir wurden gezwungen, die Quarantänemaßnahmen gänzlich aufzugeben. Dr. Jaques liegt mit Fieber danieder; sein Nachfolger sucht jetzt nur noch die Schiffe auf und lässt die Passagiere an sich vorüberdefilieren, damit er sich ihre Zungen ansehen kann. Die mit Fieber werden hierher gebracht; diejenigen, die auch nur einen entfernt gesunden Eindruck machen, bekommen ein Gesundheitszeugnis ausgestellt und werden sofort auf einen Dampfer nach Montreal transferiert. Die Dampfer fahren von Schiff zu Schiff und sammeln ihre Fracht ein. Im Bug dieser Dampfer spielen Fiedler mit grauenhafter Fröhlichkeit auf.

In diesem Monat Juli haben wir 941 Personen unter der Bezeichnung »unbekannt« in das Totenregister eingetragen. Dr. Alfred Malhiot starb am 22. Juli am Fieber. Dr. Alex Pinet starb am 24. Juli, ebenfalls am Fieber. Zwölf weitere Ärzte sind krank, darunter Dr. Jacques.

Nachts schreibe ich Briefe an Beamte unserer Regierung; es ist, als hätte ich mich in Arthur Adam verwandelt, aber ohne seine Überzeugungskraft. Nachts liege ich ein paar Stunden lang in dieser Kammer auf der Pritsche und höre die Seufzer und Schreie und das Stöhnen um mich herum und frage mich, wie es möglich ist, dass ich mein ganzes Leben so ahnungslos verbracht habe. In Paris habe ich die Medizin als eine Wissenschaft betrachtet. Ich glaubte, wenn ich verstehe, wie der Körper funktioniert, könnte ich ihn heilen, wenn er erkrankt. Was hier vor sich geht, hat nichts mit Wissenschaft und alles mit Politik zu tun – genau, wie John Jameson versucht hat, es mir zu erklären. Jameson ist jetzt auch am Fieber erkrankt. Ich schaue auf den Hafen hinaus, und alles, was ich denken kann, ist: Bloß keine Schiffe mehr. Bloß keine Schiffe mehr. Und das, obwohl ich aus Gesprächen mit Nora weiß, dass es für diese Menschen einem Todesurteil gleichkäme, würde man weitere Auswanderung aus Irland verbieten.

Ich bin Nora heute zufällig begegnet, um die Abendessenszeit. Wir haben uns eine halbe Stunde davongestohlen und sind auf den Telegraph Hill spaziert, wo wir etwas Brot und Käse gegessen haben. Sie hat ein Lied für mich gesungen, von einer Frau, die in Irland auf einer Klippe steht und auf die Rückkehr eines Fischerboots wartet. Unausgebildet und ohne Schulbildung, macht sie sich nützlicher und zeigt mehr Einsatz als alle, abgesehen von den Nonnen, die in diesem Monat aus Quebec eingetroffen sind. Zwei von ihnen sind bereits gestorben. Immer noch keine Nachricht von Noras Brüdern. Heute wurden vier Hunde erschossen, die auf dem Friedhof die Gräber aufwühlten.

*3. August 1847.* Erneut heiß; 37 Grad in dem Zelt, in dem ich gemessen habe. Am östlichen Ende der Insel werden weitere Baracken errichtet. Ich habe gefordert, dass zwischen zwei der alten Baracken Dampfkessel aufgestellt werden; falls dies geschieht, werde ich veranlassen, dass die Pflegerinnen und alle, die zu den Kranken hineingehen, nach Verlassen der Baracken ihre Kleider ausziehen und in kochendes Wasser tauchen. Nora hält das für eine richtige Entscheidung; ich sage ihr nicht, dass die Idee teils durch Annie und teils durch ihre Berichte über ihre Großmutter entstanden ist. Aber warum sollte ich ihre Vorschläge missachten, wenn alles, was ich probiere, sich als nutzlos erweist?

Ich glaube, ich werde die anderen Ärzte ebenfalls von diesem Plan überzeugen können: In den Schriften von Lind, den viele respektieren, sind ähnliche Maßnahmen beschrieben; ebenfalls in dem neuen Text von Wood. Natürlich werden wir Zelte brauchen, in denen wir uns umziehen können – ich frage mich, wie viele von uns Kleider zum Wechseln besitzen. Ich selbst habe nur noch drei Garnituren; der Rest ist vom dauernden Schrubben in Fetzen. Über die Einzelheiten werde ich mir später den Kopf zerbrechen. Das Wichtigste ist, *tätig* zu werden, etwas zu unternehmen, um diese Flut von Todesfällen unter den Ärzten und Pflegerinnen einzudämmen.

Nichts von Susannah. Nichts von Arthur Adam. Keine der versprochenen Lieferungen ist eingetroffen. Gestern ist Dr. John Jameson gestorben. Zwei der Fuhrleute, die angeheuert wurden, um die Toten und die Sterbenden zu transportieren, sind ebenfalls gestorben. Patienten irren im Fieberwahn im Wald herum, weil er ihnen weniger Furcht einflößt als unsere Krankenhäuser. Wenn sie sterben, werden sie begraben, wo sie zusammengebrochen sind, da diejenigen, die sie finden, Angst haben, sich durch den Transport selbst in Gefahr zu bringen.

*6. August 1847.* Immer noch heiß; dieses Wetter ist kaum auszuhalten. Der Fluss um die Insel sieht aus wie Suppe. Ein Mann, den man von seiner Frau getrennt hatte, hat sich über Bord geworfen und ist in der dreckigen Brühe ertrunken. Die Kranken und Sterbenden von den Schiffen werden ohne jedes Geleit am Strand abgeladen. Da es mittlerweile weder genügend Wagen noch ausreichend gesunde Fuhrleute gibt, um die Leute alsbald in die Krankenhäuser zu transportieren, winden sie sich wie Fische im Schlamm und zwischen den Felsen, wenn sie versuchen, sich aufs trockene Land zu schleppen.

Ich habe eine Frau auf eine grasbewachsene Stelle unter einem Baum getragen, wo sie ein bisschen Schatten bekam, bis wir sie in eine der Baracken schaffen konnten. Ich habe zwei Jungen und ein kleines Mädchen von vielleicht fünf oder sechs Jahren getragen und einen Mann in meinem Alter, der nur noch halb so viel wog wie ich. Dann entdeckte mich einer von Dr. Douglas' Helfern und kam gereizt und ungeduldig auf mich zugelaufen; ich würde im Krankenhaus gebraucht, ich würde in einer der Baracken gebraucht. Was hätte ich hier am Strand zu suchen, wieso schleppte ich Kranke wie das Gesinde?

Ich fühle mich in tausend Stücke gerissen. Wo ich auch bin, was ich auch tue, ich müsste immer an einem anderen Ort sein und mich um etwas anderes kümmern, bei dem ich gebraucht werde. Das Schlafen habe ich fast völlig aufgegeben, und es fehlt mir auch nicht mehr.

Das neue Krankenhaus ist fast fertig. Zweifelsohne wird es einsatzbereit sein, sobald der Strom der Schiffe versiegt. Wird er je versiegen?

Bischof Mountain aus Montreal ist über uns gekommen. Er zeigt seine Besorgnis, indem er Reden hält und sein fettes Gesicht in Falten legt. In Dr. Douglas' Quartier, wohin die wenigen von uns, die noch gesund genug sind, um sich sehen zu lassen, zu einem Begrüßungsdinner zitiert wurden, hörten wir uns die empörten Tiraden des Bischofs an. Er ist korpulent; seine Hände sind klein und dicklich. Ein Weinglas in der Hand, mit vor Wut oder Bestürzung oder vor beidem zitternder Stimme, berichtete er uns von den Szenen, deren Zeuge er an seinem ersten Tag auf der Insel geworden war. Kranke Menschen, die man von den Schiffen hergebracht hatte, lagen vor der Kirche und schrien nach Wasser: »Sie lagen auf dem *nackten Boden*«, sagte er. »Was hier geschieht, ist Sünde.«

Glaubt er, wir hätten das noch nicht gemerkt?

Als er sich beruhigte, nach mehreren Glas Wein aus der letzten Kiste, die Dr. Douglas zurückgelegt hatte, verbreitete er sich ausführlich über die Situation in Montreal. Bis vor wenigen Tagen, berichtete er uns, haben die von der Insel kommenden Dampfer die Auswanderer an den alten steinernen Kais abgesetzt. Wie erwartet, waren viele bei der Ankunft bereits vom Fieber befallen. Niemand war dort, um sie in Empfang zu nehmen, es waren keine Vorkehrungen getroffen worden. »Sie lagen auf den Kais«, sagte der Bischof. »Im Freien, genau wie hier. Einige von ihnen schleppten sich in einen alten Passagierschuppen.«

Ich musste an Noras arme Brüder denken: Kann es sein, dass es ihnen genauso ergangen ist? Einige der Kranken, sagte der Bischof, wurden in ein Krankenhaus gebracht. Diejenigen, die gesund wirkten, aber mittellos waren, wurden in die alten Baracken in der Nähe der Wellington

288

Bridge gepfercht, wo sie auf einen Schleppkahn warteten, der sie weiter flussaufwärts bringen würde. Viele wurden krank, und obwohl die Grey Sisters sich um ihre Pflege bemühten, starben täglich mehr als dreißig von ihnen.

Anfang der Woche wurden sie an einen anderen Ort verfrachtet, oberhalb des Lachine Canal am Point St. Charles auf eine Ebene, auf der die Indianer früher ihr Sommerlager aufschlugen. Ein besserer Ort: und dennoch, sagt der Bischof, ist die Situation weiterhin sehr schlimm. Es gibt täglich fünfzehn bis zwanzig Todesfälle, und das Lager ist hoffnungslos überfüllt. Die Flussschifffahrtgesellschaften, die eine Wartezeit von nur wenigen Stunden zugesagt hatten, müssen die künftigen Passagiere häufig tagelang warten lassen, ehe sie nach Kingston oder Toronto weiterkönnen. Während dieser Zeit werden viele krank.

Von den katholischen Priestern aus Montreal, die diese Auswanderer betreuen, sind bereits acht gestorben. Etwa zwanzig der Grey Sisters sind krank, ebenso der Generalvikar. Der geschätzten Meinung des Bischofs zufolge gehen die Zahlen der Kranken in Montreal in die Tausende. Wie viele Kranke wir hier hätten, erkundigte er sich.

Niemand konnte es ihm genau sagen. Unsere letzte Zählung haben wir vor zwei Tagen durchgeführt; seitdem sind weitere Schiffe eingetroffen, und zu der Flotte, die hier vor Anker liegt und darauf wartet, dass die Kranken auf die Insel gebracht werden, gehört die Bark *Larch* aus Sligo; von den vierhundertvierzig Passagieren, die ursprünglich an Bord gegangen waren, sind hundertfünfzig krank, und hundertacht sind während der Überfahrt gestorben. Außerdem die *Ganges* aus Liverpool, mit über achtzig Kranken. Und immer noch mehr: darunter die *Naparima* aus Dublin, die *Trinity* aus Limerick, die *Brittania* aus Greenock.

Wir wissen, dass seit Mai etwa achtzigtausend Emigranten hier eingetroffen sind; von diesen sind etwa zweitausendfünfhundert im Krankenhaus oder in den Quarantänebaracken gestorben, und wir werden zweifellos weitere zwei- oder dreitausend verlieren. Von den fast zweihundert Helfern und Schwestern und Köchen sind fast die Hälfte krank, und zweiundzwanzig sind tot. Acht Polizisten sind krank, zwei sind gestorben; alle einundzwanzig Aufwärter, die das Essen ausgeteilt haben, sind krank, und zwei sind gestorben. Sechs katholische Priester sind hier gestorben: die Patres Robson, Roy, Paisley, Power, Bardy und Montminy. Außerdem zwei anglikanische Geistliche: Anderson und Morris.

Was uns Ärzte angehe, sagte ich – denn ich war es, der dem Bischof diese Zahlen präsentierte; ich sprang vom Tisch auf und verschüttete meinen Wein; ich schrie, ich konnte nicht anders –, so brauche er sich nur die hohlwangigen Gesichter an dem kleinen Tisch anzusehen. Als wir vollzählig waren, zählten wir sechsundzwanzig, davon sind vier bereits gestorben, und achtzehn sind am Fieber erkrankt. Vier von uns, nur vier, saßen am Tisch. Zählen Sie uns, sagte ich zu ihm. Zählen Sie uns.

Dr. Douglas führte mich nach draußen an die frische Luft; er hätte mich zurechtweisen können, aber er tat es nicht. Nora ist nirgendwo zu finden. Meine Hand zittert so sehr, dass ich kaum schreiben kann. Was soll nur aus uns werden?

In dem einen Augenblick war Lauchlin noch von einer Baracke zur andern geeilt, und im nächsten fand er sich flach auf dem Rücken wieder, in einem Raum, den er nicht erkannte. Wie einer der Bäume seines Vaters war er gefällt, in den Fluss geworfen und mit den anderen an ein Floß gekettet worden, um die lange Reise flussab anzutreten.

Tatsächlich befand er sich in dem Kämmerlein, das er

sich abgezweigt hatte, auf einem Strohsack umgeben von seinen Büchern. Dr. Douglas sah nach ihm, so oft er es einrichten konnte, aber inzwischen waren nur noch er und zwei weitere Ärzte gesund genug, um zu arbeiten. Und so war es Nora, die Lauchlin pflegte, die ihn mit lauwarmem Wasser wusch, mit einem Lappen Wasser in seinen Mund träufelte, ihm die Beine und Füße und Hände massierte. Sie tat für ihn all das, was sie sich vergeblich gewünscht hatte, als sie auf dem Schiff krank gewesen war. Alles, was ihre Brüder gern getan hätten, aber nicht konnten. Auf dem Schiff hatte es nicht genug Wasser zum Trinken gegeben, ganz zu schweigen zum Waschen; die Lebensmittel waren unendlich knapp gewesen, und natürlich hatte es keinen Brandy, keine Milch, kein sauberes Linnen gegeben und keinen Platz, an dem sie allein sein konnte. Im Gegensatz zu ihren Brüdern konnte sie mit all dem dienen. Sobald Dr. Douglas von Lauchlins Erkrankung hörte, gab er ihr alles, worum sie ihn bat. Er besaß einen privaten Vorrat der notwendigsten Dinge, erfuhr sie, um seine kranken Kollegen zu behandeln.

Sie nahm ihm das nicht übel; die Ärzte auf der Insel waren nicht schuld an dem, was ihr und den anderen auf den Schiffen widerfahren war. Vielleicht traf die Behörden in Quebec eine Schuld, weil sie keine besseren Vorkehrungen getroffen hatten. Ganz gewiss aber hatten die Gutsbesitzer in Irland schändlich gehandelt und mit ihnen die Schifffahrtgesellschaften und die Schiffskapitäne und die Regierung in England, die die Auswanderung befürwortet und dann die Augen vor den Zuständen auf den Schiffen verschlossen hatte.

Aber diese Leute hier, die wenigen verbliebenen Ärzte und Schwestern und Helfer, die noch kräftig genug waren, um zu arbeiten – taten sie nicht alle, was sie konnten? Und auch wenn sie manchmal draußen beim Rauchen die Köpfe zusammensteckten und sich bitter über

die Verdrecktheit und die Armut von Noras Schicksals-
genossen beklagten, über deren Unkenntnis der elementarsten Hygienevorschriften und darüber, wie sie durch
ihre Lebensweise die gesamte Provinz verseuchten, war
das gewiss nicht für ihre Ohren bestimmt. Sie waren
erschöpft, das wusste sie. Sie hatten keinen Begriff davon,
was die Menschen, die sie pflegten, durchgemacht hatten, und keinerlei Vorstellung davon, welche Mühen noch
vor denen lagen, die überlebten und versuchten, sich in
diesem neuen Land eine Existenz aufzubauen. Neulich
hatte sie einen Helfer verwirrt und verärgert berichten
hören, dass er am Tag zuvor eine Frau hatte an Land kommen sehen, deren einzige Bekleidung aus den Resten eines
Zwiebacksacks bestand. Wie, hatte er gefragt, konnte eine
Frau sich so verwahrlosen lassen?

Aber sie meinten es gut, und sie setzten ihr eigenes
Leben aufs Spiel; das rief sie sich stets in Erinnerung, wenn
sie bitter zu werden drohte. Auf der Insel starben während
der ersten beiden Tage, an denen Lauchlin krank war,
sechsunddreißig Menschen, darunter eine weitere Pflegerin und drei Auswanderer, die Nora in der Kapelle betreut
hatte: Jane Quinn, Peter Hogan, Caspar Fitzpatrick. Sie
trauerte um sie, wie sie um alle trauerte. Aber Lauchlin
hatte sie es zu verdanken, dass sie von den Toten aufer-
standen war, und auch wenn sie ihre anderen Pflichten
nicht vernachlässigte, gab sie sich alle Mühe, ihm den gleichen Dienst zu erweisen.

Ihre Hände wiegten Lauchlins Kopf, aber obwohl er ihre
Berührung dunkel spürte, schlingerte und torkelte sein
Geist wie ein Stör im Fluss. Er war in Paris, spähte durch
ein Mikroskop und untersuchte die Infusorien, die er von
der eigenen Zunge geschabt hatte. Er wälzte sich herum
und war vollkommen in seinen ersten Kadaver vertieft, dessen Muskeln und Nerven im Oberarm er sezierte; er wälzte sich abermals herum und sah einen berühmten Arzt, der

die Auskultation mit Hilfe eines Stethoskops demonstrierte. Dumm DUMM ... swischsch; dumm DUMM ... swischsch: das Geräusch eines kranken Herzens. In seiner Brust tobte und raste etwas wie ein wild gewordenes Herz, aber es gehörte nicht zu ihm. Jemand sagte auf Französisch einen Satz, der, wenn er ihn richtig übersetzte, die Brightsche Krankheit als Nephritis in Verbindung mit Wassersucht und Albuminurie definierte. Als Susannah noch ein Kind war, war ihr Gesicht so streng gewesen, dass es unscheinbar wirkte, aber schon damals hatte er ihre Stirn geliebt. Die Dilatation des Aortenbogens war nach Hodgson benannt; eine Verpflanzung der großen Blutgefäße war selten, aber möglich. In einem Café in der Nähe der Universität hatten er und Gerhard sich mit herbem Rotwein zugeprostet und Omelettes zu frittierten Kartoffeln gegessen. Morphin, Strychnin und Chinin gehörten zu den ersten Alkaloiden, die man isoliert hatte; in Irland hatte vor wenigen Jahren ein Arzt erfolgreich Morphin mit einer subkutanen Spritze verabreicht. Wie kam es, dass er nie in Irland gewesen war? Nora meinte, er sehe aus wie ein Ire. Er sah die Finger seiner linken Hand an dem Laken zupfen, das über ihm lag; er nahm eine Falte zwischen zwei Finger und sah eine Landkarte darin.

Nora, die seine Finger zucken sah, war von Angst erfüllt. Sein Fieber war sehr hoch; obwohl sie ihn immer wieder mit einem Schwamm wusch, glühte seine Haut, und die Worte, die hin und wieder aus seinem Mund sprudelten, waren nicht englisch, abgesehen von einem Frauennamen: *Susannah*, rief er. Sie hatte etwas Milch gekocht, die sie von Geld, das Dr. Douglas ihr gegeben hatte, zu einem horrenden Preis erstanden hatte. Sie träufelte einen Löffel der Flüssigkeit in Lauchlins Mund.

Und er dachte: Ich habe etwas falsch gemacht. Ich bin aus Neid und verletztem Stolz hierher gekommen und habe gehandelt, ohne Sinn und Verstand. Deswegen muss ich natürlich bestraft werden. Irgendetwas rann ihm durch den Rachen; er versuchte zu schlucken und würgte. Dann sah er das Gesicht einer Frau, das sich über ihm entfernte, als hätte sie unter ihm gelegen und sich wie ein Nebel durch seinen Leib hindurchgehend erhoben, und er sagte sich: Es ist doch alles in Ordnung. Irgendwo, nicht weit von hier, sitzt Susannah in einem Sessel an einem offenen Fenster und erfreut sich am Duft von Rosen, während sie sich über ihre Näharbeit beugt. Er seufzte und drehte den Kopf, bis sich seine rechte Wange ins Kopfkissen schmiegte. Der Stoff war kühl und sauber. In seinem Zimmer hatte er als Kind das Gesicht so tief ins Kissen gedrückt, dass beide Wangen darin vergraben waren und nur ein kleiner Spalt für seine Nase und seinen Mund blieb. In diesem Spalt hatte er die Zeichen seiner Trauer um seine Mutter verborgen. Der Stoff damals hatte sich genauso angefühlt wie dieser Stoff; die Sonne, die einen niedrigen, staubigen Lichtbalken ins Zimmer warf, wie diese Sonne. Aber diese Sonne brannte ihm in den Augen, bis sie tränten, und er hatte Kopfschmerzen, so schreckliche Kopfschmerzen, und ihm war entsetzlich kalt. Eine Hand tauchte vor seinen Augen auf: seine Hand? Die Haut war grau und fleckig und feucht. Wer immer der Besitzer dieser Hand war, hatte Typhus; *tuphos*, Nebel. Sehr trüb war der geistige Zustand eines solchen Patienten. Einst hatte er keine Patienten gehabt, und da hatte Susannah mit ihm geschimpft, und er hatte kindisch reagiert und war an einen Ort gegangen, wo er zu viele Patienten hatte. Jetzt waren alle Patienten fort. Das Gesicht erschien wieder: Susannah? Die Züge waren nicht zu erkennen; er sah ein bleiches Oval, dunkles Haar, Zähne. Etwas Feuchtes und Abscheuliches wurde auf seine Lippen gedrückt, und er stülpte seine Lippen vor und spuckte und prustete, um das Ding mit seinem Atem zu vertreiben.

»Geduld«, sagte Nora. »Nur ein bisschen Geduld, mein

Lieber. Ich bitte dich. Nur ein paar Tropfen.« War sie schon jemals so müde gewesen? Lauchlins Lippen waren so trocken, dass sie aufsprangen, wenn er sie schürzte und versuchte, die Unterlippe vorzuschieben. Ein schwacher Hauch entströmte ihnen, nicht mehr als ein Seufzer. Versuchte er, etwas zu sagen? Sie hielt ihm den feuchten Schwamm noch einmal an die Lippen, aber er sträubte sich dagegen. Sie zog ihm das Hemd aus, stieß es mit dem Fuß beiseite und schob seinen Arm in ein frisches; sie hatte seine Ersatzkleider gefunden und wusch nun jede Nacht seine Sachen und hängte sie zum Trocknen in den Wind, damit er am nächsten Tag frische Kleider zum Durchschwitzen hatte. Während die Kleider trockneten, stand sie an Lauchlins behelfsmäßigem Schreibtisch und stapelte seine Bücher zu Türmen auf, die sie dann wieder abbaute und von neuem übereinander legte, sie bewegte die Bücher von Hand zu Hand, von hier nach dort, als könnte das Wissen in den Worten, die sie nicht lesen konnte, durch die ständige Berührung auf sie übergehen.

Am sechsten Tag von Lauchlins Krankheit ging sie in aller Herrgottsfrühe bei Sonnenaufgang, ohne dass jemand es merkte, in den Wald und sammelte Kräuter, die jenen ähnelten, die ihre Großmutter ihr in Irland gezeigt hatte. Sie tränkte sie in Brandy, den sie von Dr. Douglas erbeten hatte, und versteckte die Flasche hinter den Büchern; zwei Mal täglich träufelte sie die Lösung in Lauchlins ausgetrockneten Mund. Die ganze Zeit glaubte sie, dass Lauchlin sie erkannte und ihr für ihre Fürsorge dankbar war.

Am achten Tag machte Dr. Douglas seine morgendliche Visite und untersuchte Lauchlin kurz. Als er sich erhob, war sein Gesicht ernst. »Es ist schlimmer geworden, fürchte ich«, sagte er zu Nora. »Er hat eine Freundin in der Stadt, die sich schon mehrmals nach ihm erkundigt hat. Ich muss ihr schreiben.«

»Annie?«, fragte Nora; sie erinnerte sich an ein Gespräch mit Lauchlin, das ihr so fern erschien, als hätte es vor einem Jahr stattgefunden. Irgendwo in der Stadt, die sie immer noch nicht gesehen hatte und vielleicht nie erreichen würde, hatte er ein Leben, über das sie nichts wusste.

»Nein«, sagte Dr. Douglas. »Susannah.« Nora erkannte den Namen, den Lauchlin gerufen hatte. »Das könnte natürlich auch der Spitzname für dieselbe Frau sein. Waschen Sie ihn regelmäßig?«

»Jede Stunde.«

»Gut.« Er reichte ihr eine kleine Flasche mit einer Lösung aus Ammoniak und Cayennepfeffer mit der Anweisung, Lauchlins Beine und Wirbelsäule damit einzureiben. »Und heiße Ziegel«, sagte er. »Um den Schweiß auszutreiben. Falls Sie welche finden können, falls Sie die Zeit finden ... Es tut mir Leid. Ich muss gehen.«

Draußen zwitscherten Vögel. Lauchlin merkte, dass er seine Beine nicht mehr bewegen konnte, dass sein Geist und sein Körper sich von den Füßen aufwärts voneinander lösten wie zwei Scherenschnittfiguren. Aber das macht nichts, dachte er. Die Leute, die sich um ihn bemühten, würden seine Teile wieder zusammenkleben; es würde ihm kein Leid geschehen, denn worauf es ankam, waren nicht seine Beine oder das fehlende Gefühl in ihnen, sondern alles, was er wusste und dachte und fühlte. Natürlich konnte ihm nichts geschehen, denn er liebte Susannah und hatte es ihr gesagt, und sie hatte ihm gesagt, dass sie es wisse. Dass sie ihn nie geliebt hatte und nie lieben würde, spielte keine Rolle. Wichtig war, dass er begriffen hatte, dass er sie liebte, dass er sein Leben liebte und diese Welt; was konnte ihm jetzt noch geschehen?

Seine Erinnerung wand und wühlte sich durch die Orte, die er geliebt hatte. Als erstes führte sie ihn in die Ausläufer der Pyrenäen, durch die er einmal während einer

Studienpause im Juli mit Nicholas Benin gewandert war. Dann an den Oberlauf des Ottawa River – oh, wie war es ihm zuwider gewesen, mit seinem Vater dort sein zu müssen, wie hatte er dessen Geschäftigkeit und den Lärm verabscheut. Aber davon abgesehen war die Gegend herrlich gewesen, mit ihren gigantischen Stromschnellen und dem wolkenlosen Himmel und dem alles durchdringenden, überwältigenden Duft der Bäume. Geliebt hatte er auch die weißen Segel auf dem Sankt-Lorenz-Strom, die sich unterhalb der Klippen bauschten. Das Haar seiner Mutter, den Stallgeruch, die Hummer, die Annie aufgeschnitten und gegrillt hatte, den Markt zur Erntezeit, das Gewicht und die glatten Einbände und die Verheißung der Bücher – ja, sogar die Leichen, die kühl und konserviert auf dem Seziertisch lagen und Schnitt für Schnitt die Geheimnisse unter der Haut preisgaben.

Was war in den letzten Jahren mit ihm gewesen? Worüber hatte er sich so sehr den Kopf zerbrochen? All die Aufregung und Mühe, eine eigene Praxis aufzubauen, seine Forschungen fortzusetzen, sich zu etablieren – wenn er jetzt starb, würde sein Leben nur das gewesen sein, fast nichts, eine Kette von sinnlosen Erfolgen und Kämpfen. Warum hatte er so viel Zeit vergeudet? Als Junge, vor dem Tod seiner Mutter, hatte er um die Schönheit des täglichen Lebens gewusst. Irgendwann war ihm das verloren gegangen, und wenn er jetzt starb – aber natürlich würde er jetzt nicht sterben, er war sehr krank, aber das war nicht so schlimm, er war jung und kräftig, und draußen schien die Sonne auf die Wiesen, und die Möwen tauchten in den Fluss, tauchten mit Fischen im Schnabel wieder auf – jetzt zu sterben, wäre lächerlich, denn er hatte all die Jahre nicht gelebt, sondern sich auf das Leben vorbereitet, sich mit Wissen voll gestopft, das ihm später zugute kommen würde. Die ganze Zeit hatte er zu leben gelernt, und jetzt war er bereit, sein Leben zu beginnen.

Er öffnete die Augen. Es war dämmrig im Zimmer, und keine Sonne schien durch das Fenster; zum ersten Mal begriff er, dass die Menschen um ihn herum, die er gepflegt hatte, wenn nicht mit ihm identisch, so doch Erweiterungen seiner selbst waren, wie er eine Erweiterung von ihnen war. Es war das Leben, schlicht das Leben, das ihnen gemeinsam war, und wenn er sein Leben wiederhaben konnte, würde er mit allem zufrieden sein. Das war Nora, die sich über ihn beugte, die liebe Nora, die ihre Koje mit dem Tod geteilt hatte, und in seiner Phantasie sagte er zu ihr: Ist das Leben nicht schön? War es nicht schön, auf dem Schiff zu sein, trotz der Schrecknisse, die du durchgemacht hast? Hast du dich nicht an den Wolken gefreut und an der Sonne und dem Regen, an den sanft wogenden Wellen und den springenden Delfinen und dem Anblick des Monds bei Nacht? Vom Telegraph Hill aus, erinnerte er sie, haben wir seidige Birkenhaine gesehen.

Was war das für ein Schatten, der jetzt über ihm lag, wenn es nicht der Schatten war, der über ihr und all den anderen gelegen hatte? Er roch seinen eigenen Körper, er hatte eine leichte Erektion, er erinnerte sich an eine Frau in Montreal, die graue Wand neben ihm ragte hoch auf. Er spürte einen großen, widerhallenden Raum außerhalb der kleinen Kammer, in die er gesperrt war. Dieser Raum war voll von anderen Wesen, die sich wälzten, murmelten, an ihren Decken zupften, wie er an seiner zupfte; er wusste, dass seine Hände das taten, aber er konnte sie nicht davon abhalten. Diese Wesen träumten, wie er. Zählen Sie uns, dachte er, in Erinnerung an einen Satz, den er einmal zu jemandem gesagt hatte, an den er sich nicht erinnern konnte. Zählen Sie mich, zählen Sie sie, zählen Sie uns.

## VI.

Nora wollte die Insel verlassen, aber irgendwie schien sich nicht der richtige Zeitpunkt zu ergeben. Anfang September ließ die Flut der Schiffe nach, und die Zahl der Patienten sank, aber die Zahl der Helfer, die noch gesund genug waren, um sie zu betreuen, sank ebenfalls. Mitte September, als die neuen Baracken am östlichen Ende der Insel endlich fertig gestellt waren, gab es viel Arbeit – zwölfhundert Patienten mussten umgebettet werden, und sie waren nur noch so wenige, die mit anpacken konnten. Tagelang fuhr sie auf Karren durch die schlammigen Straßen, stets bemüht, die Kranken immer wieder notdürftig zuzudecken und ihre Köpfe zum Schutz gegen das Holpern weich zu betten. Dann mussten die Zelte abgebaut und die alten Baracken und die Kirche ausgeräuchert werden. Benommen und erschöpft tat sie, was immer Dr. Douglas anordnete.

Den ganzen Oktober hindurch nahm die Zahl der Patienten täglich ab, aber immer noch schien es mehr Arbeit zu geben als Leute, die in der Lage waren, sie zu erledigen. Eins der Krankenhäuser wurde geschlossen, dann ein weiteres; zwei der Ärzte wurden entlassen, und mit ihnen ihre Helfer. An dem Punkt hätte sie die Insel verlassen können, aber es waren noch Kinder da, die getröstet werden mussten, und altes Bettzeug, das verbrannt, und Böden, die geschrubbt werden mussten. Das Wetter kühlte sehr schnell ab; sie tat, was sie konnte, um die Decken und gebrauchten Kleider auszuteilen, die ihnen von Hilfskomitees in der Stadt geschickt wurden. Allmählich leerte sich die Insel. In der ersten Oktoberwoche hatten sie noch fünfhundert Patienten, und nur drei Schiffe lagen noch vor Anker. Bis zur dritten Oktoberwoche waren alle Genesenden flussaufwärts nach Point St. Charles geschickt worden, und es waren nur noch sechzig Patienten übrig.

Inzwischen war der erste Schnee gefallen. Dr. Douglas hatte ihr dickere Strümpfe besorgt und einen getragenen Mantel, aber es war schon so kalt, dass sich nachts ein dünner Eisfilm auf dem Sankt-Lorenz-Strom bildete, und sie fror trotzdem meistens. In einem Lagerhaus in der Nähe des Piers standen Hunderte von Kisten und Koffern, die die toten Auswanderer hinterlassen hatten, dazu ein riesiger Berg von Kleidern der Toten, aber diesen Raum würde sie niemals betreten, eher würde sie erfrieren, als dass sie diese Sachen anrührte. Es war nicht etwa Feingefühl, das sie davon abhielt, sondern Angst, sie könnte das Krankheitsgift weiter verbreiten. Wie die anderen Schwestern und Helfer nahm sie ohne Skrupel das Geld an sich, welches sie bei den Toten fand, die keine Angehörigen hinterließen. Aber diese Shillings und Sovereigns schob sie mit einem Stock in einen Lederbeutel, und bevor sie sie berührte, kochte sie sie in einem Topf mit Wasser aus.

Erst am 30. Oktober, dem Tag, an dem die Quarantänestation offiziell geschlossen wurde, erhielt sie eine Garnitur Winterkleidung. An diesem Tag ächzte ein letztes, verspätetes Schiff in den Hafen; die *Lord Ashburton* aus Sligo mit Pächtern von den Ländereien des Lord Palmerston. Sie hatte bis dahin geglaubt, mittlerweile alles gesehen zu haben, aber dieses Schiff übertraf alles Dagewesene. Dr. Douglas schäumte vor Wut. Unter einer verkümmerten Kiefer am Strand stritt er sich laut gestikulierend mit einem anderen Mitarbeiter der Station, den sie nicht erkennen konnte; Dr. Douglas war schrecklich gealtert in den wenigen Monaten, seit sie ihn kannte, und seine Stimme war heiser und brüchig. Sie hatte keine Möglichkeit, ihm Trost zuzusprechen. Er war ganz anders als Lauchlin und hielt sie auf Distanz, schien jedoch für ihren unermüdlichen Einsatz dankbar zu sein.

Dr. Jaques, der endlich wieder gesund geworden war,

kehrte von der Inspektion der *Lord Ashburton* zurück und berichtete, über hundert Passagiere seien auf der Überfahrt gestorben. Sechzig seien am Fieber erkrankt, und die Mannschaft sei so dezimiert, dass fünf Passagiere das Schiff den Fluss hinauf bis zur Grosse Isle manövriert hätten. Wenn Nora sich nicht ganz fest an den Rat ihrer Großmutter gehalten hätte, wäre sie womöglich vor Wut und Verzweiflung über die Unfähigkeit der Ärzte, ihren Landsleuten zu helfen, geplatzt. Die Quarantänestation war nicht mehr zur Aufnahme von Patienten ausgerüstet, deshalb entschieden die Behörden, dass diese letzte Schiffsladung direkt nach Montreal weitergeleitet werden sollte. Die überlebenden Passagiere waren alle vollkommen mittellos, und die Hälfte von ihnen war fast nackt. Damit sie überhaupt züchtig bedeckt von Bord gehen konnten, mußten sie mit den elementarsten Kleidungsstücken ausgestattet werden.

Dr. Douglas bat Nora, ihm bei der Verteilung der letzten Sendung gebrauchter Kleidung zu helfen, die die katholischen Frauen in Quebec gesammelt hatten, und in einem dieser Spendenpakete fand sie ein blaues, wollenes Kleid, das in erstaunlich gutem Zustand war, und legte es für sich selbst beiseite. Bald darauf fanden sich auch ein Paar Stiefel, ein Umhang und ein Schal. Am Morgen nach dem langen Tag, an dem die Passagiere der *Lord Ashburton* eingekleidet und flussaufwärts geschickt wurden, rief Dr. Douglas sie in sein Büro und entließ sie aus dem Dienst.

»Es wird Zeit, dass Sie die Insel verlassen«, sagte er. »Wo werden Sie hingehen?« Kein Wort der Anerkennung für die Zeit, in der sie Seite an Seite gearbeitet hatten. Sie konnte beinahe hören, wie sein Gehirn vor Dingen, die er noch zu erledigen hatte, surrte. Auf seinem Schreibtisch, neben der Geldkassette, lag ein Blatt Papier mit etwas, das aussah wie eine lange Namensliste – Helfer und

Schwestern und Ärzte wahrscheinlich, die alle bezahlt und entlassen werden mussten. Nachdem er ihr ihren Lohn ausgezahlt hatte, machte er einen kleinen Haken neben der Zeile mit ihrem Namen.

»Ich weiß es noch nicht«, sagte sie. »Als Erstes werde ich versuchen, meine Brüder zu finden.«

»Ich wollte Ihnen noch etwas geben«, sagte er. Er langte unter seinen Schreibtisch. »Es ist eine Tasche, für Ihre Sachen.«

Die Tasche war aus schwerem Webstoff gemacht und recht sauber, wenn auch nicht neu. Vielleicht hatte sie einem der Ärzte gehört oder einem der Priester. »Danke«, sagte sie.

»Ich habe zu danken.«

Und so kam es, dass sie sich am 2. November an Bord der *St. George* befand und den allmählich zufrierenden Fluss hinauffuhr. Sie konnte förmlich zusehen, wie sich das Eis entlang der Ufer stündlich weiter ausbreitete. Auch der Wind war eisig, und niedrige graue Wolken jagten über den Horizont. Ein paar Schneeflocken fielen, und sie grub sich tiefer in ihren Umhang. Er hatte jemand anders gehört, ja. Aber der Umhang war warm und heil und sauber, der Stoff wunderbar dick, die Knopflöcher nur leicht ausgefranst und die ausgerissene Satineinfassung säuberlich geflickt. Die Stiefel, die sie gefunden hatte, waren zu groß, aber das Zeitungspapier, das sie in die Spitzen gestopft hatte, schützte gegen die Kälte. Ihre Füße waren erstaunlich warm.

Die steilen Klippen von Cape Diamond waren eine Überraschung; auch der von Menschen wimmelnde Hafen, in dem es genauso betriebsam zuging wie in Liverpool. Niemand hatte ihr gesagt, dass die Stadt von einer Mauer umgeben war, oder dass die beiden Adressen, die Dr. Douglas ihr auf ihre Bitte hin auf einen Zettel geschrieben hatte, nicht in der Lower Town lagen, in der

Nähe des Kais, an dem sie von Bord ging, sondern hoch oben auf der Klippe und innerhalb der Mauern. Drei Mal fragte sie Fremde nach dem Weg zu ihrer ersten Adresse; sie verirrte sich in den engen, kopfsteingepflasterten Straßen und dann wieder, nachdem sie die vielen Stufen erklommen hatte, die auf die Klippe hinaufführten. Die Fremden, die sich ihren Zettel ansahen und ihr den Weg beschrieben, waren zurückhaltend, aber nicht unhöflich. Das Kleid, dachte sie, und dankte dem Himmel dafür. Der Umhang und die Tasche und ihre Stiefel. Später, wenn sie eine Pension suchte, wo sie ein paar Nächte verbringen konnte, würden diese Kleider sie hoffentlich davor bewahren, dass man sie schlecht behandelte.

Große Schlitten fuhren auf den schneebedeckten Straßen an ihr vorbei, die Pferde zogen sie auf ihren Kufen so munter, als wären es Kutschen. Sie hatte sich auf enttäuschende Nachrichten im Büro der Zeitung gefasst gemacht, und dennoch hatte ihr die nüchterne Auskunft des Angestellten schwer zugesetzt. Kein Wort von Ned und Denis, auf beide Anzeigen keine Reaktion. Vor ihrem geistigen Auge sah sie den Fluss, der sich böse und zugefroren Hunderte von Meilen durch ein Land zog, das sie nie und nimmer würde ergründen können, zu Städten hin, die nichts als Namen waren. Kingston, Toronto – wie groß waren ihre Aussichten, ihre Brüder in diesen Städten zu finden? Wie groß war die Wahrscheinlichkeit, dass man Ned und Denis nicht auch aus diesen unerreichbaren Orten verstoßen hatte, damit sie sich Arbeit als Holzfäller oder Farmgehilfen suchten? Wie groß war die Wahrscheinlichkeit, dass sie noch am Leben waren?

Zwei Jungen unter den hunderttausend irischen Auswanderern, die in diesem Jahr die Reise in die kanadischen Provinzen angetreten hatten; zwei unter all jenen, die auf der Überfahrt oder auf Grosse Isle gestorben waren oder in Quebec oder Montreal oder weiter landeinwärts. Aber hier in der Stadt hatten die Zahlen der Toten auf den Schiffen und auf der Insel keine Bedeutung; die Gesichter dahinter waren nicht zu sehen. Als sie auf dem Weg zu ihrer zweiten Anlaufstelle auf einen Markt geriet, ging ihr durch den Kopf, dass die wohlhabenden Menschen, die sich, umgeben von den Herrlichkeiten aus dem reichhaltigen Angebot, zum Frühstück oder zum Abendessen an den Tisch setzten, die Zahlen einfach vergessen mußten – oh, die Lebensmittel auf diesem Markt waren unglaublich!

Mit langsamen Schritten ging sie auf einen Berg heißer Lammpasteten zu, angelockt von dem Duft und getarnt in ihrem blauen Kleid. In ihrer Tasche verwahrte sie mehr Geld, als sie je zuvor besessen hatte, und als die pausbäckige Farmersfrau ihr den Preis für eine Pastete nannte, nahm sie eine Münze heraus und vertilgte ihre Pastete an Ort und Stelle. Knusprige Kruste, würziges Lammfleisch, köstliche Soße, die bei jedem Bissen herausquoll; sie kaute mit geschlossenen Augen und konnte es nachvollziehen, wie leicht es war, an einem solchen Ort den Tod zu vergessen.

Direkt vor ihr erhob sich eine Kathedrale, in der man gewiss Gottesdienste für die Toten abgehalten hatte. Aber unmittelbar davor wurden Törtchen und große, gebratene Eierkuchen und frische Butter und Eier feilgeboten. Auf der Insel war das Essen knapp und schlecht gewesen, in riesigen Küchen zubereitet und von den Behörden ausgeteilt: genug, um sie alle am Leben zu erhalten, genug, dass sie Gott täglich dafür gedankt hatte, aber alles andere als appetitlich. Selbst zu Hause, als es noch Lebensmittel gab, hätte eine Frau vielleicht hinter einem Stand mit zwei oder drei Eiern gesessen, mit einer einzigen Kugel Butter, vielleicht einem Huhn oder einer Gans. Hier gab es Eier wie Sand am Meer, die Gänse hingen in Reihen an ihren hübschen Füßen, Kartoffeln kullerten aus prallen

Säcken, und Austern gab es nicht einzeln, nicht einmal im Dutzend, sondern fassweise. Während sie sich umsah, machten Frauen mit Körben über den Armen ihre Einkäufe, als wäre nichts Ungewöhnliches an dem Überfluss ringsum. Das Feilschen schien ein Spiel, ein gut gelauntes Hin und Her um die Preise. Manche, deren Körbe so reichlich mit Lebensmitteln gefüllt waren, dass Nora es kaum fassen konnte, hatten immer noch Geld übrig, um die eine oder andere Kleinigkeit zu erstehen, die allein dem Vergnügen diente. Zedernzweige, Balsam, Kerzen.

Sie kaufte sich ein saftiges, goldenes Törtchen und vertilgte auch das; ihr lief das Wasser im Mund zusammen, und in ihrem Kopf drehten sich die Gedanken. Sie berührte Kartoffeln und Zwiebeln und Kohlköpfe, Äpfel und Gurken und Porreestangen, dann riss sie sich zusammen und ging weiter, zu der Adresse in der Palace Street.

Der ordentlich gepflasterte Weg, der zum Haus führte, war sauber gefegt, und jemand hatte größtenteils den Schnee von den Sträuchern geklopft. Einen Augenblick lang überlegte sie, ob sie an den Dienstboteneingang gehen sollte, aber sie war nicht als Dienstmädchen hier. Sie trat auf die elegante Haustür zu und klopfte beherzt unter einer geschnitzten Verzierung ans Holz. Irgendwelche Buchstaben, dachte sie, die ineinander verschlungenen Zeichen betrachtend. Vielleicht ein Name? Annie Taggert öffnete die Tür.

Die beiden Frauen sahen einander an, und jede versuchte, die Herkunft und Position der anderen zu ergründen. Nora bemerkte Annies abgetragene Schuhe, die geröteten Hände und das kupferfarbene Haar, aber sie bemerkte auch, mit welcher Sorgfalt das Haar geflochten und hochgesteckt war, die gute Stoffqualität des schlichten Kleides und die saubere weiße Schürze, die frisch gestärkt und gebügelt war. Auch eine Irin offenbar, aber eine, die schon seit einer Weile hier lebte und in diesem wohlhabenden Haus geachtet wurde. Annie bemerkte, obwohl sie an diesem Tag mehr als beschäftigt war, die Diskrepanz zwischen Noras Kleid und Stiefeln, die besser waren als ihre eigenen, und dem verhärmten, mageren, durch und durch irischen Gesicht. Eine Neue, dachte Annie. Noch so eine wie Sissy. Für wen hielt dieses Mädchen sich, dass sie mit ihren Kleidern die feinen Leute nachäffte?

»Hier gibt es keine Arbeit«, sagte sie frostig. »Und an dieser Tür hast du nichts zu suchen – pack dich zum Hintereingang, wenn du was zu essen willst, vielleicht hat die Köchin was für dich.«

Nora errötete. »Ich brauche keine Arbeit«, sagte sie, obwohl sie sich schon bald auf Arbeitssuche würde begeben müssen. »Und ich brauche auch nichts zu essen.«

Noch bevor sie zu Ende gesprochen hatte, versuchte Annie, die Tür zuzuschlagen. Nora klemmte ihre Tasche zwischen Tür und Rahmen und sagte: »Ich habe eine Nachricht für Mrs. Rowley. Sie ist wichtig. Würden Sie sie bitte holen?«

Das war zu viel, dachte Annie. Alles, was in den vergangenen sechs Monaten passiert war, war einfach zu viel. Sie war diesem Mädchen keine Erklärung schuldig, aber sie öffnete die Tür einen Spaltbreit. Vielleicht hatte sie die Qualität dieses blauen Kleids falsch eingeschätzt. Vielleicht hatte dieses Mädchen wichtige Freunde. »Mrs. Rowley ist nicht zu sprechen«, sagte sie. »Du kannst mir die Nachricht übergeben.«

»Ist Mr. Rowley denn zu sprechen?«

»Er ist beschäftigt«, sagte Annie. »Aber du kannst dich darauf verlassen, dass alles, was du mir übergibst, in seine Hände gelangen wird.«

Nora schüttelte den Kopf und rührte sich nicht von der Stelle. »Es ist wichtig. Und ich habe außerdem ein Päckchen. Ich werde warten.«

Einen Moment lang überlegte Annie, ob sie das Mädchen unten warten lassen sollte, aber Mr. Rowley war neuerdings so verändert und so zerquält, dass sie es nicht wagte, bei ihm Anstoß zu erregen. Wenn nun dieses Mädchen eine Freundin von jemandem war, den er auf seinen Reisen kennen gelernt hatte. Widerstrebend sagte sie: »Meinetwegen kannst du hier in der Diele warten. Aber es könnte dauern.« Sie öffnete die Tür und ließ Nora eintreten. Sie deutete auf einen steifen, mit Brokat gepolsterten Stuhl. »Dein Name?«

»Nora Kynd. Bitte sagen Sie ihm, ich habe eine Nachricht von einem Freund.« Als Annie sie gerade ermahnen wollte, ja nichts anzufassen, sagte Nora: »Von seinem Freund Dr. Lauchlin Grant.«

Als sie den Namen Dr. Grant hörte, trat Annie einen Schritt zurück. »Du kommst doch nicht etwa von dieser Insel?«

»Doch«, sagte Nora stolz. »Ich habe den ganzen Sommer dort gearbeitet. Ich war eine von Dr. Grants Assistentinnen.«

»Bist du ... krank?«, flüsterte Annie. »Bringst du das Fieber in dieses Haus?«

»Nein, selbstverständlich nicht«, sagte Nora. »Ich hatte das Fieber im Frühling, aber ich bin wieder gesund geworden – Sie wissen doch sicher, dass man es nicht zwei Mal bekommen kann.« Sie fuhr mit dem Arm über ihren Umhang und ihr Kleid. »Diese Sachen sind ausgekocht, vollkommen sauber. Nachdem ich mich umgezogen hatte, habe ich nichts auf der Insel mehr angerührt.«

»Ich sage Mr. Rowley, dass du da bist«, sagte Annie. Sie öffnete eine Tür, die in einen benachbarten Raum führte.

Drinnen hörte Nora Männerstimmen, die sich über irgendetwas ereiferten, ein unablässiges Murmeln, das nur kurz aussetzte, als Annie die Männer unterbrach. Annie kehrte zurück, sagte: »Es wird noch dauern, bis Mr. Rowley kommt«, und verschwand abermals. Sie vergaß, die Tür zur Bibliothek hinter sich zu schließen, so dass Nora das Gespräch unfreiwillig mithörte.

Keine Gesichter, nur Stimmen; Bruchstücke von Aussagen, aus denen sie auf eine Haltung, eine Person schließen konnte. Eine dieser Stimmen, nahm sie an, gehörte Mr. Rowley. Sie wartete auf dem steifen Stuhl und fragte sich, wo Mrs. Rowley wohl war, ob Mr. Rowley etwas von dem besonderen Verhältnis zwischen seiner Frau und Lauchlin ahnte, und was sie mit den Sachen in ihrer Tasche machen sollte, falls Mrs. Rowley nicht auftauchte und Mr. Rowley sie bat, ihm die Sachen auszuhändigen, damit er sie seiner Frau geben konnte. War er ein Mann, der das Eigentum seiner Frau als deren Privatsache betrachtete? Oder war er einer von denen, die das Eigentum ihrer Frau als ihren eigenen Besitz betrachteten, da auch ihre Frauen zu ihrem Eigentum gehörten?

Während ihr Blick über die geschliffenen Scheiben und die polierten Möbel wanderte, begann das Stimmenknäuel sich zu entwirren, und einzelne Sätze lösten sich. Die Männer wollten ein Komitee bilden oder hatten bereits eins gebildet und waren jetzt dabei, Resolutionen zu verfassen. Einer erwähnte die *Lord Ashburton*; einer sagte etwas über einen Artikel, den wieder ein anderer über die grauenhaften Bedingungen auf dem Schiff geschrieben hatte. Einer erinnerte einen anderen an den kürzlichen Tod des Bürgermeisters von Montreal und des katholischen Bischofs von Toronto. Ein Mann mit einer harten, durchdringenden Stimme sagte: »Die strengen, durch die Regierung der Vereinigten Staaten erlassenen Einwanderungsbeschränkungen haben die Angehörigen der ärmeren Klassen Irlands dazu getrieben, die langwierigere, aber billigere Route den Sankt-Lorenz-Strom hinauf zu wählen, mit dem Ergebnis, dass ein gewaltiges

Ausmaß an Indolenz, Armut, Elend und Krankheit über uns gekommen ist.«

»Gut«, sagte ein anderer Mann. »Damit schließen wir die Situationsbeschreibung ab. Jetzt zu den Maßnahmen, die wir empfehlen, um zu verhindern, dass uns die gleiche Katastrophe im nächsten Jahr wieder ereilt ...«

»Punkt eins«, sagte ein Mann mit einer frischen, hellen Stimme. »Die Einwanderungssteuer muss erhöht werden.«

»Nein, nein, nein«, sagte der Mann mit der harten Stimme. »Das führen wir erst an zweiter oder dritter Stelle auf. An erster Stelle müssen wir Vorschriften für die Unterbringung auf den Schiffen fordern. Nicht mehr als zwei Kojen von sechs Fuß Länge und achtzehn Zoll Breite übereinander, auf dem Orlopdeck nicht mehr als ...«

Eine andere Stimme fiel ihm ins Wort. »Zur medizinischen Betreuung darf nicht weniger als eine Fachkraft auf hundert Passagiere kommen ...«

»Ausreichende Belüftungsmöglichkeiten und Sauberkeit an Deck müssen gesichert ...«

So ging es weiter und weiter, Zahlen wurden aufgelistet, Vorschriften und Einschränkungen, Vorschläge, Forderungen und Bitten formuliert. Nora saß auf ihrem harten Stuhl und betrachtete die blauweiß gemusterten Porzellanvasen und die gerahmten Blumenarrangements aus Muscheln, während die Männer begannen, sich über Geld zu streiten. Die Provinz hatte Unsummen für die Versorgung der kranken und mittellosen Einwanderer ausgegeben, hörte sie. Die Einwanderungssteuer hatte eine wesentlich geringere Summe eingebracht. Wer hatte die Kosten getragen, wer trug sie derzeit, wer würde sie künftig aufbringen müssen?

»Wasser, vierundzwanzig Liter pro Passagier und Woche«, sagte jemand. »Für sämtliche Nahrungsmittel müssen genaue Vorschriften erlassen werden. Zwieback, zweieinhalb Pfund; Haferflocken, fünf Pfund; zwei Pfund Melasse ...«

»Reis«, fügte jemand hinzu. »Vergessen Sie nicht eine Zuteilung von Reis.«

Wäre sie krank geworden, wenn sie all diese Lebensmittel auf der Bark bekommen hätte? Wären Ned und Denis kräftiger gewesen? Sie wünschte, sie hätte auf dem Markt noch ein zweites Törtchen erstanden und den Verstand gehabt, es sich in die Tasche zu stecken. Wenn ihr Vater hier wäre, dachte sie, hätte er sich nicht für die Törtchen interessiert, sondern einiges von dem teuren Krimskrams eingesteckt, der auf den Tischen herumlag. Er hätte es als sein Recht empfunden. Sie hatten das Zeug, er brauchte es. Er hätte sich ebenso wenig wie zu Hause darum geschert, dass die Reichen der Ansicht waren, er habe überhaupt keine Rechte.

Eine Stimme, die sie noch nicht gehört hatte, die klar und doch irgendwie müde klang, sagte: »Wir dürfen nicht aus den Augen verlieren, dass es uns nicht darum geht, diese armen Menschen fern zu halten – was bleibt ihnen denn anderes übrig, als aus Irland auszuwandern? Wohin sollen sie sich wenden, solange die Hungersnot herrscht? Es geht vielmehr darum, ihre Überfahrt menschlicher zu gestalten und bessere Bedingungen für sie zu schaffen, wenn sie einmal hier sind.«

Der Mann mit der harten Stimme widersprach. »Dass ausgerechnet Sie das sagen ... Nein, wir wollen sowohl die Anzahl der Einwanderer verringern als auch die Reisebedingungen verbessern.«

»Bitte entschuldigen Sie mich einen Augenblick. Draußen wartet jemand auf mich.« Und dann hörte Nora Schritte in ihre Richtung kommen, und plötzlich stand ein Mann in einem eleganten hellbraunen Anzug vor ihr.

»Miss Kynd?«, sagte er. Seine Züge waren die eines jungen Mannes, aber sein Gesicht war blass und von Kummer gezeichnet. »Es tut mir Leid, dass ich Sie so lange habe warten lassen. Ich bin Arthur Adam Rowley. Was kann ich für Sie tun?«

Er war erschreckend jung, kaum älter als sie, obwohl seine Haltung und sein höfliches Benehmen einer älteren Generation entsprachen. Perfekt gekleidet und irgendwie sehr traurig. Sie erhob sich von ihrem Stuhl. »Verzeihen Sie, dass ich Sie störe«, sagte sie. »Ich habe eine Nachricht für Ihre Frau.«

Sein blasses Gesicht wurde noch bleicher. Aber seine Stimme blieb höflich und ruhig. »Meine Frau ist sehr krank«, sagte er. »Sie ist an diesem Fieber erkrankt, das mit den Schiffen gekommen ist. Vielleicht könnten Sie mir die Nachricht für sie übergeben.«

Nora verfluchte stumm ihre Unbeholfenheit und Annies Geheimniskrämerei. »Es tut mir Leid«, sagte sie. »Haben Sie Dr. Lauchlin Grant gekannt?« Es überraschte sie, wie sehr es sie immer noch schmerzte, seinen Namen auszusprechen.

»Selbstverständlich. Wir waren gute Freunde. Wo haben Sie ihn kennen gelernt?«

In knappen Worten erzählte Nora ihm, wie Lauchlin sie gefunden und gerettet hatte, wie sie für ihn auf Grosse Isle gearbeitet und ihn dann während seiner Krankheit gepflegt hatte. »Dr. Douglas hat seine Bücher und die meisten seiner Habseligkeiten für seinen Vater zusammengepackt«, sagte Nora. »Sie werden bald an ihn geschickt. Aber er hatte ein paar persönliche Dinge bei sich, und er hat mir gesagt, er wollte, dass Mrs. Rowley – und Sie natürlich auch – sie haben sollte, wenn er sterben würde.«

Hier log sie: Er hatte ihr nichts dergleichen gesagt. Sie hatte es sich selbst ausgedacht, als sie am Tag nach seinem Tod die Kammer aufgeräumt hatte. Als das Fieber am schlimmsten war, hatte er mehrmals den Namen Susannah gerufen, und sie hatte diesen Namen zuerst mit der Frau in Verbindung gebracht, die Dr. Douglas erwähnt hatte, und dann mit der »Mrs. Rowley«, von der Lauchlin nach seiner Rückkehr von dem kurzen Besuch in der Stadt gesprochen hatte. Obwohl sie Lauchlins Tagebuch nicht lesen konnte, hatte sie ihn so oft darin schreiben sehen, dass sie zu dem Schluss gekommen war, es müsse wichtige, sehr persönliche Dinge enthalten. Und gewiss hatte die Frau, an die er während der letzten Tage seines Lebens am meisten gedacht hatte, verdient, es zu besitzen.

Aber jetzt war diese Frau zu krank, um es zu lesen, und auf den eng beschriebenen Seiten standen womöglich Dinge, die ihrem Mann Kummer bereiten würden. Blitzschnell traf Nora eine Entscheidung; sie langte in ihre Tasche und holte das kleine Päckchen hervor, das Lauchlins gutes Hemd, seine Weste, seine Uhrkette und seine Taschenuhr enthielt. Mit der gleichen Bewegung schob sie das Tagebuch tiefer nach unten. Dann reichte sie Mr. Rowley ihr Geschenk.

»Es ist so wenig«, sagte sie. »Aber ich weiß, er hätte gewünscht, dass Sie es bekommen.«

Arthur Adam wickelte das Packpapier mit seinen langen, weißen Händen auf, schob das Hemd beiseite und hob die Uhrkette an. »Ich danke Ihnen«, sagte er. »Es ist sehr aufmerksam von Ihnen, diese Sachen hierher zu bringen. Meine Frau würde – *wird* – sie in Ehren halten. Ich werde sie in Ehren halten.«

Sie schwiegen einen Moment beide. Dann sagte Arthur Adam: »Sie haben sich sehr nahe gestanden, wissen Sie. Lauchlin und Susannah – sie kannten sich von Kindheit an. Ich kann es nicht fassen, dass er nicht mehr ist und dass sie so krank ist – wie oft habe ich im vergangenen Monat gedacht, er könnte ihr helfen, wenn er hier wäre.«

»Er war ein guter Arzt«, sagte Nora. »Wenn Sie ihn bei seinen Patienten gesehen hätten …« Einen Augenblick lang war sie versucht, einen Teil der Last, die Lauchlin abgeworfen hatte, auf ihre Schultern zu nehmen, wie sie es auf der Insel getan hatte. Wie leicht konnte sie zu Mr. Rowley sagen: *Vielleicht darf ich Ihnen meine Hilfe anbieten? Ich bin sehr geübt im Umgang mit Fieberpatienten.* Sie könnte diese breite, geschwungene Treppe hinaufsteigen, den Flur entlang und zu dem Zimmer gehen, wo eine kranke Frau neben einem hellen Fenster in einem weichen, sauberen Bett lag. Zu dieser Frau könnte sie sagen: *Lauchlin hat Ihren Namen gerufen, als er im Sterben lag. Immer und immer wieder. Lassen Sie mich Ihr Gesicht waschen, lassen Sie mich Ihr Haar kämmen, lassen Sie mich Ihnen etwas Kühles zum Trinken bringen.* All das könnte sie tun, im Andenken an Lauchlin. Und dann wäre sie hier gefangen in einem Netz aus Verpflichtung und Trauer… Sie nahm ihre Tasche auf.

»Sie sehen meiner Frau ähnlich«, sagte Mr. Rowley.

»Ich?«

»In gewisser Weise. Ihr Haar, die Form Ihrer Lippen und Ihre Stirn. Wo werden Sie hingehen, wenn Sie von hier fortgehen? Was werden Sie tun?«

»Ich weiß es noch nicht genau«, sagte sie, noch ganz verblüfft über seine Worte. Dass sie Susannah ähnlich sehen sollte, nach der Lauchlin gerufen hatte – plötzlich war sie ganz sicher, dass es richtig gewesen war, das Tagebuch zu behalten, und nicht nur, weil sie die Rowleys dadurch verschonte. Das war ihr Familienstammbaum in dem Buch, mit seinen toten Zweigen und verwelkten Früchten. Sie würde einen Lehrer finden, eine Schule, und würde entziffern, was Lauchlin hinterlassen hatte, und alles andere lesen, zu dem er Zugang gehabt hatte: Zeitungen, Bücher, die Suchanzeigen nach ihren Brüdern, die sie aufgeben würde, und die Suchanzeigen, die ihre Brüder, falls sie so jemand freundlichen fanden wie Lauchlin, aufgeben würden, um sie zu finden.

In diesem Augenblick trat Annie wieder in die Diele, gereizt und ein bisschen beschämt. In der Küche hatte sie Sissy heftiger als gewöhnlich beschimpft, während Nora wartete. Daran war Mrs. Rowley schuld; sie liebte ihre Herrin nicht, aber sie hatte Mitleid mit ihr und ebenso mit allen anderen in diesem Haus. Niemand hatte es verdient, so zu leiden wie Mrs. Rowley. Seit sechs Wochen siechte sie dahin, Arthur Adam war am Ende seiner Kräfte. Und sie war ebenfalls restlos erschöpft: Den ganzen Tag lief sie mit schweren Tabletts treppauf, treppab, machte Besorgungen für den Arzt und plagte sich mit den Launen der hochnäsigen Schwester herum. Als sie nun Nora gesehen und erkannt hatte, woher sie kam, hatte sie an ihre eigenen ersten Jahre in diesem fremden Land denken müssen. An diese schreckliche Zeit, als so wenige Leute zu ihr freundlich gewesen waren; als Reaktion darauf hatte sie Sissy angeschrien und sich gleich darauf geschämt und sich gefragt, was in sie gefahren war, dass sie so gehässig wurde. Auch dieser Fremden gegenüber war sie gehässig gewesen, oder zumindest unfreundlich. Sie räusperte sich und sagte: »Möchtest du nicht in die Küche kommen und eine Tasse Tee trinken, bevor du gehst?« Nora, dankbar, sich aus Arthur Adams Blick zu entfernen, folgte ihr bereitwillig.

In der Küche saß Nora schweigend da, während Annie den Tee zubereitete. »Es tut mir Leid«, sagte sie schließlich. »Es tut mir leid, dass Mrs. Rowley krank ist. Ich wusste es nicht. Sie hätten es mir sagen sollen.«

»Ja, das stimmt«, sagte Annie. »Ich weiß auch nicht, was in mich gefahren ist.« Sie dachte an das Erbrechen und an den Fieberwahn, an die Unfähigkeit des Arztes, Mrs. Rowleys Schmerzen zu lindern, an die Angst, die sie in den letzten zwei Wochen vor Arthur Adams Rückkehr nachts ausgestanden hatte, wenn Mrs. Rowley geschrien hatte und niemand außer ihr da war, um ihr zu helfen.

An Arthur Adam, der bei all dem Guten, was er mit seinen Artikeln erreicht haben mochte, nicht rechtzeitig heimgekehrt war. Jetzt erkannte seine Frau ihn nicht mehr. »Es ist eine schlimme Krankheit. Das weißt du ja selbst. Wie war es denn auf dieser Insel?«

Nora erzählte Annie ein wenig über Grosse Isle. »Meine Brüder wurden von mir getrennt«, sagte sie. »Sie waren gesund und ich nicht, und die Ärzte haben sie weggeschickt und wollten sie nicht mit mir auf die Insel lassen.« Sie erzählte Annie von ihren Tagen in der Kirche, an die sie nur wenige, verschwommene Erinnerungen besaß; und davon, wie Lauchlin Grant sie gerettet hatte und fast zu einem Freund geworden war. Von der Arbeit, die sie nach ihrer Genesung übernommen hatte, und von allem anderen, was sie erlebt hatte, gab sie nur einen knappen Bericht; sie konnte an Annies Gesicht ablesen, dass sie das nicht hören wollte. Schließlich beschrieb sie Lauchlins letzte Lebenstage. »Er war so ein gütiger Mann«, sagte sie. »Er hat so hart gearbeitet, bis zuletzt. Selbst als er im Sterben lag, merkte man, dass er niemandem eine Last sein wollte.«

»Ich habe ihn kaum gekannt«, sagte Annie. »Aber die Rowleys mochten ihn sehr.« Keine von beiden erwähnte etwas von der Zuneigung zwischen Lauchlin und Susannah, aber das Wissen darum hing zwischen ihnen in der Luft. Und als Annie Nora von Susannahs Arbeit bei den Auswanderern im Krankenhaus erzählte, und wie sie trotz aller Bemühungen Annies krank geworden war, schüttelte Nora den Kopf und sagte: »Ich bin so dankbar, dass Dr. Grant nie erfahren hat, dass sie krank ist.«

Der Nachmittag verging mit Reden. »Wie heißen deine Brüder?«, fragte Annie, und Nora erzählte Geschichten über Ned und seine Begeisterung für Käfer, von Denis, wie er mit den bloßen Händen Fische aus dem Bach gefangen hatte. Annie servierte Tee und Gewürzkuchen. Auf dem Schiff, sagte Nora, hatten sich die Jungen Methoden ausgedacht, mehr Wasser für sie zu ergattern. Die Beschreibung ihrer Überfahrt ermunterte Annie dazu, von ihrer eigenen zu erzählen, auf einem Schiff, das ebenso überfüllt und auf dem die Verpflegung ebenso schlecht gewesen war; dennoch war die Reise leichter zu überstehen gewesen, denn sie hatten herrliches Wetter gehabt und die Mitreisenden waren gesund gewesen. »Aber ich habe auch eine Epidemie erlebt«, sagte sie. »Die mindestens so schlimm war wie diese. Anno '32, als die Cholera ausbrach, war ich als Dienstmädchen in einem Haus in der Lower Town und bin krank geworden ...«

Damals war sie ein junges Mädchen gewesen, erzählte sie Nora; von gerade mal einundzwanzig und erst vor wenigen Jahren mit dem Schiff aus Leitrim gekommen. Eines Tages war ihr heiß geworden, sie hatte sich ganz seltsam gefühlt, und dann war sie bewusstlos die Treppe hinuntergestürzt, die sie gerade schrubbte. Sie konnte sich nur ganz düster daran erinnern, wie sie auf einem Krankenkarren aus der Stadt geschafft worden war. Als sie zu sich kam, lag sie in einem Zelt auf den Plains of Abraham, umgeben von Sterbenden.

»Es war ein Wunder, dass ich überlebt habe«, sagte sie, und erzählte Nora, wie der Cholera-Friedhof ihre Freundin Mary MacLean verschluckt hatte, und mit Mary ihren gemeinsamen Traum, sich in die Vereinigten Staaten durchzuschlagen. Um sie herum wurden die Schatten in der Küche dichter. In einer Ecke, mit einem Berg Rote Beete beschäftigt, lauschte Sissy ihren Geschichten mit offenem Mund.

»Wo wirst du hingehen?«, fragte Annie schließlich wie Arthur Adam zuvor. »Was wirst du tun?« Sie hatte ihre Meinung von Nora geändert und dachte, es könne vielleicht doch eine Möglichkeit geben, ihr eine Position im Haus der Rowleys zu verschaffen.

Doch irgendwann im Verlauf dieses langen Tages hatte Nora einen Entschluss gefasst. »Wenn ich meine Brüder nicht finden kann«, sagte sie. Sie stockte und schluckte und begann noch einmal. »Wenn ich sie nicht finden kann, und so wird es höchstwahrscheinlich sein, werde ich in die Vereinigten Staaten gehen. Es ist schön hier. Eine wunderschöne Stadt. Aber nach allem, was geschehen ist, könnte ich hier nicht leben.«

»Doch«, sagte Annie. »Das könntest du. Es wird besser mit der Zeit.«

»Es gibt eine Stadt namens Detroit«, sagte Nora. »Ich habe auf der Insel davon gehört; sie liegt an einem der riesigen Seen, durch die dieser Fluss fließt.«

Sissy, von deren Anwesenheit Nora bisher noch nichts gemerkt hatte, legte die Rote Beete und das Messer beiseite und schlich näher an den Tisch heran. »Ich habe auch von dieser Stadt gehört«, sagte sie.

Weil sie Besuch hatte und weil sie sich wegen ihres Wutausbruchs schämte, beherrschte sich Annie und schickte sie, anstatt sie anzuschreien, mit einer leichten Kopfbewegung zurück in ihre Ecke. Nora, die in Gedanken bei Denis und Ned war, bemerkte, bevor Sissy sich abwandte, ihr strahlendes, neugieriges Gesicht. Dieses Mädchen hatte überlebt, war wie sie irgendwie dem Leichenzug quer über den Ozean entkommen. Und wie sie war sie mutterseelenallein. Sie sagte, diesmal zu Sissy wie zu Annie: »Ein Mann, der Angehörige da hat, hat mir erzählt, dass es ganz leicht ist, sich über die Grenze zu schleichen. Die Stadt soll sehr lebendig sein, und es soll jede Menge Arbeit geben. Ich möchte gern an einen neuen Ort gehen«, sagte sie. »Einen neuen Anfang machen.«

»Würden wir das nicht alle gern?«, fragte Annie. »Haben wir nicht alle geglaubt, wir machten einen neuen Anfang, als wir unsere Heimat verlassen haben, um hierher zu kommen?« Sie stellte ihre Untertasse ab, als

Nora aufstand und ihre Tasche in die Hand nahm. »Du gehst schon?«

»Ja«, sagte Nora. »Ich gehe.«

# Danksagung und Quellen

Die Anregung zu der Erzählung »Schiffsfieber« verdanke ich Cecil Woodham-Smiths *The Great Hunger*, in dem ich zuerst von den Ereignissen auf Grosse Isle las. In Robert Whytes Tagebuch seiner Überfahrt von Irland nach Quebec (1848 unter dem Titel *The Ocean Plague* erschienen) fand ich aufschlussreiche Augenzeugenschilderungen der Bedingungen auf den Schiffen und auf der Insel.

*The Grosse Isle Tragedy and the Monument to the Irish Fever Victims, 1847* (zusammengestellt von J. A. Jordan und erstmals anlässlich der Einweihung eines Denkmals zur Ehrung der Typhusopfer im Verlag des *Quebec Daily Telegraph* unter dem Titel »Grosse Isle Monument Commemorative Souvenir« erschienen; später als Neudruck in Buchform von The Telegraph Printing Company, Quebec, 1909, herausgegeben), ist die maßgebliche Quelle für alle Details zur Typhusepidemie auf Grosse Isle von 1847. Dem Kapitel »Medical History of the Famine« in *The Great Famine: Studies in Irish History* (Dudley Edwards und Desmond Williams, Hg.) habe ich etliche nützliche Informationen über die als Folge der Hungersnot aufgekommenen Krankheiten – insbesondere Typhus – entnommen.

Die Ärzte Dr. Douglas und Dr. Jaques sind historische

Figuren, wie auch Buchanan und die Ärzte und Geistlichen, von deren Tod auf der Insel Lauchlin Grant in seinem Tagebuch berichtet. Alle übrigen Charaktere, Lauchlin Grant eingeschlossen, sind frei erfunden.

Einige der Erzählungen in diesem Buch wurden bereits in den folgenden Zeitschriften abgedruckt: »The English Pupil« (»Der englische Schüler«) in *The Southern Review*; »The Littoral Zone« (»In der Gezeitenzone«) und »Soroche« (»Höhenkoller«) in *Story*; »The Marburg Sisters« (»Schwesternbande«) in *New England Review*; »The Behavior of the Hawkweeds« (»Habichtskraut«) in *The Missouri Review*. Ich danke diesen Zeitschriften und den zuständigen Redakteuren. Die Erzählung »Rare Bird« (»Seltener Vogel«) erschien zuerst in *The Writing Path: An Anthology of New Writing from Writers' Conferences and Festivals* (University of Iowa Press); meinen Dank auch an diesen Verlag.

»The Behavior of the Hawkweeds« erschien in dem Band *Best American Short Stories, 1995*, Jane Smiley, Hg.

Danken möchte ich auch der *National Endowment of the Arts* für die großzügige Unterstützung und der *Mac-Dowell Colony* für die Zeit und den Raum, der mir dort gewährt wurde.

Und zu guter Letzt danke ich Margot Livesay, Ellen Bryant Voigt, Sarah Stone und Carol Houck Smith für die sorgfältige Lektüre und ihre wohl durchdachten Vorschläge.